El final de todas las cosas

Ciencia Ficción

John Scalzi

El final de todas las cosas

Traducción de Simon Saito Navarro

minotauro

El final de todas las cosas
Núm. 6 de 6

Avda. Diagonal, 662-664, 08034 Barcelona (España)
www.edicionesminotauro.com
www.planetadelibros.com

Adaptación de la cubierta: Booket / Área Editorial Grupo Planeta
Primera edición en Colección Booket: julio de 2024

Depósito legal: B. 11.545-2024
ISBN: 978-84-450-1804-0
Impresión y encuadernación: Liberdúplex, S. L.
Printed in Spain - Impreso en España

Biografía

John Scalzi es autor de varias novelas de ciencia ficción, incluida la serie *La vieja guardia*. Galardonado con el John W. Campbell de ciencia ficción al mejor escritor novel, cuenta en su haber con dos premios Hugo por *Your Hate Mail Will Be Graded* y *Redshirts*, así como con dos premios Locus por *Redshirts* y *El fin del imperio*. Sus libros han sido traducidos a catorce idiomas y ha ejercido como presidente de la Asociación de escritores de ciencia ficción y fantasía de América.

Para Jay y Mary Vernau, de la librería Jay
and Mary de Troy, Ohio.

Para Alan Beatts y Jude Feldman, de la librería
Borderlands de San Francisco, California.

Para Duane Wilkins y Olivia Ahl, de la librería
University de la Universidad de Washington.

Para todos los libreros que han compartido
mis obras con los lectores en sus tiendas.

Sois los mejores. Os dedico este libro
con mi más sincero agradecimiento.

Índice

La vida de la mente

Para mi queridísimo amigo, el difunto John Anderson, y para todos los que fueron amigos suyos. Que suene la música.

Primera parte

Se supone que debo contaros cómo me convertí en un cerebro metido en una caja.

Bueno, es un comienzo un poco siniestro, ¿no os parece?

Además, lo cierto es que no sé cómo lo hicieron, me refiero a las técnicas que emplearon. No es que me despertara convertido en un cerebro fuera de mi cuerpo y me enseñaran un vídeo informativo sobre cómo lo habían hecho por si acaso me picaba la curiosidad. «Ésta es la parte en la que le cortamos los vasos sanguíneos y los nervios del sistema nervioso periférico —explicaría el vídeo—. Aquí extraemos el cráneo y la columna vertebral, y aquí le atiborramos el cerebro de unos sensores microscópicos acojonantes para registrar sus pensamientos. Preste atención porque luego le haremos un examen.»

¡Por Dios, qué mal se me da esto!

No soy escritor ni orador. Tampoco me dedico a contar historias. Soy piloto de nave espacial. Me gustaría dejarlo claro antes de continuar. La Unión Colonial me pidió que os contara lo que me había pasado porque consideraba que la información podría resultaros útil. Pero, como comprenderéis, esto no va a ser la típica obra literaria. Va a estar lleno de saltos adelante y atrás en el tiempo. Seguro que me pierdo mientras os cuento mi historia y tendré que volver atrás, y entonces volveré a perderme. Estoy escribiendo mi historia sin darle demasiadas vueltas en la cabeza.

Bueno, metafóricamente, puesto que ya no tengo cabeza. Estoy casi seguro de que la tiraron a una incineradora o le hicieron algo por el estilo.

¿Veis a qué me refiero?

Alguien va a tener que editar lo que escriba si quieren que tenga sentido. «Esto es para usted, pobre editor anónimo de la Unión Colonial: mis saludos y mis disculpas. Le juro que no es mi intención complicarle la vida. Lo que pasa es que no sé qué quieren realmente ni cómo quieren que lo haga.

»"Usted cuéntelo todo —me dijeron—. Póngalo todo por escrito. No se preocupe, nosotros lo ordenaremos." Así que supongo que ahí es donde entra usted, anónimo editor. Suerte con el orden a seguir.»

Y si estáis leyendo esto, estoy seguro de que el editor hizo un trabajo excelente.

¿Por dónde demonios empiezo? No creo que a ninguno de vosotros os interese una mierda mi infancia. Fue feliz, como todas; no pasó nada fuera de lo normal y tuve unos padres y unos amigos decentes. En los años de colegio tampoco ocurrió nada destacable; tuve los típicos picos de estupidez y de libido y de vez en cuando empollé para los exámenes. Sinceramente, no creo que a nadie le apetezca oírme hablar de ello. A mí apenas me interesa, y eso que lo viví.

De manera que creo que empezaré por la entrevista de trabajo.

Sí, me parece un buen comienzo. Esa entrevista me proporcionó el trabajo que me convirtió en un prodigio sin cabeza.

A toro pasado, casi preferiría no haber conseguido el curro.

¡Ah! Quizá debería deciros mi nombre. Sólo para que quede constancia.

Me llamo Rafe, Rafe Daquin.

Me llamo Rafe Daquin y soy un cerebro metido en una caja.

Hola.

Fui a la entrevista de trabajo por un amigo de la universidad, Hart Schmidt. Él trabaja en el cuerpo diplomático de la Unión Colonial. Siempre me ha parecido que el suyo es la definición exacta de un trabajo ingrato.

Recientemente, entre una misión y otra, se encontró en un bar de la Estación Fénix con el segundo de a bordo de la *Chandler*, una nave mercante que habitualmente hacía una ruta circular entre Phoenix, Huckleberry y Erie. No era el trabajo de mi vida, pero un curro es un curro. No todos los trabajos pueden ser glamurosos.

Pues bien, durante su conversación, el segundo de a bordo se le quejó de que cuando llegaron con la *Chandler* a la Estación Fénix estaban esperándolos unos tipos de los cuerpos de seguridad. Al parecer, uno de los pilotos de la *Chandler* tenía un negocio paralelo en el planeta Phoenix, cuyos detalles nunca me quedaron claros, pero en el que se mezclaban chantaje, intimidación, chanchullos y bigamia. El hecho es que la *Chandler* se había quedado sin un piloto y necesitaba un sustituto para ya mismo.

—Aquí pone que fue programador antes que piloto —dijo el segundo de a bordo mientras repasaba mi trayectoria profesional. Estábamos en una hamburguesería de la Estación Fénix. Yo había salido escopeteado del planeta en cuanto Hart me comentó lo del curro. Las hamburguesas del local eran legendarias, pero yo no había ido allí para vivir una experiencia gastronómica de la leche. El segundo de a bordo se llamaba Han Lee y no parecía un tipo muy mirado, así que me dio la impresión de que, mientras no confesara que me gustaba matar adorables gatitos delante de los niños, conseguiría el trabajo.

—Estudié Ingeniería Informática en la universidad —dije—. Me gradué y me dediqué a la programación durante un par de años. Trabajé para Sistemas Eyre, sobre todo en navegación aeroespacial y programas de mantenimiento. Seguro que tiene uno de nuestros sistemas en la *Chandler*.

—Así es —repuso Han.

—Si me contrata, recibirá de regalo un servicio de ayuda técnica —dije. Era un chiste.

No estoy seguro de que Han lo pillara.

—No es habitual el cambio de programador a piloto —señaló.

—Mi trabajo como programador me despertó el interés por ser piloto. Era uno de los pocos programadores con algo parecido a habilidades sociales, así que me destinaron a la Estación Fénix para trabajar en la adaptación de los programas informáticos. Pasé un montón de tiempo dentro de las naves, charlando con tripulantes y escuchando sus conversaciones sobre los lugares del universo que habían visitado. Cuando estás oyendo hablar continuamente de eso, tienes la impresión de que pasar el tiempo sentado en un escritorio introduciendo códigos es malgastar la vida. Quería ver qué había ahí fuera. Así que me busqué un trabajo como aprendiz de piloto. Eso fue hace seis años.

—No fue exactamente lo que se llama un paso adelante en su carrera, desde el punto de vista económico —dijo Han.

Me encogí de hombros. Imaginé que interpretaría mi gesto como un desenfadado y sobrado «oye, hay cosas más importantes que el dinero» en lugar de como un «sigo viviendo con mis padres, que ya están cansándose de mí, así que me conformo con lo que sea». De todos modos, ambas cosas eran ciertas. Puede llegar a haber muchas cosas más importantes que el dinero cuando se te cierran otras puertas.

No quiero asignar a mis padres el papel de malos de la película. Es sólo que me habían dejado muy claro que una cosa era mantenerme mientras estaba labrándome una carrera y otra muy distinta mantener a un ser humano de treinta y dos años que entre curro y curro no movía el culo. Quizá no permitirían que me muriera de hambre, pero tampoco iban a hacerme la vida fácil.

Y los entiendo. Si estaba en el paro no era porque fuera un vago.

—Aquí pone que no ha trabajado en los últimos nueve meses.

—Sí, desde mi última nave —dije.

—¿Cómo lo explica?

Vaya, esta pregunta no podía esquivarla.

—Están intentando joderme.

—¿Quién?

—El capitán Werner Ostrander, de la *Cataratas del Lastan.*

Me pareció ver que asomaba una leve sonrisa en los labios de Han al oír mi respuesta.

—Continúe.

—No hay mucho que contar. Yo era segundo piloto en la *Baikal,* y como el primer piloto no tenía pinta de que fuera a moverse a medio plazo, en cuanto me enteré de que había una vacante como primer piloto en la *Lastan* me lancé de cabeza a por el puesto. Lo que no sabía entonces era que si la *Lastan* había tenido seis pilotos en dos años era por una razón, pero cuando lo descubrí era demasiado tarde. Acabé rompiendo mi contrato.

—Debió de salirle caro.

—Considero bien invertido hasta el último céntimo que pagué. Cuando me marché de la nave, le dejé caer el nombre de mi madre al sobrecargo. Mi madre es abogada laboralista. La querella que interpuse contra Ostrander fue, digamos, muy satisfactoria.

Llegados a este punto, Han ya sonrió sin tapujos.

—Pero también ha conseguido que ahora Ostrander corra a echar pestes de mí cada vez que intento conseguir un trabajo de piloto —continué—. A nadie le gusta tener a bordo a un tipo conflictivo.

—Eso es cierto —repuso Han, y yo gruñí por dentro, porque me di cuenta de que acababa de echar a perder mi oportunidad de conseguir el curro—. Yo también fui tripulante de la *Cataratas del Lastan* durante un año, al principio de mi carrera.

Me lo quedé mirando con sorpresa.

—¿En serio?

—Sí. Digamos que comprendo que quisiera romper su contrato. Y también me gustaría que en algún momento me explicara los detalles de esa querella.

Sonreí.

—Eso está hecho, señor.

—Voy a serle franco, señor Daquin. Este puesto es un paso atrás en su carrera —dijo Han—. Será el tercer piloto en una ruta comercial sin ningún aliciente. Venimos aquí, vamos a Huckleberry, luego a Erie y vuelta a empezar. No tiene nada de emocionante, y, como en el caso de la *Baikal*, no hay posibilidad de ascenso.

—Permítame que le sea igual de franco, señor. He pasado los últimos nueve meses en el fondo de un pozo gravitatorio. Usted sabe tan bien como yo que si sigo mucho más tiempo así ya no podré salir de él. Usted necesita un piloto ahora mismo para no perder tiempo ni dinero en su ruta. Lo he pillado. Y yo necesito salir del pozo si quiero tener una oportunidad para volver a ser primer piloto en alguna nave sin el obstáculo de Ostrander. Creo que ambos estamos en un apuro y que podemos ayudarnos mutuamente a salir de él.

—Sólo quería asegurarme de que todos tuviéramos claras nuestras expectativas —dijo Han.

—No me hago ilusiones, señor.

—Perfecto. En ese caso, le concedo un día para que arregle los asuntos que tenga pendientes antes de partir.

Me agaché y di unos golpes a la maleta de tripulante que tenía a mis pies.

—Asuntos arreglados. Sólo me falta encontrar a mi amigo Hart para invitarlo a una copa por haber concertado esta entrevista.

—Si se da prisa, de la puerta treinta y seis despegará un transbordador con destino a la *Chandler* dentro de un par de horas.

Le estreché la mano.

—Gracias, señor. Es un honor incorporarme a su nave.

Me encontré con Hart media hora más tarde, en la otra punta de la Estación Fénix, en una recepción celebrada en honor de su jefa, la embajadora Abumwe.

—Le han concedido el Galardón al Mérito en el Servicio —me explicó Hart.

Iba por la segunda copa de ponche y nunca había destacado por su aguante con el alcohol, así que ya estaba un poco achispado. Vestía el uniforme diplomático de gala y pensé que parecía el portero de un edificio. Pero entonces recordé que yo llevaba casi un año sin quitarme los pantalones de chándal, así que ¿quién demonios me creía que era para criticarlo?

—¿Y es meritorio lo que ha hecho? —pregunté.

—Para empezar, mantuvo vivos a todos los miembros de su equipo mientras la Estación Tierra estaba siendo atacada —respondió Hart—. Te enteraste de lo de la Estación Tierra, ¿no?

Asentí. A la Unión Colonial se le daba bastante bien lo de evitar que las malas noticias llegaran a oídos de la población civil, pero algunas noticias eran más difíciles de ocultar que otras. Por ejemplo, la de que la única estación espacial de la Tierra había sido destruida por un grupo terrorista desconocido y que en el ataque habían muerto miles de personas, incluida la flor y nata de los cuerpos diplomáticos terrícolas. También era de dominio público que la Tierra culpaba del ataque a la Unión Colonial y había roto con ella todas sus relaciones diplomáticas y comerciales.

¡Imaginaos si es difícil ocultar algo así!

La versión oficial de la Unión Colonial sólo mencionaba que se había tratado de una acción terrorista. Lo demás me había llegado a través de colegas pilotos y de amigos como Hart. Cuando uno vive en el fondo de un pozo gravitatorio, suele enterarse únicamente de las versiones oficiales. Por el contrario, la gente que viaja de un lugar a otro del universo se entera de más cosas. No es fácil vender la versión oficial a quien ve las cosas con sus propios ojos.

—Algunos salvaron el culo por sus propios medios —dijo Harry Wilson, un amigo de Hart que éste acababa de presentarme. Wilson era miembro de las Fuerzas de Defensa Coloniales; su piel verde lo delataba. Eso y el hecho de que parecía de la misma edad que mi hermano pequeño a pesar de que probablemente tenía ciento veinte años. El hecho de tener un cuerpo modificado genéticamente tenía sus ventajas, siempre y cuando no te importara ser del color del guacamole—. Tu amigo Hart, aquí presente, por ejemplo. Consiguió meterse en una cápsula de escape y huyó de la Estación Tierra cuando ésta, literalmente, ya estaba explotando a su alrededor.

—Estás exagerando.

—¿Qué dices? Estaba literalmente explotando a tu alrededor —insistió Wilson.

Hart hizo un gesto con la mano para restarle importancia y me miró de nuevo.

—Tal como lo explica Harry suena más impresionante de lo que fue en realidad.

—Suena bastante impresionante —repuse.

—La estación espacial estaba explotando a su alrededor —repitió Wilson, poniendo el énfasis en la última parte.

—Hice inconsciente buena parte del viaje hasta la Tierra —dijo Hart—. Supongo que eso ayudó.

Señalé con la cabeza a la embajadora Abumwe, a quien reconocí por las fotos que había visto de ella y que estaba en el otro extremo del salón de recepciones, estrechando la mano a los admiradores que esperaban su turno en fila.

—¿Qué tal ha ido la ceremonia?

—Ha sido penosa —respondió Wilson.

—Ha estado bien —lo contradijo Hart.

—Ha sido penosa —repitió Wilson—. El tipo que le ha puesto la medalla...

—El subsecretario de Estado Tyson Ocampo —dijo Hart.

—... era un idiota charlatán —continuó Wilson—. He conocido a un montón de gente de los cuerpos diplomáticos que se pone cachonda cuando se oye hablar a sí misma, pero este tipo se lleva la palma. Él y su voz deberían buscarse una habitación.

—No ha sido para tanto —repuso Hart mirándome.

—Ya has visto la cara que ha puesto Abumwe cuando el tipo no se callaba —le insistió Wilson a Hart.

—Ocampo —lo corrigió Hart, visiblemente molesto porque Wilson se refiriera a él como «el tipo»—. Es el segundo en el escalafón del Departamento de Estado. Y Abumwe no ha puesto ninguna cara rara.

—Te aseguro que tenía su cara de «cierra el pico, por favor» —afirmó Wilson, dirigiéndose a mí—. Créeme. La he visto muchas veces.

Me volví hacia Hart.

—Es cierto —asintió éste—. Harry ha visto la cara de «cierra el pico» de la embajadora más veces que la mayoría de los mortales.

—Hablando del rey de Roma... —dijo Wilson, y sacudió levemente la cabeza—. Mirad quién viene por ahí.

Eché un vistazo en la dirección que señaló y vi que un hombre de mediana edad enfundado en un inmaculado uniforme del cuerpo diplomático de la Unión Colonial venía hacia nosotros, seguido por una mujer joven.

—¿Es el idiota charlatán? —pregunté.

—El subsecretario Ocampo —me corrigió solemnemente Hart.

—En persona —repuso Wilson.

—Caballeros —dijo Ocampo al llegar frente a nosotros.

—Hola, subsecretario Ocampo —lo saludó muy cortésmente

Wilson, y me dio la impresión de que Hart se relajaba una pizca—. ¿Qué podemos hacer por usted, señor?

—Bueno, ya que se interponen entre mi persona y el ponche, ¿serían tan amables de servirme una copa?

—Yo se la serviré —se ofreció Hart, y estuvo a punto de derramar su propia copa en el proceso.

—Gracias —dijo Ocampo—. Usted es Schmidt, ¿verdad? Del equipo de Abumwe. —Se volvió a Wilson—. Y usted es...

—El teniente Harry Wilson.

—¿En serio? —exclamó Ocampo. Parecía impresionado—. Usted salvó a la hija del secretario de Estado de Estados Unidos cuando la Estación Tierra fue destruida.

—Danielle Lowen —asintió Wilson—. Y sí. Aunque trabaja en el cuerpo diplomático por mérito propio, naturalmente.

—Naturalmente —convino Ocampo—. Pero el hecho de que fuera la hija del secretario de Estado Lowen no nos ha venido mal. Es uno de los motivos por los que EE. UU. es uno de los pocos países de la Tierra dispuesto a hablar con nosotros a todos los niveles.

—Me alegra haber sido útil —dijo Wilson.

Hart tendió la mano con la copa de ponche hacia el subsecretario.

—Gracias —le dijo éste, y devolvió su atención a Wilson—. También tengo entendido que se lanzó en caída libre desde la Estación Tierra hasta la Tierra con la señorita Lowen.

—Correcto, señor —asintió Wilson.

—Debió de ser una experiencia única.

—Básicamente me pasé todo el vuelo repitiéndome que debía evitar acabar aplastado.

—Por supuesto —admitió Ocampo. A continuación se volvió hacia mí. Reparó en que no llevaba puesto un uniforme y en mi maleta de tripulante y esperó a que me presentara.

—Rafe Daquin —dije al captar la indirecta—. Me he colado en la fiesta.

—Es un amigo mío que casualmente estaba en la estación —dijo Hart—. Es piloto en una nave mercante.

—¡Ah! —exclamó Ocampo—. ¿En cuál?

—En la *Chandler*, señor.

—¡Qué casualidad! Tengo reservado un pasaje en la *Chandler*.

—¿En serio? —inquirí.

—Sí. Hace siglos que no me tomo unas vacaciones y he decido cogerme un mes libre para hacer excursiones por las montañas Connecticut de Huckleberry. Es el próximo destino de la *Chandler*, si no me equivoco.

—Me sorprende que no utilice una nave del departamento —apunté.

Ocampo sonrió.

—Me temo que habría dado mala imagen que utilizara una nave del Departamento de Estado como taxi. Según tengo entendido, la *Chandler* dispone de algunos camarotes para pasajeros. Vera y yo los hemos reservado —dijo señalando a su secretaria—. ¿Qué tal están?

—¿Los camarotes? —pregunté. Ocampo asintió—. Pues no estoy seguro.

—Rafe ha sido contratado hace apenas media hora —intervino Hart—. Aún no ha puesto un pie en la nave. Cogerá un transbordador que lo trasladará allí dentro de una hora más o menos.

—Es el mismo transbordador que tomará usted, señor —señaló Vera.

—Entonces lo descubriremos juntos —dijo el subsecretario mirándome.

—Supongo que sí —repuse—. Si le parece bien, cuando estén preparados para salir me gustaría escoltarlos a usted y a su secretaria hasta la puerta de embarque del transbordador.

—Gracias, es usted muy amable —dijo Ocampo—. Le diré a Vera que lo avise cuando lo tengamos todo listo. Ahora me despido de ustedes, caballeros. —Hizo una pequeña reverencia y se alejó de allí con la copa de ponche en la mano, seguido por Vera.

—Muy diplomático —me dijo Wilson cuando el subsecretario ya no podía oírnos.

—¿Saltaste desde una estación espacial que estaba explotando? —le pregunté, cambiando de tema.

—Todavía no había explotado mucho cuando salté —puntualizó Wilson.

—¡Y tú te salvaste por los pelos en una cápsula de escape! —le dije a Hart—. Creo que estoy en la cola equivocada si quiero ver acción en los viajes espaciales.

—Créeme —dijo Wilson—. Ésa no es la clase de acción que estás buscando.

La *Chandler* cumplía con lo prometido y no ocurría nada emocionante.

Pero no tenía por qué ser así. Como he dicho antes, la nave hacía una ruta circular fija, lo que significaba que se detenía en tres destinos, y cada uno de ellos quería alguna cosa que se fabricaba y exportaba en el planeta anterior. De manera que, por ejemplo, en Huckleberry, que es una colonia básicamente agrícola, pues un gran porcentaje de su suelo se encuentra en una zona templada que favorece los cultivos humanos, cargábamos la nave con cosas como trigo, maíz, frutos y otros productos agrícolas y los llevábamos a Erie. Los colonos de Erie pagan un precio más elevado por los productos de Huckleberry porque, no sé, supongo que creen que son más sanos o algo así. Sea por la razón que sea, el caso es que los quieren. A cambio, cargábamos la nave con toda clase de metales féraros, de los que Erie tiene un montón. Éstos los llevábamos a Fénix, que es el centro industrial de alta tecnología de la Unión Colonial, y allí cargábamos cosas como escáneres médicos y PDA y todas esas cosas que salen más baratas producir en masa y distribuir que intentar fabricar en casa con una impresora doméstica, y las llevábamos a Huckleberry, cuya industria es bastante modesta. Lavar, aclarar, y vuelta a empezar. Siempre que recorras el círculo en el sentido correcto, te haces de oro.

Pero no es emocionante, cualquiera que sea la definición que se utilice de *emocionante*. Esas tres colonias son lugares estables y protegidos; Huckleberry es la más reciente y ya ha cumplido casi cien años, y Fénix es la más antigua y la mejor defendida de todas las colonias planetarias de la Unión Colonial. De modo que uno no está explorando nuevos planetas cuando comercia con ellos. Y es bastante improbable que tenga un encontronazo con piratas u otras gentes con malas intenciones. Tampoco va a descubrir nuevas y rarísimas especies alienígenas (en realidad no va a ver una sola criatura de ninguna especie no humana). Transportamos alimentos, minerales y artefactos. No es un romance apasionado con el espacio, sino una relación rutinaria, agradable y cómoda con él.

Pero insisto en que eso me importaba una mierda. Estaba contento con el espacio que ya había visto y los ocasionales momentos emocionantes que había vivido. Cuando trabajaba en la *Baikal*, por ejemplo, los piratas nos persiguieron durante cuatro días, hasta que finalmente tuvimos que soltar el cargamento que llevábamos a bordo. Cuando te deshaces del cargamento dejan de perseguirte porque ya no tienes nada que les interese. Normalmente. A veces, cuando sueltas el cargamento se cabrean y te disparan un misil a los motores para dejarte claro su enfado.

Por lo tanto, sí; como Harry Wilson sugirió, la emoción está sobrevalorada.

De todas maneras estaba en un momento de mi vida en el que no deseaba emociones. Yo quería trabajar. Y si eso significaba hacer de niñera del sistema de navegación de la *Chandler* mientras procesaba los datos sobre una ruta que había hecho mil veces, pues, por mí, perfecto. Cuando acabara este curro me habría librado de la mano negra de Ostrander y con eso me conformaba.

La *Chandler* en sí era una nave mercante básica, lo que quiere decir que se trataba de una fragata de las Fuerzas de Defensa Coloniales reciclada y adaptada para el transporte de mercancías. Existían naves de carga diseñadas para esa función, pero eran demasiado caras y solían construirlas y emplearlas las grandes compañías de transporte. La *Chandler* era la única nave que poseía una pequeña cooperativa de propietarios, que había adquirido la obsoleta fragata que iba a convertirse en la *Chandler* en una subasta.

Cuando investigué sobre la *Chandler* antes de la entrevista (investigad siempre; yo no lo hice con la *Cataratas de Lastan* y lo pagué caro), vi fotos de la fragata tomadas para la subasta, donde se vendía «en su estado actual». La vida no la había tratado bien, pero una vez restaurada, llevaba haciendo su trabajo dignamente casi dos décadas. Supuse que no me escupiría al espacio accidentalmente.

Hice el viaje en el transbordador con el subsecretario Ocampo y su secretaria (que se apellidaba Briggs; me enteré por el manifiesto de la tripulación y los pasajeros, no por boca del subsecretario) y me despedí de ellos cuando llegamos a la nave. Luego me presenté ante Han y mi superior inmediato, la primera piloto Clarine Bolduc, y después a la intendente Seidel, que me asignó un camarote.

—Estás de suerte —me dijo—. Tienes un camarote para ti solo. Por lo menos hasta que lleguemos a Erie, donde recogeremos más tripulantes nuevos. Luego lo compartirás con dos compañeros. Disfruta de tu privacidad mientras puedas.

Fui a mi camarote. Era del tamaño de un cuarto de la limpieza. Técnicamente cabían tres personas dentro, pero más te valía no cerrar la puerta si no querías quedarte sin oxígeno. Bueno, al menos podía elegir la litera.

Bolduc me presentó durante la cena al resto de la tripulación y a los jefes de los departamentos.

—No te dedicarás a las estafas en tu tiempo libre, ¿eh? —me preguntó Chieko Tellez, la subjefa de cargamentos, cuando me senté con la bandeja.

—Lo he investigado a fondo —dijo Han—. Está limpio.

—Sólo era una broma —replicó Tellez dirigiéndose a Han. Se volvió a mirarme—. Ya sabes lo que pasó con el tío al que sustituyes, ¿no?

—Algo he oído.

—Es una pena —repuso Tellez—. Era un tipo majo.

—Si no te importan la corrupción, los chanchullos y la bigamia —señaló Bolduc.

—A mí nunca me hizo nada malo, y, al final, eso es lo que cuenta —afirmó Tellez, y me lanzó una mirada sonriente.

—No sé si ahora también estás bromeando o no —confesé.

—Chieko siempre está bromeando —dijo Bolduc—. Y ahora ya lo sabes.

—A algunos nos gusta reírnos de vez en cuando —protestó Tellez mirando a Bolduc.

—Bromear no es lo mismo que reírse —replicó éste.

—Hummm... —murmuró Tellez, que no pareció molesta por el comentario. Imaginé que Bolduc y ella tenían la costumbre de chincharse mutuamente, lo que no era malo. El buen rollo entre los tripulantes suele ser síntoma de una nave feliz.

Tellez devolvió su atención hacia mí.

—Has venido en el transbordador con esos peces gordos del Departamento de Estado, ¿verdad?

—Sí.

—¿Te han contado qué hacen aquí?

—El subsecretario Ocampo va de vacaciones a Huckleberry. Como paramos allí, él y su secretaria han alquilado un par de camarotes libres.

—Yo en su lugar habría pillado una nave del Departamento de Estado —opinó Bolduc.

—Me dijo que eso daría mala imagen —señalé.

—Y seguro que eso le preocupa mucho —repuso Bolduc.

—Seidel me contó que Ocampo le había dicho que prefería viajar con discreción porque no quería tener la sensación de que se aprovechaba de su cargo —intervino Han.

—¿Y tú te lo crees? —inquirió Bolduc. Han se encogió de hombros y Bolduc se volvió a mí—. ¿Hablaste con él?

—Claro —respondí.

—¿Y te parece que ha sido sincero?

Recordé lo que Wilson había comentado sobre Ocampo y lo enamorado que éste estaba de su voz y luego pensé en el viaje en el transbordador. Después de la conversación de cortesía inicial, Ocampo le había estado dictando notas a Vera Briggs.

—No me parece la clase de persona que prefiera la discreción.

—A lo mejor sólo está tirándose a su secretaria y quiere llevar eso discretamente —apuntó Tellez.

—No creo que se trate de eso —repuse.

—Explícate —dijo Tellez.

Me encogí de hombros.

—No me dieron esa sensación ninguno de los dos.

—¿Y cuál es tu sensación en general, Daquin?

—Todo me parece bien.

—¿Y qué sensación te doy yo? —preguntó Tellez.

—Que tienes un sentido del humor peculiar.

—De sensaciones anda bien —apuntó Bolduc.

Tellez le lanzó una mirada fulminante, pero Bolduc no le hizo caso.

—¿Por qué iría nadie de vacaciones a Huckleberry, para empezar? —inquirió Tellez—. Nosotros hemos estado un montón de veces y nunca se me ocurriría pasar allí mis vacaciones.

—Me dijo que quería hacer excursiones por las montañas Connecticut —dije—. Aunque lo cierto es que no las conozco.

—Espero que haya metido una chaqueta en la mochila —señaló Han—. Las Connecticut son una cadena de montañas heladas, y en el hemisferio norte de Huckleberry es invierno.

—Iba cargado con varias maletas —dije—. Su secretaria Vera se quejó de que llevaba el triple de ropa de la que necesitaba. Seguramente lleva un par de chaquetas.

—Eso espero —dijo Han—. De lo contrario serán unas vacaciones para olvidar.

Sin embargo, nunca hubo tales vacaciones.

Levanté la mirada desde mi asiento y vi que la capitana Thao y Lee Han estaban mirándome; la primera con cara de cabreada.

Lo primero que pensé fue: «Mierda, esta vez ni siquiera sé qué he hecho mal».

Y lo segundo que se me pasó por la cabeza fue la confusión que me producía el hecho de verla. Yo era el tercer piloto, lo que significaba que mis turnos normalmente coincidían con los momentos en los que la capitana se ausentaba del puente de mando, ya fuera porque dormía o porque se ocupaba de otros asuntos relacionados con la nave mientras yo me sentaba en el asiento del piloto. Llevaba tres días pilotando la nave; el segundo de a bordo Han se sentaba en su asiento, yo me sentaba en el mío, y el tiempo transcurría sin que hiciéramos absolutamente nada, pues el trayecto desde la Estación Fénix hasta el punto de salto se planificaba desde la Estación Fénix, y lo único que teníamos que hacer era asegurarnos de que no nos desviábamos por una u otra razón.

Y no nos habíamos desviado. Podría haberme echado un sueñecito en todos mis turnos y no habría pasado nada.

Faltaban doce horas para el salto. Cuando llegara ese momento, la capitana ocuparía su asiento, Bolduc pilotaría la nave con la ayuda del segundo piloto Schreiber y, con un poco de suerte, yo estaría durmiendo en mi litera. El hecho de que la capitana estuviera ahora en el puente de mando significaba que había un problema, y el hecho de que estuviera de pie a mi lado quería decir que quizá ese problema tenía que ver conmigo. Pero yo no tenía ni idea de cuál podía ser ese problema. Como he dicho, estábamos exactamente donde teníamos que estar para el salto. Era imposible que estuviera haciendo algo mal.

—¿Sí, señora? —dije. Cuando tengáis una duda, estad preparados para recibir una orden.

La capitana Thao me tendió la mano con una tarjeta de memoria. Me la quedé mirando con cara de tonto.

—Es una tarjeta de memoria —dije.

—Sé lo que es —dijo la capitana—. Necesito que me ayude con ella.

—Claro. ¿Cómo?

—Usted trabajó como programador de sistemas de pilotaje, ¿verdad? Eso me ha contado Lee.

—Sí, hace algunos años —respondí, mirando por el rabillo del ojo a Han, cuya expresión se mantenía inmutable.

—Entonces sabe cómo funcionan.

—No he trabajado con el código de las versiones más recientes del programa, pero está construido utilizando el mismo lenguaje y los mismos compiladores, así que no debería tener ningún problema para ponerme al día con él.

—El sistema de pilotaje está preparado para aceptar comandos encriptados, ¿no es así? Se pueden introducir destinos sin que necesariamente sean públicos.

—Por supuesto —repuse—. Es una característica estándar. Se añadió en el programa de pilotaje militar para que por si acaso una nave, ya fuera tripulada o no, era capturada, quien se apoderara de ella tuviera dificultades para averiguar su destino. En las naves mercantes no suele utilizarse el modo seguro. Sería absurdo hacerlo, porque en cualquier caso tenemos que informar de nuestras rutas a la Unión Colonial y ésta siempre sabe adónde nos dirigimos.

—En esta tarjeta de memoria tengo un destino encriptado —dijo Thao—. ¿Puede decirme cuál es ese destino?

—No —respondí—. Está encriptado. —Y entonces me di cuenta de que casi con toda seguridad había hecho este último comentario con el «tonito condescendiente de informático», así que rápidamente añadí—: Quiero decir que necesitaría la clave de encriptación, y no la tengo.

—Pero está en el sistema, ¿no? —insistió Thao.

—Ya, pero el sistema no nos la dice —repuse—. El objetivo del modo seguro es precisamente que el ordenador de navegación y sólo el ordenador de navegación sepa adónde se dirige la nave.

—¿Y no podría descifrarla sin la clave?

—¿La encriptación? —pregunté. Thao asintió—. ¿Cuánto tiempo tengo?

—¿Cuánto falta para el salto?

Eché un vistazo al monitor.

—Doce horas y veintitrés minutos.

—Ese tiempo.

—Imposible —repuse—. Si me diera un mes, quizá. O si tuviera las contraseñas o la biometría o lo que sea que haya empleado quien le ha dado esa tarjeta de memoria para introducirla en el sistema de encriptado. —Señalé la tarjeta—. ¿Se ha encriptado en la *Chandler*?

—No.

—En ese caso necesitaría más tiempo aún, señora.

La capitana Thao asintió, malhumorada, y se volvió a Han.

—¿Puedo preguntar qué está pasando, señora?

—No —respondió de malos modos la capitana Thao. Me entregó la tarjeta de memoria—. Introduzca este destino nuevo en el sistema de navegación. Avise a Han cuando lo haya hecho y el nuevo destino esté confirmado.

Cogí la tarjeta.

—Tardaré menos de dos minutos.

—Perfecto —dijo Thao—. De todas maneras, avise a Han.

La capitana se marchó sin decir nada más y miré a Han, que no había variado un ápice su cara de póquer.

—Señor Daquin —dijo el subsecretario Ocampo cuando abrió la puerta de su camarote y me vio plantado delante de él—. No lo esperaba. Entre, por favor. —Se apartó para dejarme pasar.

Entré en el camarote, que era casi el doble de amplio que el mío, lo que no dejaba de ser como dos cuartos de la limpieza. Buena parte del espacio estaba ocupado por el equipaje del subsecretario, que era, como Vera Briggs había señalado, excesivo para un viaje de un mes. Pero me daba la sensación de que Ocampo era una de esas personas con cierta obsesión con la ropa, de manera que quizá no era raro en él viajar con tal cantidad de maletas.

—Siento esta falta de espacio.

—Mi camarote es más pequeño.

—¡Eso espero! —exclamó Ocampo, y se echó a reír—. No se ofenda.

—No me ofendo. No se preocupe.

—Tenemos suerte de que Vera no esté aquí en este momento. De lo contrario, seguramente no podríamos movernos —dijo Ocampo, y se sentó en una silla junto a una mesa diminuta—. A ver si adivino por qué está aquí, señor Daquin. Me da que su capitana le ha comentado recientemente algo sobre un nuevo destino, ¿verdad?

—Podría ser.

—Ya lo creo que podría ser. Y este nuevo destino es secreto, y sospecho que usted y el resto de la tripulación de la *Chandler* están divirtiéndose con las especulaciones sobre el nuevo destino, por qué nos dirigimos a él y por qué su capitana está obedeciendo una orden que en principio nadie podría darle. ¿Es eso correcto?

—Más o menos, sí.

—Y apuesto a que usted se ha ofrecido voluntario al resto de la tripulación para venir a preguntarme sobre el asunto, porque usted y yo hicimos juntos el viaje en el transbordador.

—No, señor. Tiene razón en lo de que la tripulación está haciendo comentarios sobre el asunto. Pero nadie me ha metido en esto. He venido por voluntad propia.

—Eso es lo que yo llamo iniciativa, o estupidez, señor Daquin.

—Sí, señor.

—O tal vez tenga un poco de ambas cosas.

—Es igualmente posible, señor.

Ocampo volvió a reír.

—Comprenderá que si no puedo decirle a su capitana adónde vamos, tampoco podré decírselo a usted.

—Lo comprendo —repuse—. Pero no estoy aquí por el «dónde» sino por el «porqué».

—¿El porqué? —inquirió Ocampo.

—Sí. Como en ¿por qué dos personas del Departamento de Estado de la Unión Colonial fingen ir de vacaciones a una cordillera helada y viajan en una nave de mercancías en lugar de hacerlo en una nave del Departamento de Estado junto con una delegación diplomática oficial para reunirse dondequiera y con quienquiera que vayan a reunirse y negociar?

—Vaya —dijo Ocampo tras pensarlo un momento—. Y yo que creía que había sido astuto.

—Y lo ha sido, señor. Pero las cosas se ven distintas desde dentro de la nave que desde fuera de ella.

—Tiene usted razón. Tome asiento, Daquin, por favor —dijo Ocampo, señalando su litera. Me senté—. Planteemos por un momento una serie de posibilidades teóricas. ¿Le parece bien?

—Por supuesto —respondí.

—¿Qué sabe sobre la situación actual de la Unión Colonial?

—Sé que nuestras relaciones con la Tierra no están pasando por su mejor momento.

Ocampo soltó un bufido.

—Sin pretenderlo, acaba de hacer usted la declaración moderada del año. Sería más preciso decir que la Tierra odia con toda su alma a la Unión Colonial. Los terrícolas creen que somos el demonio y nos quieren muertos a todos. Nos culpan de la destrucción de la Estación Tierra, que era su salida principal al espacio. Nos acusan de haberla atacado.

—Pero no fuimos nosotros.

—¡Por supuesto que no! Pero la mayoría de las naves utilizadas en el ataque habían sido sustraídas a la Unión Colonial. Por lo menos de eso se habrá enterado, supongo. Naves mercantes como ésta fueron capturadas y convertidas en vehículos para los ataques.

Asentí. Era uno de los rumores más disparatados que circulaban. Al parecer, unos piratas, o alguien que se hacía pasar por ellos, había interceptado y abordado las naves, pero su interés no era el cargamento, sino las naves en sí, para utilizarlas para atacar objetivos de la Unión Colonial y del Cónclave, una importante organización política de razas extraterrestres.

A mí me parecía un disparate porque no tenía pies ni cabeza. No me refiero al hecho de que capturaran las naves, pues sabía que eso había ocurrido. Todo el mundo en el espacio conoce a alguien que ha perdido su nave. Lo que no tenía sentido es que se utilizaran naves mercantes para atentar contra plataformas porque existían maneras más sencillas de atacar a la Unión Colonial y al Cónclave.

Sin embargo, Ocampo estaba confirmándome ahora que esa parte del rumor era cierta, que esa clase de cosas estaba sucediendo. Razón de más, supongo, para sentirme feliz de estar trabajando en una ruta comercial dentro de las fronteras de la Unión Colonial.

Salvo que ya no estábamos haciendo esa ruta segura.

—El hecho de que las naves pertenecieran a la Unión Colonial señala a la Unión Colonial como responsable del ataque —dijo Ocampo—. Por lo tanto, las relaciones diplomáticas con casi todas las naciones de la Tierra se han roto. Y debemos ser muy prudentes con quienes todavía mantenemos algún contacto. ¿Me sigue?

Volví a asentir.

Ocampo asintió también y continuó:

—En ese caso, señor Daquin, respóndame la siguiente pregunta: Si el número dos del Departamento de Estado de la Unión Colonial quisiera restaurar las relaciones diplomáticas con la Tierra, aunque sólo fuera un pequeño contacto, sin que inmediatamente todo el mundo se viera obligado a adoptar una posición política, ¿cómo podría hacerlo?

—Fingiendo que se va de vacaciones, cuando en realidad se dirige en una nave de mercancías a una reunión extraoficial en un lugar secreto —respondí.

—Esa podría ser una posibilidad, cierto —admitió Ocampo.

—Pero aún tendría que convencer al capitán de la nave.

—El convencimiento puede lograrse de múltiples maneras —repuso Ocampo—. Una sería mediante una petición oficial de la propia Unión Colonial, que en el caso de ser rechazada provocaría que la nave en cuestión tuviera vetado atracar en las estaciones espaciales controladas por la Unión Colonial, que serían todas las que hay en el espacio de la Unión Colonial.

—Y el veto sería consecuencia de que el capitán de la nave se habría negado a entrar en el juego.

—Bueno, oficialmente se esgrimirían toda clase de motivos —dijo Ocampo—, que variarían de una estación a otra y de unas circunstancias a otras. Pero en realidad serían la manifestación del disgusto de la Unión Colonial por la falta de colaboración.

—Creo que a la capitana no le haría mucha gracia.

—Probablemente.

—También hay que tener en cuenta que los propietarios y la tripulación sufrirían pérdidas económicas, porque la nave no podría realizar su ruta comercial.

—En el supuesto de que eso sucediera, los propietarios y la tripulación serían generosamente compensados por la Unión Colonial, a lo que se añadiría una compensación adicional por su tiempo y otros gastos que pudieran derivarse.

—¿En serio?

—Por supuesto. Y ahora ya sabe por qué es tan poco habitual una cosa así. Cuesta un ojo de la cara.

—¿Y le ha contado a la capitana todo esto? —pregunté.

—Podría haberlo hecho —respondió Ocampo—. Pero tampoco creo que se hubiera llevado una alegría. A ningún capitán le gusta que le den órdenes sobre su nave. Pero a estas alturas ya no puede hacerse nada. ¿Cómo se siente ahora, señor Daquin?

—No lo sé. Mejor, supongo, porque ahora tengo una idea de lo que está pasando. Siempre y cuando lo que me ha contado se ajuste a la realidad, señor.

—Yo no le he contado nada, señor Daquin —replicó Ocampo—. Sólo estamos teniendo una conversación sobre posibilidades. Y ésta que le he planteado me parece una muy plausible. ¿A usted no le parece plausible?

Me lo parecía.

Al día siguiente recibí un disparo en la cabeza.

Antes, sin embargo, me caí de la litera.

La caída de la litera no fue lo importante; lo importante fue cómo se produjo, porque recibí un empujón, o mejor dicho,

Chandler recibió un empujón y yo simplemente me quedé donde estaba. Eso significa que, en un abrir y cerrar de ojos, la cama que tenía debajo de mí desapareció y yo salí disparado por el aire hacia un mamparo.

Mientras sucedía eso, pensé dos cosas. La primera, que seguramente ocupó la mayor parte de mi cerebro, fue «aaagh», ya que me había convertido en un proyectil que impactó en la pared.

La segunda cosa que pensé, en la parte de mi cerebro que no estaba histérica, fue que a la nave le había pasado algo gordo. El campo gravitacional artificial en la *Chandler*, y en casi todas las naves espaciales, es increíblemente robusto (como debe ser, pues, de lo contrario, la simple aceleración haría papilla los cuerpos humanos). También evita que los objetos se inclinen y vayan dando bandazos por el interior de la nave. Se necesita mucha energía para hacer que la gente salga disparada de sus literas de una sacudida.

También debía tenerse en cuenta el hecho de que no me estampé contra el suelo a pesar de caer de la litera. Esto quería decir que la gravedad artificial ni siquiera funcionaba. Estaba ocurriendo algo que la había interrumpido.

Conclusión: habíamos chocado con algo o algo había chocado con nosotros.

Esto provocó que la parte de mi cerebro que estaba gritando «aaagh» pensara: «¡Ah, mierda, vamos a morir todos! ¡Joder! ¡Estamos muertos! ¡Estamos muertos!».

Y entonces se fue la luz.

Todo esto sucedió en apenas un segundo.

La buena noticia era que había meado antes de acostarme.

Entonces se encendieron las luces de emergencia. También la gravedad de emergencia, de magnitud 0,2 G estándar. No era mucho ni duraría demasiado. Su función principal era dar tiempo a la tripulación para pegar los objetos a las superficies fijas con cinta adhesiva y meter las cosas en los armarios. Todo lo que había estado volando por mi habitación (tubo de pasta de dientes, ropa tirada por el suelo, yo) comenzó a posarse en el suelo. Me puse rápidamente los pantalones y abrí la puerta de mi camarote. Me topé con Chieko Tellez, que corría pasillo abajo.

—¿Qué ha pasado? —pregunté.

—Nos hemos quedado sin energía —respondió al pasar ante mí—. Saltamos y, de repente, adiós, energía.

—Ya, pero ¿cómo ha pasado?

—Oye, tío, que yo sólo soy una mandada de mercancías. Tú eres el que trabaja en el puente de mando. Deberías decírmelo tú —me espetó, y desapareció por una esquina del pasillo.

No le faltaba razón. Me dirigí al puente de mando.

Me encontré con el subsecretario Ocampo de camino allí. Estaba despeinado y tenía pinta de no haber pegado ojo.

—¿Qué está pasando? —preguntó.

—Nos hemos quedado sin energía.

—¿Cómo ha ocurrido?

Acababa de tener esta conversación, aunque conmigo en el papel que le había tocado ahora al subsecretario.

—Me dirijo al puente de mando para averiguarlo.

Ocampo asintió.

—Lo acompaño.

No me pareció una idea especialmente genial, pero asentí y continué mi camino, dando por sentado que Ocampo me seguía.

El puente de mando era un hervidero de actividad, pero controlado. La tripulación del primer turno estaba en sus puestos e informaba puntualmente de la situación. La capitana escuchaba y hacía preguntas. Me despedí de Ocampo, que definitivamente me había seguido hasta allí, y me acerqué a Han.

—No estás de servicio —me dijo en cuanto me vio.

—He venido por si necesitáis que os eche una mano.

—Ya hay un piloto —repuso Han, y señaló con la cabeza a Bolduc.

—Estoy disponible para otras tareas.

—Está bien. Ve a ver si Womack necesita ayuda con los sensores.

Fui hasta Sherita Womack, que estaba ocupada con ellos.

Han se volvió hacia Ocampo.

—Usted no forma parte de la tripulación, subsecretario Ocampo —le espetó Han—. Está oficialmente estorbando.

—Ya, pero quizá pueda ayudarlos —repuso Ocampo.

—No lo creo —aseveró Han—. Regrese a su camarote.

—Déjelo, Han —ordenó Thao, agregándose a la conversación—. Prefiero que se quede. Tengo que hacerle algunas preguntas y más le vale que me las responda. No se mueva de donde está, subsecretario.

—Me pongo a su servicio, capitana—dijo Ocampo.

Thao no dijo nada y centró su atención en Womack.

—Sensores. Informe. Dígame si hemos chocado con algo al aparecer tras el salto.

—No lo creo, señora —declaró Womack—. Si hubiéramos chocado con algo probablemente ya estaríamos muertos.

—Depende del tamaño del objeto con el que choquemos —puntualicé—. Continuamente impactan con la nave diminutas partículas de polvo.

—Pero el polvo no nos dejaría sin energía —replicó Womack—. Tampoco nos desviaría de la ruta.

—¿Cuánto nos hemos desviado? —preguntó Thao.

Womack se encogió de hombros.

—No puedo darle una lectura precisa porque se han jodido los sensores de inercia. También los sensores exteriores. No puedo decirle qué hay ahí fuera, señora.

—¿Los sensores captaron algo antes de que nos quedáramos sin energía?

—No saltó ninguna alarma —respondió Womack—. En un segundo pasamos del vacío más absoluto a la sacudida y la caída de la energía... —Hizo una pausa y frunció el ceño mientras miraba la pantalla de diagnóstico. Estiré el cuello para echar un vistazo al monitor.

—¿Qué sucede? —preguntó Thao.

—El diagnóstico indica que los sensores exteriores deberían estar funcionando con normalidad —dije mientras leía los datos que aparecían en la pantalla.

—Pero no están transmitiendo ninguna información —añadió Womack—. Las comunicaciones también deberían estar funcionando con normalidad, pero no recibo nada.

—A lo mejor nos están atacando con interferencias —sugerí.

—Eso mismo pienso yo —dijo Womack, y se volvió hacia la capitana Thao.

Se hizo el silencio en el puente de mando. Thao asintió y miró a Ocampo.

—¿Quiere explicarme qué está pasando aquí?

—No puedo —respondió el subsecretario.

—Me dijo que íbamos a reunirnos con una delegación diplomática de la Tierra.

—De la Tierra y del Cónclave, en efecto —asintió Ocampo.

Esto difería ligeramente de lo que me había contado en su camarote, si bien me había dejado claro que en realidad no estaba contándome nada, de modo que...

—¿Por qué sus supuestos interlocutores diplomáticos nos atacarían con interferencias? —preguntó la capitana.

—No tendrían por qué hacerlo. En principio, la reunión debía celebrarse aquí. Sabían que venía y que lo hacía a bordo de esta nave. Saben que no somos una nave hostil.

—Aun así, nuestros sensores están inutilizados y nos movemos a ciegas por el universo —repuso Thao.

—Podrían ser piratas —apuntó Han.

—No —aseveró Thao—. Los piratas actúan en rutas comerciales y ésta no lo es. Hemos seguido una ruta hasta una localización secreta en el espacio donde sólo los amigos diplomáticos del subsecretario Ocampo sabían que podrían encontrarnos. ¿Me equivoco, subsecretario Ocampo? ¿No estaba considerado este viaje como de alto secreto? —La capitana pronunció estas dos últimas palabras con un sarcasmo evidente.

Ocampo parecía incómodo con el rumbo que estaba tomando el interrogatorio de Thao.

—Durante el último año, las informaciones sobre las misiones diplomáticas de la Unión Colonial han sufrido numerosas filtraciones —afirmó .

—¿Qué quiere decir? —preguntó la capitana.

—Quiero decir que el Departamento de Estado podría tener un problema de espionaje —respondió Ocampo—. He tomado todas las precauciones que estaban en mi mano para mantener en secreto esta reunión, pero parece ser que no han sido suficientes.

—Así que tienen espías en el gobierno —afirmó Thao más que preguntó—. ¿Espías de quién? ¿Del Cónclave? ¿De la Tierra?

—De cualquiera de los dos —respondió Ocampo—. O de una tercera organización.

—¿Qué tercera organización?

El subsecretario se encogió de hombros. Thao lo fulminó con una mirada de desprecio de manual y se volvió hacia donde estábamos Womack y yo.

—¿Los sensores no captaron nada antes de la caída de la energía?

—Nada, señora —respondió Womack—. Salvo espacio despejado en el punto de salto.

—¿Los sensores exteriores aún no funcionan?

—Así es, señora. Deberían funcionar con normalidad, pero no lo hacen. Y no puedo decirle por qué.

Thao se volvió hacia Han.

—Envíe a alguien a una cámara estanca y que eche un vistazo al maldito portal, por favor.

Han asintió con la cabeza y habló brevemente a través del micrófono incorporado a los auriculares. Probablemente, en algún lugar de las cubiertas inferiores, un tripulante se dirigía en ese momento a una cámara estanca.

—Deberíamos comenzar a formar equipos de seguridad, capitana —sugirió Han.

—¿Cree que el responsable de nuestra situación se propone abordarnos? —preguntó Thao.

—Sí, señora. Usted misma lo ha dicho. Quienesquiera que nos hayan atacado no son vulgares piratas. Creo que para ellos lo único valioso que hay en la *Chandler* es la propia *Chandler*.

—No —repuso Thao, volviéndose de nuevo hacia Ocampo—. Quizá van detrás de otra cosa.

Sonó un pitido en la consola de Womack y ambos nos volvimos para ver de qué se trataba.

—¿Qué sucede? —inquirió Thao.

—Una señal del exterior —respondí.

Womack se puso los auriculares y anunció un momento después:

—Va dirigida específicamente a usted, capitana.

—Transmítala por los altavoces —ordenó Thao.

Womack obedeció y le hizo una señal a la capitana.

—Al habla la capitana Eliza Thao.

—Capitana Thao, tiene tres misiles Melierax Serie Siete apuntando a su nave —anunció por la megafonía una voz con el inconfundible tono metálico y áspero que delataba que había sido generada artificialmente—. El primero impactará en la sección central de la nave, donde la integridad estructural de la *Chandler* es más débil. No la destruirá, pero matará a muchos miembros de su tripulación y abrirá un camino franco hasta sus motores, donde impactará el segundo proyectil. Éste pulverizará instantáneamente dos tercios de la nave y liquidará casi la totalidad de su tripulación. El tercer misil destruirá el resto.

»Puesto que la *Chandler* es una nave mercante, no dispone de armas defensivas significativas. Y aunque las tuviera, hemos inutilizado sus sensores exteriores. También hemos intervenido sus comunicaciones y están a varios años luz de la primera estación civil o de las FDC. Sus lanzaderas de sondas de salto también están en el punto de mira de nuestros rayos de partículas. Se ha interrumpido el flujo de energía de la nave y pronto descubrirá, si no lo ha hecho ya, que no podrán reanudarlo antes de que sus baterías de emergencia se agoten. Si nuestros misiles no estuvieran apuntando a la *Chandler*, usted y su tripulación morirían congelados, y quien se salvara de ese destino lo haría por asfixia.

—Escúcheme... —comenzó a decir Thao.

—Como vuelva a interrumpirme, dispararé los misiles —la cortó la voz con violencia.

Thao guardó silencio.

—Esto no es una negociación ni un diálogo —continuó quienquiera que fuera—. A continuación le diré lo que tiene que hacer si quiere que su tripulación sobreviva.

»En primer lugar, abra las compuertas exteriores de las cámaras estancas para permitir la entrada a la nave. Después, reúna a toda su tripulación en la bodega. Accederemos a la nave y tomaremos el control. Si encontramos a algún tripulante fuera de la bodega cuando subamos a bordo, destruiremos la nave con todas las personas que hay en su interior. Si alguno de sus tripulantes intenta atacarnos o impedir que tomemos el control de la nave, la destruiremos con todos sus ocupantes. Si intentan abandonarla, destruiremos las cápsulas salvavidas y la nave con todos aquellos que continúen en su interior. Si usted y su tripulación hacen cualquier otra cosa que no sea reunirse en la bodega y esperar instrucciones, destruiremos la nave con todas las personas que hay en su interior.

»Tiene cinco minutos a partir de este momento para confirmar que ha entendido estas instrucciones. Después dispondrá de una hora para confirmarnos que las ha cumplido. Si no recibimos alguna de esas confirmaciones, destruiremos la nave con todas las personas que hay en su interior.

»Eso es todo.

—¿Sigue abierto el canal? —preguntó Thao a Womack.

Womack echó un vistazo a la consola.

—Sí, señora. Todo lo demás sigue intervenido.

Thao se volvió entonces a Ocampo.

—Doy por sentado que éstos no son sus amigos.

—No lo son —repuso Ocampo—. Le aseguro que ellos no nos habrían recibido de esta manera.

—¿Y qué sospecha que puede haberles pasado a sus amigos?

—No lo sé —respondió Ocampo—. Es muy posible que también hayan sido atacados.

—¿Opciones? —inquirió Thao mientras se volvía hacia Han.

—Si damos por cierto lo que dicen sobre los misiles, ninguna —respondió éste—. Quienquiera que sea nuestro interlocutor, tiene razón. Carecemos de armas defensivas eficaces. Estamos a su merced. Y aunque canalizáramos toda la energía de emergencia al sistema de soporte vital, tendríamos las horas contadas.

—¿Y si no está diciendo la verdad sobre los misiles?

—En ese caso podríamos enfrentarnos con ellos cuando suban a bordo, destruir nosotros mismos la nave si fuera necesario, huir en las cápsulas salvavidas ¡y a la mierda con estos tíos! —respondió Han.

—Lucharemos, capitana —dije, aunque no sé muy bien por qué. Sólo un instante antes ni se me había pasado por la cabeza la idea de luchar; simplemente se me ocurrió en ese momento y la solté. Han acababa de decirlo: ¡A la mierda con estos tíos, quienesquiera que fueran! Y si esto significaba que teníamos que enfrentarnos a ellos armados con palos, pues mejor eso que nada.

Thao sonrió y me dedicó un gesto con la cabeza, como queriendo decir que mi comentario había sido registrado y tomado en consideración. Se volvió entonces a Han, que no sonreía en absoluto.

—¿Pero?

—Pero ya nos han cortado el flujo de energía sin que nos enteremos —respondió Han—. Nos han neutralizado las comunicaciones y los sensores externos. Eso me hace sospechar que se guardan más de un as en la manga. Y aunque no fuera así, si nos enfrentamos a ellos y repelemos su ataque, lo más probable es que suframos bajas y la nave quede más dañada de lo que ya está. Acabaremos todos metidos en las cápsulas salvavidas, y quienesquiera que sean... —Han hizo un gesto con el brazo como para señalar a los atacantes de fuera—... podrán quedarse con la nave, con o sin nosotros a bordo. En cuyo caso, lo habremos puesto en riesgo todo para nada.

Thao se volvió a Bolduc, que era el piloto a los mandos en ese momento.

—¿Hay alguna posibilidad de que podamos escapar con un salto?

—No —respondió Bolduc—. Hemos entrado en el sistema cerca de un planeta. En las mejores circunstancias necesitaríamos tres días para alcanzar una distancia de salto.

—De todos modos, sin los motores no podemos saltar —señaló Han.

—¿Cuándo podríamos tenerlos operativos? —preguntó la capitana.

—Eller ha estimado que dentro de unas veinte horas —respondió Han, refiriéndose al jefe de los ingenieros—. La energía de emergencia nos durará seis horas. Aún tendríamos que evacuar a la tripulación hasta las cápsulas salvavidas. Quien se quede en la nave tendrá dificultades para respirar hasta que se restablezca completamente el flujo de energía.

—Hagamos lo que hagamos, perdemos la nave —aseveró Thao.

Han esperó una milésima de segundo antes de replicar:

—Siendo realistas, así es. Aunque quienquiera que nos está atacando no hiciera nada, tendríamos que trasladar a casi toda la tripulación a las cápsulas salvavidas. Y no me parece realista pensar que no vaya a hacer nada. Ya ha hecho bastante.

Thao se sentó y reflexionó en silencio unos instantes. Ocampo y todas las personas que estaban en el puente de mando aguardaron, conscientes del plazo que les habían impuesto para dar una respuesta.

—Mierda —masculló Thao, e hizo un gesto con la cabeza en dirección a Womack—. Responda que aceptamos las condiciones. Abriremos las cámaras estancas y los avisaremos cuando toda la tripulación se encuentre en la bodega.

Womack se quedó mirando a la capitana un momento, tragó saliva y asintió antes de volverse hacia su consola.

—Informe a la tripulación —dijo Thao, dirigiéndose a Han—. Hay que cumplir los plazos.

Han se apresuró a obedecer la orden. Thao se volvió entonces a Ocampo.

—Bueno, señor Ocampo, empiezo a pensar que debería haber rechazado su propuesta.

Ocampo abrió la boca para replicar, pero Thao ya había desviado su atención del subsecretario.

Las tres criaturas que enfilaban hacia la capitana Thao vestían de negro, estaban armadas y sus rodillas se doblaban en el sentido contrario. Una de ellas portaba un arma que guardaba cierta semejanza con una pistola, mientras que las otras dos iban pertrechadas con unas armas más largas que tomé por algún tipo de fusiles automáticos. Los acompañaba un pelotón que se mantuvo en un segundo plano y se desplegó por la bodega, ocupando posiciones elevadas para tener a toda la tripulación de la *Chandler* a tiro. Éramos unos sesenta, todos desarmados, así que podían liquidarnos en un abrir y cerrar de ojos si querían.

—¿Qué cojones son? —me preguntó en un susurro Chieko Tellez, que estaba a mi lado.

—Rraey —respondí.

—No son una especie muy amistosa —repuso Tellez—. Salvo éstos, claro.

—Ya —dije.

La Unión Colonial no hacía demasiada publicidad de las batallas en las que participaba, pero yo sabía que les habíamos dado a los rraey más de una patada en el culo durante la última década. No había ninguna razón para pensar que esto fuera a acabar bien.

Los tres rraey se quedaron delante de la capitana Thao.

—Señáleme a sus pilotos —le ordenó el rraey que estaba en el centro. Hablaba en su propia lengua, que traducía un pequeño artefacto que llevaba prendido en la ropa.

—Primero dígame para qué —respondió Thao.

El rraey levantó el arma y le disparó en la cara a Lee Han, que estaba al lado de la capitana. Han se elevó en el aire y, dada la escasa gravedad, tardó un buen rato en quedar tendido sobre el suelo de la cubierta.

—Señáleme a sus pilotos —repitió el rraey cuando los gritos de la tripulación remitieron.

Thao no respondió y la criatura volvió a levantar el arma. Esta vez apuntó a la cabeza de la capitana. Se me pasó por la cabeza la idea de dar un paso al frente, pero Tellez adivinó lo que estaba pensando y me agarró del brazo.

—Ni se te ocurra —me susurró.

—¡Alto! —gritó alguien. Me volví hacia el origen de la voz y vi al subsecretario Ocampo, que se adelantó para separarse de la tripulación de la *Chandler*—. No hay necesidad de esto, comandante Tvann.

El rraey se volvió a mirar a Ocampo. También Thao. Creo que ella reparó en que el subsecretario se había dirigido a la criatura por su nombre y su grado.

—Subsecretario Ocampo —dijo Tvann, inclinando ligeramente la cabeza a modo de saludo—. Tenga la amabilidad de señalarme usted un piloto, por favor.

—Por supuesto —dijo Ocampo, y me apuntó directamente con el dedo—. Él es piloto.

Dos rraey enfilaron hacia mí y Tellez se interpuso entre ellos y yo. El comandante rraey la encañonó con el arma.

—¡Hijo de perra! —gritó Thao a Ocampo, y la tripulación de la *Chandler* comenzó a alborotarse.

—¡Silencio! —ordenó Ocampo con un vozarrón del que sin duda se enorgullecía; la clase de voz pulida durante años de discursos, que además delataba su seguridad en la predisposición natural de la gente a prestar atención a todo lo que dijera.

Y surtió efecto, pues incluso los rraey que venían hacia mí se detuvieron y se volvieron a mirarlo.

Ocampo levantó una mano para prolongar el momento de silencio. La tripulación cuchicheaba de manera casi imperceptible.

—Viviréis —dijo Ocampo con voz alta y clara—. Lo repetiré: viviréis. Pero sólo si prestáis atención a lo que voy a deciros. Así que escuchad. En silencio.

La tripulación de la *Chandler* guardó un silencio sepulcral.

—Lamento la muerte de Lee Han —continuó Ocampo—. Los oficiales rraey no están acostumbrados a que se cuestionen o se desoigan sus órdenes. No morirá nadie más a menos que os resistáis o desobedezcáis. Soy consciente de que, desde vuestro punto de vista, esto tiene todo el aspecto de ser una acción de piratería o una traición. Os aseguro que no hay nada más lejos de la realidad. Siento no disponer de más tiempo para explicaros largo y tendido nuestro proceder.

»Ahora necesito la *Chandler* y a un piloto. Voy a quedarme la nave y al señor Daquin. En cuanto a los demás, en breve os acompañaremos a las cápsulas salvavidas. Lanzaremos las cápsulas y, inmediatamente después de que la *Chandler* haya saltado, cosa que ocurrirá dentro de tres días, se enviará una sonda de emergencia a la Estación Fénix y a la Unión Colonial con las coordenadas exactas de este sistema y de vuestras cápsulas. Todos sabéis ya que la Unión Colonial mantiene naves cerca de las distancias de salto para misiones de rescate como ésta.

»De manera que dentro de cuatro días, cinco a lo sumo, os rescatarán. Las cápsulas salvavidas disponen de todo lo necesario para que sobreviváis durante siete días. Os rescatarán con tiempo de sobra.

»Repito: viviréis. Pero para que eso ocurra no debéis oponer resistencia. No luchéis. No discutáis. De lo contrario, a los rraey no les temblará el pulso y os matarán. Deseo que volváis a ver a vuestras familias y a vuestros amigos. Deseo que regreséis sanos y salvos al espacio de la Unión Colonial. Ayudadme a ayudaros a salir de ésta. Colaboremos.

—¡No le creo! —le espetó Thao.

—Está bien —dijo Ocampo, e hizo una señal con la cabeza a Tvann.

El rraey le pegó un tiro en la frente y el cuerpo sin vida de la capitana cayó desplomado.

Ocampo esperó a que los chillidos se apagaran.

—Ya os he dicho que no debéis discutir. Ahora, por favor, seguid las instrucciones de los rraey. —Dio la espalda a la tripulación de la *Chandler* y le indicó a Tvann que lo siguiera.

Los otros dos rraey que venían hacia mí reanudaron la marcha y advertí que los músculos de Tellez se ponían tensos preparándose para la lucha.

—No —le dije.

—Van a matarte —repuso ella.

—Te matarán a ti si intentas detenerlos.

—De todos modos, ya estamos todos muertos.

—Preferiría que apuraras tus posibilidades en las cápsulas salvavidas —dije, y le puse una mano sobre el hombro cuando los rraey se detuvieron frente a mí—. Gracias, Chieko. Te agradezco de verdad que estés dispuesta a pelear por mí.

—Bueno, tú harías lo mismo por mí, ¿no? —dijo Tellez.

—Sí —respondí—. ¿Qué otra cosa crees que estoy haciendo? —Asentí a los rraey para darles a entender que estaba preparado para acompañarlos. Uno de ellos me cogió por el hombro y me llevó lejos de Tellez y del resto de los tripulantes de la nave.

Apenas los conocía.

Ya comenzaba a sentirme un poco culpable porque sabía que yo sobreviviría.

Oí lo que Ocampo hablaba con Tvann cuando pasé ante ellos.

—¿Ha causado muchos daños a la nave? —preguntó el subsecretario al rraey.

—Casi ninguno, y nada que la ponga en peligro estructuralmente —respondió Tvann—. Sólo hemos tenido que interrumpir y desactivar algunos sistemas.

—Bien —repuso Ocampo—. El ingeniero jefe de la *Chandler* dijo que podía restablecer el suministro de energía en veinte horas. ¿Puede hacer lo mismo su equipo?

—No tardaremos tanto —aseguró Tvann—. Tenemos experiencia en estos asuntos, subsecretario, como usted bien sabe.

—Vaya si lo sé.

—Estaría bien que a partir de ahora se quedara con nosotros de manera permanente.

—Gracias, comandante Tvann —dijo Ocampo—. Yo también lo pienso.

—¿Qué quiere hacer con la tripulación? —preguntó Tvann.

—Les he dicho que los meteríamos en las cápsulas salvavidas, así que eso haremos.

—Será una lástima perder esas cápsulas.

Ocampo se encogió de hombros.

—En realidad no vamos a necesitarlas, ¿no?

—No.

—Por lo tanto, no perdemos nada. Una cosa, no obstante. Hay que destruir una de las cápsulas. La historia de que mi cuerpo es irrecuperable debe ser verosímil; la destrucción de una cápsula contribuirá a ello.

—Por supuesto —asintió Tvann—. ¿No viajaba con usted una secretaria? ¿Ella subirá a las cápsulas salvavidas?

—Ofrézcale elegir entre las cápsulas o quedarse con nosotros —dijo Ocampo—. Y si quiere hacerle alguna insinuación sobre que las cápsulas no son una buena elección, lo dejo a su criterio, comandante.

—¿No lo sabía?

—¿Se refiere a esto? No. Era un secreto, ¿recuerda?

—Creo que simplemente le ordenaré que se quede con nosotros. Será más fácil para todos.

—Como quiera —dijo Ocampo, y le dio una palmada en la espalda al rraey.

Tvann enfiló directamente hacia la muchedumbre de la tripulación de la *Chandler* y Ocampo depositó su atención en mí.

—Bueno, señor Daquin, es su día de suerte. Después de todo, vivirá.

—No existe ninguna sonda de emergencia, ¿verdad? —pregunté.

—¿Se refiere a la sonda para informar a la Unión Colonial sobre el paradero de la tripulación de la *Chandler*?

—Sí, a ésa.

Ocampo negó con la cabeza.

—No, no existe.

—¿Va a dejar que toda la tripulación de la *Chandler* muera asfixiada en las cápsulas salvavidas?

—Ése parece el desenlace más probable, sí —respondió Ocampo—. Este sistema apenas está poblado. Es poco probable que alguien pase por aquí durante la próxima semana... o durante el próximo año.

—¿Por qué está haciendo esto? —pregunté.

—¿Quiere saber por qué aparentemente me he convertido en un traidor?

—Para empezar.

—La respuesta completa es demasiado larga para el tiempo del que disponemos ahora —dijo Ocampo—, así que sólo le diré que la verdadera pregunta que debería hacerse es quién merece nuestra lealtad, si la Unión Colonial o la humanidad. Ya sabe que no son lo mismo. Y yo he comenzado a darme cuenta de que quien merece en primer lugar mi lealtad es la humanidad. La Unión Colonial tiene los días contados, señor Daquin. Yo sólo intento asegurarme de que, cuando desaparezca, la especie humana no se extinguirá con ella.

—Si ha jurado lealtad a la humanidad, demuéstrelo —dije señalando a la tripulación de la *Chandler*—. Ellos son humanos, secretario Ocampo. Salve a esas personas. Envíe una sonda de salto a la Estación Fénix para que puedan rescatarlos. No permita que mueran en las cápsulas salvavidas.

—Es un gesto noble por su parte intentar salvarlos —repuso Ocampo—. Ojalá pudiera satisfacer su deseo, señor Daquin. De verdad que desearía poder hacerlo, pero en la Unión Colonial no pueden saber aún que los he abandonado; necesito que me crean muerto. Y eso sólo ocurrirá si no encuentran nada que les haga pensar lo contrario. Lo siento.

—Ha dicho que me necesita para pilotar la nave —dije—. No lo ayudaré a menos que los salve.

—Creo que pronto cambiará de opinión —repuso Ocampo. Se volvió hacia uno de los rraey y asintió con la cabeza.

Me asestaron un golpe en las piernas y me estrellé de espaldas contra el suelo de la bodega. Noté una presión en el cogote, como del cañón de una pistola. Y sentí, al mismo tiempo que la vibración del arma al disparar, un impacto en el cráneo.

No recuerdo nada posterior a ese momento.

Segunda parte

Ahora llegamos a la parte en la que me convierto en un cerebro metido en una caja.

No recuerdo nada de cómo empezó todo, pues me dispararon en el cogote a quemarropa con alguna clase de pistola de descargas eléctricas y me quedé atontado. Después me llevaron a la nave rraey, donde un médico (al menos yo espero que fuera un médico) me indujo un coma; ésa era la primera fase del proceso. Estuve inconsciente durante el salto, que se produjo tres días después. Y seguía inconsciente cuando llegamos a nuestro destino.

Gracias a Dios, también estuve inconsciente durante la siguiente fase.

Después llegó el momento del periodo de recuperación. Éste es fundamental, puesto que (creo que es evidente si se piensa en ello) extraer el cerebro de la cabeza y mantenerlo vivo dentro de una caja es bastante traumático para el cerebro.

En total, estuve inconsciente dieciocho días.

Y cuando digo inconsciente me refiero a inconsciente de verdad. No soñaba, porque creo que técnicamente no estaba dormido. Existe una diferencia entre dormir y el estado en el que yo me encontraba. Dormir es algo que el cerebro hace para descansar y poner en orden la información recibida a lo largo de un día de estímulos. Lo que me pasaba a mí era algo completamente distinto. Si dormir equivale a un relajante chapuzón en un tranquilo lago, lo que yo hacía era pugnar para salir a la superficie en medio de un tempestuoso mar, lejísimos de la costa más cercana.

No soñaba. Creo que probablemente fuera mejor así.

Durante todo ese tiempo sólo salí a la superficie una vez... bueno, una vez que yo recuerde. Sentí cómo mi consciencia emergía entre las olas y pensé que no notaba las piernas.

Y lo siguiente que pensé fue que no sentía nada. Y recuerdo que volví a hundirme.

La siguiente vez que recuperé la consciencia sentía algo: tenía, hablando claro, el puto dolor de cabeza más espantoso de toda mi vida.

Estoy tratando de encontrar las palabras precisas para describirlo. A ver qué tal éstas: imaginad que tenéis una migraña, que en el peor momento de una resaca os encontráis en el patio de una guardería rodeados por treinta críos que berrean y que se turnan para clavaros en el ojo un punzón para el hielo.

Multiplicad esa sensación por seis.

Así de intenso era mi dolor de cabeza.

Era la clase de jaqueca en la que lo mejor que puedes hacer es tumbarte con los ojos cerrados, permanecer inmóvil y en silencio y rezar para que llegue pronto la muerte. Quizá por eso tardé más de la cuenta en percatarme de un par de cosas.

La primera fue que la oscuridad que me envolvía era tan impenetrable que no podía ser real.

Venga, cerrad los ojos. Decidme, ¿veis una oscuridad absoluta?

Acabo de darme cuenta de que si me habéis hecho caso y habéis cerrado los ojos, no habréis leído la pregunta que seguía a continuación. Bueno, ya os había advertido de que no soy escritor.

Probemos otra vez. Cerrad los ojos durante un minuto. Cuando volváis a abrirlos, preguntaos si estaba completamente oscuro mientras los teníais cerrados.

Y la respuesta es que no. Si estabais en una habitación o en cualquier otro lugar con un poco de claridad, una fracción de esa luz ha atravesado vuestros párpados. Y si estabais a oscuras, leyendo este libro en una pantalla, habréis visto los residuos del brillo de la pantalla que se han quedado en las retinas. Incluso en el caso de que estuvierais en una habitación oscura, escuchando una lectura del libro, en algún momento vuestros ojos habrían tenido alguna reacción física y habríais visto algo. Si os frotáis los ojos, apretáis los nervios ópticos y veis aparecer figuras y colores en el cerebro.

La oscuridad nunca es total.

La oscuridad que yo veía no se debía a la ausencia de luz, sino a la ausencia de todo.

Después de descubrir eso sobre la oscuridad, me di cuenta del silencio que me rodeaba. Tampoco existe un silencio tan absoluto; siempre hay un ruido, aunque sólo sea el imperceptible susurro del vello de la cóclea.

No oía nada salvo el inmutable silencio de la ausencia absoluta.

Luego me di cuenta de que no percibía el sabor de la boca.

No me miréis así, porque, a pesar de que no puedo veros, sé que estáis mirándome así.

Escuchad. Me da igual que nunca os hayáis detenido a pensar que percibís el sabor de la boca, porque siempre está ahí. Dentro de la boca guardáis la lengua, y la lengua no tiene un interruptor para apagarla y encenderla. Ahora mismo estáis percibiendo el sabor de la boca, y ahora que os he llamado la atención sobre ello, probablemente os habréis dado cuenta de que tenéis que lavaros los dientes o mascar un chicle. Porque vuestra boca, por defecto, sabe mal.

Podéis percibir el sabor de la boca aunque nunca penséis en ello.

Yo pensé mucho en ello y no percibí sabor alguno.

Y ahí es cuando empecé a ponerme nervioso, porque ya sabéis lo que pasa cuando uno se queda ciego. Es algo que le ocurre a la gente. Las personas pierden la vista, incluso los ojos en algunas ocasiones, y, si bien es posible regenerarlos o crear unos artificiales, comienzan a aceptar que la ceguera es real y que quizá les ha tocado a ellas. Lo mismo pasa con la sordera.

Pero ¿quién cojones no percibe el sabor de su propia boca?

De modo que, sí, en ese momento mi cerebro comenzó a pensar: «Oh, mierda. Oh, mierda. Oh, mierda». En un bucle sin fin.

Porque, después de todo, no llegaba ninguna sensación a mi cabeza. No sentía las manos, ni los pies, los brazos, las piernas, el pene o los labios. No notaba el aire entrando por mis orificios nasales. No tenía sensación alguna de equilibrio. No sentía frío ni calor.

No tragaba saliva con nerviosismo. No notaba el sudor frío del miedo en la frente ni el corazón acelerado. No percibía los latidos de mi corazón.

Nada.

Era posible que me hubiera cagado del miedo, pero tampoco había sentido la pérdida de control del esfínter.

Lo único que sentía era dolor, porque la jaqueca tuvo la ocurrencia de pensar que era el momento perfecto para multiplicar su intensidad por doce.

Y me concentré en el dolor de cabeza como un perro hambriento se concentra en un filete, porque era lo único que sentía.

Y entonces me desmayé. Porque creo que mi cerebro decidió que estaba sintiendo demasiado por no sentir nada.

No hubiera podido discutírselo.

Cuando recobré el conocimiento no tuve un ataque de pánico, y creo que me sentí un poco orgulloso por ello. Por el contrario, intenté mantener la calma y encontrar una explicación racional de lo que estaba pasando.

Primera hipótesis: estaba muerto.

La descarté porque me pareció estúpida. Claro que no sentiría nada si estuviera muerto, pero probablemente tampoco sería consciente de que no sentía nada. Yo... simplemente no existiría.

A menos que se tratara de una vida más allá de la muerte. Pero dudo que lo fuera. No soy lo que se dice una persona religiosa, pero la mayor parte de las vidas después de la muerte de las que he oído hablar son más parecidas a una nada absoluta. Si Dios o los dioses existen y eso es lo que nos tienen preparado para la vida eterna, la experiencia que yo tuve fue un poco decepcionante.

Por lo tanto, probablemente seguía vivo.

¡Por lo menos era un principio!

Segunda hipótesis: me encontraba en estado de coma.

Esta me parecía más plausible, aunque lo cierto es que no sabía nada sobre los efectos de un coma. No sabía si las personas en estado de coma eran capaces de pensar. Vistas desde fuera, no daba la impresión de que tuvieran demasiada actividad. Decidí aparcar esa idea para desarrollarla en otro momento.

Tercera hipótesis: no estaba en coma, pero por algún motivo estaba atrapado en mi cuerpo y no sentía nada.

A primera vista, ésta parecía la explicación más lógica, pero entonces me asaltaron dos preguntas para las que no tenía respuesta. La primera era que cómo había llegado a ese estado. Estaba consciente y sabía quién era, pero, por lo demás, mis recuerdos de los acontecimientos más recientes eran confusos. Recordaba haber salido disparado de mi litera y de haber ido luego al puente de mando, pero de todo lo que ocurrió a continuación guardaba recuerdos muy vagos.

Esto me sugirió la idea de que había sufrido alguna clase de episodio traumático. Sabía que el propio trauma que provocaban los accidentes y las lesiones graves borraba de la memoria de las víctimas los recuerdos de lo ocurrido. Me pareció probable que me hubiera pasado algo así. Lo que quiera que hubiera sido me había dejado bastante mal.

Bueno, eso no era ninguna novedad: era una conciencia flotando en la nada y había recuperado el recuerdo de «estás bastante mal».

Sin embargo, eso era secundario. Incluso en mi lamentable estado debería sentir algo, o por lo menos percibir algo más que mis propios pensamientos. Pero no lo hacía.

¡Demonios, pero si ya ni siquiera sentía el dolor de cabeza!

—Está despierto —dijo una voz procedente de todas partes, perfectamente audible, indeterminada en el sentido de que no pude identificar sus características. Me quedé paralizado, o lo habría hecho si hubiera tenido la posibilidad de mover alguna parte de mi cuerpo.

—¿Hola? —dije, o habría dicho si hubiera podido hablar, porque no podía, así que no ocurrió nada. Comencé a sentir pánico porque súbitamente me recordaron que tenía un problema, y porque me invadió la desesperación al pensar que la voz, de quienquiera que fuera, volviera a abandonarme en la nada más absoluta.

—Está intentando hablar —dijo la voz, de nuevo desde todas partes—. Su cerebro está intentando enviar señales a su boca y a su lengua. No servirá de nada. Mejor piense las palabras que quiere decir.

¿Así?, pensé.

—Sí —respondió la voz, y yo habría gritado de alivio si hubiera podido. Una catarata de pensamientos y de emociones irrumpió en mi cerebro con la imperiosa necesidad de ser expresados. Tuve que tomarme unos segundos para tranquilizarme y concentrarme en un solo pensamiento coherente.

¿Qué me ha pasado? ¿Por qué no puedo hablar?

—No puede hablar porque no tiene boca ni lengua —respondió la voz.

¿Por qué?

—Porque se las hemos quitado.

No lo entiendo, repuse al cabo de un momento.

—Se las hemos quitado —repitió la voz.

¿Les ha pasado algo? ¿He sufrido un accidente?

—No, estaban perfectamente. Y no, no ha sufrido ningún accidente.

No lo entiendo, repetí.

—Le hemos extraído el cerebro del cuerpo.

Se hace difícil ahora, recordando ese momento con la perspectiva que da el tiempo, expresar con precisión la absoluta incomprensión que experimenté entonces. Al oír aquella afirmación, intenté con todas mis fuerzas transmitir mi nivel de confusión y de incredulidad, pero lo único que fui capaz de pensar fue:

¿Cómo?

—Le hemos extraído el cerebro del cuerpo —repitió la voz.

¿Por qué?

—Porque no lo necesita para lo que queremos que haga para nosotros.

Seguía sin comprender muy bien la conversación, pero, en ausencia de cualquier otra cosa, la continué como buenamente pude, con la esperanza de que en cualquier momento todo cobrara sentido.

¿Qué quieren que haga?

—Queremos que pilote su nave.

Para eso necesito la boca.

—No, no la necesita.

¿Cómo voy a hablar con el resto de la tripulación?

—Usted es la única tripulación.

Aquí apareció algo en mi cerebro... algo parecido a un recuerdo, pero no uno real, sino el pensamiento de que había sabido lo que le pasó a la tripulación de la *Chandler* y ahora no lo recordaba, aunque sabía que no había sido nada bueno.

¿Dónde está el resto de la tripulación?

—Están todos muertos.

¿Cómo han muerto?

—Los asesinamos.

Volvió a invadirme la sensación de pánico. Sabía que la voz estaba diciéndome la verdad, pero no conseguí recordar cómo había sucedido. Sabía que lo había sabido. Quería con toda mi alma volver a saberlo. Sin embargo, en mi cerebro no había nada que me lo recordara, nada salvo un muro de pavor.

¿Por qué los han asesinado?

—Porque no los necesitábamos.

¡Se necesita una tripulación para que una nave funcione!

—Nosotros no.

¿Cómo que no?

—Porque lo tenemos a usted.

¡Yo no puedo manejar solo toda una nave!

—Lo hará. De lo contrario, morirá.

¡Joder, pero si ni siquiera puedo moverme!, pensé con exasperación.

—Eso no será un problema.

¿Cómo esperan que pilote y maneje toda una nave si ni siquiera puedo moverme?

—Ahora usted es la nave.

Y de repente volvió a embargarme toda la incomprensión.

¿Perdón?, pensé al fin.

—Ahora usted es la nave —repitió la voz.

¿Que yo soy la nave?

—Sí.

¿Yo soy la Chandler*?*

—Sí.

¿Qué cojones significa eso?

—Le hemos extraído el cerebro del cuerpo y lo hemos integrado en la *Chandler*. Ahora la nave es su cuerpo. Aprenderá a controlar su cuerpo.

Intenté asimilar lo que me contaba y fracasé estrepitosamente.

Era incapaz de concebir una sola de las cosas que oía. No podía imaginarme siendo una nave. No podía imaginarme aprendiendo a controlar yo solo una máquina tan compleja.

¿Y si no lo consigo? ¿Y si nunca aprendo a controlarlo?

—Entonces morirá.

No lo entiendo, pensé, y me figuré que la absoluta impotencia que sentía era obvia. Tal vez de eso se trataba.

—No importa que no lo entienda.

En una parte de mi cerebro surgió la respuesta inmediata de «que te jodan, capullo». Pero tuve la impresión de que no fue transmitida a mi interlocutor... o al menos la voz no me respondió nada. Así que decidí pensar otra cosa.

¿Por qué me han hecho esto?

—La nave necesita un piloto. Usted es piloto y conoce la nave.

¡Para eso no era necesario sacarme el maldito cerebro de la cabeza!

—Sí lo era.

¿Por qué?

—No es importante que conozca la respuesta.

¡Yo no pienso lo mismo!

—No importa que no piense lo mismo.

Pero sí importa que no vaya a pilotar la nave, ¿verdad? Porque no pienso pilotarla.

—Si no la pilota, morirá.

Pero si ya soy un cerebro metido en una caja. Me da igual morir.

Me pareció una aseveración de lo más acertada, hasta que comencé a sentir un dolor punzante.

¿Recordáis el dolor de cabeza del que os he hablado? Pues bien, este dolor era comparable a ése. Sentía como si mi cuerpo estuviera sufriendo una descarga eléctrica, y ni siquiera la sorpresa de sentir que volvía a tener cuerpo consiguió distraerme del dolor.

Objetivamente, no pudo durar más que un par de segundos. Subjetivamente, creo que envejecí un año durante el tiempo que duró.

Finalmente cesó.

—No tiene cuerpo, pero su cerebro no lo sabe —dijo la voz—. Para él todo sigue ahí; todo lo necesario para que su cerebro le haga experimentar el dolor está bajo nuestro control. Para nosotros es muy sencillo. Todos los ajustes están configurados. Si quisiéramos, podríamos programarlos para que se ejecutaran en bucle. O podríamos sumirlo en la oscuridad más absoluta, privado eternamente de cualquier sensación. Por lo tanto, se lo repito, si no pilota la nave, morirá. Pero antes de morir, descubrirá lo lenta que puede llegar a ser su muerte y lo doloroso que puede ser el tránsito hacia ella. Y le aseguro que no le dará igual.

¿Quiénes son ustedes?

—Somos la única voz que oirá el resto de su vida, a menos que haga lo que le pedimos.

«¿Será un plural mayestático?», pensé, no para la voz, sino para mí. No tengo la menor idea de por qué pensé eso, pero supongo que el hecho de haberme sentido como si fuera una central eléctrica capaz de hacer circular la corriente por mi cuerpo inexistente podría haberme dejado un poco tocado del ala.

La voz no respondió.

Era la segunda vez que ocurría. En ambos casos cuando no había dirigido mi pensamiento hacia ella.

Me pareció un descubrimiento interesante.

¿Qué ocurrirá si hago lo que me piden?, le pregunté a la voz.

—Le devolveremos su cuerpo. Es un simple intercambio. Haga lo que le pidamos y volverá a ser usted. Si se niega, morirá dolorosamente.

¿Y qué quieren que haga?

—Pilotar esta nave. Ya se lo he dicho.

¿Dónde y con qué fin?

—Eso lo sabrá más adelante.

¿Y qué hago mientras tanto?

—Mientras tanto, piense —respondió la voz—. Medite bien sus opciones y las consecuencias de sus decisiones. Le daré un día para que reflexione sobre ello, aquí, a oscuras. Será un día largo. Adiós.

¡Un momento!, pensé, pero la voz ya se había marchado.

Así que dediqué el resto del día a pensar.

Primer pensamiento: Definitivamente no estaba muerto. La

crisis religiosa era innecesaria, así que podía tacharla de mi lista de preocupaciones. Sólo era una cosa menos, pero, llegados a este punto, me conformaba con eso.

Segundo pensamiento: Quienesquiera que hubieran capturado mi nave, asesinado a la tripulación y extraído el cerebro de mi cuerpo, y ahora esperaban que pilotara yo solo la *Chandler* para ayudarlos a conseguir sus objetivos, me matarían si me negaba a hacerlo.

Tercer pensamiento: ¡Al infierno con esta gente! Jamás trabajaría para ellos.

En este caso no dudarían en torturarme por simple diversión. Lo sabía por experiencia, y eso había que tenerlo en cuenta.

Cuarto pensamiento: ¿Por qué yo?

Es decir, ¿por qué yo y no cualquier otro? Yo era el tercer piloto de la *Chandler*, el miembro más nuevo de la tripulación. Cualquier otra persona de la nave que hubieran escogido habría tenido más conocimientos de ella, de su funcionamiento y de sus capacidades. Yo no era la elección obvia.

«Señáleme a sus pilotos.»

La frase saltó de mi subconsciente, se colocó enfrente de mí y me retó a que le encontrara un contexto. Yo seguía con la memoria afectada. Sabía que alguien la había pronunciado, pero no recordaba quién era ese alguien ni cuándo la había hecho. Tendría que devanarme los sesos para encontrar las respuestas.

El caso es que tenía tiempo.

Y al cabo de un rato brotó una imagen en mi cabeza. Era una figura vestida de negro con las rodillas dobladas en el sentido contrario. Esa criatura le espetaba esa frase a la capitana Thao y le disparaba a Lee Han cuando ésta cuestionaba la orden.

Un rraey. Los rraey me habían capturado. Eso respondía la pregunta de quiénes eran las criaturas que me retenían. Sin embargo, no me daba una respuesta para el porqué. Otra persona me la dio.

«El subsecretario Ocampo.»

De repente irrumpió en mi cerebro la imagen nítida, como si estuviera reviviendo el momento, de ese cabrón señalándome.

Y seguidamente visualicé toda la escena. Cada rincón oscuro de mi memoria se iluminó con un brillo cegador, casi de una manera dolorosa.

Tenía que detenerla.

Tenía que detener esta aflicción que me invadía por la tripulación de la *Chandler*. Por mis nuevos amigos y por todas las personas que todavía no conocía pero que no merecían morir, de la misma manera que yo no merecía vivir en vez de ellos.

Tardé algún tiempo en detenerla. Pero, como he dicho antes, el tiempo no era un problema.

Y después retomé las consideraciones sobre mi situación.

¿Por qué me habían capturado? Porque el subsecretario Ocampo me conocía. Me lo habían presentado antes incluso de que ambos subiéramos a la *Chandler*; habíamos realizado juntos el viaje en el transbordador y había acudido a él para que me respondiera las preguntas que me surgieron a raíz del inesperado cambio de destino.

Él sabía que era piloto, pero también me conocía como persona... probablemente era la única persona que conocía a bordo de la *Chandler* aparte de la capitana Thao y de Vera Briggs.

Es posible que sólo me escogiera porque sabía que era piloto. Sabía que había otros pilotos en la nave (probablemente había visto a Bolduc en el puente de mando), pero fui el primero en el que pensó. Porque nos habían presentado. Porque me conocía. O eso pensaba él.

De manera que tal vez no me eligió sólo porque era piloto. Quizá me escogió porque no me consideraba un miembro más de la tripulación. A lo mejor me salvó porque había una conexión personal.

¿Y no la había? ¿Acaso no me sentí con derecho a presentarme en su camarote e interrogarlo sobre las instrucciones que le había dado a la capitana? ¿No lo habría impresionado, siquiera una pizca, que me hubiera olido algo raro?

Por lo tanto, sí, quizá sí que me había elegido porque me conocía. Tal vez porque le caía bien. Es posible que incluso creyera que estaba salvándome. A lo mejor pensaba que estaba haciéndome un favor.

«Escogerte para que te saquen el cerebro de la cabeza no es mi idea de hacer un favor», dijo una parte de éste.

«Es cierto», pensé, sin dar importancia al hecho de que estaba manteniendo una conversación conmigo mismo. No obstante, lo importante no era lo que yo pensara sobre la elección de Ocampo, sino lo que pensara él sobre ella y sobre mí. No era tan engreído como para considerarme una persona importante para Ocampo. Recordé cuando le dijo al comandante Tvann que dejaba a su criterio que aconsejara o no a Vera Briggs que no subiera a las cápsulas salvavidas. Si Ocampo era así con su secretaria, con quien había trabajado durante años, no le temblaría el pulso cuando a mí se me subieran los humos y comenzara a ser conflictivo.

Pero, hasta entonces, era posible que pudiera aprovechar algo de esto.

¿Cómo? ¿Y para qué?

Todavía no lo sabía.

Sin embargo, eso no era esencial ahora. Lo importante era que estaba haciendo una lista de mis potenciales ventajas, y una de ellas era que Ocampo, por la razón que fuera, me había elegido para pilotar la *Chandler*... para convertirme en la *Chandler*.

Primera ventaja.

Otra posible ventaja: Ocampo no sabía nada sobre mí. Aparte de conocer mi nombre y mi cara, sabía que era piloto y... eso era todo.

¿Qué ganaba con eso?

Podía no ganar nada. O podía ganar que cuando me conectaran a los sistemas de la *Chandler* no sabrían de mis conocimientos sobre los sistemas. Y sobre cómo utilizarlos.

«No te emociones —dijo esa otra parte de mi cerebro—. Ahora eres un cerebro metido en una urna y ellos saben todo lo que piensas. Seguramente estén escuchando tus elucubraciones.»

«Eres un aguafiestas», le espeté a esa otra parte de mi cerebro.

«Por lo menos yo no estoy hablando solo —me respondió—. En cualquier caso, sabes que tengo razón.»

Era cierto. Tenía que asumir que el hecho de que me dejaran solo con mis pensamientos podría ser una prueba a la que me sometían para estudiar mi reacción a mi nueva situación. Si eran capaces de escuchar mis pensamientos, no tenía más remedio que suponer que utilizarían la información que recabaran para tomar una decisión sobre qué hacer conmigo, si matarme, torturarme o lo que fuera.

Sin embargo, tenía el presentimiento de que me habían concedido un día a solas con mis pensamientos con otro propósito completamente distinto. Querían dominarme, aterrorizarme, recordarme lo solo y lo desamparado que estaba, mi absoluta dependencia de ellos para sobrevivir.

¿Y sabéis qué? Puede ser que estuvieran en lo cierto en que me sentía solo y aterrorizado, y en que mi supervivencia dependía de ellos, pero no iba a dejarme dominar.

Sí, estaba aislado, y sí, estaba asustado.

Pero también estaba muy, muy cabreado.

Y decidí que sería eso lo que aprovecharía.

Si estaban escuchándome mientras pensaba esto, me matarían en cualquier momento. En ese caso, más les valía no retrasarlo, porque de lo contrario sólo estaban haciéndome perder el tiempo y perdiendo el suyo.

Pero no creo que estuvieran escuchándome.

Creo que ni siquiera se les había pasado por la cabeza que hubiera alguna razón para hacerlo.

Esto me pareció otra posible ventaja. Daban por hecho que llevaban la voz cantante conmigo.

Lógico. Yo era un cerebro dentro de una caja y podían matarme o torturarme cuando se les antojara. Ésta me parece una buena definición de llevar la voz cantante en un asunto.

Pero el hecho era que me necesitaban.

Necesitaban un piloto para la *Chandler* y me tenían a mí.

Y sólo a mí. Habían asesinado a todos los demás miembros de la tripulación; los habían condenado a morir asfixiados en las cápsulas salvavidas. Estaban tan seguros de que llevaban la voz cantante conmigo que no se habían molestado en quedarse con otra persona de repuesto.

Esta manera de proceder me sugería dos posibles causas. La primera era que fuera la primera vez que llevaban a cabo una cosa así y que no tenían ni idea de cómo se hacía; y la segunda, que la habían hecho un montón de veces y la respuesta de los pilotos siempre era la misma.

Recordé al rraey diciendo que sus ingenieros podían reparar la nave y dejarla como nueva porque era una labor rutinaria para ellos. Pensé en la eficacia de su manera de tratar a la tripulación, de intimidarla y de conseguir de ella lo que querían.

Era evidente que no se trataba de unos novatos.

Lo habían hecho antes. Y probablemente yo no fuera el único piloto en mi situación con el que estaban tratando en este momento. Esperaban que los pilotos, llevados por la desesperación, aceptaran hacer cualquier cosa para recuperar sus cuerpos. Estaban tan acostumbrados a esa respuesta invariable de los pilotos que habían llegado a creer que no era posible otra.

De manera que no, no creía que estuvieran escuchándome en ese momento. No creo que pensaran que tuvieran que hacerlo. Podía equivocarme, claro, pero decidí continuar adelante dando por hecho que no me espiaban.

Eso me concedía tiempo libre para pensar un plan. Otra ventaja que sumar. De momento, por lo menos.

Y entonces llegué a la última ventaja de la lista: Sabía que ya estaba muerto.

Con eso quiero decir que sabía que la promesa de devolverme mi cuerpo era casi al ciento por ciento una auténtica patraña. Bajo ninguna circunstancia la cumplirían.

Y lo sabía porque habían asesinado a los tripulantes de la *Chandler*. Lo sabía por lo que me respondió Ocampo cuando le supliqué que enviara la sonda de salto a la Estación Fénix para que pudieran rescatar a la tripulación. Lo sabía por la manera como habían engañado a mis colegas para que fueran por voluntad propia hacia su muerte.

No tenían ninguna intención de volver a colocarme el cerebro en la cabeza. Estaba tan seguro de eso como de que ya se habían deshecho de mi cuerpo. Lo habrían incinerado o arrojado al espacio, o lo habrían aprovechado para preparar un estofado, porque se decía de los rraey que comían carne humana siempre que tenían ocasión.

Me imaginé mi cuerpo dentro de una olla gigante, cociéndose a fuego lento.

Lo cierto es que me pareció una escena macabramente divertida.

Con independencia de lo que hubieran hecho con él, lo que era seguro es que mi cuerpo había pasado a la historia. Estaba convencido de ello.

También estaba convencido de que cuando Ocampo y los rraey

(o las criaturas para las que quizá trabajaran) obtuvieran de mí lo que querían, le darían al interruptor y yo simplemente moriría.

Es decir, siempre y cuando la misión que pensaban asignarme no fuera suicida. Me extrañaría que no lo fuera, o por lo menos creo que no les quitaría el sueño que no regresara de ella.

No me hacía ilusiones de que mi destino no fuera el mismo que el del resto de la tripulación de la *Chandler*. Sólo cambiaría el cuándo. Y la respuesta al cuándo era: en el momento en el que me hubieran utilizado para lo que sea que planearan.

Eso quería decir que disponía del tiempo indeterminado que transcurría entre el ahora y el entonces para, en ningún orden en particular, descubrir quiénes eran (aparte de Ocampo y un puñado de soldados rraey), averiguar sus planes, encontrar la manera de frustrarlos y matarlos a todos.

A todos excepto a Ocampo. Si tenía la más pequeña posibilidad de llevármelo de vuelta a la Unión Colonial, lo haría, porque tenía la impresión de que allí estarían muy interesados, como mínimo, en conocer en qué andaba metido el subsecretario de Estado.

Y porque no merecía un final tan feliz como la muerte.

«Para ser un cerebro sin cuerpo, eres bastante ambicioso», dijo esa otra parte de mi cerebro.

«No tengo otra cosa que hacer», respondí. Porque era cierto; ahora mismo sólo tenía mis pensamientos y tiempo. Un montón de tiempo.

Así que lo aproveché.

Creo que en un momento dado me dormí. Es difícil saberlo con certeza cuando no hay un marco de referencia externo que te ayude a saber si te has dormido de verdad.

Lo que sé seguro es que no soñé. Y me alegré.

Y en un momento dado volví a oír la voz.

—Ya ha tenido tiempo para meditar sobre su situación —afirmó ésta—. Ahora es el momento de que tome una decisión.

La voz tenía razón; había llegado el momento de tomar una decisión.

La decisión de seguir vivo estaba tomada desde el principio.

Ahora tenía que tomar la decisión de cómo actuar en presencia de la voz.

¿Me convenía mostrarme intimidado? ¿Mejor desafiante y rebelde pero dispuesto a hacer lo que me pidieran? ¿O debía permanecer callado y limitarme a obedecer sus órdenes?

La decisión era importante, porque la manera como le respondiera ahora a la voz marcaría nuestra relación, y posiblemente repercutiría en las licencias que me permitiría en el futuro... y en lo que podría conseguir.

Un error en la actitud que adoptara tendría consecuencias negativas. Si me mostraba demasiado complaciente, quizá simplemente me tratarían como la máquina en la que me habían convertido. Si me pasaba de conflictivo, me pasaría todo el tiempo que tuviera libre recibiendo descargas eléctricas. Ninguna de las dos cosas me atraía, pero la que menos era que me electrocutaran. Con una vez había tenido suficiente.

—¿Qué decisión ha tomado?

Tengo algunas preguntas, pensé de repente. No era lo que había planeado responder, pero, bueno, sentí curiosidad por ver qué pasaba.

—Sus preguntas son irrelevantes —respondió la voz.

Lo expresaré de otra manera —dije—. *Haré todo lo que me pidan. Ya lo he decidido. Pero me vendría bien que me resolvieran algunas dudas. Comprendo que no puedo obligarlo a que me responda a lo que le pregunte, pero me ayudaría para serles útil que por lo menos considerara responderme.*

Se produjo un breve silencio.

—¿Qué preguntas tiene?

Son tres, respondí, de nuevo con sorpresa, pero no sería difícil pensar tres preguntas, ¿no?

De hecho, la primera cobró forma en mi mente.

La primera es si usted tiene un nombre.

—¿Qué más da eso?

Es que me siento un poco raro pensando en usted como «la voz dentro de mi cabeza» —pensé—. *Si vamos a trabajar juntos, estaría bien que tuviera un nombre.*

—Puede llamarme Control.

Muy bien, perfecto —pensé—. *Hola, Control.*

Control no dijo nada. Pues vale.

Mi segunda pregunta es si podré hablar con el subsecretario Ocampo en algún momento.

—¿Qué necesidad tiene de hablar con él?

No tengo ninguna necesidad —pensé—. *Ya he aceptado ayudarlos. Pero cuando me sacaron de la* Chandler, *el subsecretario Ocampo me dijo que estaba haciendo esto, lo que quiera que sea, para ayudar a la humanidad. Me gustaría hablar en profundidad con él sobre ese tema, comprender lo que quería decir.*

—Da igual que lo comprenda —dijo Control.

Lo sé, y aunque también sé que a usted no tiene por qué importarle, discrepo de su opinión. Ya tienen mi compromiso de ayudarlos, pero si además tuvieran mi comprensión, tal vez podría serles más útil aún. El subsecretario Ocampo es un hombre admirable. Lo respeto. De manera que si está ayudándolos debe de ser por una buena razón. Creo que esa razón podría ayudarme. Me gustaría saber más sobre ella.

—No le permitiremos hablar con el subsecretario Ocampo de momento, pero si estamos satisfechos con su trabajo, tal vez consideraremos su petición en el futuro.

Me parece bien, pensé.

—No vuelva a pedírnoslo.

Por supuesto que no lo haré. Ya me ha dicho que considerarán mi petición. Es suficiente para mí.

—¿Cuál es su última pregunta?

¿Me da su palabra de que me devolverán el cuerpo?

—¿Mi palabra?

Sí, su palabra. Si me lo promete. Ya le he dicho que los ayudaría. Y lo haré. Haré todo lo que me pidan. Me ha dicho que si yo aceptaba ayudarlos, ustedes me devolverían mi cuerpo. Ése era el trato. Pero una cosa son los tratos y otra las promesas. Un trato puede hacerse con cualquiera. En cambio, una promesa se hace entre personas que confían la una en la otra. Si me lo promete, entenderé que puedo confiar en usted. Y eso significará que podré dejar de preocuparme de si puedo creerle o no. Lo que a su vez significará que haré mejor la tarea que me encarguen.

Se produjo otro momento de silencio.

Estas preguntas tenían una razón de ser, a pesar de que yo no lo sabía cuando comencé a hacerlas.

Información. Confianza. Crear un vínculo y una relación.

Había pedido un nombre, y aunque Control no era lo que yo llamaría exactamente un nombre, menos era nada. Había conseguido personalizar la voz, convertir el nosotros mayestático en un yo. Al pedirle hablar con Ocampo ampliaba el ámbito de nuestro trato, y transformaba un acuerdo general (probablemente el trato que obligaban a aceptar a todos los pilotos cuyos cerebros metían en una urna) en uno muy concreto conmigo.

Y, para acabar, le había pedido su palabra. Así añadía un vínculo más personal a nuestro trato, que se convertía en algo recíproco, en una cuestión de confianza.

También era una prueba.

—Tiene mi palabra —dijo Control.

Ahora ya sabía todo lo que necesitaba saber sobre Control.

Y Control no tenía ni idea de que lo sabía.

Eso es todo lo que necesito —repuse—. *Estoy listo para empezar cuando usted quiera.*

—Pues empecemos.

El puente de mando de la *Chandler* apareció a mi alrededor.

—¿Lo reconoce?

Por supuesto.

Era el programa estándar de simulación de puente de mando que se utilizaba para el entrenamiento de tripulantes, pero configurado con las características de la *Chandler*, que en sí ya era bastante estándar.

Lo reconocí porque, como cualquier persona que haya trabajado en un puente de mando, también había pasado un par de centenares de horas practicando con él además de hacerlo en el escenario real.

También lo reconocí porque yo había trabajado en la programación del simulador. O, en todo caso, en una versión anterior, porque como habían pasado varios años desde entonces, ésta debía de ser una versión actualizada.

Dicho lo cual, me bastó un vistazo para darme cuenta de que se habían introducido pocos cambios en el programa desde que yo había trabajado en él. Ni siquiera tuve la impresión de que fuera una nueva versión. Como mucho era una actualización para reparar algunos errores menores. ¿Cómo era posible que una organización que claramente no tenía relaciones comerciales con la Unión Colonial hubiera conseguido un programa como éste? Era obvio que lo habían pirateado, y me sentí ligeramente ofendido en nombre de mi antigua empresa.

No tenía ninguna intención de contarle a Control que había trabajado en el programa. Control no lo sabía porque Ocampo no lo sabía, y no veía por qué debía sacarlos de su ignorancia. Control ya me consideraba lo suficientemente tonto como para confiar en su palabra. No pensaba decir nada que pudiera hacerle cambiar la idea que se había hecho de mí.

Es un programa de simulación de puente de mando, fue mi pensamiento dirigido a Control.

—Era un programa de simulación de puente de mando —dijo Control—. Y por ahora seguirá siéndolo. Pero lo hemos adaptado para controlar la *Chandler*. Acabará siendo capaz de controlar todos los sistemas de la nave desde él.

¿Cómo? El programa de simulación está diseñado como un espacio virtual, pero se maneja con los movimientos de las manos y del cuerpo. Yo no tengo nada de eso.

—Mire —dijo Control, y de repente me vi dentro de mi cuerpo virtual. Mi punto de vista estaba a la altura de la cabeza, que podía mover con el pensamiento como si tuviera un cuello de verdad. Bajé la vista y me topé con la representación visual de un cuerpo humano desnudo. Imaginé que movía las manos y éstas se levantaron a ambos lados de mi cuerpo, con las palmas vueltas hacia mí, aunque sin los característicos surcos en su superficie ni en las yemas de los dedos.

Me sentí tan agradecido que estuve a punto de sufrir un ataque de nervios. Incluso un cuerpo falso como éste era mejor que nada.

Incluso...

Una parte de mi cerebro, creo que quizá la misma parte que había discutido conmigo un poco antes, exclamó: «¿En serio? ¿Esto es todo?».

Sabía lo que quería decir. Quería decir que estos capullos me habían sacado el cerebro del cuerpo para que pilotara la *Chandler*, y que tenía que manejar toda la nave yo solo, y que la manera como pretendían que lo hiciera era con una simulación de un cuerpo humano que yo ya no tenía.

Esto me parecía, no sé... ¿ineficaz? Es decir, si te has tomado las molestias de deshacerte de mi cuerpo, bueno, quizá no estaría de más que te tomaras las molestias de crear un sistema para controlar la nave que aproveche las ventajas de no necesitar ya un cuerpo humano.

«No te han sacado de tu cuerpo con la mente puesta en la eficacia», dijo esa parte de mi cerebro. Bueno, vale, de eso ya me había dado cuenta hace un rato. Ya sé que su intención es asustar y controlar.

Aun así. Me parecía una manera absurda de malgastar esfuerzos.

Me puse derecho (metafóricamente) y paseé la mirada por el puente de mando simulado.

¿Está usted en el puente de mando conmigo?, le pregunté a Control.

—No —respondió—. Por favor, siéntese en la silla de la capitana.

Asentí. La silla de la capitana disponía de una pantalla en la que se podía consultar la información sobre todos los puestos del puente de mando, simultánea o individualmente. La capitana Thao, como la mayoría de los capitanes, prefería recibir la información directamente de sus tripulantes, que solían presentarle informes resumidos y con los datos más relevantes. No obstante, podía obtener la misma información a través de la pantalla si quería, aunque en ese caso tendría que hacerse ella misma el resumen. Eso significaba que ahora yo también podía hacerlo.

Y también podía, como la capitana, controlar la nave desde esa pantalla en lugar de transmitir órdenes a la tripulación. Muy pocos capitanes lo hacían, porque enseguida surgían las complicaciones, además de que si querías tener una tripulación descontenta en el puente de mando, la mejor manera de conseguirlo era intentando hacer su trabajo. El hecho es que no había un solo capitán que fuera competente en todos los puestos del puente de mando, y la mayoría ni lo intentaba.

Y yo ahora tendría que serlo.

Me senté en la silla virtual de la capitana y todas las ventanas de los departamentos se abrieron en mosaico. Si daba dos toquecitos encima de una ventana, ésta se maximizaba hasta ocupar toda la pantalla y se volvía completamente interactiva. En pantalla sólo podía haber abierta una ventana en modo de pantalla completa, pero se podían enlazar las ventanas maximizadas de varios departamentos y pasar rápidamente de una a otra simplemente arrastrando un dedo por la pantalla. Todo era bastante básico, si bien era una irresponsabilidad trabajar simultáneamente en todos los departamentos.

Miré con detenimiento el mosaico de la pantalla de inicio.

Algunas ventanas están en blanco, pensé.

—Hay algunas funciones de la nave que ya no necesita controlar —dijo Control—. Usted será el único ser vivo en la nave y su espacio vital es reducido y estanco y está controlado por nosotros, así que no precisa controlar el sistema de soporte de vida. Lo mismo ocurre en el caso del sistema de comunicaciones. Nosotros nos encargamos de ellos y de otras funciones relacionadas con la nave. Otras, como ingeniería, sólo debe controlarlas parcialmente. El mantenimiento de esas funciones lo asumimos nosotros ahora. Las únicas funciones de la nave que debe manejar usted son la navegación, las armas y la propulsión, incluido el impulsor de salto.

Eso simplifica las cosas, por lo menos —pensé. Maximicé las ventanas de navegación, propulsión y armas y las enlacé—. *Estoy preparado.*

—Ahora lo enviaremos a una misión simulada —anunció Control—. Es sencilla. Concéntrese sobre todo en la navegación. Comencemos.

Diez horas de simulaciones ese primer día, o eso decía el reloj de registro; todas ellas aburridas misiones de navegación que yo, como piloto, podía hacer durmiendo. Tenía la sospecha de que Control no las escogía específicamente para mí, sino que simplemente formaban parte de una lista de simulaciones que se iban ejecutando una detrás de otra.

Eran soporíferas.

Pero también fáciles de superar. Ese primer día no hubo nada que no fuera capaz de hacer. Como piloto, mi trabajo consistía en introducir datos en el ordenador y solucionar cualquier contratiempo que surgiera. No surgió ningún contratiempo en ninguna de esas simulaciones iniciales.

La mayor dificultad que tuve que superar fue hacer un viraje para evitar que la simulación de la *Chandler* chocara con un fragmento de roca que flotaba en el espacio. Me planteé utilizar los rayos láser para pulverizarlo (pues el fragmento era muy pequeño), pero supuse que la simulación no iba de eso todavía, y, de todas maneras, si lo pulverizaba, corría el riesgo de desmenuzarlo en trocitos más pequeños y difíciles de detectar para otra nave que los encontrara en su camino. La mayoría de las naves resistían el impacto de un micrometeorito, pero ¿por qué crearle a nadie un problema sin motivo?

De manera que desvié la *Chandler*, registré la ubicación y la dirección de la roca, y habría simulado que enviaba el paquete de información a las naves más próximas de no ser porque yo no estaba al mando de las comunicaciones de la nave. Por lo tanto, apunté que se debían enviar los datos a las otras naves cuanto antes.

No sabía si Control estaba tomando nota de todo lo que hacía, ya que había mantenido un silencio absoluto durante esta simulación y todas las que llevé a cabo a lo largo del día.

—Controlará la nave solo —me respondió Control cuando entre una simulación y otra le pregunté sobre su silencio—. Una vez que comiencen sus misiones, no podrá comunicarse con nosotros ni con nadie. Tendrá que habituarse al silencio.

¿No le preocupa el aburrimiento? —pregunté—. *La mente humana necesita algún estímulo aparte de vigilar los sistemas de navegación.*

—Eso nunca ha sido un problema —contestó Control.

Así obtuve la confirmación de que yo no era el primero que hacía aquello.

Pensé en todas las personas que habían estado en mi pellejo y me habría estremecido si hubiera podido.

La respuesta de Control también me hizo pensar que quizá no era la única persona que se encontraba actualmente en mi situación, que Control, quienquiera que fuera, estaba supervisando simulaciones con otros pilotos y naves al mismo tiempo que supervisaba la mía. Me dije que en algún momento debería confirmarlo.

—Hemos acabado por hoy —dijo al fin Control—. Continuaremos mañana.

¿Dentro de cuántas horas será eso?, pregunté. Ignoraba si Control era humano, y este lugar en el que nos encontrábamos definitivamente no era un puesto avanzado humano, así que no tenía ni idea de cuánto duraba un día.

—Dentro de unas doce horas —dijo Control, aunque no inmediatamente, de modo que supuse que había tenido que consultar qué eran las «horas» para poder responderme.

¿Qué hago ahora?

—Puede hacer lo que quiera.

Me gustaría salir a correr.

Control no dijo nada. Comenzaba a pensar que no destacaba precisamente por su sentido del humor.

¿Qué cosas puedo hacer?, pregunté.

—Si quiere, puede volver a cargar las simulaciones de hoy y repetirlas. De hecho, le recomiendo que lo haga.

¿Eso es todo? ¿No puedo leer un libro? ¿Ver alguna película? ¿Escuchar música?

—No.

¿Se me permite solicitar alguna forma de ocio? Me conformaría con cualquier cosa. Creo que mi eficacia disminuirá si sólo dispongo de las simulaciones de navegación.

—Si disminuye su eficacia, será castigado —dijo Control—. Si su eficacia sigue disminuyendo, morirá.

Vaya, a eso lo llamo yo motivación, pensé.

Control no respondió, y sospeché que ya había abandonado la simulación.

«Tendrá que habituarse al silencio», pensé, repitiendo las palabras que Control me había dicho poco antes. Bueno, pues me habituaría, me gustase o no.

Bajé la mirada a la silla simulada de la capitana y a la pantalla, en la que aparecía un menú con las misiones del día. Podía volver a ejecutarlas si me apetecía.

Sin embargo, me levanté de la silla y me puse a correr dando vueltas por el puente de mando, hice algunas flexiones, algunos abdominales y una serie de estiramientos.

Me gustaría dejar claro que no tuve la sensación de que realmente estuviera haciendo ejercicio físico. No sentía mi cuerpo simulado; ni siquiera cuando daba los toquecitos en la pantalla ni cuando arrastraba el dedo por ella percibía sensación alguna.

No me movía para mantener el cuerpo en forma, ya que no tenía cuerpo. Lo hacía porque no era lo que Control quería que hiciese. A ver si así les quedaba más claro: Quería ser yo quien decidiera en qué ocupaba mi tiempo libre.

Os diré que incluso acabé cansado. Me tumbé en el suelo simulado para dormir.

Y descubrí que mi cuerpo simulado no tenía párpados.

No me importó, porque me dormí enseguida.

Esta vez supe que me había dormido.

Dos días después, modifiqué la simulación del puente de mando y escapé. Más o menos.

Ocurrió de madrugada, o por lo menos yo supuse que era de noche, pues Control me había dejado solo después de las simulaciones de la jornada. Esta vez habían consistido en maniobrar con la *Chandler* para situarla en la posición de acoplamiento con una estación espacial. Era una maniobra que había realizado docenas, si no centenares de veces, tanto en simulaciones como en la vida real. Para mí no representaba ningún desafío.

Así que hice lo que cualquier piloto haría cuando se aburre en una simulación y su mala conducta no es castigada: comencé a cargarme cosas.

Primero embestí la estación espacial con la *Chandler*, porque estaba interesado, desde un punto de vista puramente científico, en comprobar el realismo de la representación de las leyes de la física clásica en la simulación del impacto.

Respuesta: nada mal. Mi control de los sensores externos era limitado, así que vi bien el choque de la *Chandler* con la estación espacial, con los apropiados estallidos de metales y de cristales provocados por la descompresión explosiva de la nave al estrellarse contra la estación. No obstante, mis sensores no indicaban que los motores de la *Chandler* estuvieran sobrecargándose, lo cual habría causado un caos precioso.

Así que repetí la simulación, esta vez dejando la distancia suficiente para que la *Chandler* pegara un último acelerón antes de colisionar con la estación.

En esta ocasión, la *Chandler* explotó. Todas las ventanas de los controles comenzaron a parpadear con una luz roja antes de apagarse. No recibí ni una señal positiva de la integridad estructural de la nave. La simulación tampoco me dio una relación detallada de las pérdidas económicas ni de vidas humanas, pero dudo que sobreviviera alguien que se encontrara en las secciones de la estación que habían recibido el impacto, o la tripulación de la nave.

«La tripulación de la *Chandler* ya estaba muerta», dijo esa otra parte de mi cerebro.

No le presté atención.

En la siguiente ejecución de la simulación me picó la curiosidad de ver qué ocurriría si atacaba a la estación. Las simulaciones realizadas hasta el momento no me exigían el uso del sistema de armamento, así que no me había preocupado de probarlo.

Sin embargo, tenía el control absoluto de las armas y el sistema estaba completamente operativo. Así que en la siguiente simulación disparé tres misiles a la estación, sólo para ver qué pasaba.

Un minuto después, mis sensores de daños se encendieron con luz roja. Diez proyectiles disparados desde la estación habían impactado en varios lugares críticos de la *Chandler* y habían destruido armas, motores, camarotes y sensores externos. Sólo un segundo después, mis pantallas se apagaron, pues en esta simulación la *Chandler* había quedado reducida a una nube de polvo.

«Menuda grosería», pensé, y habría sonreído si hubiera podido hacerlo.

Repetí varias veces la simulación, atacando a la estación espacial, luego a otras naves de la estación, disparando a transbordadores y, básicamente, llevando a la práctica cualquier combinación de tácticas que me permitiera sorprender a alguien con un misil. Todas ellas acababan de una manera bastante parecida, con la *Chandler* convertida en un acerico de misiles.

«Muy bien —me dije—. Ahora probemos esto.»

Repetí la simulación.

Esta vez no me lancé contra la estación ni le disparé. Simplemente maniobré para colocar la nave en posición de acoplamiento y esperé a que el programa me mostrara la señal que indicaba que había hecho correctamente lo que me requería la simulación.

A continuación acribillé a misiles la estación espacial, dirigidos sobre todo a su sistema de armamento, tanto al que podía ver con los ojos como al que no veía pero cuya ubicación conocía por la información que tenía de la estación. Programé los misiles para que todos impactaran en su objetivo a la vez.

Y así ocurrió. Y entonces, mientras todo saltaba por los aires en una bonita escena de destrucción, aceleré al máximo los motores de la *Chandler* y me lancé directo hacia aquel desastre.

Todo se apagó.

No sólo la pantalla de la silla de la capitana, lo que habría indicado que la *Chandler* había sido destruida. No, me refiero a todo. La simulación desapareció en un abrir y cerrar de ojos.

Pasé los segundos que siguieron en una oscuridad total, preguntándome qué demonios había ocurrido.

Entonces, la simulación del puente de mando volvió a aparecer en torno a mí.

Y supe lo que había ocurrido. El simulador se había quedado colgado para luego reiniciarse.

Y entonces, no voy a mentiros, mi cerebro simplemente comenzó a echar humo.

Esto es lo que sabía sobre el simulador del puente de mando: en este momento el simulador era todo mi mundo. Vivía en él y mi vida se limitaba a realizar simulaciones. No podía abandonarlo... estaba dentro de él pero no tenía ningún control sobre él aparte de ejecutar las simulaciones que Control me asignaba. No podía salir de la simulación, ni apagarla, ni toquetear el código. Estaba atrapado en ella. Era mi cárcel.

Pero al colgarse el simulador, éste me había expulsado. Durante unos segundos, yo había estado en otra parte.

¿Dónde?

Bueno, ¿qué pasa cuando un programa informático falla y se

cierra inesperadamente? Vuelves al sistema en el que estaba ejecutándose.

Literalmente no era un sistema, ya que mi conciencia no había sido absorbida por un ordenador ni por nada parecido. Vaya tontería. Mi conciencia estaba dentro de mi cerebro, como siempre.

Pero antes de eso, mis sentidos estaban actuando en la simulación del puente de mando. Todo lo que veía o percibía estaba contenido en ella. Durante esos pocos segundos en los que el programa se había quedado colgado, yo estuve en otro sitio, en el sistema en el que estaba ejecutándose la simulación.

No veía nada cuando, de repente, apareció de nuevo el puente de mando. Esto me hizo pensar que el fallo en el programa de simulación no había pasado desapercibido. Control (o alguien distinto) había ejecutado el reinicio del programa sin dar tiempo al piloto para darse cuenta de lo que estaba pasando ni para ver la interfaz del ordenador con el que estaba trabajando.

Sin embargo, eso no quería decir necesariamente que el piloto no pudiera acceder al sistema.

Repetí la simulación del acoplamiento.

El hecho de que Control supiera que el programa fallaba me daba a entender que tenía identificados los errores, por lo menos algunos. De manera que se me ocurrían dos opciones: o bien Control los había identificado y decidido no tocar nada y reiniciar directamente el programa de simulación, o bien intentaba corregir el código para arreglarlos..., en cuyo caso, posiblemente se crearían nuevos errores cuando el código corregido entrara en conflicto con el anterior.

Control no podía enterarse de los nuevos errores a menos que se produjeran mientras estaba observando la ejecución de una simulación. Y nadie haría lo que yo había hecho mientras Control estaba observándolo, porque seguramente le soltaría unas cuantas descargas eléctricas por perder el tiempo con tonterías.

Por lo tanto, Control no tenía noticia del error que yo acababa de descubrir.

No obstante, algunos errores son pasajeros y no pueden reproducirse. Éstos son los más complicados de arreglar para un programador.

Ejecuté la simulación exactamente igual que lo había hecho antes para comprobar si el error se reproduciría de la misma manera.

Se reprodujo igual.

Así que la ejecuté por tercera vez.

Y esta vez, cuando el programa se colgó, pensé los comandos que abrían las pantallas de diagnóstico y de modificación del sistema al iniciarlo, que conocía de mis tiempos como programador del simulador del puente de mando.

Los pensé con todas mis fuerzas.

Y, dos segundos después, aparecieron ante mí las pantallas de diagnóstico y modificaciones. Feas y prácticas, como lo eran desde los primeros tiempos de las interfaces gráficas de usuario.

Eran una preciosidad.

Indicaban que estaba dentro del sistema.

Siendo más concreto, en el sistema de la *Chandler*.

Bueno, por lo menos un poco.

Ésta es la parte de la historia en la que, si esto fuera una película, el héroe, un pirata informático, introduciría un par de líneas de código mágicas y tendría acceso a todo lo que quisiera.

La mala noticia para mí era que mi situación distaba mucho de ser así. Yo no soy un héroe informático con un código mágico. Sólo soy un cerebro metido en una caja.

Sin embargo, soy programador. Y conocía el sistema. Conocía el programa.

Y además tenía un plan, y algo de tiempo hasta que alguien volviera a importunarme.

De modo que me puse manos a la obra.

No voy a aburriros con los detalles de lo que hice. Si sois programadores y conocéis el sistema, el *hardware* y el código, os fliparía lo que hice y os parecería fascinante, e incluso podríamos celebrar un seminario para hablar sobre ello, sobre la seguridad de los sistemas y sobre el hecho de que casi cualquier sistema básicamente es víctima de la creencia de que hay que tener en cuenta todas las variables, cuando lo cierto es que las únicas que hay que tener en cuenta son las que conoces, o más precisamente, las que crees que conoces.

A los demás se os pondrían los ojos vidriosos y querríais moriros. Doy por hecho que la mayoría pertenecéis a esta última categoría. Así que os contaré lo que necesitáis saber.

En primer lugar, el trabajo, o la primera parte de él, me mantuvo ocupado más de una noche.

En realidad me mantuvo ocupado un par de semanas. Y durante todo ese tiempo conviví con el temor de que en cualquier momento Control, o quien fuera, echara un vistazo al sistema de la *Chandler* y encontrara pruebas de que había estado trasteando en él, introduciendo cambios e intentando entrar en sitios en los que no debía. Temía que en el mismo momento en el que me descubrieran decidieran castigarme.

Pero no me descubrieron.

No voy a mentiros. A una parte de mí le molestaba que no lo hicieran.

Porque es una prueba de laxitud en la seguridad. Todo era laxitud. Quienquiera que hubiera capturado la *Chandler* había dejado todos sus sistemas abiertos, protegidos con un nivel de seguridad básico insuficiente incluso en los albores de la informática. O bien estaban muy seguros de que la seguridad no era un motivo de preocupación en el lugar donde estaban (pues todo el mundo era de confianza y nadie intentaría joderlos), o bien eran unos idiotas.

¡O quizá ambas cosas! La seguridad era tan baja que resultaba ofensiva.

Sin embargo, para mí era una ventaja sin la cual probablemente estaría muerto, así que, en el fondo, no debería quejarme.

Esas dos primeras semanas fueron las más angustiantes porque lo que hacía estaba a la vista de todos. Intenté ocultarlo lo mejor que pude, pero cualquiera que se hubiera fijado un poco me habría descubierto. Si Control u otra persona hubiese revisado mis actividades extracurriculares, habría visto que había una simulación en particular que repetía una y otra vez, y podría haberse olido lo que estaba haciendo.

Eso quería decir que, si durante las simulaciones que observaba Control el programa fallaba, cabía la posibilidad de que cambiaran algún ajuste que afectara al error que yo estaba utilizando para salir del programa. Y eso significaba que volvería a estar atrapado en él.

En las simulaciones que observaba Control, yo era muy, muy, muy cuidadoso. Nunca cometía ninguna imprudencia ni hacía nada que se saliera del manual.

No se me escapaba la ironía que había en hacer las cosas exactamente como querían para ocultarles las cosas que harían que me torturaran o me mataran.

Esas dos semanas fueron, literalmente, las dos peores semanas de mi vida. Ya sabía que quienes me habían capturado planeaban matarme cuando cumpliera la misión que me encomendaran. Pero ni siquiera esa certeza liberaba una pizca la tensión que se apoderaba de mí mientras modificaba el código, mientras lo toqueteaba consciente de que cualquiera que estuviera mirando en ese momento me descubriría.

Una cosa es saber que ya estás muerto, y otra muy distinta trabajar en algo que podría proporcionarte la única oportunidad de sobrevivir, siempre y cuando nadie te viera.

Nunca miraron. Jamás. Porque pensaban que no tenían por qué hacerlo.

No sabéis lo agradecido que estoy por eso.

Ni, al mismo tiempo, cuánto los desprecio.

Merecían lo que iba a hacerles... lo que quiera que fuera, porque todavía no lo sabía muy bien.

Pero cuando lo tuviera claro, sería implacable.

¿Qué hice en esas dos semanas?: una píldora azul.

No, no conozco el origen de la expresión, pero se utiliza desde hace muchísimo tiempo, así que investigad.

Significa que creé una superposición para el sistema informático de la *Chandler*, una réplica exacta.

Lo copié, le hice los retoques necesarios e instalé todos los elementos externos, así como el simulador del puente de mando. Tenía el mismo aspecto que el verdadero sistema informático de la *Chandler*, y respondería y controlaría los sistemas exactamente igual que él.

Con la única salvedad de que no era el sistema informático de la *Chandler*.

Este sistema, el que de verdad controlaba la *Chandler*, estaba ejecutándose debajo de la copia. Y, bueno, lo hacía bajo mi control absoluto. La realidad que nadie conocía excepto yo existía debajo de la simulación, la misma simulación que todo el mundo creía que reflejaba la realidad.

Ésa es la píldora azul.

Durante el siguiente mes, durante todas las horas de todos los días, realicé misiones cada vez más complejas en el simulador del puente de mando. Más simulaciones en las que tenía que compaginar la navegación con las armas.

Si una cosa me quedó clara fue que estaban entrenándome para una misión que tenía un importante componente militar. Esperaban de mí que librara una batalla en su nombre. Ignoro si en sus expectativas entraba que sobreviviera o muriera en la batalla, pero tenía la impresión de que mi no supervivencia era el desenlace más probable.

No me sorprendía.

Mientras tanto, yo seguía conversando con Control con la intención de crear un vínculo con él, de despertarle algún sentimiento hacia mí, de que conociera la persona a la que había reducido a un cerebro metido en una caja.

Mi éxito brillaba por su ausencia.

Si bien no esperaba otra cosa.

Yo sólo tenía que preocuparme por ser la persona que Control pensaba que era; la que había decidido ayudarlos, la que había decidido confiar en él.

Debía evitar meter la pata. Mi objetivo era que Control y cualquier otro que estuviera escuchándome oyeran exactamente lo que esperaban. Quería que siguieran presuntuosamente orgullosos del dominio que tenían sobre mí.

No me decepcionaron.

Y mientras eso no cambiara, cuando Control me dejara a solas después de un día de simulaciones, yo sería libre para hacer lo que quisiera con la *Chandler*.

La nave, por cierto, estaba siendo objeto de una profunda renovación. Me llamó especialmente la atención que reinstalaran los sistemas de armamento. Antes de convertirse en la *Chandler*, la nave había sido una fragata de las Fuerzas de Defensa Coloniales. Al retirarla del servicio militar, sus sistemas de armamento habían sido eliminados.

Ahora estaban volviendo a instalarlos y la nave estaba llena de operarios que trabajaban tanto dentro como fuera de ella. No me había percatado de su presencia antes porque... ¿por qué iba a hacerlo? Era un cerebro metido en una caja, atrapado en una simulación.

Pero ahora veía y oía todo lo que estaba sucediendo en la nave.

La mayoría de los operarios no eran humanos, sino, hasta donde yo sabía, rraey, como los soldados que habían abordado la *Chandler*.

De vez en cuando, sin embargo, veía a un ser humano a bordo, asesorando o dirigiendo la instalación de las armas. Siempre la misma persona.

No era Ocampo. Ni Vera Briggs, su secretaria. Era una persona completamente desconocida para mí. Si bien no sabía de qué iba todo esto, Ocampo no era el único integrante del bando humano.

Mientras observaba a los operarios que se afanaban en la instalación del sistema de armas me di cuenta de que había tenido suerte. En un par de semanas más terminarían el trabajo y entonces conectarían el sistema al sistema informático de la *Chandler*. Si hubieran decidido instalar el sistema de armas antes, o si yo hubiese comenzado a ejecutar mi plan más tarde, me habrían descubierto. Había aprovechado el único resquicio posible.

Eso hizo que me sintiera el tipo más afortunado del universo, hasta que recordé que era un cerebro dentro de una urna.

Lo cual me lleva a otro descubrimiento que hice en el interior de la *Chandler*: a mí.

Yo estaba en el puente de mando, en una enorme caja rectangular que parecía (con la de cosas que hay en el universo) un ataúd. El lado superior del contenedor estaba abierto, y a través de las cámaras del puente de mando pude ver, justo como si estuviera debajo de mí, mi propio cerebro.

Y los elementos electrónicos conectados a él, a la superficie de la materia gris y, supongo, también a su parte interior. Vi los cables que partían de él en dirección a un orificio situado en una pared interior de la caja.

Vi el líquido en el que estaba flotando, ligeramente rosado. Vi los tubos conectados al cerebro por los que, imaginé, entraba y salía sangre o algún otro fluido que la reemplazaba, que suministraba nutrientes y oxígeno y extraía residuos. Los tubos también llegaban hasta el orificio en la pared interior de la caja.

Un cambio de cámara y de perspectiva me permitió ver otra caja en la que entraban los cables y los tubos. Junto a ésta vi a dos rraey, supongo que médicos, supervisando su buen funcionamiento. Dentro había sistemas de filtrado, válvulas de entrada y de muestreo, ordenadores programados para vigilar que no le pasara nada malo a mi cerebro y otra cosa que no supe qué era hasta que uno de los rraey le dio un empujón sin querer y el otro le echó la bronca por ello.

El sistema de la *Chandler* tenía instalado un módulo de traducción de varios centenares de lenguas alienígenas. Como ocurría con la mayoría de los módulos de traducción instalados en las naves mercantes, apenas se utilizaba porque casi todo el comercio se realizaba entre humanos. Sin embargo, se tenía a mano por si acaso en un momento dado había que traducir alguna cosa. Ahora tradujo lo que el segundo rraey le dijo al primero:

—¡Mantén eso levantado! ¡Harás que los tres volemos por los aires!

—Por lo menos nuestros restos podrán regresar a casa —replicó el primer rraey.

—Preferiría volver a casa de una manera que pueda disfrutarlo —dijo el segundo rraey, y luego insertó una llave de *hardware* en uno de los ordenadores que controlaban mi actividad cerebral, supongo que para ver qué tal estaba e introducir algunos ajustes.

Imagino que los datos le indicaron que en ese preciso momento mi actividad cerebral alcanzaba un pico de agitación.

Por la bomba.

Porque, por si todo lo demás me parecía poco, me habían colocado una bomba junto al cerebro.

Por si acaso me había quedado alguna duda de que nunca habían tenido la intención de dejarme salir de ésta vivo.

Por si acaso se me había pasado por la cabeza la idea de escapar de este infierno.

Tercera parte

—Lo ha hecho muy bien en las simulaciones —me felicitó Control un día. Habían pasado más de tres meses desde que desperté convertido en un cerebro sin cuerpo.

Gracias —pensé—. *Estoy intentando sobrevivir hasta la conclusión de nuestro acuerdo.*

—Se nota —repuso Control—. Quizá le agrade saber que se ha convertido en uno de nuestros mejores pilotos en la prueba de ataque contra los objetivos.

Naturalmente que lo era, porque ponía mucho cuidado en realizar las simulaciones siguiendo las instrucciones al pie de la letra para que el programa informático no fallara y no tuvieran que hurgar en el sistema para arreglarlo. El sistema de píldora azul que había construido era bastante sólido, pero ¿por qué tentar a la suerte?

La otra razón era que, cuando Control no estaba pendiente de mí, veía películas y escuchaba música de la mediateca de la *Chandler*. Esto me ayudaba a mantener la cordura y a no caer en el abismo de mi más absoluto aislamiento del resto de la humanidad. No me sorprendía que la cordura me ayudara a la hora de acertar en los objetivos durante las simulaciones.

Si bien no expresaba ni pensaba ninguna de estas ideas mientras Control tenía puesto el foco en mí.

A estas alturas ya me había hecho una idea de por qué Control sólo «oía» lo que pensaba directamente sobre ellos: el programa de lectura de pensamientos reconocía los intentos intencionados de comunicación, y los filtraba para extraerlos de los constantes balbuceos y monólogos propios de todas las mentes con el fin de optimizar la comunicación. El programa informático mantenía para mí los pensamientos que me dirigía a mí mismo, pero si pensáis en todas las veces en vuestra vida que habéis dicho en voz alta algo que deberíais haberos callado y las consecuencias desastrosas que han tenido vuestras palabras, comprenderéis por qué intentaba mantener la mente en blanco cuando tenía a Control rondando cerca.

Me alegra saberlo, pensé. Y luego esperé, como siempre.

—Lo ha hecho tan bien que vamos a concederle lo que nos ha pedido —dijo Control.

¿Lo que he pedido?

—Pidió poder hablar en algún momento con el subsecretario Ocampo. Vamos a permitirles que conversen.

¿Va a venir a visitarme?

—Ésa sería una manera de decirlo —respondió Control—. Vamos a permitir que se establezca una comunicación entre ustedes a través de una simulación.

Así que Ocampo no subiría a bordo de la *Chandler*. Perfecto.

¿Será hoy?, pregunté.

—No. Hoy estamos muy ocupados. Pero será pronto.

Gracias. De verdad que se lo agradezco, dije con sinceridad.

—De nada. Comencemos la simulación de hoy.

¿Cuándo me enviarán a una misión real?

—¿Por qué lo pregunta?

Porque llevan entrenándome mucho tiempo. Y acaba de decirme que lo estoy haciendo muy bien. Estoy preparado para una misión.

—¿Quiere cumplir sus obligaciones con nosotros?

Sí.

—¿Para recuperar su cuerpo?

Le mentiría si le dijera que ése no es el principal motivo, pensé, también con sinceridad.

—No hay ninguna novedad para usted —dijo Control—. Se le asignará una misión cuando decidamos que ha llegado el momento adecuado. Todavía tendrá que esperar.

Lo entiendo. Sólo es que estoy un poco impaciente.

—Tranquilo —dijo Control—. Pronto le encomendaremos una tarea.

Y a continuación dio comienzo una simulación en la que luchaba simultáneamente con tres fragatas de la Unión Colonial. Ya la había realizado anteriormente, con alguna que otra variación. El objetivo no era destruir las fragatas, sino obligarlas a utilizar el mayor número posible de proyectiles que llevaban a bordo para que hubieran agotado sus defensas cuando las otras naves saltaran para atacarlas.

Básicamente, yo era el cebo en esta situación simulada.

No era la única vez en la que me había tocado interpretar el papel de cebo últimamente.

Digamos que no me encantaba el guion de las simulaciones que estaba viendo.

La ventana de comunicaciones en la pantalla de la capitana, normalmente más negra que mi futuro, se encendió. Desvié la comunicación que aparecía en ella al monitor más grande del puente de mando virtual.

En la comunicación, tal como me habían prometido, apareció el subsecretario Ocampo.

—¿Señor Daquin, está usted ahí? —preguntó Ocampo. Miraba a través de la cámara de su PDA, desde el interior de lo que parecía un camarote aún más pequeño que el que había ocupado en la *Chandler*.

Sí, pensé.

—Perfecto —repuso Ocampo—. Sólo recibo sonido. No me permiten recibir imagen por no sé qué... —Se detuvo bruscamente. Acababa de darse cuenta de que si no recibía una señal de vídeo era porque al otro lado de la línea no había un cuerpo que ver, sino un cerebro metido en una caja transparente.

Yo, sin embargo, sí recibía la señal de vídeo, así que pude ver el rubor que comenzaba a teñir las facciones de Ocampo. Al menos tenía la decencia de avergonzarse por olvidar en qué me había convertido por su culpa.

No pasa nada —pensé—. *Sólo quería hablar. Si usted está de acuerdo. Si tiene tiempo.*

—Hoy es día de festividad religiosa para los rraey que controlan este puesto —dijo Ocampo—, así que hoy no se hace nada. Por eso puedo hablar con usted.

¡Un hurra por la Navidad rraey!

Ocampo sonrió.

—Dígame, ¿qué le ronda por la cabeza? —preguntó, y vi que volvía a sonrojarse al reparar en lo inapropiado que era emplear esa expresión en particular conmigo. Esta vez, por lo menos, no intentó hacer como si nada—. Dios mío, Rafe. Lo siento.

No se preocupe.

—No sé muy bien por qué quiere hablar conmigo —dijo Ocampo—. Si yo estuviera en su piel... ¡Joder!

No pasa nada. Si pudiera reír, le aseguro que ahora estaría desternillándome.

—Me alegra saber que uno de los dos se reiría —repuso Ocampo—. Intento decirle que no me explico por qué querría hablar conmigo. Había dado por descontado que, dado lo que le ha sucedido, no querría volver a hablar conmigo nunca más, que estaría furioso.

Estaba furioso —admití con absoluta sinceridad—. *No puede decirse que me alegre la situación en la que me encuentro actualmente. Ya sabe lo que me han hecho... lo que le han hecho a mi cuerpo.*

—Sí.

No es nada de lo que alegrarse. Pero recuerdo lo que me dijo la última vez que nos vimos. ¿Lo recuerda usted?

—Lo cierto es que no —respondió Ocampo—. Esto... bueno... aquel día sucedieron muchas cosas a la vez.

Me dijo que debía decidir con quién estaba, si con la Unión Colonial o con la humanidad. Dijo que no eran la misma cosa.

—Sí, ahora lo recuerdo.

Quiero saber a qué se refería con eso —pensé, dirigiendo mi pregunta a él—. *Porque, si bien ni usted ni yo podemos cambiar lo que me ha ocurrido, tal vez pueda decirme alguna cosa que me ayude a comprenderlo, que me convenza de que no he perdido mi cuerpo y mi libertad por nada.*

Ocampo se quedó pensativo y no me importó concederle el tiempo que necesitara.

—Comprenderá que hay muchas cosas que no puedo contarle —dijo al fin—. Buena parte de mi misión es confidencial. Mis colegas podrían estar escuchando esta conversación y no sería seguro compartir con usted información secreta. Y aun en el caso de que no estuvieran escuchándola, no la compartiría con usted porque... bueno, porque no debo hacerlo.

Lo comprendo, secretario Ocampo. Sé cuál es mi papel en este asunto. A mí no me corresponde preguntar el porqué, sino obedecer o morir.

Ocampo hizo una mueca de perplejidad y sonrió.

—¿Me está citando a Tennyson?

Más bien estoy dando una vuelta de tuerca a sus palabras, pero sí. Lo que quiero decir es que no le pido que me explique la táctica ni la estrategia, señor. Sólo quiero conocer el contexto. Seguro que eso sí puede compartirlo conmigo.

—En efecto, puedo —afirmó Ocampo, y en tono jocoso añadió—: Pero ¿de cuánto tiempo dispone, Daquin?

De todo el tiempo que quiera dedicarme, subsecretario.

Ocampo comenzó a hablar. Lo hizo sobre la humanidad y sobre la Unión Colonial. Hizo un repaso de la historia de la Unión Colonial y de los primeros encuentros con especies alienígenas, de los que en todos los casos la bisoña organización política salió escaldada y casi destruida, permanentemente calificada de agresiva, beligerante y paranoica.

Me habló sobre la decisión de aislar el planeta Tierra para ralentizar intencionadamente sus progresos políticos y tecnológicos con el fin de convertirlo en la práctica en un criadero de colonos y soldados. De esta manera la Unión Colonial consiguió de la Tierra los recursos humanos que necesitaba para convertirse en una potencia mucho más rápidamente de lo que esperaban o podían gestionar el resto de especies extraterrestres.

Me explicó que el Cónclave, la unión de centenares de especies inteligentes, se fundó en parte como respuesta a la Unión Colonial, cuando su líder, el general Tarsem Gau, se dio cuenta de que el comportamiento de la Unión Colonial, más que el de ningún otro gobierno o especie, seguía una tendencia que culminaría en el dominio del espacio local... y en el genocidio, intencionado o no, del resto de las especies inteligentes. Comprendió que la creación del Cónclave era la única solución para evitarlo, y que la Unión Colonial acabaría siendo absorbida por él y convertida en una voz más entre muchas otras, o contraatacando cuando las dimensiones del

Cónclave lo convirtieran en un organismo que le sería imposible controlar.

Explicó también que, en teoría, la fundación del Cónclave era una gran idea. Pero en la práctica, la Unión Colonial había estado a punto de destruirlo una vez, y sólo la decisión personal del general Gau de perdonar a la Unión Colonial había evitado que todas las especies del Cónclave se lanzaran contra ella con el cuchillo entre los dientes. Subrayó además que, una vez que desapareciera Gau, la Unión Colonial se convertiría en un objetivo, así como toda la humanidad.

Continuó contándome que, aunque sólo de una manera vaga y general, él, un puñado de aliados de confianza y unas cuantas especies extraterrestres (a las que se suponía enemigas de la humanidad, pero que en realidad sólo estaban resentidas con la Unión Colonial) consideraban que existía una posibilidad de preservar la especie humana si la Unión Colonial era borrada del mapa. Y por «borrada» no se quería dar a entender que dejara de existir, pues la Unión Colonial no tanto se disolvería como que recibiría un empujoncito para que siguiera otro rumbo en particular.

Todo esto me expuso Ocampo, que se asignó el papel de catalizador (o palanca) de la historia (a su pesar), el de una persona que desearía que no fuera necesario dar ese empujoncito a la Unión Colonial, pero que, consciente de su necesidad, daba un paso al frente para (a regañadientes, eso sí; ¿heroicamente?, quizá) dar ese empujoncito por el bien de la especie.

En resumen: un gilipollas integral.

Que no es lo que dije. Tampoco, ni mucho menos, lo que me permití pensar en ese momento.

Lo que dije y lo que pensé durante todo el tiempo que duró su monólogo fueron variaciones de una misma frase, que no era otra que «continúe, por favor».

Sólo quería que hablara y hablara y que luego continuara hablando. Y no porque fuera el primer ser humano con el que me comunicaba desde aquel fatídico día en la *Chandler*. El subsecretario no me caía bien, aunque, naturalmente, prefería que él ignorara ese detalle. Sólo quería que pensara que yo estaba tremendamente interesado en lo que decía y que lo tenía en la más alta estima que me permitían mis actuales circunstancias.

Quería que pensara que sus pensamientos eran valiosos como el oro puro; pepitas de humilde sabiduría.

Continúe, por favor.

Quería que pensara eso porque mientras hablara estaría conectado a la *Chandler* (su PDA, más concretamente). Y mientras me hablara, yo copiaría a la unidad de almacenamiento de la *Chandler* hasta el último archivo contenido en su PDA.

Porque el problema era el siguiente: yo estaba atrapado en el sistema de la *Chandler*, así que daba igual la libertad que tuviera para trastear en él. No podía entrar en el sistema que Control utilizaba para conectarse con la *Chandler* porque alguien se daría cuenta de que ésta estaba intentando dirigir el sistema, rastrearía cualquier petición que hiciera y acabaría por averiguar quién estaba detrás. Y entonces estaría jodido.

Además, con independencia del sistema que estuvieran empleando, lo que sabía seguro es que sería alienígena. Sospechaba, y Ocampo me lo había confirmado sin querer, que estábamos en algún lugar controlado por los rraey, y yo lo ignoraba todo sobre los sistemas informáticos de los rraey, sus diseños y sus lenguajes de programación. Probablemente habría alguna clase de ordenador en el que se pudieran ejecutar programas humanos y algún programa para abrir documentos creados en uno y otro sistema.

Pero ¿acceso completo al sistema? Ni en mis mejores sueños. No tenía el tiempo ni los recursos para hacerlo, y al final me descubrirían y probablemente me torturarían y luego me matarían.

Por otra parte estaba la PDA de Ocampo. Lo sabía todo sobre el dispositivo y los programas que tenía instalados.

Un montón de empresas fabricaban PDA oficiales de la Unión Colonial, pero todas utilizaban los mismos programas, pues en la práctica debían poder comunicarse unas con otras y con cualquier ordenador que la Unión Colonial utilizara para los asuntos oficiales. Cuando se da ese grado de estandarización en un gobierno cuyo territorio se extiende varios billones de kilómetros, cualquier otro ordenador, sistema operativo o aparato electrónico está fabricado de acuerdo con ese estándar o es capaz de comunicarse con él.

Ahora ya conocía en profundidad la PDA de Ocampo. Una vez

iniciada la conexión con la *Chandler*, sabía perfectamente cómo acceder a ella, moverme por su sistema y extraer los archivos.

Y sabía cómo hacerlo sin que él se diera cuenta.

No es que me preocupara que se diera cuenta, ya que no tenía exactamente pinta de informático, ya sabéis a lo que me refiero. Él más bien sería el jefe de los informáticos, el tipo al que éstos odian, el que los hace trabajar en vacaciones.

También sabía que Ocampo tendría toda clase de archivos interesantes en la PDA, porque, hablemos claro, ¿dónde si no los guardaría? Era el único aparato informático y de almacenamiento que llevaba encima cuando abandonó la *Chandler*, y debía de estar mucho menos familiarizado que yo con la tecnología de los rraey. Era lógico que no se separara de ella y que guardara en su memoria toda la información. Recordé el intercambio que hizo con Tvann a costa de Vera Briggs. La pobre mujer no sabía nada. Ocampo pertenecía a esa clase de tipos muy celosos de sus asuntos.

Cuanto más tiempo mantuviera parloteando a Ocampo, más cosas descubriría sobre lo que tramaba.

Sin embargo, yo no intentaba desentrañar sus asuntos mientras él me hablaba. Tenía que mantener la atención en lo que decía, pues si advertía algún indicio de que estaba aburriéndome, si veía que, en sentido figurado, bostezaba, cortaría la conexión.

Así que lo hice hablar mientras un programa realizaba una copia de su PDA, de toda ella, a través del programa de comunicación que estaba utilizando para hablar conmigo. Más tarde miraría los archivos, incluidos los encriptados, que resultaron estar codificados con la propia PDA, de manera que podría acceder a ellos simplemente abriéndolos en una copia virtual del aparato.

Vaya tipo descuidado.

¡Tres hurras por los descuidados!

El proceso completo de copiado de datos tardó menos de dos horas. No necesité provocar demasiado a Ocampo para mantenerlo hablando todo ese tiempo.

¿Sabéis qué es un monólogo? Esa cosa en la que el héroe, cuando está a punto de morir, hace hablar al malo durante el tiempo suficiente para salvarse.

Bueno, éste no era el caso, porque yo todavía era un cerebro dentro de una caja y probablemente moriría en la primera misión a la que me enviaran. Pero se acercaba bastante. Y Ocampo no tenía ningún reparo en hablar y hablar y seguir hablando.

No creo que fuera por un problema de megalomanía, ni, siendo condescendiente, porque se compadeciese del tipo que por su culpa se había convertido en un cerebro sin cuerpo. Ignoro cuántos humanos había donde estábamos; yo sólo sabía de la existencia de Ocampo, de Vera Briggs y de la desconocida que colaboraba en la reinstalación de los sistemas de armamento en la *Chandler*. Siempre que veía a esta última, la supervisora de los sistemas de armamento, parecía muy atareada. Y en cuanto a Vera Briggs, imagino que a estas alturas no debía de mantener una relación muy amistosa con Ocampo.

En otras palabras, creo que éste simplemente se sentía solo y echaba de menos la relación con otros humanos.

Y podía entenderlo. Yo también me sentía solo.

La única diferencia entre nosotros era, por supuesto, que uno de los dos había elegido estar solo. Al otro lo habían obligado de un modo más bien inesperado.

En fin. El monólogo de Ocampo duró un cuarto de hora más del tiempo que yo necesitaba. Supe que se había cansado de hablar cuando me dijo: «Pero debo de estar aburriéndolo». Que es la manera que un narcisista tiene de decirte: «Empiezo a aburrirme».

Oh, no me aburre —pensé—. *Pero soy consciente del tiempo que ya le he robado hoy. No me atrevo a pedirle que continúe. Gracias, subsecretario Ocampo.*

—No hay de qué —repuso él, y entonces puso una cara que me hizo pensar en alguien que se siente culpable por algo y al mismo tiempo no quiere que lo incordien con la posibilidad de enmendar eso que lo hace sentir culpable.

Esperé, y creo que finalmente afloró en él el primitivo sentimiento de obligación moral.

—Mire, señor Daquin, sé que lo he puesto en una situación difícil. Sé que le han prometido que le devolverán el cuerpo y sé que cumplirán su palabra. Usted no es el primero. Pero hasta que llegue ese momento, si puedo hacer alguna cosa por usted... —Dejó en suspenso su parlamento para que calara en mí la idea de que estaba dispuesto a ayudarme sin decirlo expresamente, con lo que, supongo, tendría una excusa para negarse a hacerlo cuando se lo pidiera.

Este tipo, el subsecretario de Estado Tyson Ocampo, era una mina.

Gracias, señor. No se me ocurre nada que pueda hacer por mí en este momento. —Vi en el monitor la cara de alivio de Ocampo al eximirlo de un compromiso. Eso me allanó el camino para pedirle lo que de verdad quería de él—: *Pero hay una cosa que me gustaría que hiciera por mí en el futuro.*

—Hable, por favor.

Pronto me asignarán una misión. Mi primera misión real, no las simulaciones que he estado haciendo hasta ahora. Para mí significaría mucho que, cuando llegue ese día, usted y la señora Briggs vinieran para despedirse de mí.

—¿Quiere decir allí, a la *Chandler*?

Sí, señor. Comprendo que en mi estado daría lo mismo que se despidieran desde dentro o desde fuera de la Chandler —pensé, asestándole intencionadamente a Ocampo una puñalada en los núcleos de culpabilidad de su cerebro—, *pero significaría mucho para mí. Usted y la señora Briggs son las únicas personas que conozco ahora. Me gustaría que alguien viniera a despedirse de mí. Un par de minutos antes de mi partida. Si les parece bien.*

Ocampo meditó unos segundos, durante los cuales se hizo una idea de la logística que requeriría aceptar mi petición o intentó encontrar una excusa para declinarla.

—Está bien —dijo al cabo—. Iremos.

¿Me lo promete? —le pregunté, porque estaba hablando con el tipo que acababa de dejar en suspenso la frase «si puedo hacer alguna cosa por usted...».

—Se lo prometo —afirmó Ocampo, y le creí.

Gracias, subsecretario Ocampo. Es usted un buen hombre.

Ocampo hizo una mueca que podría interpretarse como una sonrisa o como un estremecimiento. En cualquier caso, se despidió y cortó la comunicación.

Cosas que averigüé gracias a la PDA de Ocampo:

En primer lugar, no cabía duda de que Ocampo había sabido desde el principio que emprendía un largo viaje. Había en su dispositivo una mediateca de entretenimiento que incluía varios millares de archivos de vídeo que abarcaban desde películas clásicas de la Tierra hasta las series más recientes de Fénix; igual número de libros y de canciones; y una amplia gama de videojuegos, si bien la mayoría tenían diez años o más. Supongo que cuando gobiernas el universo no tienes tiempo para estar al día en todo.

Ah, y una ingente cantidad de porno.

No estoy aquí para juzgarlo. Como he dicho, es evidente que sabía que iba a pasar un largo tiempo fuera de casa y, seguramente, sin apenas contacto con otros seres humanos. No estoy diciendo que yo habría hecho lo mismo si hubiera estado en su lugar. Sólo informo de que había mucho más porno que otras opciones de ocio.

Y sí, miré algunos vídeos. Tal vez sea un cerebro metido en una caja, pero ¿no dicen que el órgano sexual más importante es el cerebro? En mi caso, eso es cierto, tanto literalmente como en sentido figurado.

He de añadir que también tenía curiosidad por averiguar si la ausencia de gónadas implicaba la ausencia de respuesta a los estímulos. La respuesta es un rotundo no. Y no os podéis imaginar el alivio que sentí al descubrirlo.

En fin. Creo que me he excedido en el tiempo que he dedicado al porno.

Lo importante es que Ocampo había asumido que sus planes iban para largo.

En la PDA también encontré una cantidad impresionante de información confidencial de la Unión Colonial.

Para empezar, di con toda la información que, en mi opinión, podría hallarse en las instalaciones militares de la Unión Colonial; y no me refiero sólo a las de las Fuerzas de Defensa Coloniales, sino también a las de las Fuerzas Especiales. Información sobre naves, instalaciones y su capacidad para entrar en acción con carácter inmediato.

También datos sobre el número de efectivos de las Fuerzas de

Defensa Coloniales, sus estadísticas de bajas anuales e información sobre el impacto que la ruptura de relaciones con la Tierra estaba teniendo en la capacidad operativa de las FDC. Después de todo, si no se enrolan nuevos reclutas, cada baja es un soldado menos en el número total de unidades.

Además encontré información detallada relativa al brazo civil del gobierno de la Unión Colonial, con especial interés en el Departamento de Estado. Cosa que no me extrañó, habida cuenta de quién era Ocampo. Sin embargo, me llamó la atención la exasperante minuciosidad con la que se describían todos los aspectos de la burocracia de la UC. Reconozco que hice una lectura superficial de muchos documentos.

Entre los archivos también había información sobre la flota mercante de la Unión Colonial (miles de naves comerciales y mercantes que viajaban de un planeta a otro), y se especificaba qué naves habían sido construidas expresamente para tareas comerciales y cuáles eran vehículos de las FDC adaptados, además de sus itinerarios más recientes.

Otros documentos consistían en informes sobre el estado actual de las relaciones entre la Unión Colonial y todas las especies extraterrestres, así como sobre el Cónclave como organismo político y sobre la Tierra.

También hallé informes sobre todos y cada uno de los planetas de la Unión Colonial, con datos como el número de habitantes, las instalaciones defensivas y una lista de los objetivos que les causarían mayor daño, tanto a la población como a las infraestructuras y a la producción industrial.

Había además planos y anotaciones sobre la Estación Fénix, sede del gobierno de la Unión Colonial y el mayor centro espacial individual de la humanidad.

En otras palabras: toda la información con la que soñaría quien planeara un ataque definitivo a la Unión Colonial. Al menos en mi humilde opinión, pues no soy un experto. Pero estaba casi seguro de que no me equivocaba.

Ahora bien, no toda esta información era confidencial. Algunos datos podían obtenerse fácilmente consultando una enciclopedia o los registros públicos. Ocampo, o quien fuera a utilizar esta información, sabía que no tendría acceso a una red local de la Unión Colonial, de manera que había traído todo lo que iba a necesitar... o pensaba que iba a necesitar.

Y luego estaba el resto.

La información nueva.

Los datos que Ocampo había recibido y recopilado desde su llegada aquí con su grupo, con el Equilibrio («aquí», por cierto, era una base militar excavada en un asteroide, construida y controlada por los rraey hasta que unos problemillas recientes con la Unión Colonial y otros sujetos la habían reducido considerablemente).

Así se hacían llamar sus miembros.

A mí me parecía un nombre estúpido, pero yo no tenía voz ni voto en su organización. De lo contrario habría propuesto el nombre la Liga de los Idiotas. Así que no creo que les importe no contar con mi aportación.

Esta nueva información incluía grabaciones de audio y de vídeo de reuniones y sus transcripciones automáticas. Éstas resultaron ser útiles, ya que indicaban quién decía qué. También porque algunos sujetos que participaban en las reuniones pertenecían a especies desconocidas para mí, un hecho que tampoco quería decir nada, dado que la mayoría de mis viajes espaciales se circunscribían al territorio de la Unión Colonial, pero que no dejaba de ser reseñable.

La mayoría de las transcripciones eran de reuniones soporíferas, discusiones sobre el mantenimiento de la base, por ejemplo, que al parecer tenía un problema de moho que estaba afectando a varias especies que se encontraban allí. A lo que pensé: «Bueno, vale».

Pero también encontré algunas transcripciones interesantes.

Por ejemplo, la de una reunión que se había celebrado cuando sólo llevábamos un par de semanas en la base y que se iniciaba con Ku Tlea Dho, un diplomático rraey, recriminando a Ocampo su falta de atención.

—Parece distraído, subsecretario Ocampo —decía Dho. El vídeo lo mostraba a la cabeza de una mesa ovalada a la que estaban sentadas una docena de criaturas de diversas especies.

—Aún me siento un poco perdido en la estación, embajador Dho —se excusó Ocampo.

—Va a pasar una larga temporada aquí, subsecretario —repuso Dho—. Tendrá tiempo para conocerla mejor.

Ocampo sonrió.

—Espero que no sea demasiado larga.

—¿Qué quiere decir? —preguntó Ake Bae, un eyr.

Los eyr eran miembros del Cónclave, o eso decían los documentos que Ocampo había traído consigo. Unos miembros cada vez más descontentos con la organización.

—Ha llegado el momento de pasar a la última fase —dijo Ocampo, dirigiéndose al conjunto de los asistentes—. A la última fase de nuestro plan.

—¿En serio?

—Por eso estoy aquí, Ake Bae —respondió el subsecretario humano.

—Por supuesto, pero ¿está usted seguro, subsecretario Ocampo, de que no confunde su plan con el nuestro? Tengo entendido que permanecerá exiliado de la Unión Colonial por lo menos durante el tiempo que se prolongue la campaña. Eso no significa que el Equilibrio deba cambiar ahora su agenda para acomodarla a sus necesidades y antojos personales.

Ocampo sonrió de nuevo, pero esta vez su sonrisa no fue precisamente amable.

—Comprendo su preocupación —declaró, paseando la mirada por la mesa—. Sé perfectamente que muchos de ustedes consideran que los humanos, tanto individualmente como en conjunto, tendemos a atribuirnos un protagonismo desproporcionado en los acontecimientos, ya sea en general como en la actividad concreta que ahora tenemos entre manos. También soy consciente de que muchos de ustedes piensan que siempre he sido un grano en el culo.

Se oyeron unos ruidos en la sala que interpreté como risas alienígenas.

—No obstante, permítanme que les recuerde que el germen de esta rebelión nuestra se encuentra en el ataque que nosotros, la Unión Colonial, lanzamos contra el Cónclave en Roanoke —continuó Ocampo. Miró uno a uno a los extraterrestres reunidos alrededor de la mesa—. ¿Cuántos de sus gobiernos observaban con impotencia la formación del Cónclave? —Clavó los ojos en Ake

Bae—. ¿Cuántos de sus gobiernos ingresaron en el Cónclave en lugar de enfrentarse con él? La Unión Colonial, la humanidad, ha sido la única que ha hecho daño al Cónclave; la única que ha demostrado que se le puede hacer daño. La única que ha demostrado que se puede frustrar el experimento de hegemonía del general Gau.

—Parece pasar por alto la intentona de golpe de Estado de Gau tras Roanoke —apuntó Ake Bae.

—Un golpe de Estado incentivado por el ataque de la Unión Colonial a la flota del Cónclave —replicó Ocampo—. Lo que quiero decir, Ake Bae, es que si estamos hoy aquí es gracias a lo que los humanos hemos hecho. Si nos asignamos un papel principal en esta causa es porque nos lo hemos ganado. No es una mera cuestión de ego.

—Me parece irónico que alabe las acciones de la Unión Colonial contra el Cónclave cuando esas mismas acciones son las que nos han convencido de que debe ser destruida junto con él —señaló Utur Nove.

Nove era de Elpri. Así me enteré de que existía un planeta llamado Elpri.

—Todos estamos de acuerdo en que el regreso a un equilibrio de poderes es lo mejor para todas nuestras especies —declaró Ocampo—. De ahí el nombre que hemos puesto a la organización. El Cónclave representa la principal amenaza para dicho equilibrio. Estamos de acuerdo en eso. También coincidimos en que la Unión Colonial ha acumulado demasiado poder en su oposición al Cónclave. Pero no confundamos la Unión Colonial con la humanidad.

Dirigió un gesto de asentimiento a Paola Gaddis, que era la otra persona que había visto, la que supervisaba la instalación de los sistemas de armamento. Ésta le respondió con el mismo gesto.

—Mi colega representa los intereses de varios gobiernos de la Tierra —continuó Ocampo—. Estará encantada de contarles hasta qué punto esos gobiernos no apoyan ni remotamente los intereses de la Unión Colonial. En definitiva, la Unión Colonial no es la humanidad. Simplemente es un gobierno. Y cuando desaparezca, porque lo hará, la Tierra asumirá el encargo de liderar los planetas que la conformaron... en el caso de que no se unan para fundar otras organizaciones. La humanidad sobrevivirá y continuará formando parte de un nuevo equilibrio.

—La humanidad, tal vez —intervino Ake Bae—, pero yo hablaba de usted en particular, subsecretario Ocampo. De usted y de la fase final de su plan, que no parece coincidir con el del Equilibrio.

Ocampo volvió a sonreír y cogió la PDA de la mesa. La imagen de la grabación fluctuó en la pantalla mientras Ocampo levantaba el dispositivo.

—Sabe qué es esto, ¿verdad, Ake Bae?

—Tengo entendido que es un asistente electrónico personal —respondió Ake Bae.

—En efecto —asintió Ocampo—. Y contiene casi todos los datos del Departamento de Estado de la Unión Colonial y de las Fuerzas de Defensa Coloniales de la última década. Casi todos los archivos confidenciales sobre las actividades y los conflictos de la UC están aquí dentro. Todo lo que no quieren que se sepa. Todas y cada una de las traiciones que se han perpetrado, o se han intentado, contra un aliado. Hasta la última acción militar en cualquiera de sus colonias planetarias. Hasta el último asesinato. Hasta la última desaparición. Todo ello cierto. Todo ello comprobable. Todo ello extremadamente dañino para la Unión Colonial.

—Los datos que prometió facilitarnos para planear la estrategia de la siguiente fase —repuso Ake Bae.

—No —replicó Ocampo—. No para la siguiente fase. Para la fase final. —Agitó con vehemencia la PDA y la imagen volvió a fluctuar—. Tienen que comprender que toda la información contenida aquí sobre la Unión Colonial es precisa y verificable. Todo lo que hay aquí ha sucedido. Y eso es lo que conferirá veracidad a lo que voy a añadirle.

—¿Qué va a añadirle? —preguntó Dho.

—Todas nuestras operaciones —respondió Ocampo—. El nombre de todas las naves de las que nos hemos apoderado, humanas y del Cónclave. Todas las revueltas que hemos encabezado en los planetas de la Unión Colonial y del Cónclave. Todos nuestros ataques, incluido el de la Estación Tierra. Todo ello tergiversado de manera que parezca tutelado por la Unión Colonial y las Fuerzas de Defensa Coloniales. Todo confirmado tanto por mi firma de seguridad como por la firma de seguridad de mi jefa, la actual secretaria de Estado.

—¿Y cómo lo ha conseguido? —preguntó Paola Gaddis.

—El eslabón más débil de cualquier cadena de seguridad y de verificación son las personas —sentenció Ocampo.

Justo en ese momento me sentí tentado de pausar la reproducción del vídeo para saborear la ironía de la afirmación, dadas las circunstancias.

—A lo que se suma el hecho de que todo el mundo confía en las personas que durante años han sido sus amigas y aliadas —continuó Ocampo, ajeno a mi desprecio—. La secretaria Galeano es un hueso duro de roer, pero tiene un punto débil, su fe en la lealtad, y yo me gané su confianza hace mucho tiempo. Nunca he hecho nada que le diera pie a dudar de mí.

—Excepto eso. —Gaddis señaló la PDA—. Y todo lo demás que ha hecho por Equilibrio.

—No voy a sugerir que Galeano me perdonará algún día —continuó Ocampo—. Nunca lo hará. Pero me gusta pensar que con el tiempo reconocerá que lo que hice era necesario.

—Eso no pasará —sentenció Gaddis.

Ocampo se encogió de hombros.

—Eso no explica por qué habla de la fase final —señaló Ake Bae, volviendo al objeto del debate—. Sólo inculpa a la Unión Colonial de nuestras acciones.

—No —repuso Gaddis antes de que Ocampo pudiera intervenir—. La Tierra ya cree que la Unión Colonial es la autora del ataque a la Estación Tierra, para frustrar nuestro desarrollo y prolongar la dependencia de ellos. Una confirmación implicaría el estado de guerra entre la Tierra y la Unión Colonial.

—Lo que obligaría a intervenir al Cónclave —apuntó Ocampo.

—Exacto —asintió Gaddis—. En este momento, el Cónclave ha establecido lazos amistosos con la Tierra, pero mantiene las distancias porque quiere evitar una confrontación con la Unión Colonial. Sin embargo, si se confirma, por medio de sus propios archivos, que la UC es la responsable de la destrucción de la Estación Tierra, eso quedará en agua de borrajas y el Cónclave invitará a la Tierra a ingresar en la organización.

—Con lo que se provocará un enfrentamiento con las especies que no queremos a los humanos en el Cónclave —intervino Utur Nove—. Sin ánimo de ofender —añadió, mirando a Gaddis.

—No me ha ofendido —repuso ésta—. De todos modos, ése es nuestro objetivo. Las divisiones debilitarán el Cónclave, al mismo tiempo que la Unión Colonial lo considerará una amenaza material y actuará para destruirlo.

—Y fracasará —señaló Nove.

Ocampo negó con la cabeza.

—En efecto, la Unión Colonial fracasará si se enfrenta abiertamente con el Cónclave —precisó el subsecretario—. Pero no seguirá esa estrategia. Ya no la siguió cuando destruyó la flota del Cónclave en Roanoke. No envió naves para combatir con las del Cónclave... Envió asesinos, Fuerzas Especiales para que colocaran furtivamente bombas de antimateria en cada una de sus naves, y luego las detonaron todas simultáneamente. El golpe psicológico fue tan contundente como las pérdidas materiales. Así actuó la UC y así volvería a hacerlo. Un asesino, un disparo... y la destrucción total. Esta vez será igual.

—¡Planea el asesinato del general Gau! —exclamó Nove, tras seguir atentamente la exposición de Ocampo.

—No —repuso éste, y señaló a Nove—. Usted lo planeará. —Señaló a Ake Bae—. O usted. Ambos se encuentran en una posición más propicia para asesinarlo. Sinceramente, no me preocupa quién lo haga. Lo importante es que, con independencia de quién de ustedes lo planee, deberá quedar claro que lo hicieron en connivencia con la Unión Colonial. La UC sabe que estuvo a punto de ser aniquilada cuando humilló al general Gau; sabe también que Gau exige lealtad a los miembros de su organización. Asesinándolo, se destruye esa lealtad. Asesinándolo, se destruye el Cónclave.

—De ese modo, la Unión Colonial quedaría como la mayor potencia del universo —apuntó Ake Bae.

—No —dijo Gaddis—. Sin la Tierra eso es imposible. Sin sus soldados. Sin sus colonos.

—A menos que la Tierra cambie de opinión —apuntó Ku Tlea Dhu.

—Actuaremos a su debido tiempo para evitar que eso ocurra —afirmó Ocampo—. Ya lo hemos hecho antes. Esta vez podemos ser igualmente convincentes. —Señaló hacia algún lugar fuera de la sala de reuniones, en la dirección en la que supuse que estaba la dársena de la *Chandler* en la que estaban trabajando los operarios—. A menos que tengan una idea mejor para todas las naves que hemos estado capturando.

—Lo que, por cierto, cada vez resulta más difícil —manifestó Dhu—. No podemos emplear el truco que utilizó con la capitana de la *Chandler* para engañar a todos los capitanes.

—Razón de más para activar la fase final —dijo Ocampo—. Siempre hemos sido una unidad reducida pero fuerte. El tamaño no es el problema. La clave es el poder destructor de nuestras acciones.

—Y todo eso comienza difundiendo la información que tiene ahí —dijo Ake Bae, señalando la PDA.

—Sí —afirmó Ocampo.

—¿Y dónde propone que la difundamos?

—La difundiremos en todas partes —respondió Ocampo—. En todas partes y al mismo tiempo.

—Me parece un buen plan —declaró Gaddis—. Incluso creo que hay posibilidades de que consigamos lo que nos proponemos.

—Es enternecedor que dos humanos estén de acuerdo —señaló Nove. Descubrí que el sarcasmo era un rasgo casi universal en las especies inteligentes.

—Con todos mis respetos, embajador Nove, el hecho de que estemos de acuerdo es positivo —protestó Gaddis—. No olvide que, en todo este asunto, mi planeta es el afectado más vulnerable. Carecemos de naves espaciales y de poder militar. Los gobiernos que represento creen que el Equilibrio les ofrece la oportunidad de dotarse de defensas antes de que volvamos a atraer la atención de los demás. Este plan podría hacer posible nuestras aspiraciones.

Nove se revolvió en su asiento, un tanto descontento. Gaddis se volvió hacia Ocampo.

—Eso no significa que no entrañe riesgos. El principal es que la Unión Colonial debe creer que usted está muerto, y que ha muerto leal a ella. Si sospecharan que sigue vivo y que es un traidor, ya sabe que no pararían hasta encontrarlo.

Ocampo asintió.

—La Unión Colonial sabe qué ocurre cuando una nave es capturada. Sabe que todos salvo el piloto son asesinados. No se les ocurrirá pensar que conmigo se ha hecho una excepción.

—Usted es subsecretario del Departamento de Estado —apuntó Nove.

—De vacaciones —le recordó Ocampo—. Nada me distingue de un desdichado civil.

—¿No cree que sospecharán de usted? —preguntó Gaddis.

—Hace años que formo parte de esto —respondió Ocampo—. He estado suministrando información al Equilibrio durante todo este tiempo. Si hubieran tenido la intención de detenerme, lo habrían hecho antes de que me marchara.

—Había gente que lo ayudaba —señaló Thu.

—Era un grupo reducido de personas que operaban de manera independiente y subcontratadas —dijo Ocampo—. Me encargué de ellas antes de marcharme.

—¿Quiere decir que las mató? —inquirió Thu.

—A las que podían hacer que las miradas se volvieran hacia mí, sí.

—¿Y eso no levantará sospechas? —preguntó maliciosamente Gaddis.

—Por favor, reconózcame el mérito de la sutilidad —replicó con engreimiento Ocampo.

—Toda esta charla —intervino entonces Ake Bae—, todos estos planes y estrategias... y todavía no sabemos en qué consiste exactamente su fase final, subsecretario Ocampo.

—Es la misma que la del Equilibrio —repuso éste—. Culmina con el fin del Cónclave, de la Unión Colonial y de las superpotencias en nuestra pequeña parcela del universo. Y cuando eso ocurra, nuestro grupo, que actúa en la sombra, desaparecerá con ellos... y nosotros regresaremos a nuestros planetas.

—Sí, pero usted está muerto —dijo Ake Bae—. O eso cree la Unión Colonial. En su propio interés, y en el nuestro, convendría que continuaran creyéndolo.

—Por ahora —replicó Ocampo.

—¿Y más adelante? —inquirió Ake Bae.

—Más adelante será diferente —respondió Ocampo.

—¿No cree que supondrá un problema?

—No.

—¿Está seguro?

—No hay nada seguro en la vida —manifestó Ocampo—. Pero recuperando el tema inicial de esta conversación, considero que, después de todo lo que he hecho por este grupo y por nuestros objetivos, la confianza en mis opiniones debería ser mayor. Y mi opinión es que no. Cuando esto acabe, el hecho de que yo esté vivo no supondrá un problema en absoluto.

A continuación se pusieron a hablar del problema del moho durante otro rato.

La conversación me suscitó dos ideas. La primera, que se confirmaba que Ocampo era un auténtico cretino. La segunda, que el cuento que me había soltado sobre la humanidad y la Unión Colonial era una trola monumental.

Tachad eso. No todo ello era una trola. Él me había contado la versión amable, en la que aparecía como el desinteresado mártir que se sacrificaba por la humanidad en lugar del tío que estaba colocando una bomba con el fin de aprovecharse del caos que causaría. No sentía simpatía alguna por ese tal Ake Bae, pero lo que decía era cierto. Lo que fuera que estuviera tramando Ocampo sería tan beneficioso, si no más, para él como para todos los demás.

Y aún me asaltó una tercera idea. La megalomanía de Ocampo, o lo que quiera que fuera, ya había matado a miles de personas.

Siendo justos, no era sólo su megalomanía, pues no actuaba en solitario. Si bien parecía evidente que sobre él recaía el grueso del trabajo.

Y pronto querrían utilizarme para ayudarlos.

Y entonces, inesperadamente, llegó el momento.

—Vamos a asignarle una misión —me anunció Control una mañana, o al menos durante la parte del día que yo había considerado la mañana desde que estaba en la base del Equilibrio.

Muy bien —pensé, dirigiéndome a Control—. *Es una buena noticia. ¿En qué consiste?*

—Le facilitaremos los detalles cuando esté llegando al punto de salto.

Supongo que eso será dentro de dos o tres días, pensé.

—Antes —dijo Control—. Más bien dentro de lo que para su especie son ocho horas.

Me pareció una información interesante. Los impulsores de salto, que son lo que utilizamos para recorrer distancias inmensas en el espacio, sólo entran en funcionamiento cuando el espacio-tiempo es suficientemente plano, es decir, cuando se está muy lejos de un pozo gravitatorio.

Por lo tanto, al decirme el tiempo que tardaría en alcanzar la distancia de salto, Control estaba dándome información sobre el lugar donde nos encontrábamos. Ahora sabía que la base era un lugar con una masa pequeña, no necesariamente próxima a otro objeto con una masa mayor como, por ejemplo, un planeta o una luna.

Control acababa de decirme que, básicamente, estábamos en un asteroide que se encontraba a una gran distancia de su estrella. Ahora lo sabía, aunque Control no sabía que yo lo sabía. Control nunca me lo había dicho.

Si ahora me daba esa información era, o bien porque se le había escapado, o bien porque no la consideraba relevante.

Puesto que yo sabía que Control había hecho esto antes un montón de veces, no me parecía probable que se le hubiera escapado, de manera que en verdad no la consideraba relevante. E imaginé que no le daba importancia porque Control estaba convencido de que acataría sus órdenes o porque en sus planes no entraba que sobreviviera a la misión.

Repasé mentalmente el armamento que me habían instalado, un par de docenas de misiles y cañones de rayos mejorados, idóneos para neutralizar sistemas de comunicaciones y misiles dirigidos a mí. Y luego repasé mis sistemas defensivos, que no se habían mejorado sustancialmente con respecto a los que ya poseía la *Chandler* como nave mercante.

De manera que sí: apostaba por una misión sin retorno.

Vale —pensé—. *No obstante, me sería útil tener un conocimiento general de la misión. Así podría practicar algunas simulaciones entretanto.*

—No será necesario —dijo Control—. Preferimos que se concentre en su misión cuando empiece.

Entendido. ¿Eso significa que tendré el control de la nave hasta que lleguemos a la distancia de salto?

—No —respondió Control—. Nosotros controlaremos la *Chandler* durante el despegue e inmediatamente después de él. A continuación, se fijará una ruta. Usted tomará el control de la nave después del salto. Hasta entonces, se dedicará a vigilar el buen funcionamiento de los sistemas. Mantendremos abierto un canal de comunicación para que pueda alertarnos en el caso de que surja algún problema.

Cuanto más me aleje de ustedes, más demora tendrá la comunicación —señalé—. *Hay que tener en cuenta los efectos de la velocidad de la luz.*

—No prevemos contratiempos —aseveró Control.

Ustedes mandan. ¿Cuándo empezamos?

—El subsecretario Ocampo nos ha pedido que retrasemos el comienzo de la misión hasta que pueda despedirse de usted, tal como le pidió.

Sí.

—Como muestra de cortesía hacia él, vamos a permitirlo. Sin embargo, en estos momentos está ocupado. Cuando acabe lo que está haciendo viajará hasta usted. Dispondrán de unos diez minutos para despedirse. Eso sucederá en algún momento dentro de las próximas dos horas.

Entendido. Gracias, Control. Significa mucho para mí.

Control no contestó y vi que había cortado la comunicación. Me dio igual.

Tenía un par de horas para prepararme para la misión.

Así que me preparé.

—Recuerdo la última vez que estuve aquí —dijo Ocampo.

El subsecretario estaba de pie en el puente de mando de la *Chandler*, acompañado por Vera Briggs y una escolta formada por dos soldados rraey.

Supongo que lo encontrará un poco cambiado —pensé, dirigiéndome a él—. *Más vacío.*

Ocampo se estremeció visiblemente; pude verlo a través de una cámara del puente de mando. Vera Briggs se mantenía en silencio y miraba fijamente y con semblante horrorizado la urna que contenía mi cerebro. Los rraey, por su parte, eran indescifrables para mí. Supongo que es lo que tienen los alienígenas.

Gracias por venir a verme —pensé, dirigiéndome a Ocampo y a Briggs—. *De verdad que se lo agradezco mucho.*

—De nada —repuso Ocampo—. Si le soy sincero, es agradable salir de esa roca...

Uno de los rraey emitió un sonido como de carraspeo, lo que me sugirió la idea de que algunos signos de comunicación no verbales eran universales... Es decir, si se tiene garganta.

—... es agradable cambiar de aires, debo reconocer. —Ocampo fulminó con la mirada al rraey.

No quiero entretenerlos —pensé—. *Sé que ambos están muy ocupados. Además, Control me ha dicho que sólo disponemos de diez minutos.*

—Así es —asintió Ocampo—. De hecho, creo que deberíamos irnos. Ya se disgustaron bastante con nosotros cuando les insistí en que nos permitieran despedirnos.

Lo entiendo —repuse—. *De todos modos, creo que debería ir preparándome.*

Desde algún lugar fuera del puente de mando llegó un fuerte ruido metálico, seguido por un estrépito de lo que parecían voces. Podían ser los altavoces de los intercomunicadores de la *Chandler*... o podía ser cualquier otra cosa.

Tanto Ocampo como Briggs dieron un brinco. Los dos rraey se dijeron algo en su lengua y aprestaron las armas. Uno de ellos dirigió un gesto a Ocampo y a Briggs para indicarles que no se movieran del puente de mando y se marchó con su compañero para investigar el ruido.

La reforzada puerta automática del puente de mando se cerró con un estrépito y dejó a los rraey fuera sin poder volver a entrar, y a Ocampo y a Briggs encerrados dentro.

—¿Qué demonios está pasando aquí? —exclamó el subsecretario.

Comenzó a oírse un zumbido cuando los motores de la *Chandler* pasaron de su estado de reposo a la fase de propulsión.

—¡¿Qué está haciendo?! —bramó el subsecretario.

No estoy haciendo nada —respondí—. *Todavía no tengo el control de la nave.*

Aporrearon la puerta. Los rraey estaban intentando regresar al puente de mando.

—¡Abra la puerta! —gritó Ocampo.

Yo no controlo la puerta.

—¿Quién la controla, entonces?

Pues quien haya estado dirigiendo mis simulaciones. No sé quién es en realidad. Sólo me dijo que lo llamara Control.

Ocampo maldijo en voz alta y sacó la PDA. Y volvió a maldecir cuando no consiguió abrir un canal de comunicación con la base. El caso era que cuando subió a bordo de la *Chandler*, la PDA se conectó automáticamente a la red de la nave... Y la red de la nave tenía toda la pinta de estar apagada.

—¿Cuál es el puesto de comunicaciones? —preguntó Ocampo mientras paseaba la mirada por las distintas ubicaciones del puente de mando.

En estos momentos, ninguno —respondí—. *Los puestos del puente de mando están desconectados del circuito de control de la nave. Todo está conectado a través de un puente de mando simulado que, en teoría, debería controlar yo.*

—¡Por lo tanto, usted controla la nave!

No —repuse—. *He dicho en teoría. Todavía no se me ha traspasado el control. Se me cederá después del salto. Esto es cosa de Control.*

—¡Pues hable con Control! —rugió Ocampo.

No puedo. Nunca me han dado la posibilidad de ponerme en contacto con ellos. Tengo que esperar a que sean ellos los que se comuniquen conmigo.

Hablando del rey de Roma, adivinad de quién era la voz que irrumpió en el puente de mando.

—La *Chandler* está moviéndose —dijo Control—. Explique la razón.

No lo sé —respondí—. *Son ustedes quienes controlan la nave, así que tendrán que explicarlo ustedes.*

—Yo no controlo la nave.

Bueno, pues alguien está haciéndolo.

—Sólo puede ser usted.

¿Cómo? —exclamé—. *¡Míreme bien! ¡Yo no estoy haciendo nada en esta simulación!*

Hubo un momento de silencio mientras Control comprobaba que era cierto lo que decía. Entretanto, los porrazos en la puerta del puente de mando se hicieron más insistentes y sonaban como si los soldados hubieran sustituido los puños por las culatas de las armas.

Volvió a oírse la voz de Control a través de los altavoces del puente de mando.

—¿Secretario Ocampo?

—¿Sí?

—Es usted quien de algún modo controla la *Chandler*.

—¡Imposible! —exclamó el subsecretario.

—Se ha encerrado usted mismo en el puente de mando —dijo Control.

—¡Estamos atrapados, idiota! —le espetó Ocampo—. Y me he dado cuenta de que nuestra escolta está al otro lado de la puerta. ¿Qué están tramando?

—Por favor, desista de sus acciones.

—¡Yo no estoy haciendo nada, joder! —gritó Ocampo. Señaló los puestos del puente de mando—. ¡Esos cacharros no funcionan! ¡Esto es cosa suya!

Hubo un momento de silencio. Ocampo parecía desconcertado. Tardó unos segundos en reparar en que el aporreo de la puerta se había interrumpido mientras él le estaba gritando a Control.

—Ha extraído el aire en toda la nave salvo en el puente de mando —dijo Control—. Acaba de matar a dos rraey.

—Dios mío —exclamó Ocampo con una desesperación evidente—. ¡No he sido yo! ¡Yo no controlo esta nave! ¡Es usted! ¡Esto es cosa suya! ¡Usted es el asesino, no yo! ¿A qué viene esto?

—Basta —espetó Control.

Mis sensores simulados me indicaban que la *Chandler* había completado el despegue y comenzaba a alejarse a toda velocidad de la base del Equilibrio. Habíamos llegado a un punto en la situación en la que a Control no le quedaba más remedio que minimizar las bajas e intentar neutralizar o destruir la nave. Sentía curiosidad por saber qué iba a pasar.

Y lo que pasó fue que mi equipo de sensores recibió una señal dirigida a la bomba situada junto a mi cerebro en el interior de la urna.

La señal, en principio, debía detonar la bomba y matarme.

Sin embargo, lo que hizo fue disparar una docena de misiles de la *Chandler*.

Digamos que la estrategia de «volarme el cerebro» me había generado un conflicto filosófico y éste era mi comentario crítico al plan.

Creo que incluso oí un gritito ahogado de sorpresa de Control cuando sus sensores detectaron la docena de misiles.

Había tres naves aparte de la *Chandler* acopladas a la estación del Equilibrio. Una de ellas era una fragata de la Unión Colonial reciclada como la propia *Chandler*; la segunda parecía construida expresamente como nave mercante; y la tercera tenía un diseño que me era desconocido, de manera que debía de ser alienígena. Imaginé que las tres se encontraban en la misma situación que la *Chandler* y estaban preparándose para los estúpidos planes que el Equilibrio les tuviera reservados.

Dirigí un misil a cada una de ellas.

Si en las naves había tripulantes, es posible que pudieran repeler los proyectiles. Pero si todas eran como yo, cerebros encerrados en urnas sin el control de su propia nave, eran un blanco facilísimo.

Los misiles impactaron en el objetivo y dañaron seriamente las naves, si bien no las destruyeron del todo.

Porque yo no quise. Si había cerebros en cajas dentro de ellas, no merecían morir por mi culpa.

Otros seis proyectiles se dirigieron a las baterías de misiles de la base del Equilibrio, ya que no quería darles la oportunidad de frustrarme la huida con uno, dos o diez misiles certeros.

Uno impactó en el generador de energía de la base, ya que supuse que si comenzaban a preocuparse por la falta de luz y el descenso de la temperatura, dedicarían menos atenciones a este humilde servidor y a la *Chandler*.

Otro de los misiles fue directo a la base de comunicaciones para ponerles difícil dar la voz de alerta. Estoy seguro de que intentaron lanzar alguna sonda de salto, pero yo ya había configurado mis armas de rayos para achicharrarla antes de que se acercara siquiera a la distancia de salto. Los cálculos, teniendo en cuenta el factor de la velocidad de la luz, habían sido complejos, pero había tenido tiempo para practicar.

Quedaba un misil.

Éste se dirigió a donde más probable me parecía que estuviera Control.

Porque... ¡a tomar por culo Control!

Sí, os aseguro que había estado muy ocupado observando la base con las cámaras exteriores de la *Chandler* y contrastando la información que obtenía visualmente con los datos que había conseguido de la PDA de Ocampo.

Sabía que sólo tenía una oportunidad y que no podía desperdiciarla. Si alguno de los misiles no acertaba en el objetivo, todo se complicaría notablemente.

Por suerte, todavía disponía de otras dos docenas de proyectiles.

Pero no los necesité. Cuando se dispararon los primeros misiles aún estaba bastante cerca de la base de Equilibrio y todos los blancos se encontraban a entre diez y veinticinco segundos, lo que en una situación de batalla habría sido tiempo suficiente para defenderse.

Pero ¿en un ataque sorpresa?, ¿cuando la base y las naves no están preparadas para un ataque y el único que podría haber dado la voz de alarma estaba ocupado discutiendo con el muy confuso y cada vez más hostil subsecretario Ocampo?

Pues no, no era tiempo suficiente.

Todos los misiles impactaron en su objetivo.

El caos que provocaron fue glorioso.

«Glorioso.»

—¿Hola? —dijo Ocampo, y me di cuenta de que desde su punto de vista no había pasado nada. Aún estaba esperando una respuesta de Control.

Lo siento, subsecretario Ocampo —pensé, dirigiéndome a él—. *Es bastante probable que Control no pueda comunicarse con usted en este momento.*

—¿Por qué?

Porque acabo de meterle un misil en la puta boca, por eso.

—¿Cómo?

Acabo de atacar la base del Equilibrio. Con doce misiles que han impactado en los objetivos que les había marcado. Eso los mantendrá ocupados mientras nosotros tres llegamos a la distancia de salto.

—¿Cómo? —repitió Ocampo. Era evidente que no estaba pillándolo.

—¿Quiere decir que volvemos? —preguntó Vera Briggs—. ¿Regresamos a casa? ¿A la Unión Colonial?

Reconozco que no recordaba haber oído anteriormente decir una frase entera a la secretaria de Ocampo.

Sí —respondí—. *Ése es el plan. Regresamos a la Estación Fénix, donde creo que escucharán con sumo interés lo que el subsecretario Ocampo tiene que contarles.*

—¡No puede hacer eso! —chilló Ocampo.

¿Llevarlos de vuelta a la Unión Colonial? Claro que puedo hacerlo. Y lo haré. De hecho, es lo que esperaba hacer.

—No... no lo entiendo —balbució Ocampo.

Hace semanas que controlo la Chandler. *Podría haber intentado escapar mucho antes. Pero necesitaba recuperar la información que posee... Y necesitaba que usted subiera a bordo. Volvemos a casa, subsecretario Ocampo.*

—No tiene ni idea de lo que está haciendo.

Ya lo creo que la tengo.

—No, no tiene ni idea —repitió Ocampo—. No comprende que aquí estamos salvando a la humanidad...

Todo lo que Ocampo dijo a continuación se perdió en el gemido que soltó cuando Vera Briggs recorrió el escaso metro que los separaba y le propinó un rodillazo de lleno en las pelotas.

Yo ni siquiera tengo pelotas y confieso que también me dolió.

Ocampo se derrumbó, gruñendo. Briggs siguió dándole patadas en las costillas y en la cara, supliendo con entusiasmo su inexperiencia en la materia, hasta que el subsecretario quedó inmóvil en el suelo, hecho un ovillo.

—Hijo de puta —dijo al cabo Briggs, mientras retrocedía.

Espero que no lo haya matado.

—Créame, por nada del mundo permitiré que muera —repuso Briggs. Le lanzó un escupitajo y Ocampo ni siquiera se estremeció—. Me ha dejado como una imbécil tramando esta traición a mis espaldas. ¡Durante años! Asesinó a toda la tripulación de una nave y me dio a escoger entre morir o vivir sin libertad. ¿Y ahora quiere hacerme cómplice de más asesinatos? No, señor Daquin. Este capullo vivirá. También voy a encargarme de que la Unión Colonial se entere de todo lo que sé. Así que llévenos de vuelta a casa. Le prometo que me encargaré de todo. En cuanto a usted —añadió, dirigiéndose a Ocampo—, como se mueva un solo centímetro de donde está hasta que lleguemos a nuestro destino, lamentará que no lo haya matado a patadas. ¿Me ha entendido, señor?

Ocampo no movió un músculo en todo el viaje.

—Hablemos del futuro —me dijo Harry Wilson.

Había sido una semana de locos.

La *Chandler* había aparecido tras el salto a apenas diez kilómetros de la Estación Fénix haciendo saltar todas las alarmas que avisaban de la proximidad de un objeto. En el fondo, ésa había sido mi intención, ya que lo último que quería era pasar desapercibido.

En cuanto saltamos comencé a transmitir por radio que llevaba al subsecretario Ocampo a bordo y que traía información de vital importancia sobre un ataque alienígena, con lo que conseguí que todo el mundo me prestara atención. Menos de una hora después, las naves de las Fuerzas de Defensa Coloniales rodearon la *Chandler*, y Ocampo y Briggs fueron sacados de la nave; Ocampo con dirección a la enfermería de la Estación Fénix y Briggs a una reunión del más alto nivel. Luego, las FDC se devanaron los sesos para decidir qué hacer conmigo.

Entonces apareció Harry Wilson.

—¿Por qué te envían a ti? —pregunté. Y digo «pregunté» porque se conectó directamente conmigo a través de su CerebroAmigo, el ordenador que llevaba implantado en la cabeza.

—Porque tengo experiencia en esto —respondió. Más tarde me explicó su experiencia, durante el interrogatorio en el que le relaté lo que me había pasado y le di toda la información de la que disponía.

—¿Del futuro? —inquirí, de nuevo en el presente.

—Sí.

—Lo único que le pido al futuro es un cuerpo.

—Y lo vas a tener —afirmó Wilson—. Ya estamos trabajando

en eso. Las Fuerzas de Defensa Coloniales ya han autorizado el desarrollo de un clon tuyo.

—¿Vais a poner mi cerebro en un clon?

—No exactamente. Cuando el clon se haya desarrollado, le transferiremos tu conciencia. Abandonarás tu cerebro actual y te pondremos en el nuevo.

—Eso suena... inquietante —dije. El cerebro era la única parte de mí que me quedaba y ahora estaban diciéndome que iba a abandonarlo.

—Lo sé —dijo Wilson—. Por si te sirve de algo, yo mismo he pasado por ese proceso. Te prometo que seguirás siendo tú mismo.

—¿Cuándo podemos empezar?

—Bueno, en realidad depende de ti —dijo Wilson—. Sobre eso quería hablar contigo.

—¿Qué quieres decir?

—Ya han empezado a trabajar con tu cuerpo. Si quieres, y nadie va a llevarte la contraria si decides hacerlo, podemos darte el cuerpo nuevo dentro de un par de semanas. Pero para alguien con una conciencia ya existente que debe ser transferida a un nuevo cerebro, ése no es el proceso óptimo. Prefieren desarrollar cuidadosamente el cuerpo y preparar el nuevo cerebro para que acepte tu conciencia. De esa manera se garantiza que no surjan contratiempos durante la transferencia.

—¿Y cuánto tiempo necesitan?

—Menos del que requiere el desarrollo natural de un cuerpo. Aun así, son varios meses —dijo Wilson—. Sinceramente, cuanto más tiempo dediquen a preparar el cuerpo para tu conciencia, mejor será el resultado.

—Y mientras tanto estoy atrapado y sin poder hacer nada en la *Chandler*...

—«Sin poder hacer nada» es una valoración relativa —repuso Wilson.

—¿Qué quieres decir?

—Quiero decir que, si quieres, podría asignaros un trabajo a ti y a la *Chandler*.

—¿De qué trabajo se trata?

—El trabajo consiste en ser tú mismo; en ser Rafe Daquin y el cerebro que controla la *Chandler*. Queremos que las especies con las que estamos en conversaciones sepan que existes y que tu historia es real.

—Ya os he dado toda la información que tengo sobre el Equilibrio —repuse—. Me parece que es bastante convincente.

—No tienes que convencernos a nosotros —dijo Wilson—. Sabemos que nos dices la verdad. Pero comprenderás que el hecho de que nosotros conozcamos la existencia del Equilibrio, que sepamos que son los responsables del ataque a la Estación Tierra y los que han estado sembrando la discordia entre el Cónclave y la UC no sea suficiente. Gracias a las acciones del Equilibrio, la Unión Colonial ha perdido casi toda su credibilidad con las especies independientes, con las que pertenecen al Cónclave y, naturalmente, con la Tierra.

—¿Y cambia algo tenerme por aquí?

—Bueno... no —admitió Wilson. Yo habría sonreído ahora de haber podido—. No cambia nada, pero nos permite meter el pie para que no se cierre definitivamente la puerta. Por lo menos les rondará la duda de que podríamos estar diciendo la verdad. Puedes proporcionarnos una oportunidad.

—¿Qué sabes de la base del Equilibrio? —pregunté—. ¿Habéis enviado naves allí?

—No puedo contarte nada sobre ese asunto —respondió Wilson.

—¿Me tomas el pelo?

—Tranquilízate. No puedo contarte nada sobre ese asunto. Sobre todo, no puedo contarte que hemos encontrado la base y pruebas de daños recientes que se corresponden con lo que me dijiste. Pero aparte de eso, la base estaba desierta.

—¿Qué quieres decir con «desierta»? ¿Cuánto tardaron en llegar las naves?

—Enviamos sondas nada más obtener las coordenadas por tu parte, y luego un par de naves espaciales.

—En ese caso, deberíais haber encontrado algo. No pueden haber desaparecido.

—Yo no he dicho que hayan desaparecido —apuntó Wilson—. He dicho que estaba desierta. Encontramos numerosas pruebas de que había habido alguien en aquel lugar y de que se había utilizado la base hasta hace poco. Pero quienquiera que estuvo allí se había ido. Se largó cagando leches.

—¿Y las otras naves? —pregunté—. Me refiero a las que eran como yo.

—La destrucción era total —respondió Wilson—. Resultaba imposible saber si los restos eran de naves como tú o de otro tipo.

—No podrían haber ido a ninguna parte —dije—. Si encontrasteis restos, eran ellas.

—Lo siento, Rafe.

—No entiendo cómo han podido evacuar la base tan rápidamente. Destruí sus sistemas de comunicación.

—Es posible que hubiera otras sondas o naves en otros sistemas encargadas de vigilar las comunicaciones con la base. Esos capullos estaban construyendo una flota con pilotos capturados. Probablemente contaban con que alguno de ellos podría intentar atacarlos o conducir a alguien hasta la base antes o después.

—Pero yo hui. Si tenían preparado un plan, ¿cómo pude escapar?

Wilson sonrió.

—A lo mejor no esperaban que fueras tan bueno. Tenían que decidir entre evacuar la base o salir en tu persecución.

—Pero hemos conseguido todas las pruebas. ¡Tenéis a Ocampo, por el amor de Dios! Obligadlo a hablar.

—No hablará con nadie que no sea del servicio de inteligencia de las FDC durante algún tiempo —dijo Wilson—. Es más, en este momento no es capaz de hablar con nadie más.

—¿Qué quieres decir?

—Quiero decir que, ahora mismo, tú y él tenéis muchas cosas en común.

Tardé un segundo en comprender lo que Wilson quería decir y me imaginé a Ocampo metido en su propia urna.

—No sé cómo debería sentirme —dije al fin.

—En mi opinión, deberías sentirte indignado; pero es mi opinión. No me correspondía a mí tomar esa decisión. Mira, Rafe, tienes razón. Tenemos los hechos y los nombres, tenemos la información. Y si algún día la gente decide mirar todo eso desde un punto de vista racional, se dará cuenta de que la Unión Colonial no es la responsable de toda la mierda que le echan encima. Pero por ahora, si podemos utilizarte para apelar a sus emociones y a su sentido de la moralidad, pues no nos vendría mal. Podrías sernos útil.

—Para dar pena.

—Sí, entre otras cosas. Además, necesitamos una nave.

Reflexioné un momento.

—¿Para cuánto tiempo? —pregunté.

—Espero que no mucho —respondió Wilson—. Las cosas están sucediendo con una velocidad endiablada. Ya llevamos una semana de retraso. Hemos enviado mensajes al Cónclave a través de un canal secreto y ya se están programando reuniones. También estamos intentándolo con la Tierra. En ambos casos, el hecho de que algunos de sus ciudadanos estén involucrados en este asunto ha complicado la situación. Y entretanto, el Equilibrio sigue ahí fuera. Y probablemente tú has adelantado la ejecución de sus planes. No me extrañaría que a partir de ahora los acontecimientos se precipitaran.

—Y si todo sale bien, habrá un cuerpo esperándome.

—El cuerpo estará esperándote aunque no salga bien —me aseguró Wilson—. Aunque en ese caso quizá lo disfrutarás menos tiempo del que te gustaría.

—Dame un tiempo para pensarlo —dije.

—Por supuesto, pero me iría bien que me dieras una respuesta dentro de un par de días.

—La tendrás.

—Ah, y si aceptas, trabajaremos juntos. Tú, Hart Schmidt y yo. Está preocupado por ti y furioso porque no le permiten hablar contigo ni a mí que le cuente nada. Permíteme que sugiera que lo dejes subir a bordo cuando den luz verde desde arriba.

—Claro.

—También tienes que decirnos si quieres que avisemos ya a tus padres —dijo Wilson suavemente.

Éste era un tema al que había estado dando vueltas en la cabeza. Estaba vivo. Pero tenía la impresión de que mi familia no iba a sentirse cómoda con mi actual situación.

—¿Aún creen que desaparecí con el resto de la tripulación?

—Sí —respondió Wilson—. Encontramos las cápsulas salvavidas y ahora estamos identificando los cuerpos y notificando las muertes a las familias. Como bien sabes, una cápsula fue destruida. Siempre podemos decir a tus padres que hay algunos cuerpos que no hemos encontrado. Cosa que, en el fondo, es cierta.

—Te diré lo que quiero que hagas cuando te dé la respuesta de lo otro.

—Me parece bien. —Wilson se puso de pie—. Una última cosa. El Departamento de Estado me ha pedido que te pregunte si estarías dispuesto a explicar por escrito tu experiencia, a hacer un relato personal.

—Ya os he dado toda la información que tengo.

—Lo sé —dijo Wilson—. Tengo todos los hechos. Supongo que quieren saber todo lo demás. No eres el único al que le han hecho esto, Rafe. Lo sé porque lo he visto. Cuando todo acabe tendremos que rescatar unos cuantos cerebros más. Si nos cuentas cómo te has sentido, podrías ayudarnos mucho.

—No soy escritor.

—Ni hace falta que lo seas —repuso Wilson—. Alguien lo revisará para que se pueda leer. Tú cuéntalo todo y nosotros nos encargaremos de lo demás.

—Vale.

Y eso es lo que hice.

Y he aquí el resultado.

La vida de la mente.

Bueno, de la mía.

Hasta ahora.

Esta unión hueca

Para William Dufris, Tavia Gilbert y todos los narradores del audiolibro que participen del universo de *La vieja guardia*. Gracias por dar voz a estos personajes.

Primera parte

—He de confesarle que me preocupa seriamente que nuestra unión esté al borde de la desaparición —me dijo Ristin Lause.

Dicen, y sospecho que la mayoría de la gente que lo hace no me tiene en gran estima, que yo, Hafte Sorvalh, soy la segunda persona más poderosa del universo conocido. Es rigurosamente cierto que soy la consejera de mayor confianza del general Tarsem Gau, el líder del Cónclave, la mayor organización política conocida, con más de cuatrocientas especies como miembros constituyentes, ninguna de las cuales con menos de mil millones de almas. También es verdad que, en mi papel de confidente y consejera de Tarsem, tengo un gran poder a la hora de escoger hacia qué asuntos dirigir su atención; por no decir que Tarsem me utiliza para resolver una gran cantidad de problemas en los que prefiere no involucrarse. En estos casos, los soluciono con una discreción personal extraordinaria y echando mano de todos los recursos que el Cónclave pone a mi disposición.

Así que, en efecto, no sería desacertado afirmar que soy la segunda criatura más poderosa del universo conocido.

No obstante, me gustaría resaltar que ser la segunda criatura más poderosa del universo es muy parecido a ser el segundo en cualquier cosa, es decir, no ser el primero ni disfrutar de ninguno de los privilegios reservados para el primero. Y, puesto que mi posición y mi estatus derivan por entero del favoritismo y de la necesidad de la persona más poderosa del universo, mi capacidad para ejercer las prerrogativas de mi poder está, digamos, constreñida. Ahora comprendéis por qué dice lo que dice de mí la gente que no me tiene en gran estima.

Sin embargo, este hecho casa con mis inclinaciones personales. No me importa el poder que se me concede; sólo rara vez lo he ejercido. Si he llegado a donde estoy se debe en gran medida a que he sido útil a otras personas, la siguiente siempre más poderosa que la anterior. Siempre he sido la que permanece en un segundo plano, la que cuenta las cabezas, la que ofrece consejo.

Y también la que se sienta en reuniones con políticos angustiados y los escucha mientras se quejan sobre el aspecto que les venga en gana quejarse del Final de todas las cosas. En este caso concreto, con Ristin Lause, canciller de la Gran Asamblea del Cónclave, una augusta entidad política cuyo nombre siempre me ha parecido redundante, pero que en ningún caso podía perderse de vista. Ristin Lause estaba sentada en mi despacho, mirándome fijamente con la cabeza levantada, pues soy alta, incluso para ser una lalan. Sostenía en la mano una taza de iet, una bebida caliente de su planeta que solía tomarse por la mañana. Yo se la había ofrecido como muestra de cortesía y porque era, a una hora muy temprana, mi primera reunión del sur (el día estándar del Cónclave).

—En serio, Ristin, ¿ha habido algún momento en su vida en el que no la preocupara que la unión se encontrara al borde de la desaparición? —le pregunté sin ambages, y cogí mi taza, que en mi caso no estaba llena de iet, un mejunje que a mí me sabía como si se hubiera dejado fermentar un animal muerto dentro de una jarra al sol durante un periodo de tiempo lamentablemente largo.

Lause hizo un gesto con la cabeza que yo sabía que equivalía a un ceño fruncido.

—¿Está burlándose de mi preocupación, consejera?

—En absoluto —respondí—. Estoy poniendo de relieve su dedicación como canciller. Nadie conoce la asamblea mejor que usted, y nadie es más consciente de los movimientos que se producen en las alianzas y de los cambios de estrategia. Por eso nos reunimos cada cinco sures, y me alegra hacerlo. Dicho lo cual, me expresa su preocupación por la desaparición del Cónclave con frecuencia.

—¿Está sugiriendo que exagero?

—Quiero claridad.

—De acuerdo —dijo Lause, y dejó la taza de iet sin haber tomado un sorbo siquiera—. Le proporcionaré la claridad que necesita. Preveo la desaparición del Cónclave porque el general Gau ha estado buscando unos votos que no debía en la asamblea. La preveo porque sus enemigos han estado recabando votos para enfrentarse a él y menoscabar su poder y pierden las votaciones por márgenes escasos. Por primera vez hay un descontento amplio con él y con la dirección del Cónclave.

—¿Por primera vez? Creo recordar un golpe de Estado en un pasado no muy lejano, provocado por su decisión de no castigar a los humanos por destruir nuestra flota en la colonia Roanoke.

—Sólo era un grupo de miembros descontentos que intentaban aprovechar lo que interpretaron como un momento de debilidad del general.

—Que estuvo a punto de triunfar, si lo recuerda. Yo recuerdo el cuchillo que iba directo a su cuello y los misiles disparados inmediatamente después.

Lause hizo un gesto con la mano para restarle importancia.

—No está viendo adónde quiero llegar, consejera. Aquello fue un golpe de Estado, un intento de derrocar al general por medios ilegales. Lo que yo veo ahora, con cada voto que cambia de bando, es cómo se van minando el poder y la influencia del general, su autoridad moral. Usted ya sabe que Unli Hado, entre otros, quiere someter al general a un voto de confianza. Si las cosas continúan desarrollándose de la manera que están haciéndolo, no tardará en obtener lo que tanto ansía.

Tomé un sorbo de mi taza. Unli Hado había recriminado al general Gau las decisiones que había tomado con respecto a la Unión Colonial humana, pero se le cerró la boca cuando afirmó poseer pruebas de nuevas colonias humanas que resultaron no existir, o más precisamente, que habían sido evacuadas de los planetas afectados por la Unión Colonial con tal escrupulosidad que no quedó ni una evidencia de que hubieran existido jamás. Esas colonias habían sido evacuadas discretamente por petición expresa del general Gau, y a Hado se le suministró información obsoleta de su existencia para hacerlo quedar como un idiota.

—El general no es miembro de la asamblea —señalé—. Un voto de confianza no sería vinculante.

—¿Ah, no? Ya sé que la asamblea no puede deponer al general de la posición de líder del Cónclave. No existe un mecanismo para hacerlo. Pero no me negará que, si pierde, sería una grieta definitiva en su armadura. El general perdería su consideración de adorado y casi mítico fundador del Cónclave. Se convertiría en otro vulgar político que ha ocupado el cargo más tiempo de la cuenta.

—Usted es la canciller de la asamblea —repuse—. Podría evitar que el voto de confianza al general pasara de una mera idea.

—Así es. Pero entonces no podría evitar que el voto de confianza hacia mí pasara de una mera idea. Y cuando me quitaran de en medio, Hado, o más probablemente alguno de sus volubles seguidores, ocuparía mi puesto. El voto de confianza al general ya no podría evitarse; simplemente se retrasaría.

—¿Y qué importancia tiene eso? —pregunté, dejando la taza sobre la mesa—. El general es consciente de que no liderará eternamente el Cónclave. La institución seguirá viva cuando él ya no esté. Cuando ya no esté yo... Ni usted.

Lause me miró fijamente, aunque hay que decir que, dado que no tenía párpados, siempre me miraba fijamente. Si bien en este caso lo hizo con intensidad.

—¿Qué ocurre? —pregunté.

—¿Está usted de broma, Hafte? Porque si no está bromeando sólo se me ocurre pensar que no es consciente de que el general Gau es lo único que mantiene unido el Cónclave. Éste no se desintegró tras Roanoke sólo gracias a la lealtad que le profesan al general y a la idea que él tiene de la organización. La lealtad a Gau fue lo único que evitó su desaparición cuando se produjo el golpe de Estado posterior. Por lo menos el general sabe que es así, no en vano obligó a todo el mundo a jurarle lealtad personal. Usted fue la primera en hacer el juramento.

—También le advertí de los peligros de hacerlo —señalé.

—Y tenía razón —admitió Lause—. Técnicamente. Pero en

aquel momento el general sabía que la lealtad a él era lo que mantenía unido el Cónclave. Y aún lo es.

—Tal vez hayamos superado lo de esa lealtad personal. En eso ha estado trabajando el general. Todos hemos estado haciéndolo.

—Pero aún no lo hemos conseguido —repuso Lause—. Si el general Gau cae, el núcleo del Cónclave desaparece con él. ¿Seguirá existiendo esta unión? Durante algún tiempo, pero estaría hueca por dentro y las facciones que ya existen se enfrentarían entre ellas. El Cónclave se fracturaría y esas facciones se fracturarían a continuación, y volveríamos a estar en el punto de partida. Lo veo, Hafte. A estas alturas ya es casi inevitable que ocurra.

—Casi.

—De momento podemos evitar una fractura —continuó Lause—. Conseguir un poco de tiempo y quizá cerrarla, pero el general tiene que renunciar a uno de sus grandes deseos.

—¿Cuál?

—Tiene que renunciar a la Tierra.

Cogí de nuevo la taza.

—Los humanos de la Tierra no han solicitado el ingreso en el Cónclave.

—No me venga con tonterías, Hafte —me espetó Lause—. No hay un solo representante en la asamblea que no sepa que el general pretende ofrecer a la Tierra importantes concesiones comerciales y tecnológicas con la intención de atraerlos para que se unan al Cónclave más pronto que tarde.

—El general nunca ha comentado nada al respecto.

—Públicamente no lo ha hecho —repuso Lause—. Se ha conformado con que sus amigos de la asamblea lo dejaran caer por él. A menos que crea que no sabemos a quién está presionando Bruf Brin con este asunto. No está siendo lo que se dice discreto con los favores que puede conseguir del general. O de usted, que viene a ser lo mismo.

Anoté que debía reunirme con el representante Bruf en cuanto tuviera un momento; se le había advertido de que no debía alardear delante del resto de los representantes de la asamblea.

—¿Piensa que Hado utilizaría un trato con la Tierra para salirse con la suya en un voto de confianza?

—Pienso que Hado siente un odio hacia los humanos que bordea el racismo más extremo.

—¿A pesar de que la Tierra no está aliada con la Unión Colonial?

—Ésa es una distinción demasiado sutil para Hado. O tal vez sea más exacto decir que es una distinción que Hado prefiere no hacer, ni para sí mismo ni para los demás, porque interferiría en sus planes.

—¿Y cuáles son esos planes?

—¿Es que no lo sabe? Hado odia a los humanos, pero también los adora porque podrían proporcionarle lo que tanto ansía. Al menos eso piensa él. El Cónclave desaparecerá antes de que pueda disfrutarlo.

—Entonces, si quitamos a los humanos, Hado se quedará sin argumentos en el voto de confianza contra el general.

—De momento. Con el tiempo encontrará otros —continuó Lause. Cogió la taza de iet y, cuando se dio cuenta de que se había quedado frío, volvió a dejarla en la mesa.

Mi secretario, Umman, asomó la cabeza por la puerta. Mi siguiente cita había llegado. Le hice un gesto de asentimiento y me puse en pie. Lause también se levantó.

—Gracias, Ristin. La charla con usted ha sido provechosa e instructiva, como siempre.

—Eso espero —dijo Lause—. Un último consejo, si me lo permite. Reúnase con Hado cuando tenga ocasión. No va a confiarle sus planes, pero de todos modos lo más importante es el resto de las cosas que le contará. Tenga una pequeña charla con él y se enterará de lo que yo sé. Y entonces comprenderá por qué me preocupa que el Cónclave esté en peligro.

—Me parece un consejo estupendo. Pienso hablar con él muy pronto.

—¿Cuándo exactamente?

—En cuanto usted salga de mi despacho. Unli Hado es mi siguiente cita.

—Me preocupa que el Cónclave se dirija hacia la destrucción —dijo Unli Hado antes casi de que pudiera sentarme tras invitarlo a entrar en mi despacho.

—Bueno, me parece una manera ciertamente trágica de dar comienzo a nuestra conversación, representante Hado.

Umman entró discretamente y dejó dos cuencos encima de mi escritorio, uno cerca de mí y el otro cerca de Hado. El de éste estaba lleno de niti, la típica comida de desayuno de los elpri, que a mí me habría matado si hubiera intentado comerlo, pero que a Hado lo volvía loco. Mi cuenco contenía unas golosinas con forma de niti que en realidad eran vegetales lalan. No me apetecía morir precisamente durante esta reunión. Tenía otros planes para el resto del sur. Le di las gracias a Umman con un gesto de la cabeza y abandonó sigilosamente la habitación, sin que Hado diera muestras de haberse percatado de su presencia.

—Lo último que esperaba al venir aquí a expresar una preocupación era que se me tachara de melodramático —repuso Hado, que estiró un brazo para coger un niti del cuenco y comenzó a chuparlo ruidosamente.

Yo no tenía suficientes conocimientos sobre los modales en la mesa de los elpri como para saber con certeza si estaba siendo maleducado.

—Nunca se me ocurriría tacharlo de melodramático ni de ninguna otra cosa —repliqué—. Pero entenderá que, dada mi posición, lidiar con la destrucción del Cónclave no deja tiempo para nada más.

—¿El general Gau sigue empeñado en integrar a los humanos en el Cónclave?

—Usted sabe tan bien como yo que el general jamás ejerce presiones para que se acepte a una especie en el Cónclave —respondí—. Sólo muestra las ventajas de la pertenencia a la organización y da la oportunidad al interesado de solicitar su ingreso si así lo desea.

—Eso es un cuento —dijo Hado. Tragó el niti que tenía en la boca y alargó la mano para coger otro.

—Si los humanos solicitan ingresar en el Cónclave... mejor dicho, si alguno de los gobiernos humanos solicitara ingresar en el Cónclave, porque, como usted sabrá, hay más de uno, tendría que seguir el proceso normal de ingreso.

—Para el cual, el general daría todo su apoyo al candidato humano.

—Imagino que lo apoyará en la misma medida que lo hizo con cualquiera de nuestras especies, incluida la elpri, representante Hado. Supongo que aún lo recuerda dirigiéndose a la Gran Asamblea para alabar a su pueblo en el momento de la votación.

—Un gesto que, por supuesto, le agradecí enormemente.

—Como no podría ser de otra manera. Como no podría ser de otra manera en el caso de todos los Estados miembros del Cónclave. Es un hecho que el general ha recibido con los brazos abiertos a todas las especies que han solicitado unirse y aceptado las condiciones del ingreso en éste. Me pregunto qué le hace pensar que el general actuaría de otra manera si algún gobierno humano quisiera unirse a nosotros.

—Pues resulta que sé algo sobre los humanos que el general ignora.

—¿Posee información secreta? —inquirí, y cogí una golosina—. Con todos mis respetos, representante, su trayectoria con información secreta referente a los humanos deja mucho que desear.

Hado esbozó una sonrisa que cualquiera interpretaría como cordial.

—Soy plenamente consciente de que tengo una larga trayectoria de caídas en las trampas que ustedes me han tendido, consejera. Pero hablemos claro, no finjamos que no sabemos lo que ha ocurrido realmente.

—No estoy segura de entender lo que quiere decir, representante Hado —repuse amablemente.

—Lo que usted diga —replicó Hado con indiferencia. Sacó una unidad de almacenamiento de datos de debajo del chaleco y la depositó sobre mi escritorio, entre él y yo.

—¿Ésa es su información secreta?

—No es secreta, simplemente poco conocida... de momento.

—¿Va a hacerme un resumen o tengo que conectarla a mi ordenador?

—Debería verlo todo —dijo—. Pero, para que se haga una idea, le diré que una persona de la Unión Colonial ha difundido información sobre todas las operaciones militares y de los servicios secretos de la Unión Colonial de las últimas décadas. Entre las que se incluyen la destrucción de nuestra flota en Roanoke, los ataques a naves y planetas del Cónclave con naves mercantes de especies miembros de éste capturadas ilegalmente, experimentos biológicos con ciudadanos del Cónclave y el ataque a la Estación Tierra.

Cogí la unidad de almacenamiento de datos.

—¿Cómo ha conseguido esa persona reunir toda esa información?

—Era el subsecretario de Estado de la Unión Colonial.

—Y supongo que no podemos hablar directamente con ese subsecretario.

—Tengo entendido que la Unión Colonial lo ha capturado —dijo Hado—. Y si los colonialistas le han aplicado el procedimiento habitual, si no está muerto ya, su cerebro estará sumergido en un tarro.

—Tengo curiosidad por saber cómo ha llegado esta información hasta usted, representante Hado.

—Me llegó esta mañana en una cápsula de correo diplomático procedente de Elpri. La información ha estado disponible para quien quisiera consultarla durante todo un día elpri. Al parecer, se ha difundido por todo el universo. No me extrañaría que viniera a verla alguien más con ella, incluso de su propio gobierno planetario, consejera. Tampoco me sorprendería que se diera a conocer al Cónclave al completo al final del sur.

—No sabemos si la información es fidedigna. Tengo que confiar en su palabra, representante Hado.

—Por lo que yo he leído, básicamente sobre los sucesos más recientes, parece bastante exacta. Explica con todo lujo de detalles por qué hemos estado perdiendo naves comerciales y la manera como la Unión Colonial ha estado utilizándolas contra nosotros.

—No sé si le sorprenderá saber que la Unión Colonial alega que sus propias naves civiles también han sido capturadas por piratas.

—No voy a negar que no me gustan los humanos, pero eso no significa que los considere estúpidos —dijo Hado—. No me cabe duda de que han hecho un trabajo magnífico para ocultar sus verdaderos planes.

—¿Y cuáles son esos planes, representante Hado?

—La destrucción del Cónclave, evidentemente. Ya lo intentaron y fracasaron con la colonia Roanoke. Y ahora vuelven a intentarlo utilizando nuestras propias naves contra nosotros.

—A este ritmo acabarán con nosotros al mismo tiempo que se produzca la muerte térmica del universo.

—No se trata del daño material. Persisten a pesar de la fuerza evidente del Cónclave.

—¿Y el ataque a la Estación Tierra? —pregunté—. ¿Qué relación tiene con el Cónclave?

—La Unión Colonial ha negado que sea responsable del ataque. ¿A quién más culparía la Tierra de orquestarlo?

—Pero usted no quiere a los humanos en el Cónclave de ninguna de las maneras.

—Así es, pero tampoco quiero que los terrícolas se reconcilien con la Unión Colonial y vuelvan a suministrarle soldados y colonos.

—En ese caso, no acabo de entender por qué se opone a la admisión de la Tierra en el Cónclave, pues eso cerraría la puerta a que la Unión Colonial utilizara la Tierra como centro de reclutamiento.

—Y aumentaría la frustración de la Unión Colonial, con lo que se volvería más peligrosa —apuntó Hado—. Aparte de eso, ¿cómo íbamos a confiar nunca en los humanos? Si un grupo de humanos nos declarara la guerra al mismo tiempo que tenemos a otro grupo como asociado, ¿cuántos de nuestros supuestos aliados se sentirían obligados, por solidaridad de especie, a actuar en contra de nuestros intereses?

—Por lo tanto, estamos condenados, tanto si aceptamos a los humanos como si no lo hacemos.

—Hay una tercera vía —repuso Hado.

Me puse tensa al oírlo.

—Ya conoce la opinión del general sobre las guerras preventivas, representante Hado. Y sobre el genocidio.

—Por favor, consejera. Es evidente que mi sugerencia no va por ahí. La guerra con los humanos es inevitable. Antes o después nos atacarán, ya sea por mero oportunismo o por miedo. —Señaló el módulo de datos—. La información contenida ahí lo deja claro. Y, cuando lo hagan, si el general no tiene preparada una respuesta, me asusta lo que pueda acontecer.

—El Cónclave es fuerte —aseveré.

—Le repito que no es el daño material lo que me preocupa. Si el Cónclave existe es por la confianza que sus miembros tienen depositada en su líder. El general ya perdonó una vez la vida a los humanos cuando tuvo la oportunidad de aniquilarlos. Si vuelve a hacerlo, se planteará la pregunta legítima de por qué y con qué intención. Y si se puede seguir confiando en su buen juicio.

—Y si la respuesta es que no, supongo que ya tiene una idea de quién podría sustituirlo para recuperar esa... «confianza».

—Me ha entendido mal, consejera —respondió Hado—. Siempre lo ha hecho. Cree que ambiciono una posición más elevada, pero le aseguro que no es así. Jamás lo ha sido. Yo sólo quiero lo mismo que usted y que el general: un Cónclave unido y seguro. Él tiene el poder para hacer que sea así, pero también tiene el poder para destruirlo. Todo depende de los tratos que haga con los humanos. Con todos los humanos.

Hado se puso de pie, hizo una reverencia y cogió el último niti del cuenco antes de marcharse.

—Así que cree que esto será lo que acabe definitivamente con el Cónclave —dijo Vnac Oi, sosteniendo la unidad de almacenamiento de datos que Unli Hado me había entregado.

Me encontraba en su despacho en parte por cambiar de escenario y en parte porque su oficina de jefe de los servicios de inteligencia del Cónclave era notablemente más segura que la mía.

—Más bien pienso que es lo que Hado planea utilizar para quitarse de encima a Tarsem —dije.

—Ha demostrado tener mucho valor para presentarse en su despacho y mostrar sus intenciones —observó Oi—. Para el caso podría haberse puesto un cartel encima de la cabeza para anunciar sus planes.

—Así nunca se podrá negar que fue el primero en advertirnos de la información que hay ahí dentro y de los peligros que presagia. Es el ejemplo perfecto de lo que debe ser un funcionario dedicado y leal del Cónclave.

Oi soltó un silbido de burla.

—Que los dioses nos protejan de lealtades como la suya.

—¿Qué sabemos de eso? —pregunté, señalando la unidad de almacenamiento.

—Sabemos que Hado no ha mentido en lo que ha dicho sobre cómo llegó a sus manos —respondió Oi—. La información ya ha aparecido en varias docenas de planetas del Cónclave y no paran de llegar informes de su difusión desde otros lugares. Los datos son los mismos. Incluso ha llegado aquí.

—¿Cómo?

—En una sonda de salto de correo diplomático. Enseguida nos dimos cuenta de que las credenciales eran falsas, pero de todos modos estudiamos la información. Los datos son exactamente los mismos que hemos recibido de otras fuentes.

—¿Alguna idea de quién la ha enviado?

—No —dijo Oi—. La sonda de salto es de fabricación fanui. Fabrican cientos de miles al año. La memoria caché del ordenador de navegación estaba vacía; no encontramos ningún historial de navegación. Los datos estaban en un formato estándar del Cónclave y sin encriptar.

—¿Les ha echado un vistazo?

—Son demasiados para sacar en claro algo sólo con un vistazo. Y leer todos los documentos nos llevaría más tiempo del que nos gustaría. Hemos puesto varios ordenadores a hacer análisis semánticos y de datos de los documentos para filtrar la información y las tendencias más importantes. Aun así, no tendremos los resultados hasta dentro de unos cuantos sures.

—Vale, ¿pero les ha echado un vistazo?

—Claro que sí —respondió Oi—. Quienquiera que nos ha enviado esto resaltó algunos datos concretos de uno de los documentos que consideró de especial interés para nosotros. Los miré por encima.

—¿Y qué piensa?

—¿Quiere mi opinión oficial o la personal?

—Ambas.

—Mi opinión oficial es que se debería recelar de cualquier información que llegue de manera anónima e inesperada hasta que se demuestre su veracidad. Dicho lo cual, los documentos que hemos analizado nada más recibirlos se corresponden con el formato estándar de documentos y con la actividad conocida de la Unión Colonial. Si son falsos, las falsificaciones son brillantes, al menos en un primer análisis superficial.

—¿Y su opinión personal?

—Ya sabe que tenemos fuentes internas en la Unión Colonial, ¿verdad? Agentes de los que no les hablo más de la cuenta a usted ni al general.

—Por supuesto.

—En cuanto comenzaron a llegar los correos diplomáticos a los planetas del Cónclave solicité a uno de nuestros agentes información sobre el supuesto filtrador, el tal subsecretario Ocampo. Justo antes de que llegara usted recibí su respuesta. Existe, o al menos existió, pues al parecer desapareció hace algunos meses. Y, en principio, tenía acceso a toda esta información. Así que, personalmente, creo que es muy posible que sea veraz.

—Hado parecía tener la impresión de que la Unión Colonial había encontrado a ese Ocampo.

—No tengo información sobre eso, y siento curiosidad por saber cómo le ha llegado a él.

—A lo mejor sólo es un rumor —sugerí.

—Ahora es el momento de que surjan rumores sobre esta información —aseveró Oi—. ¿Quiere que lo investigue?

Antes de poder responderle, en mi dispositivo portátil sonó la secuencia de pitidos que informaba de que Umman intentaba ponerse en contacto conmigo para tratar un asunto de vital importancia.

—¿Sí? —respondí.

—Su manicuro ha llamado para preguntar por su próxima cita —dijo Umman.

—Estoy en el despacho de Oi, Umman —dije, mirando de reojo a Oi, que mantenía una expresión neutra—. Y te aseguro que ya está al tanto de mi «manicuro».

—Entonces le envío el mensaje —dijo Umman.

—Gracias. —Corté la comunicación y esperé el mensaje.

—Gracias por no sentirse ofendida por que sepa lo de su asunto —dijo Oi.

—Gracias por no fingir que se siente ofendido por que haya sugerido que sabe lo de mi asunto —dije.

Llegó el mensaje.

—¿Qué dice el coronel Rigney de la Unión Colonial? —preguntó Oi.

—«Probablemente ya ha visto la información que se atribuye a una filtración del subsecretario de Estado Ocampo —leí en voz alta—. Una parte es verdadera, pero la mayoría es falsa, en especial la que se refiere a la Unión Colonial y al Cónclave. Hemos enviado a una emisaria para tratar con el Cónclave este asunto y acordar una solución amistosa antes de que vaya a peor. Se trata de la embajadora Ode Abumwe, a quien ya conoce. Llevará consigo información para clarificar o refutar la que usted tiene en su poder. Le suplico, apelando a nuestra asociación anterior y como prueba de nuestra más sincera voluntad de arreglar este malentendido, que se reúna con ella y la escuche.» Luego me envía la información sobre la hora y el lugar previstos para la llegada de la embajadora Abumwe.

—¿La Unión Colonial va a venir por voluntad propia? —preguntó Oi—. Qué interesante.

—Quieren dejar claro que no ocultan nada.

—Ésa es una interpretación —señaló Oi—. Otra es que quizá piensan que no tienen tiempo para desplegar su habitual estrategia de escurrir el bulto antes de que este asunto les explote en la cara. Y aun otra sería que simplemente se trata de un movimiento con la vista puesta en el futuro, para hacernos más daño cuando finalmente nos asesten el golpe.

—Eso chocaría de lleno con mi experiencia con el coronel Rigney y la embajadora Abumwe.

—Cosa que no importa, porque oficialmente no ha tenido ninguna experiencia con Rigney ni con Abumwe, ¿verdad? —dijo Oi, que levantó sus brazos filamentosos para interrumpir mi respuesta—. No se trata de lo que usted o yo pensemos, Hafte, sino de cómo interpretarán Unli Hado y sus secuaces la visita de una emisaria de la Unión Colonial.

—¿Cree que no deberíamos reunirnos con ellos?

—No opino una cosa ni la contraria —mintió diplomáticamente Oi—. Mi trabajo es otro. Pero le sugiero que hable con el general y pongan en claro lo que ambos quieren hacer, porque pronto tendrán que pasar a la acción. Y le recomendaría que se vieran inmediatamente.

—Antes tengo otra reunión.

—Ya sabe que las naciones de la Tierra jamás tolerarían ni participarían en una acción que se propusiera la destrucción del Cónclave —dijo Regan Byrne, la enviada especial de las Naciones Unidas al Cónclave. Las Naciones Unidas era una organización diplomática no gubernamental de la Tierra que, en principio, se había creado para situaciones como ésta.

Asentí de manera casi imperceptible para no golpearme la cabeza con el techo. Las oficinas de Byrne ocupaban unos antiguos cuartos trasteros que se habían vaciado apresuradamente cuando se decidió que sería beneficioso contar con la presencia de alguna clase de representante de la Tierra en la sede del Cónclave.

Estaba de pie porque no había ningún sitio donde sentarme. Normalmente era Byrne quien venía a verme, no al revés, y en su despacho no había un asiento acorde a mi físico. Byrne tuvo la cortesía de mostrarse avergonzada por ello.

—Le aseguro que en el Cónclave nadie ha sugerido que estas nuevas informaciones proyecten una sombra de sospecha sobre la Tierra —le aseguré, evitando mencionar que Unli Hado había acusado al planeta de ser un nido de traidores y espías—. Lo que quisiera saber antes de mi reunión con el general Gau es si la Tierra ha recibido esta información y, en el caso de haberlo hecho, cuál ha sido su reacción.

—Yo misma estaba a punto de llamar a Umman cuando recibí su llamada para programar esta reunión —dijo Byrne—. Esta mañana he recibido una sonda de salto de las Naciones Unidas con la información y con la declaración que acabo de comentarle en la que se niega toda relación de la Tierra con lo que allí se dice. Por supuesto, se trata de un escrito mucho más formal. Haré que se lo envíen a su despacho.

—Gracias.

—También me han pedido que le diga que vamos a enviar una delegación diplomática oficial para informar al Cónclave de sus consideraciones finales sobre las informaciones difundidas. Llegará en menos de una semana. La delegación está auspiciada por las Naciones Unidas, pero la formarán representantes de varios gobiernos terrícolas. Encontrará más detalles sobre ella en el sobre que le enviaré al despacho.

—Está bien —dije. Esto nos colocaba en la incómoda situación de tener simultáneamente representantes diplomáticos de la Tierra y de la Unión Colonial en la sede del Cónclave. Habría que andarse con pies de plomo. Fruncí el ceño.

—¿Va todo bien, consejera Sorvalh? —se interesó Byrne.

—Por supuesto —respondí, y sonreí. Byrne me respondió con una leve sonrisa y recordé que la mía causaba horror en los humanos. En ello tenía algo que ver que era una criatura que doblaba su altura—. Me será muy útil todo lo que me acaba de contar cuando me reúna con el general.

—Me alegra oírla decir eso.

—¿Y cómo está usted, Regan? Me temo que no los veo a usted ni a los demás miembros de su delegación con la frecuencia que me gustaría.

—Estamos bien —dijo ella, y me di cuenta de que por segunda vez ese día me estaban mintiendo diplomáticamente—. Creo que mis compañeros todavía andan un poco perdidos en la estación y están esforzándose en memorizar el mapa. Esto es enorme; aún más grande que algunas ciudades de la Tierra.

—Sí, es cierto.

La sede del Cónclave era una estación espacial construida en las entrañas de un gran asteroide, y era una de las mayores obras de ingeniería que existían, sin contar con algunas de las construcciones de los consu, una raza tan por encima tecnológicamente del resto de las especies de esta región del espacio que deberían quedarse fuera en cualquier comparación, aunque sólo fuera como muestra de cortesía hacia las demás.

—No podría ser de otra manera —continué—. Tenemos que alojar a los representantes de cuatrocientas especies, a todos sus equipos y a buena parte de sus familias, además de a un gran número de funcionarios del gobierno del Cónclave y sus familias y a todos los trabajadores que se encargan del buen funcionamiento de la estación y, por supuesto, también a sus familias. La población se dispara.

—¿Su familia está aquí, consejera Sorvalh?

Sonreí, más afablemente esta vez.

—Los lalan no tenemos la estructura familiar de los humanos y de otras especies. Estamos orientados hacia una vida en comunidad, para que me entienda mejor. Pero hay una importante comunidad lalan en la estación. Me siento acompañada.

—Me alegro por usted —dijo Byrne—. Yo echo de menos a mi familia y el contacto con otros humanos. Estoy bien aquí, no me malinterprete, pero a veces echo de menos mi hogar.

—Sé a qué se refiere.

—Si el Cónclave tiene que acabar, por lo menos éste es un sitio bonito para el comienzo del fin —dijo a mi lado el general Tarsem Gau, líder del Cónclave.

Yo estaba sentada en el parque comunitario lalan, uno de los primeros creados en el asteroide, lo suficientemente grande para que los trescientos lalan destinados en la sede de la organización pudieran reunirse, relajarse, poner huevos y controlar el desarrollo de las crías.

Tarsem se fijó en unas crías lalan que estaban jugando en una roca, en la orilla opuesta del pequeño lago del parque.

—¿Alguna es tuya? —preguntó en tono jocoso, pues sabía que era demasiado vieja para poner huevos.

—Un par podrían ser de Umman —le respondí con seriedad—. Él y una de las diplomáticas estaban en fase no hace mucho tiempo y ella puso los huevos aquí. Esas crías son del tamaño que deben de tener las suyas.

Se oyó un graznido, y una cría de mayor edad apareció de detrás de una roca y apresó con la boca a una de las dos más jóvenes que estaban tomando el sol. La cría lalan atrapada comenzó a forcejear mientras la otra se escabullía. El general y yo observamos la lucha por la supervivencia de la cría más joven y su derrota. Un momento después, la mayor se alejó sigilosamente, todavía con su víctima en la boca, para comérsela en la intimidad.

Tarsem se volvió hacia mí.

—Aún me sorprende.

—¿Que nuestras crías se cacen unas a otras? —inquirí.

—Que no te importe que lo hagan —respondió—. Y no sólo a ti; a ningún lalan adulto. Comprende que la mayoría de las especies inteligentes son extremadamente protectoras con sus crías.

—También nosotros —repuse—. A partir de cierto momento, cuando sus cerebros se han desarrollado y comienzan a tener uso de razón. Hasta entonces no son más que animales... y hay muchos.

—¿Opinabas lo mismo cuando las crías eran tuyas?

—Cuando eran tan jóvenes no sabía cuáles eran mías. Ya sabes que ponemos los huevos en comunidad. Acudimos al ponedero común de la zona, ponemos los huevos en una cesta y se la entregamos al supervisor del ponedero. Éste los coloca en la sala preparada para los huevos del día. Treinta o cuarenta hembras ponen entre diez y quince huevos cada día en cada ponedero. Se incuban durante cincuenta días y se esperan otros cinco antes de abrir la puerta para que las crías supervivientes salgan al parque. No volvemos a ver los huevos después de ponerlos. Aunque volviéramos al ponedero el día que abren la puerta, no reconoceríamos a nuestras crías.

—Pero yo he conocido a tus hijos —dijo el general.

—Los conociste cuando ya habían adquirido uso de razón. Una vez que alcanzamos la edad adulta se nos permite someternos a una prueba genética para determinar quiénes son nuestros padres, siempre y cuando ellos hayan dado su consentimiento previamente para que sus datos sean introducidos en la base de datos. Los dos hijos míos que has conocido habían decidido averiguar la identidad de sus padres. Es posible que tenga más descendientes que sobrevivieron a esa fase inicial y prefirieron no hacerse la prueba o ponerse en contacto conmigo. No todos queremos conocer a nuestros padres. Yo misma, por ejemplo.

—Es tan...

—¿Alienígena? —Tarsem asintió y yo me eché a reír—. Bueno, Tarsem, para ti yo pertenezco a una especie extraña. Y tú lo eres para mí. Y todos para todos. Y sin embargo aquí estamos, tan amigos; como lo hemos sido la mayor parte de nuestras vidas.

—La parte consciente, por lo menos.

Señalé la roca, adonde había regresado la cría joven que había huido unos instantes antes.

—¿Piensas que nuestra matanza selectiva de crías es cruel? —pregunté.

—Yo no diría eso —repuso Tarsem.

—Claro que no lo dirías, eres diplomático. Pero eso no quiere decir que no lo pienses.

—Está bien —admitió Tarsem—. Parece una crueldad.

—Lo parece porque lo es —dije volviéndome de nuevo hacia el general—. Es una crueldad y una cosa horrible, y el hecho de que los lalan adultos lo contemplen y no lloren con el corazón desgarrado significa que tal vez seamos una especie cruel y horrible. Pero sabemos algo que los demás desconocen.

—¿El qué?

—Se trata de un episodio no muy lejano en la historia lalan. Un filósofo llamado Loomt Both convenció a la mayoría de los lalan de que nuestra manera de criar a los descendientes era deplorable e inmoral. Él y sus seguidores nos convencieron para que protegiéramos a nuestros hijos y los criáramos en la sensibilidad, con la idea de que en el futuro recogeríamos los frutos del conocimiento y del progreso que tantos individuos pensantes nos proporcionarían. Imagino que crees saber cómo acaba la historia.

—Sobrepoblación, hambre y muerte, supongo —respondió Tarsem.

—Te equivocas, porque ésas serían las consecuencias obvias, para las cuales estaríamos preparados —repuse—. Es cierto que se produjo un aumento de la natalidad, pero también desarrollamos nuestra tecnología de vuelos espaciales. Fue una de las razones por las que Both propuso que se dejara de matar selectivamente a nuestras crías. Colonizamos planetas rápidamente y forjamos un imperio de veinte planetas casi de un día para otro. La estrategia de Both nos situó en el universo y durante algún tiempo fue considerado el lalan más importante de nuestra historia.

Tarsem me sonrió.

—Si pretendías contarme una historia aleccionadora, estás haciéndolo fatal, Hafte.

—Aún no he acabado —dije—. Lo que Both no tuvo en cuenta, lo que nadie tuvo en cuenta, fue que nuestra vida previa al uso de razón no era un capricho. La supervivencia a la matanza selectiva deja un rastro en nuestros cerebros. El caso es que nos da sabiduría. Nos enseña a dominarnos. Nos sirve para desarrollar compasión y empatía hacia nuestros semejantes y hacia otras especies inteligentes. Imagina, Tarsem, a miles de millones de lalan adquiriendo el uso de razón sin sabiduría, sin dominio de sí mismo, sin compasión ni empatía. Imagina cómo serían sus sociedades. Imagina lo que se harían unos a otros.

—Podrían comportarse como monstruos —dijo Tarsem.

—En efecto. Y eso fue lo que ocurrió. En un plazo de tiempo muy corto nos arrasamos mutuamente y arrasamos a todas las especies inteligentes que se cruzaban en nuestro camino. Hasta que se derrumbó nuestro imperio y estuvimos a punto de extinguirnos. Éramos terribles y crueles, y con el paso del tiempo lloramos con el corazón desgarrado por lo que habíamos hecho y por todos aquellos a los que habíamos condenado a una muerte consciente. —Señalé a la cría de la roca—. Lo que les sucede a nuestras crías durante su fase de maduración hasta que adquieren el uso de razón es cruel, pero nos fortalece como pueblo. Aprendemos a convivir con el dolor y con el peligro desde muy jóvenes, y, como resultado, nuestro pueblo sobrevive.

—Bueno —dijo Tarsem—. Ésta no es la conversación que esperaba tener contigo cuando te sugerí que nos viéramos aquí. Sólo pensé que sería un lugar bonito para hablar.

—Y es un lugar bonito —repuse—. Pero no es agradable.

—Dime qué piensas sobre las noticias que han llegado hoy.

—¿Sobre la información de Ocampo? —pregunté. Tarsem asintió—. Pienso que son noticias nefastas para el Cónclave. Ristin Lause tiene razón, Tarsem. El Cónclave es una entidad frágil porque has estado llevando las cosas al límite, incluido tu intento de atraer a los humanos de la Tierra para que se integren en la organización. Ya te advertí sobre eso.

—Lo sé.

—Y no me escuchaste.

—Te escuché —repuso Tarsem—. Pero tengo razones para discrepar.

Le lancé una mirada de desaprobación que él aceptó sin rechistar.

—También tiene razón cuando dice que el Cónclave se fracturaría si perdieras el voto de confianza. Ya tienes enfrente varias docenas de especies que pretenden independizarse o formar alianzas más pequeñas que, en su opinión, les resultaría más fácil controlar.

Si propicias que se abra una grieta en el Cónclave, acabará rompiéndose.

—Eso no tiene nada que ver con la información de Ocampo.

—Pero la información de Ocampo alimenta esa posibilidad —señalé—. Aparentemente confirma que no se puede confiar en los humanos y que su intención, la de la facción humana de la Unión Colonial, es atacarnos en cuanto se les presente la ocasión. Si después de esto insistes en integrar a la Tierra, Unli Hado lo utilizará para argumentar que estás abriendo las puertas de par en par al enemigo.

—¿Entonces debemos rechazar el ingreso de la Tierra en el Cónclave?

—En ese caso, Hado te atacará por entregársela en bandeja a la Unión Colonial. No des ningún paso en falso, Tarsem. Hagas lo que hagas, Hado utilizará la Tierra contra ti. Y si te decides por la indeseada tercera opción, la de atacar a la Unión Colonial sin que medie una provocación directa, Hado utilizará tu primera derrota militar para poner sobre la mesa el voto de confianza. Todas las opciones conducen a que en la asamblea se produzca una votación para echarte. Y cuando eso pase, todo se desmoronará.

—Antes era más fácil dirigir el Cónclave —se lamentó Tarsem.

—Eso es porque antes estaba en fase de construcción —repuse—. Es más fácil ser el líder de un proyecto cuando todavía no existe lo que está construyéndose. Pero ahora existe, y ya no lideras un proyecto; te has convertido en un jefe burócrata. Y los burócratas no despiertan un sentimiento reverencial.

—¿Tenemos tiempo para enfriar este asunto?

—Quizá... Si la Unión Colonial y la Tierra no estuvieran enviando delegaciones diplomáticas para tratarlo —respondí—. Recibir sólo una de ellas ya sería un desastre, así que tener a ambas exponiendo sus posturas sobre las informaciones de Ocampo proporcionará a Hado blancos reales contra los que dirigir su ira y tal vez la ocasión para proponer el voto de confianza más pronto que tarde. Si se te ha pasado por la cabeza que no iban a aprovechar esta oportunidad de tener aquí diplomáticos humanos de carne y hueso para menoscabar tu reputación, serás un juguete en sus manos.

—¿Qué sugieres entonces? —preguntó Tarsem.

—Que no veas a la embajadora Abumwe cuando llegue. Humíllala públicamente. Así privarás a Hado del espectáculo de un recibimiento oficial a la Unión Colonial.

—¿Y qué ocurre con la nueva información esclarecedora que nos han prometido?

—Eso déjamelo a mí. El coronel Rigney y yo podemos acordar un encuentro y él me la proporcionará. Discretamente.

—No va a gustarle.

—No tiene por qué gustarle. Tiene que comprender el panorama político al que estamos enfrentándonos. Y puedo ayudarlo a hacerlo.

—¿Y los diplomáticos de la Tierra?

—Tendremos que reunirnos con ellos —respondí—. Y en cuanto a la Tierra en sí, debemos encontrar la manera de alejarla de la Unión Colonial sin anexionarla al Cónclave.

Tarsem sonrió.

—Estoy impaciente por oír cómo vamos a hacerlo.

—Los obligaremos a pedirnos protección.

—¿Protección? —inquirió Tarsem—. ¿De quién?

—De la Unión Colonial, que atacó la Estación Tierra.

—Eso aún hay que demostrarlo —apuntó Tarsem.

—No importa si es cierto o no. Lo importante es que la Tierra se sienta amenazada por la Unión.

Tarsem me miró con una expresión que sugería una compleja reacción a mi propuesta, pero también la decisión de no aprobarla inmediatamente.

—Nos piden protección, vale. ¿Qué resolvemos con ello?

—Para empezar, resolvemos el asunto de Unli Hado. Porque la Tierra no solicita ingresar en el Cónclave ni queda indefensa ante la Unión Colonial. Y cuando pida nuestra ayuda, asignaremos la misión de protegerla a tres especies miembros del Cónclave.

—¿A qué tres?

—Dos de ellas son indiferentes. Elige a quien quieras. Pero la tercera...

—La tercera serán los elpri —concluyó Tarsem.

—Sí. Y Hado se encontrará entre la espada y la pared. Toda su trama se basa en tu laxitud con los humanos. Pero ahora habrá una facción desairada públicamente y otra protegida por la especie de

Hado. Él mismo me ha dicho que su única preocupación es la unidad del Cónclave, así que vamos a tomar sus palabras al pie de la letra y a obligarlo a que declare públicamente su postura. Estará atrapado en su propia telaraña.

—¿Crees que la Tierra nos seguirá el juego?

—Creo que en la Tierra piensan que tenemos un enemigo común y saben que están indefensos sin nosotros —respondí—. Lo único que tenemos que hacer es evitar que parezca que estamos reprimiéndolos como les ocurrió cuando estaban bajo el paraguas de la Unión Colonial.

—A pesar de que eso es precisamente lo que propones que hagamos.

—Ahora mismo es nuestra única opción.

—¿Y crees que saldrá bien? —preguntó Tarsem.

—Creo que así ganaremos tiempo. —Miré de nuevo hacia la roca en la que unos minutos antes estaba la cría de lalan y vi que había desaparecido. En su lugar había una mancha de sangre, y no supe si era de ella o de la cría que había sido cazada antes—. Un tiempo que quizá evite que el Cónclave se desmorone. Y de momento me conformo con eso.

Segunda parte

—Despierte, Hafte —dijo alguien.

Y desperté. Era Vnac Oi. Me lo quedé mirando un momento mientras salía de la nebulosa del sueño.

—¿Qué hace en mi dormitorio? —pregunté al fin.

—La necesito.

—¿Cómo ha entrado?

Oi me miró con una expresión que parecía querer decir: «¿En serio quiere que se lo explique ahora?».

—Da igual —dije. Me levanté de mi pedestal para dormir y fui hasta el vestidor para ponerme algo encima. Si prefiero que la gente no me vea desnuda es por ellos, no por mí, ya que la desnudez no es un tema tabú entre los lalan—. Por lo menos dígame qué ocurre.

—Una nave humana ha sido atacada —dijo Oi.

—¿Cómo? —Miré a Oi desde el vestidor—. ¿Dónde? ¿Y quién la ha atacado?

—En nuestro espacio —respondió Oi—. Y no lo sabemos. Pero eso no es lo peor.

—¿Qué podría ser peor? —pregunté mientras me cubría con una sencilla túnica y salía del vestidor. No era el momento de galas.

—La nave humana está fuera de control y la gravedad de nuestro asteroide está atrayéndola. Quedan cuatro sertis para el impacto.

—No es mucho tiempo —repuse. Un sur tiene treinta sertis.

—Y eso no es lo peor —continuó Oi.

—Deje de decir eso —le espeté, ya vestida y plantada delante de él—. Explíqueme qué está sucediendo.

—Hay humanos atrapados en la nave, incluida la delegación diplomática de la Tierra.

—Aquí está la *Odhiambo* —informó Loom Ghalfin, señalando en la pantalla de la sala de reuniones la imagen de una nave espacial que avanzaba erráticamente. Ghalfin era la directora de puertos espaciales e instalaciones del Cónclave.

En la habitación nos encontrábamos Oi, el general Gau, la canciller Lause, Regan Byrne y yo. Desplegados a lo largo de la pared de la sala había varios subordinados de Ghalfin, todos ellos con cara de encontrarse ante un pelotón de fusilamiento. Pero bueno, si la *Odhiambo* acababa impactando con el asteroide, fusilarlos sería lo más piadoso que se les podría hacer.

—La *Odhiambo* saltó al espacio del Cónclave hace unos cien ditus —continuó Ghalfin. Noventa ditus eran un serti, así que no hacía mucho tiempo—. Casi en el mismo momento en el que entró en el espacio del Cónclave comenzó a informar de varias explosiones y de diversos daños.

—¿Conocemos la causa de las explosiones? —preguntó Gau, y señaló con la cabeza a Oi—. Vnac nos ha dicho a Hafte y a mí que se trata de un ataque.

—Lo ignoramos —respondió Ghalfin—. La información que recibimos de la *Odhiambo* en el momento de la entrada, tanto verbalmente como por los sistemas automatizados, indicaba que todo era normal. Lo siguiente que supimos fue que todo se había vuelto loco.

—¿Vnac? —Gau solicitó que lo informara.

—Mis analistas se pusieron a estudiar los datos en cuanto recibimos los informes de los daños, cotejándolos con lo que sabemos de la *Odhiambo* —declaró Oi—. La *Odhiambo* es una nave arrendada; originariamente era una nave de mercancías ormu. La relación de daños causados por las explosiones que nos han enviado no se corresponde con la que cabría esperar de un fallo en los sistemas de energía. Se ajustaría más a los daños que sufriría si éstos hubieran sido atacados con la intención de provocar un daño secundario.

—En definitiva, un ataque —sentenció Gau.

—Me parece bastante probable —repuso Oi, que señaló a Ghalfin—. Aunque estaré encantado de escuchar cualquier información adicional que pueda ofrecernos nuestra colega.

—En este momento estamos revisando nuestros datos para comprobar si alguien o algo más ha saltado justamente antes o a la vez que la *Odhiambo* —dijo Ghalfin—. Ya hemos estudiado los datos de todo un sur y todavía no hemos encontrado nada.

Tarsem asintió.

—Volvamos a la situación actual.

—La situación actual es que la *Odhiambo* está seriamente dañada y dando tumbos por el espacio del Cónclave. Las explosiones han incrementado la velocidad con la que la nave se dirige hacia el asteroide y la gravedad de éste se encarga del resto. Si no se hace nada, impactará dentro de tres sertis y cincuenta y cinco ditus. —La imagen que Ghalfin estaba enseñando mostraba la trayectoria prevista de la *Odhiambo* hasta la sede del Cónclave.

—¿Qué daños producirá la colisión? —pregunté.

—No afectará a ningún hábitat, ni general ni especializado —respondió Ghalfin—. No contemplamos la posibilidad de que se produzcan víctimas mortales de consideración. Pero la *Odhiambo* impactará directamente en una de las plantas de energía solar y hay varias cúpulas de agricultura en superficie en los alrededores que tienen bastantes probabilidades de sufrir daños. La gravedad de éstos depende de la reacción de los sistemas de energía de la *Odhiambo* en el momento del impacto. En el mejor de los casos, el impacto en sí destruirá la planta de energía solar. Lo peor que puede ocurrir es que la colisión provoque la explosión de los sistemas de energía de la nave.

—En ese caso —dijo Oi—, asistiríamos al nacimiento de un nuevo cráter en el asteroide, y la lluvia de fragmentos que se desencadenaría se extendería a lo ancho y a lo largo de la superficie. Podría llegar a la zona aeroportuaria y dañar otras naves, e incluso zonas pobladas. Eso seguramente aumentaría considerablemente el número de víctimas mortales.

—¿Y la tripulación de la nave? —preguntó Tarsem.

—A bordo viajan sesenta tripulantes y diez pasajeros, todos ellos miembros de la delegación diplomática de la Tierra—dijo Ghalfin—. El capitán de la nave ha informado de que ya hay seis muertos y ocho heridos en estado grave por las explosiones, la mayoría del departamento de ingeniería. Los muertos continúan en el interior de la *Odhiambo*, mientras que los heridos ya han sido evacuados en cápsulas salvavidas. El capitán, el segundo de a bordo y el jefe de ingenieros siguen en la nave.

—¡Pero nuestros diplomáticos están atrapados! —exclamó Regan Byrne.

—Eso es lo que nos ha dicho el capitán —asintió Ghalfin—. Los camarotes para pasajeros que ocupa su equipo son seguros, pero los pasillos que conducen a ellos están seriamente dañados. No hay manera de llegar a los camarotes ni de salir de ellos sin hacer aterrizar la nave y abrir boquetes en el casco desde el exterior.

—El problema es que los sistemas de energía de la *Odhiambo* están dañados —apuntó Oi—. Podrían explotar en cualquier momento. Si enviamos un equipo de rescate corremos el riesgo de perderlos a todos .

—¡No pueden dejarlos atrapados allí dentro sin más! —protestó Byrne, fulminando con la mirada a Oi.

—Debemos considerar fríamente los riesgos —replicó éste, mirándola a los ojos. A continuación se volvió hacia el resto de la sala—. Y debemos tomar una decisión pronto. —Señaló la imagen de la *Odhiambo*—. La nave impactará dentro de tres sertis y medio, pero no disponemos de tanto tiempo. Si destruimos ahora mismo la nave con nuestras defensas, todavía está a una distancia suficiente para controlar la lluvia de fragmentos y minimizar los daños en el asteroide y en las naves estacionadas. A medida que pasa el tiempo crece la dificultad para reducir la magnitud de los daños. Si a eso sumamos que la nave puede explotar en cualquier momento, en cuyo caso se destruirá de un modo incontrolado, los riesgos se multiplican.

Tarsem miró a Ghalfin.

—¿Loom?

—El director Oi tiene razón, general —dijo Ghalfin—. La destrucción controlada de la *Odhiambo* es la mejor opción, y cuanto antes actuemos, mejor. No podemos permitir que impacte en el asteroide, y cuanto más tiempo dejemos pasar, más aumentan las probabilidades de que los sistemas de energía exploten.

—Eso significa que hay que sacrificar a los diplomáticos —señaló Gau—, de manera que es una opción inaceptable.

—Estoy de acuerdo —afirmó Lause, con la mirada fija en Oi—. Si el Cónclave no intenta al menos rescatarlos, ¿cómo vamos a quedar?

—¡Están pidiendo que nuestros equipos de rescate pongan en peligro su vida! —exclamó Oi.

—Es parte de su trabajo —repuso Lause.

—Sí, pero no tienen por qué arriesgarla estúpidamente —replicó Oi. Se volvió hacia Ghalfin—. ¿Qué probabilidades calcula que hay de que exploten los sistemas de energía de la *Odhiambo*?

—¿Durante el próximo serti? —quiso saber Ghalfin.

—Sí.

—Teniendo en cuenta los daños que conocemos, calculo que un sesenta por ciento —respondió Ghalfin—. Para ser realistas, las probabilidades son muy altas, ya que el alcance de los daños que conocemos es el mínimo.

—Estamos pidiendo a los nuestros que se dirijan a una muerte casi segura —insistió Oi.

—Señora Byrne —intervino Tarsem—. Me gustaría saber qué piensa usted.

Byrne se tomó un momento para poner en orden las ideas.

—No puedo decirle que no quiero que salve a mis compatriotas. Ni siquiera puedo decirle que lo entendería perfectamente si no lo hiciera. Lo único que puedo decirle es que, si no actúan, recomendaré a los gobiernos de la Tierra que no tomen en cuenta la inacción del Cónclave en futuras conversaciones.

Tarsem me miró después de oír a la humana. Yo lo miré en silencio, consciente de que después de tanto tiempo, casi con toda seguridad el general sabía lo que pensaba sobre la respuesta digna de *realpolitik* de Byrne.

—¿Cuánto tiempo necesitan los equipos de rescate para salir? —le preguntó Tarsem a Ghalfin.

—Están preparándose desde que recibimos la primera llamada de socorro de la *Odhiambo* —respondió Ghalfin—. Están listos para salir en cuanto lo ordene.

—Pues lo ordeno —dijo Tarsem—. Envíelos allí, por favor.

Ghalfin asintió y se volvió hacia un subordinado, que le entregó unos auriculares apropiados para su especie.

Tarsem miró entonces a Byrne.

—Los rescataremos, Regan.

—Gracias, general —dijo ésta, rezumando alivio por todos sus poros.

—General, ha surgido una complicación —anunció Ghalfin.

—¿Qué ocurre?

—Un momento... —Ghalfin levantó una mano mientras escuchaba atentamente lo que le decían a través de los auriculares—. Ya hay una operación de rescate en marcha.

—¿Quién la ha autorizado? —pregunté.

—Se trata de la *Chandler* —continuó informando Ghalfin mientras seguía escuchando por los auriculares—. Es una nave humana, de la Unión Colonial. Apareció de un salto coincidiendo con el comienzo de esta reunión.

Miré de reojo a Tarsem, que me sonreía. Sabía qué significaba esa sonrisa. Significaba: «¿No te alegras ahora de que aceptara reunirme con los colonialistas contraviniendo tu consejo?».

—¿Qué quiere que haga? —preguntó Ghalfin al general.

—Quiero que le comunique a la *Chandler* que tiene un serti

para completar el rescate. Pasado ese tiempo, pulverizaremos la *Odhiambo* para preservar la seguridad de nuestra sede —dijo Tarsem—. Y quiero que le diga también que vamos a enviar un equipo para que le eche una mano si lo necesita, y si no, se dedicará a observar la operación.

Ghalfin asintió y transmitió las instrucciones del general a través del micrófono de los auriculares.

Tarsem se volvió hacia mí.

—No me lo digas, ya lo sé —refunfuñé, y me puse en pie.

—¿Adónde va? —me preguntó Byrne, mirándome.

—Acompañaré a nuestro equipo de rescate —respondí—. Como observadora.

—¡Pero podría morir! —exclamó Oi.

—Entonces la Tierra sabrá que morí intentando salvar a su gente. —«Y sabrá que el Cónclave no permitió que la Unión Colonial asumiera ella sola el riesgo... o el sacrificio», pensé, pero preferí no decirlo en voz alta. Sabía que formaba parte del plan de Tarsem. Me despedí del resto de los participantes de la reunión y enfilé hacia la puerta.

—Hafte —dijo Tarsem. Me detuve al llegar a la puerta y me volví hacia él—. Regresa viva, por favor.

Sonreí y salí del lugar.

—Confirmado. Este piloto va sobrado —me dijo Torm Aul, el piloto del transbordador mientras nos acercábamos a la *Odhiambo* y a la *Chandler*.

Aparte de mí, a bordo de la aeronave estábamos Aul, su copiloto, Liam Hul, cuyo asiento ocupaba yo mientras él deambulaba por la cabina, y otros seis miembros de la especie fflict. Los fflict eran una especie que comprendía cinco sexos: masculino, femenino, zhial, yal y neutro. Aul era zhial, así que le correspondía el pronombre «zél».

—¿Qué piloto? —pregunté.

—El de la *Chandler* —respondió zél mientras señalaba el monitor que le mostraba una vista exterior—. La *Odhiambo* va dando bandazos, así que la *Chandler* copia sus movimientos.

—¿Para qué? —inquirí.

—Es más seguro para la gente que está realizando el rescate. Así mantiene ambas naves estables entre sí. Pero es una maniobra compleja, porque el piloto de la *Chandler* tiene que imitar con precisión los movimientos que hace el de la *Odhiambo.*

—Una vez que la nave comienza a dar bandazos debe continuar así —señalé—. Creo que es una ley de la termodinámica.

—Sí, pero eso no tiene en cuenta un incremento adicional de la velocidad —dijo Aul, y señaló de nuevo la nave con problemas en el monitor—. La *Odhiambo*, sin embargo, está dañada y se le van desprendiendo toda clase de cosas, y no hay manera de predecir cuándo va a soltar algo. No, es completamente impredecible. De manera que el piloto de la *Chandler* imita los movimientos con la inmediatez de que es capaz.

—¿Puede hacerlo usted también?

—Si quisiera ir de sobrado, sí —respondió Aul, y sonrió—. Pero ni se me ocurriría intentarlo con una nave más grande que este transbordador. No sé quién pilota la *Chandler*, pero está ejecutando la maniobra con toda una nave.

—Hay que advertírselo —dije.

—Confíe en mí, consejera, ya lo saben.

—Salude a la *Chandler*, por favor —dije—. Dígales que venimos para ayudarlos si lo necesitan.

Aul obedeció y murmuró algo en su lengua a través del micrófono de los auriculares mientras yo contemplaba la sincronizada coreografía de las dos naves humanas en el monitor.

—El capitán de la *Chandler* se llama Neva Balla. Le envía sus saludos y dice que no necesitan ayuda —dijo Aul unos instantes después—. Dice que están trabajando bajo la presión del tiempo y que incorporarnos a su plan sólo contribuiría a aumentar esa presión. Nos pide que mantengamos la posición a veinte kilómetros de ellos... eso son unos veinticinco chus, y que controlemos el flujo de energía y la temperatura de la *Odhiambo* por si se produjera un aumento repentino de alguno de ellos.

—¿Podemos hacer eso?

—Mantenernos a veinticinco chus de distancia es algo que se puede hacer con el piloto automático —respondió Aul—. Y este transbordador está equipado con unos cuantos sensores. Podemos hacerlo.

—¿Hay alguna manera de manipular la imagen de las naves para que la pantalla las muestre estables? —pregunté, señalando el monitor con la cabeza—. Me gustaría seguir lo que ocurre sin marearme.

—Ningún problema.

—Si el capitán de la *Odhiambo* sigue a bordo, pídale que nos envíe datos en tiempo real, por favor.

—Oído —repuso Aul.

—A propósito, es capitana Neva Balla, no capitán —dije.

—¿Está segura?

—La conozco. Los humanos prefieren que respetemos su distinción de sexos siempre que sea posible.

—Hay que ver la de cosas que se aprenden en el trabajo —comentó Aul.

—Empieza la fiesta —dijo éste, señalando el monitor con la cabeza. En él aparecía una figura solitaria de pie en la cámara estanca de la *Chandler*, justo enfrente de la *Odhiambo*. La distancia entre las dos naves era de menos de treinta plintos (alrededor de cincuenta metros en la unidad de medida de los humanos). Aul tenía razón, quienquiera que fuera el piloto de la *Chandler* controlaba la nave con una destreza impresionante.

La figura situada en la cámara estanca permanecía inmóvil, como si estuviera esperando algo.

—No es buena idea esperar al último momento —dijo Aul entre dientes.

Un rayo de luz surgió desde la *Chandler* y pasó a escasos metros de la figura quieta de la cámara estanca.

—¡Están disparando a la nave! —exclamé.

—Interesante —repuso Aul.

—¿Por qué le parece interesante?

—Tienen que abrir un boquete en el casco de la *Odhiambo* —explicó Aul, y señaló el rayo—. En una situación normal enviaríamos al equipo de rescate con unas cuantas herramientas de rayos de partículas para abrir un acceso en el casco. De hecho, llevamos un par a bordo. Pero requiere tiempo; un tiempo que no tenemos. Así que han decidido abrir con un rayo un agujero en el casco.

—No me parece muy seguro —dije sin despegar los ojos de la pantalla. La *Odhiambo* expulsó una ráfaga de aire que cristalizó en el vacío y que el rayo convirtió en parte en plasma.

—No lo es en absoluto —afirmó Aul—. Si había alguien en la cabina en la que están abriendo el boquete, probablemente acaba de morir por asfixia... en el caso de que no haya sido desintegrado antes por el rayo.

—Podrían haber destruido la nave.

—La nave va a acabar destruida de todas maneras, consejera —dijo Aul—. No hay por qué perder el tiempo con delicadezas.

El rayo se extinguió con la misma brusquedad con la que había brotado y dejó un agujero de tres plintos en el casco de la *Odhiambo*. En el monitor vi que la figura que estaba en la cámara estanca de la *Chandler* se lanzaba hacia el agujero y un cable se desplegaba a su espalda.

—Vale, ahora lo pillo —dijo Aul—. Están tendiendo un cable entre la *Chandler* y la *Odhiambo* para sacar a la gente de la nave.

—¿A través del vacío? —pregunté.

—Esperemos a ver cómo lo hacen.

La figura desapareció en el interior de la *Odhiambo*. Segundos después, el cable, que hasta ese momento había flotado laxo en el espacio, se tensó y un enorme contenedor comenzó a deslizarse por él.

—Apuesto a que ahí dentro van trajes para el vacío, arneses y poleas automáticas —dijo Aul—. Se pondrán los trajes, se colocarán los arneses y las poleas harán todo el trabajo.

—Parece que aprueba la idea.

—La apruebo rotundamente —repuso Aul—. Un plan de rescate simple con herramientas simples. Cuando se trata de rescatar gente, la simplicidad es lo mejor. Menos cosas que pueden fallar.

—Siempre y cuando la *Chandler* siga calcando los movimientos de la *Odhiambo*.

—Sí, eso sí. Pero por lo menos este plan concentra las dificultades en un solo lugar.

Siguieron unos segundos en los que dio la impresión de que no estaba sucediendo nada y aproveché para echar un vistazo al monitor del copiloto, que mostraba los datos de la energía y la temperatura de la *Odhiambo*. Tampoco encontré nada interesante, lo que en el fondo era una buena noticia.

—Podría sugerirle al capitán de la *Odhiambo* que la tripulación que queda a bordo también evacue la nave lo antes posible —le dije a Aul.

—Con todo mi respeto, consejera. No voy a sugerirle al capitán que abandone la nave ni un segundo antes de que él mismo tome esa decisión.

—Está bien. —Miré de nuevo el monitor que mostraba la *Odhiambo*—. Mire —dije, señalando la imagen. El primero de los diplomáticos estaba deslizándose por el cable tendido entre las naves, enfundado en un brillante traje espacial con arneses en el pecho.

—Uno —dijo Aul—. Quedan nueve.

La *Chandler* rescató a siete diplomáticos antes de que se produjera una explosión en la *Odhiambo*.

Ocurrió casi sin previo aviso. Miré con el rabillo del ojo el monitor del copiloto mientras el séptimo diplomático desaparecía en el interior de la cámara estanca de la *Chandler* y vi que los datos de energía y de temperatura de la nave alcanzaban cotas críticas. Le solté un grito de alerta a Aul, y entonces el monitor externo mostró cómo la *Odhiambo* daba una sacudida y el cable que unía las naves se partía. Aul pasó a un plano general de la escena, y justo en ese momento se produjo otra explosión en el centro de la *Odhiambo*.

Aul comenzó a gritar a través del micrófono de los auriculares y, de repente, la imagen del monitor comenzó a girar frenéticamente (o eso pareció) al dejar de seguir los movimientos de las naves y recuperar el punto de vista de nuestra perspectiva. La *Odhiambo* había comenzado a desmenuzarse y la *Chandler* se alejaba de su desdichada compañera de baile.

—¡Vamos! ¡Vamos! —gritó Aul con los ojos pegados al monitor—. ¡Lárgate, pedazo de mierda, estás demasiado cerca!

Ni se me pasó por la cabeza dudar que estaba gritándole al piloto de la *Chandler*.

Y tenía razón. La *Chandler* estaba demasiado cerca de la otra nave, que se partió en dos y las dos mitades siguieron trayectorias diferentes. La parte delantera se escoró peligrosamente cerca de la *Chandler*.

—¡Van a chocar! —gritó Aul.

Pero no chocaron. El piloto de la *Chandler* hizo una guiñada y ladeó la nave para rotar alrededor de los tres ejes con una pirueta demencial y así evitar la colisión. La distancia entre ambas naves aumentaba, pero lo hacía demasiado lentamente para mi gusto: cincuenta plintos, ochenta, ciento cincuenta, trescientos, un chu, tres chus, cinco chus... Y entonces la *Chandler* se estabilizó y comenzó a alejarse a toda velocidad de la *Odhiambo*.

—¡Tendrías que estar muerto, hijo de perra! —bramó Aul al monitor—. ¡Tendrías que estar muerto y tu nave destruida! ¡Tendríais que estar todos muertos! ¡Maldito cabrón!

Me quedé mirando a Aul.

—¿Se encuentra bien?

—No —respondió—. Estoy casi seguro de que me he cagado en los pantalones. —Se volvió hacia mí y vi en su cara una expresión que interpreté como de absoluta incredulidad—. Lo que ha pasado no es normal. Toda la gente que está en la *Chandler* debería estar muerta y la nave reducida a una nube de fragmentos. Ha sido la cosa más increíble que he visto en mi vida, consejera, y me sorprendería que no fuera lo más increíble que ha visto usted en la suya.

—Seguramente ocupe una de las primeras posiciones de la lista de las cosas más increíbles que he visto —admití.

—No conozco al piloto, pero voy a pagarle una barra libre a ese cabrón.

Iba a responderle cuando levantó una mano para interrumpirme y escuchó con atención lo que le decían por los auriculares. Luego desvió la mirada hacia el monitor.

—¿Estás de broma?

—¿Qué sucede? —pregunté.

—¿Los tres diplomáticos que no salieron a tiempo de la nave y el tipo de la *Chandler* siguen vivos? —preguntó Aul, hablando por el micrófono. Cerró el plano de la cámara exterior para agrandar la mitad trasera de la *Odhiambo*, donde la *Chandler* había abierto el agujero en el casco.

Y entonces, mientras la popa de la nave seccionada se agrandaba en la pantalla del monitor, lo vimos: un cuerpo envuelto en un brillante traje espacial saltaba al espacio desde el agujero; lo siguió otro, y dos más (el último diplomático y el tipo de la *Chandler*), entrelazados. Y el fragmento trasero de la *Odhiambo* se alejó de ellos girando lentamente.

—¿Cuánto aire cree que tienen? —pregunté a Aul.

—No mucho.

Eché un vistazo al monitor del copiloto, que todavía mostraba la representación de una *Odhiambo* entera. La temperatura de la mitad delantera de la nave estaba descendiendo vertiginosamente; todos los sistemas de energía se habían apagado y el calor escapaba al espacio. La mitad trasera, por el contrario, conservaba el calor y la temperatura continuaba subiendo.

—No creo que tengan mucho tiempo —apunté.

Aul siguió la trayectoria de mi mirada hasta el monitor del copiloto.

—Estoy con usted —dijo, y me miró—. Por casualidad no habrá traído un traje espacial, ¿verdad, consejera?

—No. Y el hecho de que me lo pregunte hace que me arrepienta profundamente de no haberlo hecho.

—No pasa nada —repuso Aul—. Sólo que tendré que hacerlo sin un copiloto. —Apretó un botón en su monitor—. Atención, equipo. Tenéis dos ditus para poneros los trajes espaciales. Dentro de tres ditus vaciaré el aire de la bodega y la abriremos. Preparaos para entrar a los pasajeros con la nave en marcha y tened a mano unidades de oxígeno y de calor para emergencias. Esta gente llegará helada y a punto de morir por asfixia. ¡Como se mueran dentro de mi nave os arrojaré al espacio de una patada!

—Inspirador.

—Es efectivo —replicó Aul—. Sólo he tenido que arrojarlos al espacio una vez. Ahora, échese un poco más para acá, consejera. Tengo que cerrar herméticamente este compartimento... a menos que quiera jugar a contener la respiración.

—Las cuatro personas que han saltado de la *Odhiambo* se mantienen bastante juntas —dijo Aul dos ditus después. Hizo aparecer en la pantalla principal una imagen que mostraba las posiciones de los diplomáticos—. Y dos de ellos están entrelazados, así que en realidad tenemos tres objetivos. —Una línea curva unía las tres posiciones—. Sólo hay que abrir la puerta, frenar un poco y dejar que entren flotando en la bodega. Tres objetivos, tres ditus y volvemos a casa como los héroes del sur.

—No sea gafe —dije.

—No sea supersticiosa —replicó Aul.

La mitad de la popa de la *Odhiambo* explotó.

—No, venga ya —gruñó Aul.

—Transfiérame la imagen de seguimiento, por favor —dije.

Aul duplicó la pantalla principal en el monitor del copiloto. El fragmento más grande de la popa de la *Odhiambo* seguía alejándose de los diplomáticos, pero un trozo enorme se había desprendido de él y viajaba en una dirección completamente distinta. Observé la trayectoria prevista por el ordenador del transbordador.

—Ese fragmento va directo hacia esas dos personas —advertí, señalando a la pareja de diplomáticos.

—¿Dentro de cuánto tiempo? —preguntó Aul.

—Dentro de tres ditus.

Aul se quedó pensativo un momento.

—Vale. Está bien.

—Vale, está bien ¿qué?

—Quizá agradezca bajar todo lo que pueda su centro de gravedad, consejera. Los sistemas de inercia y de gravedad de este cacharro son bastante fiables, pero nunca se sabe.

Encogí el cuerpo.

—¿Qué va a hacer, Aul?

—Tal vez sea mejor que no lo sepa hasta que ocurra. Si sale bien, será algo magnífico.

—¿Y si sale mal?

—En ese caso acabará pronto.

—No sé si me gusta lo que me sugiere esta conversación.

—Si no le importa, consejera, preferiría que no me hablara hasta que hayamos terminado. Necesito concentrarme.

Cerré la boca. Aul hizo aparecer las posiciones de los diplomáticos en su monitor y sobrepuso la trayectoria del fragmento de la nave. A continuación, aceleró, sin despegar los ojos de la pantalla mientras escribía algo en ella con los dedos.

Yo, por el contrario, miré el monitor que mostraba la imagen de la cámara exterior y vi una masa de fragmentos que se hacía más y más grande a medida que nos dirigíamos inexorablemente hacia ella. Tenía la impresión de que estábamos embarcados en una misión suicida al corazón de aquella nube de fragmentos. Miré con el rabillo del ojo a Aul, que seguía concentrado y con toda la atención puesta en la pantalla de su monitor.

Casi en el último momento vi en la pantalla un destello de luz blanca que identifiqué (¡demasiado tarde!) como un traje espacial al que que íbamos a embestir, justo en el instante en el que la masa de fragmentos se alzaba debajo de nosotros como un leviatán. Tomé aire para soltar un grito, vi que las imágenes pasaban a gran velocidad y encogí el cuerpo para recibir el impacto de los fragmentos en la parte inferior del transbordador. Aul lo había prometido: acabaría pronto.

—¡Eh! —llamó Aul, y habló por el micrófono—. ¿Los tenéis...? Sí... Sí... Correcto... Bien... —Se volvió a mirarme—. Bueno, pues ha salido bien.

—¿Qué ha salido bien? —pregunté.

—La rotación a toda velocidad alrededor del objetivo —respondió Aul—. Los generadores de campo inercial del transbordador necesitan una fracción de segundo para registrar la presencia de un objeto y ajustar la velocidad. Si hubiera recogido a nuestros nuevos pasajeros en una trayectoria en línea recta a la velocidad que íbamos, sus cuerpos se habrían hecho puré contra las paredes interiores del transbordador, así que he hecho rotar la nave a gran velocidad para que el campo tuviera tiempo para registrar su presencia y ajustar la velocidad a la suya.

—Ah.

—Ésa es la versión resumida —añadió Aul mientras introducía instrucciones en su monitor, presumiblemente para recoger a los dos diplomáticos que quedaban fuera—. También he tenido que decirle al transbordador la velocidad que quería que tuvieran los objetivos en relación al interior del transbordador y frenar tras el acelerón y todo eso. Bueno, lo importante es que ha salido bien.

—¿Dónde están los fragmentos de la *Odhiambo*?

—Debajo y encima de nosotros. Los hemos esquivado por un par de plintos.

—Ha estado a punto de matarnos.

—A punto, sí —repuso Aul.

—Por favor, no vuelva a hacerlo.

—La buena noticia es que ya no tengo que repetirlo.

El rescate de los otros dos diplomáticos humanos fue la definición exacta de decepcionante.

Mientras regresábamos al asteroide del Cónclave, Aul volvió a bombear aire al resto del transbordador y abrió la puerta de la cabina.

—A uno de los diplomáticos rescatados le gustaría hablar con usted —dijo Aul.

—De acuerdo. —Me agaché para salir de la cabina y un fflict, el copiloto, me empujó hacia atrás para apartarme de un codazo, ansioso por recuperar su puesto. Volví a agacharme y crucé la puerta.

El equipo de rescate estaba atareado atendiendo a los diplomáticos, que estaban cubiertos con mantas provistas de un sistema de generación de calor y respirando a través de mascarillas. Todos salvo uno, que sólo llevaba encima el unicapote de combate de las Fuerzas de Defensa Coloniales y estaba arrodillado junto a una mujer, una diplomática con el pelo rizado y oscuro. Él le hablaba y ella le cogía la mano con una fuerza que habría resultado incómoda para cualquiera que no fuera un supersoldado genéticamente modificado como él. Su piel verde lo delataba.

El soldado me vio y señaló a la mujer, que se puso de pie, temblorosa. Se quitó la máscara, dejó caer la manta (una mala idea, porque de inmediato empezó a tiritar) y enfiló hacia mí con una mano tendida. El soldado la siguió a poca distancia.

—Consejera Sorvalh —dijo la diplomática—. Soy Danielle Lowen, del Departamento de Estado de Estados Unidos. Muchas gracias por rescatarnos a mí y a los miembros de mi equipo.

—No hay nada que agradecer, señora Lowen —respondí—. Bienvenida a la sede del Cónclave. Únicamente lamento que su llegada haya sido tan... dramática.

Lowen consiguió esbozar una sonrisa temblorosa.

—Ya que lo menciona, no podría estar más de acuerdo con usted —dijo Lowen, que comenzó a tiritar incontroladamente.

Lancé una mirada al soldado, que comprendió al instante su significado y se ausentó un momento. Regresó con una manta que Lowen aceptó agradecida. La diplomática se balanceó ligeramente y chocó con el soldado de las FDC, que la sostuvo sin esfuerzo.

—Naturalmente, al Cónclave no le corresponde todo el mérito del rescate —dije, inclinando respetuosamente la cabeza hacia el soldado.

—Lamento tener que admitir que mi intento de rescate sólo ha tenido un éxito del setenta por ciento —repuso el soldado.

—Se equivoca, su éxito ha sido del ciento por ciento —lo corregí—. Consiguió trasladar sanos y salvos a siete diplomáticos a la *Chandler*, y sabía que si conseguía sacar a los otros tres de la nave, nosotros los recogeríamos.

—No lo sabía —repuso el soldado—. Sólo tenía la esperanza de que lo hicieran.

—Pues acertó —dije, y me volví hacia Lowen—. ¿Y usted, señora Lowen? ¿Tenía la misma esperanza?

—Yo tenía confianza en que lo harían —respondió Lowen. Miró al soldado—. No es la primera vez que este tipo me arroja al espacio.

—No olvides mencionar que la vez anterior también me quedé a tu lado todo el rato —dijo el soldado.

—Es cierto. Pero eso no quiere decir que tengamos que repetirlo.

—Es evidente que ustedes dos comparten una historia interesante —dije.

—Así es —afirmó Lowen, y señaló al soldado—. Consejera Sorvalh, le presento al...

—Teniente Harry Wilson —me adelanté.

Lowen nos miró a ambos con sorpresa.

—¿Ya se conocen?

—Sí —respondí.

—Soy bastante popular —le dijo Wilson a Lowen.

—Yo habría empleado otra palabra para definirlo —dijo ella, y sonrió.

—Si la memoria no me falla —dije, dirigiéndome a Wilson—,

la última vez que nos vimos también explotaron algunas naves espaciales.

—¡Qué casualidad! —exclamó Lowen—. La última vez que yo vi a Harry también explotaron algunas naves.

—Es una mera coincidencia —afirmó Wilson, mirando primero a Lowen y luego a mí.

Le sonreí.

—¿Seguro?

Tercera parte

—No esperaba que corrieras tantos riesgos cuando te pedí que regresaras viva —me dijo Tarsem Gau cuando entré en su despacho tras la misión de rescate.

El despacho de Tarsem era diminuto. Después de tantos años viviendo en naves espaciales y acostumbrado a sus espacios reducidos, Tarsem se sentía más cómodo en lugares estrechos. Por suerte, yo no era claustrofóbica, y estaba de acuerdo con su astuta decisión política de ocupar un despacho más pequeño aún que el del más insignificante representante del Cónclave. La estancia era incluso más pequeña que la que se había facilitado a la enviada especial humana, lo que, sospechaba yo, había extrañado a la señora Byrne. Por suerte, Tarsem tenía en su despacho un pedestal para que me sentara sin tener que doblar el cuello.

—Si no quieres poner en peligro mi vida, no deberías enviarme a misiones en las que la muerte es una posibilidad real —señalé mientras me sentaba—. O por lo menos no me destines a misiones en las que el piloto es un fflict loco.

—Puedo hacer que lo sancionen, si quieres.

—Lo que quiero es que le des una distinción por su rapidez mental y su admirable destreza como piloto... y que nunca más me metas en uno de sus transbordadores.

Tarsem sonrió.

—Te falta espíritu aventurero.

—Tengo espíritu aventurero —repuse—, pero se siente cohibido por mi instinto de supervivencia.

—Dejémoslo.

—Estoy de acuerdo. Pero tú no pareces querer dejar de ponerlo a prueba de vez en cuando.

—Es sólo que me preocupa que te aburras.

—Yo nunca me aburro —dije—. Bueno, dejemos de una vez esta charla preliminar de cortesía. Quiero subrayarte lo absolutamente desastroso que ha sido este episodio para nosotros.

—Pues yo creí que nos había ido bastante bien —dijo Tarsem—. Los humanos se han salvado, la *Odhiambo* se ha destruido sin dañar la sede ni otras naves, y gracias a la actuación de tu loco piloto fflict para rescatar a los diplomáticos que se habían quedado atrás, la Tierra sigue mirándonos con buenos ojos, e incluso hemos ganado puntos con los diplomáticos de la Unión Colonial por rescatar a uno de los suyos.

—Una fina capa de satisfacción encima de una montaña de problemas —repuse—. Entre ellos, el hecho de que es muy probable que la *Odhiambo* haya sufrido un ataque enemigo en nuestra propia región del espacio que nos ha pillado por sorpresa y contra el que no hemos podido defendernos. A lo que hay que sumar que ya no podemos mantener separados a los humanos de la Unión Colonial y a los de la Tierra, como pretendíamos hacer durante esta ronda de reuniones. Además de que todo esto juega a favor de los que están aliándose en la Gran Asamblea para deponerte.

—Me parece recordar nuestra discusión sobre salvar a los diplomáticos humanos y a mí siguiendo tu consejo —dijo Tarsem.

—Tenías decidido intentar salvar a los diplomáticos con independencia de lo que yo te aconsejara —repuse, y Tarsem sonrió—. Y la decisión de salvarlos era más importante que la mera política. No obstante, nuestros enemigos lo interpretarán como una prueba de tu debilidad por los humanos, no como una muestra de decencia elemental.

—No veo por qué me tiene que importar cómo lo interpreten. Cualquiera con dos dedos de frente comprenderá qué ha sucedido.

—Cualquiera que no esté cegado por la ambición y la frustración con el Cónclave lo comprenderá. Pero los demás escogerán la opción de no verlo así y preferirán interpretar el rescate de los terrícolas por los colonialistas como un hecho significativo, que también lo es.

—¿No crees que cualquier nave, de hallarse lo suficientemente cerca, habría intentado rescatar a esos diplomáticos?

—No —respondí—. Creo que los humanos lo habrían intentado de todas maneras. Al menos esos humanos en particular.

—Tienes en gran estima a los colonialistas.

—Tengo en gran estima a la embajadora Abumwe y a su equipo, incluido su enlace de las FDC. Sin embargo, no pondría la mano en el fuego por su gobierno, y te aconsejo que tú tampoco lo hagas ni te dejes embaucar por los cantos de sirena procedentes de la embajadora durante tu reunión con ella.

—Tomo nota —dijo Tarsem.

—Si bien la llegada de las dos delegaciones humanas con una diferencia de menos de un serti será interpretado como una señal —observé, volviendo al tema que nos ocupaba—. Y ha sido una metedura de pata fácil de evitar, pues ya te advertí de que no te reunieras con los colonialistas.

—Y si te hubiera hecho caso, todos los terrícolas probablemente estarían muertos porque nuestra misión de rescate habría fracasado. Y tú con ellos, debo añadir.

—Si no hubieran estado los colonialistas, no me habrías pedido que participara en la misión de rescate —repuse—. Y si los terrícolas hubieran muerto, habría sido una verdadera tragedia, pero nuestros enemigos no habrían podido utilizarlo contra nosotros.

—Podrían haber aprovechado que su nave fue destruida en nuestro espacio.

—Sí, pero podríamos haber resuelto el problema con investigaciones y, si hubiera sido necesario, destituciones. Torm Aul se habría llevado un disgusto por perder el trabajo, pero tendríamos la situación controlada.

—Ésta es la clase de conversación que me arranca una sonrisa cuando los que no te conocen me elogian tu refinamiento —dijo Tarsem.

—No te gusta tenerme cerca por mi refinamiento. Te gusta tenerme cerca porque no te miento sobre tu situación. Y tu situación es ahora mismo peor que cuando nos levantamos esta mañana. Y aún va a empeorar más.

—¿Crees que debería pedir que se marchen a las dos delegaciones humanas?

—Ya es demasiado tarde para eso. Todo el mundo supondrá que mantienes reuniones clandestinas con ambas delegaciones y tus enemigos insinuarán que incluso has mantenido una con la dos a la vez, porque para ellos los humanos de uno y otro lado son lo mismo desde un punto de vista práctico.

—Así que, haga lo que haga, estamos condenados.

—Sí —respondí—. Estamos condenados. Si bien, como siempre, yo sólo te facilito la información. Lo importante es lo que tú decidas hacer con ella.

—Podría dimitir.

—¿Perdón?

—He dicho que podría dimitir —repitió Tarsem—. Tú misma has dicho que era más útil cuando estaba creando el Cónclave, cuando era el símbolo de una gran idea y no un burócrata gestor. Pues muy bien. Dimito. Yo seguiré siendo un símbolo y que otro se ocupe de la gestión.

—¿Quién?

—¿Por qué no tú?

—¿Qué, en este universo ignorante, te ha hecho pensar que yo podría querer sustituirte? —pregunté con franca incredulidad.

—Lo harías bien.

—O podría hacerlo desastrosamente mal —repuse.

—Hasta ahora lo has hecho bastante bien.

—Eso es porque conozco mis virtudes. Yo soy la asesora, la consejera. El puñal que de vez en cuando clavas en el costado de un enemigo. Te resulto útil, Tarsem, pero eres tú quien me dirige.

—¿A quién sugerirías entonces para sustituirme?

—A nadie —respondí.

—Sabes que no voy a vivir eternamente —dijo Tarsem—. Antes o después alguien tendrá que ocupar mi lugar.

—Sí, y voy a asegurarme de que lo ocupes tú hasta que llegue ese momento.

—Eso es lo que yo llamo lealtad.

—Te soy leal, sí —dije—. Pero soy más leal aún al Cónclave, a lo que has construido, a lo que hemos construido tú, yo y todos los Estados miembros, incluso los idiotas que ahora intentan descomponerlo en beneficio propio. Y ahora mismo, ser leal al Cónclave significa mantenerte a ti en tu puesto y evitar que ciertos individuos consigan que se te someta a un voto de confianza en la Gran Asamblea.

—¿Crees que es real esa posibilidad? —preguntó Tarsem.

—Creo que lo que suceda en los próximos sures será definitivo.

—¿Qué sugieres que hagamos?

—Llegados a este punto, te sugiero que escuches el informe de la embajadora Abumwe —respondí—. Tú mismo te has metido en este callejón sin salida.

—Sí.

—Abumwe espera poder exponerlo en persona contigo.

—Lo sé —afirmó Tarsem—. Imagino que también espera que tú estés presente, y Vnac Oi, ya sea personalmente o a través de un subrepticio sistema de escucha.

—Ya cuenta con que el informe no se mantendrá secreto durante mucho tiempo.

—Esta clase de cosas rara vez no terminan saliendo a la luz.

—Entonces sugiero que lleguemos a ese punto un poco antes de lo esperado —dije.

—¿Sigue pensando que es una buena idea? —me preguntó Vnac Oi.

—Pienso que nos resultará útil —respondí—, que no es lo mismo que decir que me parezca buena idea.

Oi y yo estábamos sentados en las filas superiores de la cámara de la Gran Asamblea, un lugar retrasado habitualmente reservado para los observadores y los ayudantes de los representantes. Estos últimos de vez en cuando salían disparados hacia las filas inferiores, como cometas en una órbita de larga duración, para cumplir las órdenes de sus representantes. Normalmente yo ocupaba un asiento en la tribuna de oradores, desde donde contaba cabezas mientras Tarsem se sometía al acostumbrado turno de preguntas y respuestas. Pero esta vez Tarsem no estaba en la tribuna y yo prefería contar cabezas desde una perspectiva diferente.

La cámara de la Gran Asamblea estaba llena a rebosar. Tarsem estaba sentado solo en el banco reservado para la canciller y su equipo, puesto que para esta sesión de la asamblea en particular, la canciller había sido colocada en el banco que le correspondía como simple representante mientras que su equipo se hacinaba justo debajo de mí. Me fijé en algunas caras de los miembros de su equipo, que parecían ligeramente escandalizadas por lo que consideraban una denigración.

Debajo de ellos estaban los humanos. Los diplomáticos de la Unión Colonial ocupaban un extremo del hemiciclo y los terrícolas el otro, separados por un extenso espacio vacío.

—Aún ignoramos lo que se dice en el informe—dijo Oi.

—Cosa que no deja de sorprenderme, teniendo en cuenta el cargo que ocupa, Oi —apunté.

—Ya, bueno —repuso éste, e hizo una mueca de fastidio—. Evidentemente, lo intentamos.

—¿Cómo?

—Intentamos entrar en el sistema de la *Chandler* —respondió Oi—. Estuvimos dando vueltas por un entorno de pruebas hasta que encontramos un único archivo con el nombre «Para Vnac Oi».

—¿Puedo preguntar qué contenía?

—Un vídeo de un humano mostrando su trasero y las palabras «Espera como todos».

—Qué detalle que se acordaran de usted.

—Lo que no debería hacerle tanta gracia es que sus sistemas informáticos están ahora tan protegidos que no podemos entrar en ellos.

—Estoy segura de que dispone de otras fuentes en la Unión Colonial.

—Sí —admitió Oi—, pero no me sirven para esto. Por eso no me parece una buena idea, Hafte. No tenemos ni idea de lo que va a decir esa humana. No sabemos el daño que puede llegar a hacer.

—No he decidido yo que sea así —repliqué, y, estrictamente hablando, era cierto.

—Por favor... —protestó Oi lanzándome una mirada acusadora—. Todo esto apesta a usted. No finja que no sé quién le ha metido esta idea en la cabeza al general.

—Le meto un montón de ideas en la cabeza. Y usted también lo hace. Ése es nuestro trabajo. Pero él es quien decide qué hacer con ellas. Ése es su trabajo. Mire. —Señalé hacia abajo. La embajadora Abumwe había aparecido en el centro de la cámara y enfilaba hacia el atril preparado para ella—. Ya empieza.

—Es una mala idea —insistió Oi.

—Tal vez —reconocí—. Ahora lo averiguaremos.

Los centenares de representantes de especies inteligentes guardaron silencio mientras Abumwe llegaba al atril y depositaba sobre él varios fajos de papeles. Era toda una novedad, ya que los diplomáticos humanos solían almacenar sus escritos en unos ordenadores portátiles que llamaban PDA. Al parecer, la información que traía Abumwe era lo suficientemente delicada como para que la embajadora hubiera optado por un formato que impedía su copiado electrónico. A mi lado, Oi refunfuñó al fijarse también en los papeles.

—Quisiera saludar con el honor que merecen al general Tarsem Gau, a la canciller Ristin Lause y a los representantes de las naciones constituyentes del Cónclave, y agradecerles humildemente la oportunidad que me han ofrecido para dirigirme a ustedes —declaró Abumwe. Sus palabras se traducían a centenares de lenguas a través de los auriculares que llevaban puestos todos los presentes—. Ojalá las circunstancias fueran más felices.

»Como muchos de ustedes ya sabrán, hasta la mayoría de sus gobiernos han llegado recientemente unas informaciones que aparentemente contienen detallados registros históricos relacionados con actividades de la Unión Colonial en contra de muchas de sus naciones y contra el Cónclave en general. También pretenden describir futuros planes contra el Cónclave y varios de sus miembros, así como contra la Tierra, cuna de la humanidad.

»La mayor parte de esas informaciones, especialmente las relativas a acciones pasadas, son verdaderas.

Esta afirmación provocó un alboroto en la cámara. A pesar de que comprendía el motivo, yo no me escandalicé. A fin de cuentas, Abumwe simplemente había admitido que era verdad lo que sabíamos que era verdad, es decir, que la Unión Colonial se había enfrentado violentamente con muchas de las naciones que pertenecían al Cónclave y con el propio Cónclave. Esto no era una novedad para nadie, o no debería haberlo sido. Recorrí con la mirada los rostros para ver quién se había sentido ofendido y quién se había quedado igual.

—No obstante... No obstante —continuó Abumwe, levantando una mano para demandar silencio—, no he venido para justificar esas acciones pasadas ni para pedir disculpas por ellas. Estoy aquí para advertirles de que el resto de la información que han recibido es falsa y de que representa un peligro para todos nosotros. Para la Unión Colonial, para el Cónclave y para las naciones de la Tierra.

»Creemos... siempre hemos creído que somos enemigos, pero permítanme que anuncie hoy que ahí fuera existe otro enemigo, uno que amenaza tanto a las naciones humanas como a las del Cónclave. Este enemigo, aunque pequeño en tamaño, ha sido extraordinariamente astuto en su estrategia y ha llevado a cabo unas acciones espectaculares que han tenido efectos incontestables y que nos han hecho creer que éramos víctimas de actos terroristas perpetrados por el otro bando. Este enemigo se propone destruir la Unión Colonial y el Cónclave.

Abumwe alzó la vista hacia su equipo, que se encontraba dos pisos por debajo de mí, y les hizo un gesto de asentimiento. Uno de sus ayudantes, a quien reconocí como Hart Schmidt, tecleó algo en su PDA. A mi lado, Oi gruñó y sacó su ordenador.

—Maldita sea —masculló, y se concentró en la pantalla de su dispositivo.

—Acabo de autorizar a mi equipo para que envíe a Vnac Oi, el director de su servicio de inteligencia, un informe completo que reúne todo lo que la Unión Colonial sabe sobre este enemigo mutuo, un grupo que se autodenomina el Equilibrio —anunció Abumwe—. Este grupo está compuesto por especies que no pertenecen al Cónclave ni a la Unión Colonial, principalmente la rraey. Sin embargo, cuenta con la ayuda de traidores de otros gobiernos y naciones, entre otros, Tyson Ocampo, antiguo subsecretario de Estado de la Unión Colonial; Ake Bae, de los eyr; Utur Nove, de los elpri, y Paola Gaddis, de la Tierra. Entre otros muchos proyectos, planean el asesinato del general Gau.

Estalló el caos en la cámara.

Me volví rápidamente hacia donde sabía que estaba Unli Hado, que se había puesto en pie y vociferaba acaloradamente, rodeado por otros representantes que le gritaban haciendo aspavientos. Me volví entonces hacia el representante de Eyr, Ohn Sca, que intentaba abrirse paso entre otros representantes para salir de la cámara, pero éstos lo empujaban para devolverlo a su asiento. Eché un vistazo a los humanos; un par de terrícolas gritaban a los representantes de la Unión Colonial. En el centro, tres figuras departían en corrillo. Reconocí a las tres: eran Danielle Lowen, Harry Wilson y Hart Schmidt.

—¡Oi! —dije, elevando la voz para hacerme oír por encima del barullo.

—Dice la verdad —repuso Oi sin despegar los ojos de la pantalla—. Me refiero al archivo. Es enorme. Está todo.

—Reenvíelo —dije.

—¿Cómo dice? —Oi me miró.

—He dicho que lo reenvíe —repetí—. Todo.

—Aún no he tenido tiempo para examinarlo detenidamente.

—Tampoco tuvo tiempo para examinar detenidamente los datos de Ocampo —repliqué.

—Eso no es motivo para que reenvíe este archivo —objetó Oi.

—Cuanto más tiempo sea usted el único que lo tiene, más argumentos tendrán los que acaban de ser denunciados para acusarnos de modificar los datos en connivencia con la Unión Colonial. ¡Reenvíelo ahora mismo!

—¿A quién?

—A todo el mundo.

Los filamentos de Oi se movieron rápidamente por la pantalla.

—Ésta tampoco me parece una buena idea —mascculló.

Devolví la atención a la embajadora Abumwe, que esperaba en silencio detrás del atril. Comencé a arrepentirme de no haberle asignado una escolta y me pregunté cuándo volvería a hablar.

No tardé en obtener una respuesta.

—Ninguno de nosotros es inocente —afirmó enérgicamente.

El caos comenzó a remitir—. Ninguno de nosotros es inocente —repitió—. Ni la Unión Colonial, ni el Cónclave, ni los terrícolas ni las especies que no forman parte de nuestras organizaciones. Todos teníamos entre nosotros sujetos que identificaron nuestras debilidades, nuestros puntos flacos y nuestra tozudez y los utilizaron para atacarnos. Esta amenaza es real, y se trata de una amenaza práctica y existencial. Y si no nos enfrentamos juntos a ella, probablemente acabará destruyéndonos.

—¡Vosotros sois el enemigo! —le gritó alguien a Abumwe.

—Tal vez —replicó la embajadora—. Pero ahora mismo no somos el enemigo que debería preocuparles.

Bajó de la plataforma y desapareció abucheada por un coro iracundo.

—¿Cómo osa...? —le espetó Unli Hado a Abumwe.

Estábamos en la sala de reuniones contigua al despacho oficial de Tarsem, una impresionante estancia que utilizaba para los actos oficiales. Además de Hado, Abumwe y yo, se hallaban presentes Tarsem, Oi, Louse, Sca, Byrne, Lowen y Harry Wilson... básicamente los representantes de todos los grupos aludidos en el discurso de la embajadora de la Unión Colonial. Tarsem nos había citado en la sala de reuniones inmediatamente después del discurso de Abumwe.

—¿Cómo osa? —repitió Hado—. ¿Cómo osa cuestionar mi lealtad y la lealtad de mi nación al Cónclave? ¿Cómo osa insinuar que algún individuo de mi pueblo conspiraría contra el Cónclave o contra ustedes siquiera?

—Yo no he cometido ninguna osadía, representante Hado —respondió Abumwe sin inmutarse, sentada en la sala de reuniones—. Me he limitado a decir la verdad.

—¡La verdad! —exclamó Hado—. ¡Como si a la Unión Colonial le hubiera preocupado alguna vez ese concepto!

—¿Dónde está Utur Nove, representante Hado? —preguntó Abumwe—. De acuerdo con la información que tenemos sobre él, se encuentra con los elpri en una misión diplomática de cierta importancia. Si duda de la veracidad de mi información, ¿por qué no le pregunta directamente a él?

—No estoy obligado a conocer el paradero de todos los miembros del cuerpo diplomático elpri —respondió Hado.

—Tal vez, pero este asunto ha despertado mi interés —señaló Oi—. Y acabo de revisar la versión oculta de la información sobre él. Utur Nove lleva varios años elpri supuestamente retirado del cuerpo diplomático y ocupa una sinecura en una fundación de investigación. La información de contacto de la fundación señala que Nove está disfrutando de un «periodo sabático», sin añadir nada más.

—¿Está hablándome en serio, director Oi? —soltó Hado—. La ausencia de información no es lo mismo que la presencia de información. Conozco a Utur Nove. En su pasado no hay nada que sugiera siquiera la idea de que actuaría en contra de Elpri ni del Cónclave.

—En contra de Elpri no, de eso estoy seguro —dijo Oi—. Pero ¿en contra del Cónclave?

—¿Qué está insinuando?

—Insinúo que últimamente ha sido usted muy crítico con el Cónclave. No es descabellado pensar que su opinión refleja el parecer general de su gobierno.

—¡He sido crítico con ellos! —bramó Hado, y agitó un brazo en dirección a Abumwe, que continuaba impasible—. ¡Con esos humanos que representan la mayor amenaza individual con la que ha tenido que enfrentarse el Cónclave en toda su historia! ¿O ya ha olvidado Roanoke, Oi? —Se volvió hacia Tarsem—. ¿Lo ha olvidado usted, general?

—No recuerdo que la Unión Colonial haya pretendido nunca ser nuestro aliado, Hado —dijo Oi.

—¡Vuelva a hacerlo! —alzó la voz Hado, mirando de nuevo a Oi—. ¡Vuelva a acusarme de traición, director Oi!

—Basta —intervino Tarsem. Hado y Oi se tranquilizaron—. Aquí nadie va a acusar de traición a nadie, ni tampoco de deslealtad al Cónclave.

—Ya es tarde para eso, general —dijo Sca, que hablaba por primera vez. Fulminó con la mirada a Abumwe.

—Entonces, permítanme que sea claro —aseveró Tarsem—. No los he acusado a usted ni a Unli Hado de traición ni de deslealtad ni voy a hacerlo. En este caso que nos ocupa, eso es lo que importa.

—Gracias, general —dijo Sca al cabo de un momento. Hado guardó silencio.

Tarsem se volvió hacia Abumwe.

—Nos ha soltado una bomba, embajadora Abumwe.

—Me he ofrecido a compartir esta información con usted, general —repuso Abumwe.

—Sí, pero eso no es lo relevante —dijo Tarsem—. Lo relevante es que nos ha acusado de tener traidores en nuestro seno.

—Así es —dijo Abumwe—, traidores y espías. Y oportunistas. Y también a quienes reúnen dos o más de esas condiciones en diferentes combinaciones. Como los tenemos nosotros. —Señaló a Byrne y a Lowen—. Como los tienen ellos. Pero ése no es el problema real, general. Los traidores, los espías y los oportunistas siempre han existido. El problema al que nos enfrentamos es que todos nuestros traidores, espías y oportunistas se han unido y han decidido operar contra nosotros en beneficio propio.

—¿Y qué propone que hagamos? —le preguntó Oi a Abumwe.

—No propongo que hagamos nada —respondió ésta, y se volvió de nuevo a Tarsem—. ¿Puedo hablarle con franqueza, general?

—Por supuesto —dijo Gau.

—Tiene que quedar claro por qué estoy aquí —dijo la embajadora, mirando de nuevo a Oi—. No he venido porque la Unión Colonial sienta cariño por el Cónclave ni porque creamos que compartiendo esta información la relación entre nuestras organizaciones tomará un rumbo más amistoso. —Abumwe señaló a Hado, que parecía visiblemente ofendido por el hecho de que una humana osara centrar la atención en él—. Puede ser que el representante Hado esté equivocado al desconfiar de un modo tan inequívoco de esta información, pero acierta en su consideración de que la Unión Colonial representa una amenaza para el Cónclave. Siempre lo hemos sido.

—Gracias —dijo Hado, pero inmediatamente se percató de lo inapropiado de su agradecimiento.

—No es algo que deba agradecerme —contestó Abumwe, y me causó admiración la sutil puntilla que asestó al bochorno de Hado—. Simplemente estoy exponiendo un hecho obvio. No estamos en los albores de un deshielo en nuestras relaciones. Estoy aquí porque no hemos tenido más remedio que compartir esta información con ustedes. Si permitimos que el Equilibro propague sus mentiras sobre nuestras intenciones, probablemente pasen dos cosas: La primera es que él —dijo señalando a Hado— o alguien como él exija al Cónclave que ataque y destruya la Unión Colonial.

—Cosa que el Cónclave perfectamente podría hacer si quisiera —afirmó Sca.

—Estoy de acuerdo con usted —asintió Abumwe—, pero el coste sería muy alto, y no les resultaría tan sencillo como sugieren algunos pueblos, a pesar del estado actual de la relación entre la Unión Colonial y la Tierra. —Miró directamente a los ojos a Tarsem—. Los humanos tenemos la expresión «victoria pírrica», señor.

—Otra victoria así supondría nuestro fin —dijo Tarsem.

—Entonces conoce el significado de la expresión.

—Es bueno conocer al enemigo.

—Sin duda —repuso Abumwe—. Y estoy segura de que es consciente de que sabemos sobre ustedes tanto como ustedes saben sobre nosotros. Podrían destruirnos si quisieran, pero nos los llevaríamos a ustedes por delante.

—No a todos —dijo Hado.

—Tomaríamos el Cónclave —dijo Abumwe, mirándolo de nuevo—, que es el único enemigo que importa dadas las circunstancias, representante Hado. Y ésa es la segunda cosa que pasaría. Cuando hiciéramos añicos el Cónclave, pues cuando tiráramos por los suelos su tan cacareada reputación de ente indestructible y se esfumara el temor que inspira en el universo, el propio Cónclave se desmoronaría. —Apuntó con el dedo más que señaló a Hado—. Y este caballero o alguien como él sería el culpable. Sobre todo si durante esta disputa con la Unión Colonial el Cónclave hiciera alguna maniobra para incorporar la Tierra a la organización.

—Oficialmente no tenemos ningún interés en ingresar en el Cónclave —afirmó Lowen.

—Naturalmente —repuso Abumwe mirándola—. Llegados a este punto, ¿por qué iban a tenerlo si están disfrutando de los beneficios de pertenecer al Cónclave sin necesidad de cumplir ninguna de sus obligaciones? Pero si el Cónclave y la Unión Colonial se declaran la guerra, en la Tierra comenzará a cundir el temor de que nos presentemos allí para quitarles a la fuerza lo que antes nos entregaban gustosamente: soldados. Y entonces solicitarán su ingreso en el Cónclave. Lo cual proporcionará la excusa que necesita alguien como el representante Hado.

—¿Otra vez mi supuesta traición? —protestó éste.

—No, representante Hado, no será traición —lo rebatió Abumwe—. Si me permite el cumplido, lo considero demasiado inteligente para una cosa así. No, lo imagino a usted, o a alguien como usted, adoptando el papel de salvador del Cónclave, del que lo rescatará de la sombra de sí mismo en la que se habrá convertido. Y si no consigue el apoyo de suficientes miembros de la organización, supongo que romperá con todo y fundará el Nuevo Cónclave, o algo por el estilo, con otras naciones que piensen como usted. A partir de ahí, los acontecimientos se sucederán vertiginosamente. Porque, si bien lo considero demasiado inteligente para cometer una traición, representante Hado, no creo que lo sea tanto como para darse cuenta de hasta qué punto su ambición supera su capacidad para mantener unidas cuatrocientas especies. Una vez más, señor, le hablaré con franqueza: en esta habitación sólo hay una persona con esa capacidad.

Miré con el rabillo del ojo a Oi, que a su vez me miró de soslayo. Yo sabía que estaba disfrutando del rapapolvo que estaba recibiendo Hado de la representante de la especie que más despreciaba de todo el universo.

—Me parece muy arrogante por su parte sacar tantas conclusiones sobre mí en un par de ditus, embajadora —dijo Hado.

—Se equivoca, representante. Tenemos un archivo completo sobre usted. —Se volvió a Sca—. Y sobre usted. Y sobre todos los diplomáticos de todas las naciones que, hasta donde sabemos, tienen al menos un representante en el Equilibrio, incluidos los nuestros. Encontrarán todos los detalles en el informe.

—Me gustaría volver a ese informe —pidió Tarsem.

—Por supuesto —dijo Abumwe.

—La existencia de ese informe da a entender que tienen un espía en el Equilibrio desde hace algún tiempo. Eso me suscita la pregunta de por qué han decidido compartir la información con nosotros precisamente ahora, si es cierto que ese grupo representa una amenaza para ambos.

—De nuevo le solicito su permiso para hablarle con franqueza, general.

—Embajadora Abumwe, llegados a este punto, me cuesta imaginar que usted sepa hablar de otra manera.

—Si el Equilibrio no hubiera difundido su propia versión de los datos, jamás habríamos compartido lo que sabemos —dijo Abumwe—. Nos habría encantado coger esta información y al Equilibrio y adecuarlos para ponerlos a nuestro servicio. Le reitero que no la compartimos con ustedes como gesto de cortesía, general.

—Entendido.

—En cuanto al asunto de nuestro espía, lo cierto es que no lo tenemos. El Equilibrio cometió un error y capturó a un rehén más listo que ellos y al que fue incapaz de controlar. Les robó los datos y una de sus naves y acudió a nosotros.

—¿Por lealtad a la Unión Colonial?

—No —intervino Harry Wilson—. Más que nada porque el Equilibrio le tocó las pelotas.

—Antes de aceptar la veracidad de esta información, quizá deberíamos indagar en la fuente —dijo Hado—. ¿Dónde se encuentra esta supuesta fuente suya?

—Pues resulta que es el piloto de la *Chandler* —dijo Abumwe.

Hado se volvió a mirar a Tarsem.

—En ese caso, propongo que lo traigamos para interrogarlo.

—No es tan sencillo —dijo Wilson.

—¿Por qué? —inquirió Hado—. ¿Existe algún impedimento para que se traslade aquí en un transbordador?

Wilson sonrió por algún motivo.

—General Gau, consejera Sorvalh, representante Hado y señora Lowen, permítanme que les presente a Rafe Daquin, piloto de la *Chandler*. —Wilson señaló la urna que había en el puente de mando de la nave, en cuyo interior había un cerebro humano.

—Me resulta familiar —le dije a Wilson sin despegar los ojos de la urna.

—Ya lo esperaba —repuso él.

—¿Quién le ha hecho eso? —preguntó Hado.

—¿Señor? —inquirió Wilson.

—La Unión Colonial extrae cerebros de cráneos —dijo Hado—. Todo el mundo lo sabe.

—¿Está preguntándome si es obra de la Unión Colonial?

—Sí. Aunque, sinceramente, si es cosa suya no espero que lo confiesen —aseveró Hado.

—¿Por qué no se lo pregunta a él? —dijo Wilson.

—¿Perdón?

—¿Por qué no se lo pregunta directamente a Rafe? —repitió Wilson.

—Sí, ¿por qué no me lo pregunta? —dijo una voz por los altavoces—. Estoy, literalmente, aquí mismo.

—Estupendo —dijo Lowen—. Señor Daquin, ¿quién le ha hecho esto?

—¿Se refiere a meterme el cerebro en una urna? Pues un grupo que se hace llamar el Equilibrio, señora Lowen —respondió Daquin.

—¿Por qué? —quiso saber Tarsem.

—Por un lado, para reducir el número de partes funcionales que se necesitan para pilotar la nave —dijo Daquin—. Y, por otro lado, para asegurarse de que me tenían controlado. Suponían que haría todo lo que me pidieran si me prometían que después me devolverían a mi cuerpo.

—¿Y por qué escapó?

—Porque me olí que no tenían ninguna intención de cumplir su promesa.

—Pero la Unión Colonial puede darle otro cuerpo y no lo ha hecho —dijo Hado—. Está utilizándolo como lo hizo el Equilibrio.

—En estos momentos están cultivando un cuerpo nuevo para mí —dijo Daquin—. Estará listo pronto. Pero Harry me ha pedido que forme parte de la tripulación de la *Chandler* hasta entonces, sobre todo en viajes como éste, en los que quizá habría que convencer a alguien de que el Equilibrio existe y no es sólo una conveniente tapadera para la Unión Colonial.

—Eso será si esto es real —dijo Hado.

—Traigan científicos y háganme todas las pruebas que quieran —dijo Daquin—. Me gusta tener compañía.

—Esto no prueba nada —dijo Hado volviéndose a Tarsem—.

Se nos pide que creamos que esta desdichada criatura no ha sido coaccionada para que afirme que estos informes son suyos. ¿Quién en su situación no diría cualquier cosa que le pidieran sus captores?

—¿Captores? —exclamó Daquin con un desprecio que no pasó desapercibido—. Pero ¿quién es este tipo?

—El representante Hado tiene razón —dije—. Usted es un cerebro dentro de una urna, señor Daquin. No tenemos ninguna garantía de que no estén utilizándolo.

—¿Se lo dices tú o se lo digo yo, Harry? —preguntó Daquin.

—Es evidente que deberías decírselo tú —respondió Harry.

—General Gau, consejera Sorvalh, están al corriente de que su director del servicio de inteligencia intentó entrar en los sistemas de la *Chandler*, ¿verdad? —dijo Daquin.

—Esto... sí, es verdad —respondí.

—Naturalmente. Y también saben lo que encontró el director Oi, ¿no es cierto?

—Oi me contó que encontró el vídeo de una persona enseñando el trasero.

—Ajá. Haciendo lo que llamamos un «calvo» —asintió Daquin—. Pues he sido yo, consejera. No me refiero al tipo del calvo, por razones obvias, sino a quien puso el vídeo para que lo encontrara el director Oi. Y lo hice porque no sólo piloto esta nave. Yo soy esta nave. Lo controlo absolutamente todo de esta nave. La *Chandler* tiene una tripulación que ejecuta las operaciones, pregúntele a la capitana Balla, si lo desea, ella se lo confirmará. Pero, en última instancia, la tripulación sólo tiene el control que yo le cedo voluntariamente. Porque esta nave soy yo. Y he tomado la decisión de ayudar. Sin mi colaboración, la única manera que tiene la Unión Colonial de controlar esta nave es destruyéndola. Y yo me destruiría a mí mismo antes de que eso sucediera.

—Pero supongo que aún necesita mantenerse de alguna manera —dijo Tarsem—. Su nave sigue necesitando energía. Todavía depende de la Unión Colonial.

—¿Eso cree? —inquirió Daquin—. General, si le pidiera asilo en este mismo momento, ¿me lo concedería?

—Sí —respondió Tarsem.

—Y supongo que no me dejaría morir de hambre...

—No, claro que no.

—Usted mismo ha invalidado su afirmación.

—Pero necesita a la Unión Colonial para que le dé un cuerpo —apuntó Lowen.

—Para cultivar un cuerpo, querrá decir.

—Sí.

—Señora Lowen, a su izquierda hay una puerta. Cuando se construyó la nave, daba al despacho del capitán. Ábrala, por favor.

Lowen encontró la puerta y la abrió.

—Oh, Dios mío —exclamó, y la abrió completamente para que los demás pudieran ver lo que había al otro lado de ella.

En la habitación había un contenedor con un cuerpo humano.

—Ése soy yo —dijo Daquin—, o mejor dicho, seré yo cuando acabe de crecer y decida meterme en él. Representante Hado, si lo desea, sus científicos pueden cotejar el ADN del cuerpo con el de mi cerebro. Comprobarán que coinciden. Pero lo que quería demostrarles es que mi cuerpo no está retenido por la Unión Colonial. Yo no soy rehén de la Unión Colonial. No estoy siendo coaccionado. Ahora bien, ustedes pueden creernos o no, pero si deciden no hacerlo, no será porque no nos hemos esforzado para facilitarles que lo hagan.

—Señor Daquin —dije.

—¿Sí, consejera Sorvalh?

—¿Usted pilotó la nave durante el rescate de los diplomáticos?

—Sí, señora —respondió Daquin—. Tenemos otros dos pilotos, pero yo estuve a los mandos en la misión.

—Conozco a un piloto que alucinó con su pilotaje y quiere invitarlo a unas cuantas copas para celebrarlo.

—Dígale a su piloto que acepto, en teoría —repuso Daquin—. La parte en la que bebo tendrá que esperar.

—¿Estás feliz? —le pregunté a Tarsem cuando volvimos solos a su despacho.

—¿Feliz? ¡Vaya pregunta!

—Me refiero a si todo lo que tenías planeado para hoy se ha cumplido.

—Lo único que tenía planeado era que Abumwe pronunciara

su discurso —dijo Tarsem—, y ni siquiera fue idea mía, sino tuya. Así que debería ser yo quien te preguntara si estás feliz.

—Todavía no —respondí.

—¿Por qué no? El discurso de Abumwe ha sido un jarro de agua fría para Unli Hado y sus partidarios de proponer un voto de confianza. Sólo porque les haya asegurado a Hado y a Sca que no los considero unos traidores no significa que su reputación no esté irremediablemente por los suelos. Aunque sigan ocupando sus puestos de representantes.

—No voy a fingir que no haya disfrutado al ver cómo han machacado a Hado —confesé—. Ese arrogante rigorista merecía el rapapolvo que se ha llevado. Pero ahora que los elpri y los eyr han sido acusados de traición tenemos un problema en cierto modo mayor. Y sabes tan bien como yo que no serán las únicas naciones con miembros en ese grupo, el Equilibrio. Vnac está examinando minuciosamente todos los datos ahora mismo.

—¿Te preocupa lo que pueda descubrir?

—No —respondí—. Me preocupa que lo utilicen para acusarte de liquidar a tus rivales políticos, incluidas naciones enteras. Pese a lo mucho que me gustó ver a Hado recibiendo una cura de humildad, no ayuda nada que los elpri, de entre todos los pueblos, sean uno de los dos que se mencionan en el informe de Abumwe. Da igual que Vnac examine de arriba abajo el informe, da igual que todo lo que dice sea impecablemente cierto, siempre habrá quien sólo lo vea como una oportunidad para que saldaras cuentas pendientes con tus oponentes justo en el momento en el que eras más vulnerable.

—¿Ordenaste a Oi que difundiera el informe para evitar esa situación?

—Le ordené que lo difundiera para que no pareciera que estabas actuando en connivencia con la Unión Colonial. Ese problema ya está resuelto. El otro sigue pendiente.

—¿Qué sugieres?

—Pienso que deberías ocuparte de él directa y personalmente, y hacerlo desde la cámara de la Gran Asamblea.

—¿Y qué quieres que diga?

—Lo mismo que les dijiste a Hado y a Sca —respondí—. Sólo

tienes que ampliarlo para incluir a las naciones, no sólo a los diplomáticos.

—Sabes que encontraremos traidores.

—Sí, pero sólo son individuos.

—Individuos capaces de convencer a sus gobiernos para que abandonen el Cónclave.

—Razón de más para dejar claro que las acciones de unos pocos insensatos no reflejan el sentir de un pueblo entero.

—¿Piensas que servirá de algo? —inquirió Tarsem.

—Pienso que es mejor que animar a los representantes a acusarse unos a otros de menoscabar el Cónclave. Ese camino no conduce a ningún lugar deseable.

—¿Estás convencida de esa idea? —preguntó Tarsem—. Suponiendo que la Unión Colonial no esté tratando de engatusarnos, una posibilidad que me has suplicado que tenga en cuenta y que yo obedientemente he considerado, es posible que haya gobiernos enteros intrigando para destruir el Cónclave. Hemos sufrido intentos parecidos otras veces y siempre hemos permitido que sus autores salgan impunes.

—No. Les hemos ofrecido la posibilidad de alejarse del borde del abismo antes de que nos empujaran a todos a él.

—Ésa es una manera optimista de verlo.

—No es optimista en absoluto. Es una manera de ganar tiempo para resolver el problema.

—¿Y si se nos ha agotado el tiempo?

—Pues toca resolver el problema —respondí—. Pero tengo la impresión de que todo el mundo ha comenzado a darse cuenta de lo cerca que estamos ahora mismo del abismo y muy pocos quieren arrojarse a él.

—Dices eso porque eres optimista —repuso Tarsem—. Porque ahora mismo creo que hay unos cuantos que opinan que el abismo es una idea genial.

—Por eso mismo quiero que los convenzas de lo contrario.

—Agradezco tu fe en mi capacidad de persuasión.

—No es fe —repuse—, sino confianza.

—¿Qué noticias quiere primero? —me preguntó Vnac Oi.

Había vuelto a su despacho para mi primera reunión del sur.

—¿Tiene buenas noticias?

—No —respondió Oi—, pero unas son objetivamente menos malas que otras.

—Entonces, comencemos por ésas.

—Hemos concluido la primera fase del análisis semántico y de datos del informe de Abumwe —dijo Oi—. Hemos cruzado los resultados con la información que almacenamos en nuestras propias bases de datos. Abreviando, sus datos son menos dudosos que los del informe de Ocampo.

—¿Menos dudosos?

—Significa que, cotejados ambos informes con nuestros datos, contiene menos mentiras obvias y contradicciones.

—Por lo tanto, está diciendo que, por una santa vez, la Unión Colonial dice la verdad.

—En ningún momento he pronunciado la palabra *verdad*—puntualizó Oi—. He dicho que se han encontrado menos mentiras reconocibles a primera vista. Y aun en el caso de que estén diciendo la verdad, que es algo que todavía está por confirmar, ésta en sí no tiene por qué ser buena. Tan relevante como el hecho de que estén diciendo la verdad es sobre qué asuntos lo hacen, es decir, la calidad de la información que están compartiendo con nosotros. Cuando Abumwe nos entregó este informe, lo que de verdad me interesaba era aquello que no estaba compartiendo con nosotros.

—Necesito saber si piensa que este grupo del Equilibrio existe y si representa una amenaza, tal como sostiene Abumwe.

—A lo primero le respondo que sí, y a lo segundo, todavía no tengo datos concluyentes. Debemos llevar a cabo un par de análisis más sobre los datos para estar seguros, pero le diré una cosa, consejera...

—Imagino que ahora es cuando las noticias menos malas dan paso a las malas —lo interrumpí.

—Correcto, porque en este preciso momento da igual que la información de Abumwe sea verdadera o falsa —continuó Oi—.

El general lo definió perfectamente cuando dijo que Abumwe y la Unión Colonial han soltado una bomba en el seno del Cónclave, una bomba que, le recuerdo, usted sugiere que les permitamos detonar, y ahora nuestros miembros sólo hablan de si hay que ir hacia ella o alejarse. Hemos añadido el caos en la habitual mezcla de ambición y venalidad que cariñosamente llamamos la Gran Asamblea. Antes había dos bandos principales, los que generalmente abogaban por la descomposición del Cónclave y los que generalmente lo apoyaban. Mis analistas han identificado ahora seis grupos diferenciados. Unos creen en la veracidad del informe de Ocampo y otros en la del informe de Abumwe, y luego están los que les trae sin cuidado la veracidad de uno y otro y sólo quieren utilizarlos para conseguir réditos políticos. El grupo que me preocupa especialmente es el que mis analistas llaman los «purgadores». Supongo que se hace una idea de cuál es su objetivo.

—El general va a dirigirse a la Gran Asamblea para hablar sobre este problema.

—Porque usted se lo ha aconsejado, naturalmente.

—Noto un tono acusador más marcado de lo que es habitual en usted, director.

—Mis disculpas —dijo Oi—. No quería dar a entender que me pareciera un mal consejo. Es sólo que últimamente parece tener más influencia de la habitual en el general.

—No lo creo.

—Si usted lo dice... Pero bueno, todo el mundo está demasiado ocupado para darse cuenta de ello.

—¿Cree que el general ha perdido facultades como político? —pregunté, cambiando de tema.

—No —respondió Oi—. Antes de que Abumwe hablara en la Gran Asamblea, una amplia facción de representantes había puesto el punto de mira en el general para deponerlo y sustituirlo por uno de los suyos. Ahora esa facción se ha fragmentado y los grupúsculos resultantes están enfrentados entre sí. De modo que, si su plan era desviar la atención del general, ha sido todo un éxito. Por supuesto, han surgido nuevas complicaciones. Lo que a corto plazo era lo mejor para el general, no lo es, en mi opinión, a largo plazo para el Cónclave. ¿Opina como yo?

—Sí —asentí—. Intentamos ganar tiempo donde podemos.

—Tiempo ha ganado —repuso Oi—, pero no creo que sea de buena calidad.

De vuelta en mi despacho, justo antes del discurso del general en la Gran Asamblea, Ode Abumwe y yo nos miramos.

—Creo que usted y yo nos parecemos mucho —dije al fin—. Ambas creemos en la utilidad de la verdad a pesar de los entornos en los que trabajamos.

—Me alegra que piense eso, consejera —repuso Abumwe, y esperó a que continuara.

—Fue franca en nuestra reunión de ayer tras su presentación en la Gran Asamblea —dije—. Esperaba que lo fuera hoy también.

—Como desee —dijo Abumwe.

—¿Qué espera ganar la Unión Colonial compartiendo la información que nos ha entregado?

—Esperamos evitar una guerra con el Cónclave.

—Ya, pero ¿qué más?

—No me lo han dicho, ni públicamente ni en privado —respondió Abumwe—. Descubrimos que Ocampo y el Equilibrio pretendían enfrentarnos para sacar provecho del conflicto. Sabemos que ese enfrentamiento acabaría mal para nosotros y que nos veríamos obligados a poner todo nuestro empeño en que también acabara de la peor manera posible para ustedes.

—La entrega de esta información no descarta definitivamente el conflicto potencial entre nuestras organizaciones.

—No, claro que no. Pero si finalmente estalla el conflicto, será por culpa de nuestra maldita estupidez, no de la de otro cualquiera.

Esbocé una amplia sonrisa. Abumwe, diplomática profesional, ni se inmutó.

—Pero usted no cree que ésa sea la única razón por la que han decidido compartir la información con nosotros, ¿verdad?

—¿Está pidiéndome mi opinión? —preguntó Abumwe.

—Sí.

—No, no lo creo.

—¿Quiere compartir conmigo las otras razones que se le pasan por la cabeza?

—Eso sería irresponsable por mi parte —respondió la embajadora.

—Por favor.

—Imagino que deseábamos que ocurriera lo que finalmente ha sucedido —dijo Abumwe—. Es decir, emplear la información para destruir la armonía del Cónclave y ampliar las grietas que ya han surgido. Ustedes pueden destruirnos, y no sería consuelo suficiente que cayeran con nosotros. Es mejor que se destruyan ustedes mismos sin llevarnos por delante.

—¿Y piensa que sucederá eso? —pregunté—. ¿Cree que los antiguos miembros de un hipotético Cónclave destruido olvidarán oportunamente que su informe puso la primera piedra para nuestra desaparición? ¿Olvidarán Roanoke? ¿Olvidarán todos los otros motivos que tenemos para odiarlos?

—Lo que yo crea o deje de creer es independiente de mis responsabilidades con la Unión Colonial.

—Lo entiendo —repuse—, pero no es eso lo que le he preguntado.

—Creo que en este momento nuestros gobiernos se encuentran entre la espada y la pared —dijo Abumwe—. Es cierto que el Equilibrio nos ha empujado hacia la situación en la que nos hallamos, pero por sí solo no podría habernos metido en este callejón sin salida. Estamos donde estamos porque nosotros nos hemos puesto ahí, y no sé si existe una manera de evitar lo que se avecina. Lo mejor que podemos hacer es aplazar el fatal desenlace y esperar que ocurra algo que nos salve de nosotros mismos.

—Otra cosa que tenemos en común, embajadora.

—No lo dudo, consejera —convino Abumwe—. Circula el rumor de que el general va a dirigirse hoy a la Gran Asamblea.

—Así es.

—¿Alberga la esperanza de reparar el daño causado por mi informe?

—En parte, sí.

—Si yo hubiera sido él, o usted, no me habría permitido dirigirme a la asamblea.

—En ese caso, ahora tendríamos unos problemas muy diferentes.

—Tal vez menos graves —dijo Abumwe.

—Eso es discutible.

—¿Cree que servirá de algo el discurso del general en la asamblea?

—Esperemos que sí —respondí—. Por el bien de todos.

—Vivimos un momento crítico en la historia del Cónclave —declaró Tarsem desde el atril situado en la tribuna de oradores de la Gran Asamblea, y continuó hablando.

Yo no prestaba atención a lo que decía. Desde mi privilegiado lugar ligeramente escorado detrás de él, me dedicaba a lo que mejor se me daba: contar cabezas. Observaba a los que escuchaban atentamente sus palabras y asentían, a los que manifestaban escepticismo, ira o miedo.

Si pensáis que es una tarea sencilla escudriñar los rostros de cuatrocientas especies, algunas de las cuales no tienen una cabeza que exprese una emoción apreciable o, directamente, lo que se define vulgarmente como cabeza, os invito a que probéis a hacerlo.

—Presta especial atención a Prulin Horteen —le dije a Tarsem antes del discurso—. Oi la señala como la cabecilla de esa nueva facción de purgadores. Tenemos que eliminarla antes de que adquiera más fuerza.

—Sé lo que trama —respondió Tarsem—. He hablado con Vnac.

—¿Cuándo?

—Justo antes de venir. Mientras tú hablabas con la embajadora Abumwe. Mantengo reuniones en las que tú no estás presente, ¿sabes?

—Pues te lo desaconsejo.

—No esperaba menos. —Tarsem sonrió—. No te preocupes, Hafte. Con este discurso resolveré unos cuantos problemas. Confío en ello.

—Sería un buen comienzo.

—Hemos hecho un buen trabajo —dijo Tarsem—. Me refiero al Cónclave. Tú, yo y todos los miembros de la asamblea. Es el trabajo de toda una vida.

—Sin duda es algo maravilloso —repuse—. Si somos capaces de mantenerlo.

—Creo que podremos hacerlo.

—Empieza atacando a Prulin Horteen. Y de paso, a Unli Hado.

Ahora eché un vistazo hacia donde sabía que estaría Hado. A su alrededor había un montón de asientos vacíos; al parecer, desde que los elpri habían sido acusados por Abumwe de participar en el Equilibrio se había convertido en un apestado. No obstante, relativamente cerca de él estaba Prulin Horteen, que sin lugar a dudas se creía que colocando especies enteras en el patíbulo del Cónclave estaba ayudando a Tarsem. Devolví la atención al general, que casualmente estaba hablando sobre eso.

—... el director Oi y sus analistas están analizando en este momento los datos contradictorios de ambos informes para confirmarnos qué es veraz, qué no y, lo más importante de todo, qué es lo que no nos han contado. Hasta que dicho análisis haya concluido y recibamos las conclusiones del departamento de Oi, no debo especular, ni lo haré, sobre la lealtad de las naciones miembros. ¿Es posible que en nuestras naciones haya individuos que desean el mal del Cónclave? Sí, por supuesto. Los encontraremos y nos encargaremos de ellos.

»Pero los individuos no son el reflejo exacto de sus naciones, y con independencia del informe en el que prefieran depositar su confianza, ya sea el de Ocampo o el de Abumwe, la intención que se esconde detrás de ambos es la misma: la disolución y la destrucción del Cónclave, el regreso a la violencia y la brutalidad entre nuestras naciones que todavía conservamos frescas en la memoria. No podemos permitir que eso suceda. Nunca lo permitiré. Nuestra unión no es una ficción. Todos hemos escogido libremente formar parte del Cónclave porque consideramos que es la mejor garantía de paz.

»Repito: No debemos volver a caer en la brutalidad. Nuestra unión no es un paripé...

El atril de Tarsem explotó.

No me di cuenta de lo que había sucedido de inmediato, pues la explosión me tiró de espaldas al suelo. No es fácil derribar mi cuerpo, ni el de cualquier lalan, y sin embargo caí, aturdida y con los oídos taponados, sorprendida por verme en el suelo.

Y entonces me recobré del aturdimiento, grité, y me arrastré hacia Tarsem.

El general estaba herido, pero seguía vivo. Lo cogí y lo sostuve mientras sus ojos saltaban de un lado a otro, buscando un lugar donde posarse, hasta que finalmente se toparon con los míos.

No dijo nada. De todas maneras, no creo que hubiera podido decir nada en ese momento, mientras él me miraba y yo lo sostenía durante esos últimos instantes de su vida.

Hasta que dejó de mirarme y se marchó.

En ese momento me di cuenta del alboroto y la locura que me rodeaba. Los representantes y los miembros de sus equipos trataban de abrirse paso entre la multitud histérica para huir de la cámara de la Gran Asamblea. El equipo de seguridad de Tarsem se arremolinó en torno al general y a mí, nos separó y nos llevó a rastras a ambos; a mí, probablemente a un lugar seguro, y a Tarsem, al olvido.

—Tendría que examinarla un médico —me dijo Oi.

—Estoy bien.

—No, no está bien. Está en estado de *shock* y habla a gritos porque no oye nada. Además, está cubierta de sangre, que quizá en parte sea suya.

Nos encontrábamos en una cámara de seguridad cercana a la sala de la asamblea. Me rodeaban los agentes de la escolta de Tarsem, que ya no lo eran fundamentalmente porque habían hecho mal su trabajo. Sentí cómo crecía la ira en mi interior; hice un esfuerzo para aplacarla y miré al agente que estaba más cerca de mí.

—Vaya a buscar un médico —le grité—. Preferiblemente uno familiarizado con los lalan.

El agente de seguridad se me quedó mirando.

—Consejera, tal vez sería mejor que fuera personalmente al hospital cuando hayamos inspeccionado la zona.

—No recuerdo haberle pedido su opinión —repuse—. Haga lo que le he dicho. Ahora mismo.

El agente se marchó como un rayo y me volví de nuevo a Oi.

—¿Cómo es posible que no lo detectara? —le pregunté.

—En este momento no puedo darle una respuesta satisfactoria, consejera —dijo Oi.

—No, ya imagino que no puede. No tiene una respuesta satisfactoria para la pregunta de cómo es posible que no detectara un plan para asesinar al general. —Sacudí una mano en dirección a los agentes de seguridad que había en la cámara—. Y estoy segura de que ellos tampoco tienen una respuesta satisfactoria para la pregunta de cómo es posible que alguien burlara su vigilancia para colocar una bomba en el atril. Nadie tiene una respuesta satisfactoria para la pregunta de quién lidera ahora el Cónclave. En este preciso momento, nadie tiene una respuesta satisfactoria para nada realmente importante.

—¿Qué quiere que haga, consejera? —preguntó Oi.

—¡Quiero que viaje al pasado y haga su maldito trabajo, Oi! —respondí, y esta vez no grité porque no oyera nada.

—Cuando esto acabe, si así lo desea, tendrá mi dimisión encima de la mesa —dijo él.

Me eché a reír amargamente.

—¿En mi mesa?

—Sí, en su mesa —repitió enérgicamente Oi—. Y se equivoca. No tengo una respuesta satisfactoria para la pregunta de quién ha asesinado al general Gau, pero sí la tengo para la pregunta de quién lidera ahora el Cónclave: usted.

—Tarsem era el que estaba cualificado para ese trabajo, no yo.

—Con el debido respeto al momento y a su dolor, consejera, el general está muerto. El puesto está vacante. Y hay que cubrirlo inmediatamente.

—¿Y cree que no hay varias docenas de representantes que están pensando lo mismo en este momento?

—Ya lo sé —respondió Oi—, y ni siquiera he tenido que cotejarlo con mis analistas. Pero también sé el coste que nos supondría un largo periodo de tiempo de disputas entre los aspirantes a sustituir al general Gau.

—Pues quédese usted con el trabajo —dije—. Está más cualificado que yo.

—No soy la persona idónea para el puesto —repuso Oi—. Nadie me apoyaría.

—Tiene una agenda llena de gente que lo apoyaría.

—De gente que ansía el puesto, consejera. No me permito engañarme con la idea de que me serían leales.

—¿Y qué le hace pensar que a mí sí? —pregunté, y volví a señalar al equipo de seguridad—. ¿O que lo serían ellos? ¿O cualquiera?

—Consejera, ¿por qué cree que este equipo de seguridad está aquí? —inquirió Oi—. Era la escolta del general Gau y ahora es la suya.

—No quiero el puesto.

—Piense en la gente que sí lo quiere. Piense en quiénes aspirarán a ocuparlo cuando se sepa que está vacante.

—¿Está sugiriendo que lo acepte sólo para evitar un mal mayor?

—Sí —respondió Oi—. Aunque no es ése el principal motivo.

—¿Y cuál es el principal motivo?

—La supervivencia del Cónclave —contestó Oi. Tendió un filamento en dirección a la cámara de la Gran Asamblea—. Unli Hado quiere el puesto por una cuestión de ambición personal, como es el caso de otra docena de representantes. Prulin Horteen lo utilizaría para saldar cuentas pendientes. Ristin Lause, si se le ofreciera el cargo, cosa que no va a ocurrir, se dejaría llevar por su instinto burócrata para que todo siguiera igual. Ninguno de ellos entiende realmente por qué el Cónclave es más importante que ellos y sus objetivos personales. En los tres casos, en todos los casos, el resultado final sería el desastre.

—Quizá ganaríamos tiempo —sugerí.

—Hemos estado aplazando tomar una decisión todo lo que hemos podido, consejera —dijo Oi—. Y el general acaba de pagarlo con su vida. Se nos ha agotado el tiempo. Tenemos que escoger entre las opciones que tenemos delante. Si no toma el control del Cónclave, permitirá que lo haga otro. Sólo una decisión preservará la unión. Las demás, no.

—Tiene mucha fe en mí, Oi.

—No es fe en usted —replicó Oi—, son los análisis. No pensará que no he elaborado un modelo de lo que ocurriría cuando el general dejara el poder, ¿verdad?, teniendo en cuenta quién aspiraría a sustituirlo y lo que sucedería en cada caso.

—Bueno, supongo que ése es su trabajo —repuse—. Aunque no esperaba formar parte de la ecuación.

—Viniendo de cualquiera, habría tachado de falsa modestia ese comentario —dijo Oi—. Pero sé que en su caso no es eso. Siempre ha sido de las que prefieren mantenerse en un segundo plano. Sin embargo, ya no hay nadie en el primer plano, consejera. El Cónclave necesita que dé un paso adelante.

Paseé la mirada por la habitación, por los agentes de seguridad, todos ellos preparados para recibir órdenes.

—No quiero el puesto —le repetí a Oi.

—Lo sé —repuso él—, pero, con todo el respeto, consejera, en este momento me importa muy poco lo que usted quiera. Lo único que me importa es lo que vaya a hacer.

El agente que había enviado a buscar un médico regresó acompañado de un lalan.

—¿Es usted médico? —pregunté.

—Sí —respondió el lalan—. Soy el doctor Omed Moor, señora.

—Bueno, doctor, dígame, ¿estoy muerta?

—No, señora.

Dejé caer los brazos.

—De acuerdo —dije—. Me temo que ahora mismo no tengo tiempo para un examen más exhaustivo. Gracias, doctor. —Desvié los ojos del perplejo médico para mirar a Oi—. ¿En su análisis tuvo en cuenta el factor de que trabajaría para mí?

—Estoy encantado de servir a la líder del Cónclave —respondió el director del servicio de inteligencia.

—Y ésa soy yo.

—Desde el mismo momento que el general murió. Sólo resta hacerlo público.

—Debería reunirme con ciertos individuos —repuse—. Y usted debería hacer una visita a otras criaturas.

—Me hago una idea de con quién quiere reunirse.

—Estoy segura.

—¿Aún quiere mi dimisión?

—Si al final del sur todavía estoy en disposición de aceptarla, no —respondí—. En caso contrario, supongo que ambos estaremos en la misma cámara estanca, esperando a que quienquiera que haya tomado el poder nos arroje al espacio.

—Cuestiono su autoridad para convocarnos aquí —protestó Unli Hado—. No es el general Gau, y éste no dejó instrucciones para que el liderazgo del Cónclave pasara directamente a usted. Si hay alguien aquí con algún derecho para sustituirlo es la canciller Lause.

Hado estaba sentado en la sala de reuniones contigua al despacho oficial de Tarsem. Junto a él, Lause, Prulin Horteen, Ohn Sca y Oi.

—Es cierto —dije, y me volví hacia Lause—. ¿Canciller?

—Yo presido la Gran Asamblea, no soy la líder del Cónclave —dijo Lause—. No deseo ese puesto ni pienso aceptarlo.

—Es usted una cobarde —le espetó Hado.

—No —replicó Lause—. Pero tampoco soy tonta. El Cónclave acaba de perder a su líder, y lo ha hecho porque ha sido asesinado. ¿Tan cegado está por su ambición que no es capaz de ver que cualquiera que se postule para sustituirlo será sospechoso de haberlo matado?

Hado levantó el brazo para señalarme.

—¿Y ella no?

—No, yo no —respondí—. Siempre y cuando lleguemos a un acuerdo aquí y ahora.

—Repito: cuestiono su autoridad para convocarnos aquí —insistió Hado.

—¿Oi? —dije.

—Representante Hado, estoy en posesión de una información fidedigna que lo señala como la persona que autorizó el asesinato del general Gau —declaró Oi—. La combinación de las pruebas extraídas del informe de la embajadora Abumwe y de las recabadas por mis agentes apunta directamente a usted. Espero que antes de que acabe el sur sea arrestado acusado de traición y se publique un minucioso informe que demostrará que el gobierno elpri ha estado suministrando ayuda logística y material no sólo para el asesinato del general Gau, sino también para el Equilibrio en general.

Hado le clavó una mirada feroz y llena de incredulidad.

—¡Eso es mentira!

—No protestes demasiado —dijo Horteen.

Oi se volvió hacia ella.

—Prulin Horteen, tengo pruebas de que proporcionó ayuda

material al representante Hado para el asesinato del general Gau y de que su reciente defensa de la purga de naciones que considera traidoras al Cónclave sólo es una maniobra para desviar la atención de su participación en el atentado.

—¿Cómo? —exclamó Horteen.

—Representante Sca, la complicidad de su gobierno en el asesinato del general y con el Equilibrio también está profusamente documentada —dijo Oi.

—No tengo ni idea de lo que habla —protestó Sca.

—Yo sí —afirmó Hado, volviéndose hacia mí—. Están eliminando a todos los que estamos en posición de oponernos a usted, consejera.

—No —respondí—. Se trata de una medida de prevención contra un trío de representantes que suponen una amenaza material para la unidad del Cónclave en su momento de mayor inestabilidad. Cualquiera de ustedes tres podría hacer saltar en pedazos el Cónclave con su ambición, su codicia o su estupidez. No hace aún ni cuatro sertis del asesinato de nuestro líder y el caos ya se ha apoderado de la Gran Asamblea. Los representantes están aterrorizados. Y si Vnac Oi los arresta a los tres con cargos por asesinato y traición, podría hacer que los metieran en una cámara estanca antes de que acabe el sur y no recibiría más que elogios por mi capacidad de decisión. Es posible que incluso recibiera una distinción de la canciller.

—Muy posible —afirmó Lause. Fue interesante ver las caras de Hado, Sca y Horteen al oírlo.

—¿Y qué sucederá cuando se descubra que las acusaciones se sustentaban en unas pruebas falsas? —inquirió Hado—. Porque acabará descubriéndose. Los informes de Ocampo y Abumwe son públicos y cualquiera puede consultarlos.

—Representante Hado, no sabe lo insultado que me siento —dijo Oi—. Qué poca fe demuestra en mi capacidad para manipular los datos para digan lo que yo quiera.

—¿Por qué nos cuentan su plan si ya habían decidido llevarlo a cabo? —preguntó Sca—. ¿Por qué no nos han arrestado sin más?

—Yo no he dicho que fuera un plan —repuse—. Sólo he querido refutar el cuestionamiento que ha manifestado el representante

Hado a mi autoridad para convocarlos aquí. Confío en haber dejado claro que «autoridad» no es el marco de referencia correcto en este momento. Tengo el poder para obligarlos a estar aquí. Como tengo el poder para condenarlos a muerte. Espero que seamos capaces de entendernos.

—Quiere utilizarnos para dar ejemplo —dijo Hado.

—Lo que yo quiero, representante Hado, es salvar el Cónclave —repuse—, y estoy ofreciéndole la oportunidad de incrementar su poder y su influencia si me ayuda.

—¿Cómo? ¿Arrojándonos al espacio desde una cámara estanca? —espetó Horteen.

—Tengo una idea mejor —respondí—. Y es realmente sencilla. Representante Horteen, usted y el representante Hado cuentan con un amplio apoyo entre los miembros de la asamblea. Ambos, junto con la canciller Lause, declararán que, por el bien del Cónclave, solicitan que yo asuma el mando del Cónclave. Representante Sca, usted secundará la propuesta. Horteen y Hado garantizarán los votos de sus bloques de seguidores, Lause se encargará del resto y Oi se ocupará de los posibles indecisos. Todo esto ocurrirá mañana al mediosur.

—¿Y si no sale como espera? —preguntó Hado.

—Entonces, ustedes tres tendrán una cita con la cámara estanca —dijo Oi.

Hado miró de reojo a Oi y se volvió de nuevo hacia mí.

—No tenía por qué amenazarnos. Podría habérnoslo pedido.

—Representante Hado, nos ha ido muy bien siendo sinceros los unos con los otros —dije—. No lo estropeemos ahora.

—El general Gau jamás habría negociado con nosotros de esta manera —protestó Horteen.

Lancé una mirada a Hado.

—Se equivoca. Sí que lo habría hecho —le dijo a Horteen—. La única diferencia habría sido que habría pedido que Sorvalh estuviera presente para cubrirle las espaldas.

—El general ya no está —dije.

—Es una pena —se lamentó Hado.

—En efecto —repuse—. ¿No le parece irónico, representante Hado, que hayamos tenido que llegar hasta aquí para que reconozca su valor?

—¿Tenemos un acuerdo? —preguntó Oi.

—¿Tenemos alternativa? —inquirió Hado.

—Ha dicho que, si la ayudamos, incrementaríamos nuestro poder —dijo Horteen—. Todavía no he oído la parte en la que se aclara ese punto.

—Permítanme que se lo explique —dije—. Cuando superemos este momento de crisis y aseguremos la estabilidad del Cónclave, anunciaré la formación de una comisión para elaborar y redactar un plan de sucesión del líder del Cónclave, con el fin de evitar que se repita una crisis como la que estamos intentando superar hoy mediante esta pequeña conspiración. Los designaré a ustedes tres, y a la canciller, para formar esa comisión y les daré libertad absoluta para elaborar el plan, con la sola condición de que el próximo líder del Cónclave deberá salir de entre los miembros de la Gran Asamblea.

—Interesante —dijo Horteen.

—Esperaba que lo vieran así —repuse. Me di cuenta de que Horteen y Hado habían comenzado a elucubrar la manera de manipular la futura comisión para su provecho—. Por favor, tengan en cuenta que el proceso se llevará a cabo cuando yo me retire.

—Pero usted tiene pensado retirarse —se apresuró a decir Hado.

—Naturalmente, pero no contemplo retirarme en un futuro cercano. Aunque no creo que tarde en hacerlo.

—Y mientras tanto, su amenaza seguirá cerniéndose sobre nosotros —dijo Sca.

—No —repliqué—. La amenaza quedará cancelada en cuanto la Gran Asamblea me elija mañana para liderar el Cónclave.

—Pero sólo entonces —puntualizó Oi.

—¿Y a quién traspasará la culpa del asesinato del general? —preguntó Hado.

Sentí un remordimiento atroz por haber utilizado la muerte de un amigo de una forma tan oportunista.

—Déjeme que de eso me ocupe yo por el momento, representante Hado.

—Como desee, consejera —dijo Hado, y se puso en pie. Los demás lo imitaron—. Pero ya no es... «consejera», ¿verdad? ¿Cómo debemos dirigirnos a usted ahora?

—Decídanlo ustedes —respondí—. Mañana.

Se marcharon todos salvo Oi. Me dejé caer en un asiento, exhausta.

—Bien hecho —me felicitó él.

—Sólo ha sido una amenaza común —dije en un susurro—. Nada que no haya hecho antes.

—Tal vez en esta ocasión lo que había en juego era mucho más importante.

—Tal vez, sí. Gracias por preparar a la canciller Lause.

—Quizá le interese saber que lo cierto es que no tuve que hacer nada —dijo Oi—. Cuando me reuní con ella simplemente le pedí que le siguiera el juego. ¿Y sabe qué me respondió?

—No.

—Me respondió que lo haría por el Cónclave. Y ya lo ha visto.

—¿Confía en ella?

—Creo que sabe que la estabilidad es la clave para conservar su puesto.

—¿Y qué piensa de los otros tres? ¿Cree que respetarán el acuerdo?

—No me cabe duda de que lo harán —respondió Oi—. Una de las cosas que me gustan de mi trabajo es que la gente que no sabe muy bien en qué consiste tiene una capacidad ilimitada para creer que puedo hacer cualquier cosa, incluso fabricar de la nada pruebas incriminatorias.

—¿Y no es cierto?

—No es ilimitada —dijo Oi, y sonrió—. En todo caso, no hay ninguna necesidad de que se enteren de que estábamos lanzándoles un farol. Y si alguna vez lo descubrieran, será demasiado tarde. Se lo garantizo, consejera.

—Gracias, Vnac. Ahora, ¿puede hacer pasar a la siguiente visita?

Oi asintió y salió a la antecámara, donde aguardaban los participantes de la siguiente reunión.

—Embajadora Abumwe, embajadora Lowen —las saludé cuando las dos humanas entraron—. Gracias por reunirse conmigo avisándolas con tan poco tiempo de antelación.

—Consejera Sorvalh, por favor, acepte mis condolencias y las del gobierno al que represento —dijo Lowen—. Es un día nefasto para todos.

—Reciba también las condolencias de la Unión Colonial, consejera Sorvalh —la secundó Abumwe.

—Se lo agradezco —repuse, y señalé hacia la mesa—. Por favor, tomen asiento.

Ambas se sentaron. Oi se situó en un rincón de la sala con la intención de asistir como observador a la reunión. Yo me quedé de pie por consideración hacia mis invitadas.

—¿Va todo bien, consejera? —preguntó Lowen.

—Sí —respondí, y sonreí levemente—. Les ruego que me disculpen, embajadoras, pero estoy buscando las palabras más adecuadas para expresar lo que quiero decirles.

—Me dijo en una ocasión que le gustaba que le hablaran con franqueza —me recordó Abumwe—, a pesar del entorno en el que trabajamos. Tal vez en este momento la franqueza sea aún más útil de lo que ya es habitualmente.

—Está bien. Pues les hablaré con franqueza. Mañana a esta hora seré la líder del Cónclave. Ya se ha cerrado el acuerdo. Jamás habría aspirado a ocupar el cargo, pero tengo que asumirlo por el bien de la estabilidad del Cónclave.

—Lo entiendo —dijo Abumwe. Lowen asintió.

—Una de las consecuencias de los hechos que han ocurrido hoy es que los miembros del Cónclave buscarán un culpable del asesinato del general Gau. El tiempo nos aclarará su muerte, pero eso no evitará que, de buenas a primeras, elijan una víctima sobre quien verter sus acusaciones. Básicamente pueden ocurrir dos cosas: que se busque al culpable de entre las naciones que forman el Cónclave, o que se busque fuera.

—Ya veo adónde quiere ir a parar, consejera —declaró Abumwe.

—No creo que ande desencaminada en sus suposiciones —repuse—, pero, por favor, déjeme acabar. Entiendan que en este momento mi prioridad es una: mantener la integridad del Cónclave. Nada es más importante ahora que conseguir ese objetivo. Esto significa que no puedo permitir que surjan dudas, acusaciones ni enfrentamientos a nivel interno, por mucho que sean legítimos.

—Por lo tanto, nos culpará a nosotros, los humanos —dijo Lowen.

—Sí —respondí—. Oficialmente.

—¿Qué significa eso? —preguntó Abumwe.

—Significa que, por el momento, la respuesta oficial del Cónclave será dar más crédito al informe de Ocampo en detrimento del suyo. Significa que asumimos oficialmente que la Unión Colonial proyecta llevar a cabo una acción malintencionada contra el Cónclave. Significa que la Unión Colonial es sospechosa de participar en el asesinato del general Tarsem Gau. Significa que, a pesar de que no les declararemos la guerra, cualquier futura provocación de la Unión Colonial recibirá la más dura de las respuestas.

—Significa que va a utilizarnos como cabeza de turco —concluyó Abumwe.

—No estoy familiarizada del todo con esa expresión, pero me hago una idea de lo que significa. Y, sí.

—¿Es consciente de que el Equilibrio aprovechará esta situación para perpetrar más ataques que inculpen a la Unión Colonial?

—Sí, por supuesto.

—Entonces ya se imagina cuál será mi siguiente preocupación —apuntó Abumwe.

Señaló con la cabeza a Lowen.

—Tal vez prefiera que sigamos hablando en privado. La embajadora Lowen no tiene por qué oír lo que vamos a decir.

—Ya es un poco tarde para eso, ¿no le parece?

—De acuerdo —asentí—. Ya sabe que tengo abierto un canal de comunicación secreto con la Unión Colonial. El director Oi... —señalé con la cabeza a Vnac—... mantendrá la comunicación con ese canal. Si la Unión Colonial de verdad quiere evitar la guerra, embajadora, deberá continuar compartiendo información con nosotros. A pesar de que nuestra posición oficial respecto a la Unión Colonial no cambiará, extraoficialmente me ayudará a mantener a raya a los miembros más belicosos de la Gran Asamblea. Confío en que nos entendamos.

—¿Y qué pasa con la Tierra? —preguntó Lowen.

—No puedo proporcionar a la Unión Colonial la más leve excusa para un ataque —respondí, volviéndome hacia ella—, ni permitir que otro grupo lo aproveche como pretexto para atacar. Me propongo retirar a nuestros diplomáticos de la Tierra y expulsar a los suyos de la sede del Cónclave. Los contratos comerciales y de alquiler de naves firmados a día de hoy se cumplirán al pie de la letra hasta su conclusión, pero de momento no se estudiarán nuevos acuerdos.

—Eso deja en mal lugar al Cónclave con respecto a la Unión Colonial —señaló Lowen—. Sin su apoyo comercial y material, buena parte de nuestros gobiernos comenzarán a ver de nuevo con buenos ojos a la Unión Colonial.

—No tengo elección —repliqué—. Hasta que las cosas se calmen, no puedo permitir que la humanidad se convierta en una distracción para el Cónclave. —Miré a Abumwe—. Dicho lo cual, me gustaría dejar claro que si la Unión Colonial emprende acciones hostiles contra la Tierra, el Cónclave interpretará que la Unión Colonial pretende engrosar sus filas de soldados y de colonos para atacar al Cónclave y fundar nuevas colonias. No es necesario que le diga cuál sería nuestra respuesta.

—No tenemos ninguna intención de atacar a la Tierra —afirmó Abumwe.

—Querrá decir de volver a atacarla —la corregí—. Ya he dejado clara cuál es nuestra postura por ahora, embajadora.

—Le mentiría si le dijera que me alegra su decisión.

—No necesito que se alegre, embajadora. Me gustaría que entendiera por qué es necesaria.

Abumwe se volvió a mirar a Lowen.

—¿Y usted? ¿Cuál será la postura oficial de la Tierra respecto al Equilibrio?

—Aún no puedo decirle nada —respondió Lowen—. Acabamos de enterarnos de su existencia... o mejor dicho, de las afirmaciones de la Unión Colonial sobre su existencia. Llevaré a la Tierra toda la información que nos ha proporcionado, por supuesto, y la daré a conocer. Pero le adelanto que seguramente será recibida con escepticismo.

—Entiendo, pero, si me permite la pregunta, ¿qué opina usted, embajadora Lowen, personalmente?

Lowen me miró antes de responder.

—Me encantaría creer que la Unión Colonial no ha tenido nada que ver con la destrucción de la Estación Tierra y que no tiene intención alguna de causarnos daño. Pero albergo mis dudas de que podamos confiar en ustedes, embajadora, por mucho que a mí me gustaría hacerlo. Me cuesta pensar que eso vaya a ser posible.

—Tal vez encontremos la manera de hacerlos cambiar de parecer —dijo Abumwe.

—Podría sugerirle por dónde empezar —repuso Lowen.

—Hable.

—Mi nave explotó —dijo Lowen—. Y acaban de anunciarme que no puedo permanecer aquí en espera de que llegue otra. Podría llevarme de vuelta a casa.

—¿Ya se han marchado los humanos? —le pregunté a Oi cuando se detuvo a mi lado. Estábamos en el parque lalan, donde había decidido disfrutar de mis últimos minutos de paz antes de iniciar el que probablemente sería un largo periodo de tiempo.

—Hace un serti. La *Chandler* iba abarrotada, según me han contado. Parará en la Tierra para dejar a Lowen y a su equipo y supongo que luego regresará a la Estación Fénix.

—Entendido.

—No me parece una idea precisamente buena permitir a los dos grupos de humanos pasar tanto tiempo juntos —dijo Oi—. Nuestro pueblo ya tiene bastantes problemas para pensar en cada uno de ellos por separado.

—No sé si teníamos elección —repuse—. Era necesario que se marcharan cuanto antes.

—Por cierto, hemos encontrado el arma con la que se atacó a la *Odhiambo*.

—¿De qué se trata?

—Un juguetito nuevo la mar de interesante. Un cañón de rayos de partículas recubierto con un material que repele la radiación electromagnética. Literalmente nos topamos con él, de lo contrario jamás lo habríamos encontrado. No tenemos evidencias sobre su origen, pero mis analistas apuntan a que podría ser de fabricación humana.

—¿Unión Colonial?

—O esa gente del Equilibrio a partir de los diseños de la UC. Acabaremos averiguándolo, pero de momento su teoría es tan válida como la mía. También tenemos que averiguar si saltó justo antes que la *Odhiambo* o si llevaba tiempo en su ubicación, esperando la aparición de un objetivo.

—¿Están buscando más armas?

—Estamos haciéndolo en este mismo momento —respondió Oi—. Me ha entendido cuando le he dicho que son difíciles de encontrar, ¿verdad? Tras su investidura, quizá quiera destinar más recursos a la tarea.

—Por supuesto. Por cierto, ¿cómo está transcurriendo la votación?

—Sin incidentes de momento —respondió Oi—. Dentro de un par de ditus será elegida líder del Cónclave, espero. La sesión de la asamblea podría haberse agilizado, pero algunos representantes son incapaces de votar sin antes pronunciar un discurso.

—¿Le ha costado mucho trabajo convencer a nuestros opositores?

—No tanto como podría haberme costado en otras circunstancias —respondió Oi—. La gente todavía está aturdida por el asesinato del general. Todo el mundo sabe lo que usted representaba para él, y la mayoría entiende su voto como un último gesto para honrar su memoria.

—Este sentimentalismo haría las delicias de Tarsem.

—Estoy seguro de ello. Aunque, por supuesto, he tenido que amenazar a un puñado de representantes. Pero insisto, a menos de los que habrían sido necesarios en otro contexto.

—Necesitaré sus nombres.

—Los tendrá —dijo Oi—, pero intente no matarlos.

—Suelo ser más sutil en mis actos.

—¿Quiere decir que ordenará que los maten más adelante?

—No voy a ordenar que les quiten la vida ahora ni más adelante —repuse—. Sólo me cargaré sus carreras.

—Cuando concluya la votación tendrá que dirigirse a la Gran Asamblea.

—Naturalmente. Estaré preparada. Gracias, Oi. Esto es todo por el momento.

—Una última cosa —dijo Oi, y me tendió un sobre con los filamentos que eran sus brazos—. Una carta.

—¿De quién? —pregunté.

—Del general. Me la entregó en nuestra última reunión. Me pidió que la guardara y que se la diera a usted después del discurso que iba a pronunciar él en la asamblea. Me dijo que sabría cuándo había llegado el momento de entregársela. Creo que ahora es ese momento.

Cogí la carta.

—Supongo que la ha leído —dije.

—Pues lo cierto es que se trata del único trozo de papel con información en todo este asteroide que no he leído.

—Asombroso —repuse mirando el sobre—. ¿Cómo ha podido suceder una cosa así?

—La explicación es muy sencilla: el general me pidió que no lo hiciera. —Oi hizo una leve reverencia y se marchó.

Abrí el sobre y leí la carta que contenía.

Hola, Hafte:

En primer lugar, me gustaría disculparme. Si estás leyendo esta carta, ahora eres la líder del Cónclave. Sé que nunca deseaste ocupar el cargo y entenderé que estés un poco disgustada conmigo por haberte obligado a hacerlo. Sin embargo, debes comprender que soy incapaz de imaginar a nadie más que a ti liderando a esta organización. Durante demasiado tiempo te has conformado con ser la asesora y la consejera. No quiero que creas que no valoraba tus consejos y tus advertencias, pero siempre he pensado que tanto tú misma como el Cónclave estabais desaprovechando tu talento. Ahora se reparará ese error. Espero que me perdones por haberte dado este empujón final.

Recientemente, sentados en el parque de los lalan, me contaste la historia de Loomt Both y lo cerca que estuvo de condenar a vuestra especie a la extinción. Me dijiste que para vosotros era conveniente experimentar el dolor en la primera fase de la vida para adquirir cuanto antes madurez y sabiduría. He llegado a la conclusión de que ese principio también puede aplicarse al Cónclave. Hemos sufrido dolor, rebeliones y pérdidas, pero nada de ello ha hecho madurar al Cónclave, nada ha conseguido transformar el variopinto conjunto de pueblos en una única nación unida. Se necesita algo que actúe como catalizador.

Si estás leyendo esta carta, sabrás qué ha sido ese catalizador.

Bajé la carta y traté de asimilar lo que acababa de leer. Miré a mi alrededor y lo único que vi fue la vegetación verde del parque y un solitario lalan joven nadando despreocupadamente en el estanque. Seguí leyendo:

Tenías razón. Cuando el Cónclave sólo era un proyecto, y luego, mientras lo construíamos, yo era el líder idóneo para levantarlo. Pero ya no lo soy. Se necesita otro líder, alguien con más astucia y habilidad para la política; alguien como tú. No obstante, yo no puedo dar un paso atrás y desaparecer del primer plano. Ambos sabemos que en la Gran Asamblea hay representantes que jamás me permitirían elegir a mi sucesor. El proceso sería lento y estaría lleno de dificultades, y yo acabaría convirtiéndome en lo que tú más temes que me convierta, en un vulgar político que debería haber renunciado mucho antes.

Por el contrario, elijo convertirme en otra cosa, en un símbolo, en una leyenda, en un mártir del Cónclave. Y, en clave menos pomposa, en una porra para que le arrees a quien se atreva a salirse del camino marcado durante tanto tiempo. Te entrego las herramientas para que construyas el mito fundacional del Cónclave, para que lo conduzcas por la senda de la sabiduría y lo apartes del camino de la disolución. Confío en que sabrás hacerlo mucho mejor de lo que podría hacerlo yo.

Ahora, en cuanto a mi muerte, tengo razones para pensar que seguramente Vnac Oi ya tendrá sospechosos, pues es muy bueno en su trabajo. También tengo razones para pensar que no tiene la intención de indagar demasiado en el misterio, o mejor dicho, que se contentará con echar la culpa a una serie de circunstancias convenientemente imposibles de demostrar. De manera que tú y sólo tú conocerás la verdad, que únicamente está expuesta en esta carta. Lo que hagas con esta información lo dejo a tu elección. Desde mi punto de vista, cualquier cosa que hagas con ella será lo correcto, pero creo que sabes qué te sugeriría. Al menos en un primer momento.

Sólo me resta decirte una cosa: ojalá pudiera estar allí para verte afrontar los nuevos retos. Pero eso es imposible, así que me conformaré con pensar que serás tú quien culmine nuestra obra, quien pondrá los cimientos del futuro del Cónclave.

Espero que disfrutes de la tarea, querida Hafte.

Tarsem

Me quedé mirando la carta durante un buen rato sin volver a leerla.

Luego la rompí lentamente y a conciencia en trozos tan pequeños como fui capaz y los arrojé al estanque. Cada pedazo de papel se empapó de agua y se convirtió en una pasta, y la tinta se corrió hasta que las palabras escritas se volvieron ilegibles. Al cabo de unos minutos no quedaba de la carta más que el recuerdo de su existencia.

—Señora primera ministra —dijo Oi a mi espalda.

Me volví y lo vi acompañado de Umman, mi secretario.

—¿Primera ministra? Así que ese es mi nuevo título... —dije pensativa.

—Así es, primera ministra —respondió Umman.

—Se requiere su presencia en la Gran Asamblea —dijo Oi—. Desean ovacionarla como nueva líder del Cónclave.

—Me muero de ganas por verlo —dije.

—También han solicitado que dirija unas palabras a la asamblea.

—Si así lo desean.

—¿Quiere que les adelante el tema de su disertación?

—Sí —respondí—. Puede decirles que tengo la intención de anunciar lo siguiente: la unión se mantiene.

Puede perdurar en el tiempo

Para todo el equipo de producción de Tor Books
y de todas mis otras editoriales.
Gracias por hacerme parecer bueno.

Primera parte

Era martes y teníamos que aplastar una revolución.

—Es martes, ¿verdad? —preguntó Terrell Lambert. Éramos cuatro en el pelotón asignado a esta misión, y esperábamos en el transbordador mientras sobrevolábamos lentamente y en círculo la superficie del planeta, a unos veinticinco mil metros de altitud.

Por un lado, la pregunta era lógica, ya que cuando formabas parte de las Fuerzas de Defensa Coloniales los días se confundían, sobre todo cuando estabas viajando continuamente de misión en misión. Dentro de una nave espacial, todos los días parecen iguales, y no hay verdaderos «días libres». Llevar la cuenta de los días tendría su razón de ser si en el horizonte se divisara el final del periodo de servicio, pero hacía poco nos habían dejado claro que con toda probabilidad nuestro periodo de servicio se extendería indefinidamente. Es lo que ocurre cuando te han cerrado el grifo de tu única fuente de abastecimiento de soldados y no tienes manera de sacarlos de otro sitio.

Siendo este el caso, era de todo punto absurdo llevar la cuenta de los días. ¿Era martes? Quizá. ¿Importaba que fuera martes? Pues no demasiado.

Por otro lado, era una pregunta ridícula porque todos los soldados de las FDC tenían dentro de la cabeza un ordenador llamado CerebroAmigo. El CerebroAmigo es un elemento maravilloso del equipo de un soldado de las FDC que puede decirte en cualquier momento en qué día estás, la hora que es, la temperatura a tu alrededor y los datos de cada misión, además de... bueno, cualquier información que quieras o necesites saber.

Lambert sabía qué día era, o por lo menos tenía los medios para saberlo. El objetivo de su pregunta no era obtener una información que ignoraba, sino que con ella ponía de relieve el carácter existencialista de la esencia de la vida en las Fuerzas de Defensa Coloniales. Cabe señalar que es bastante improbable que Lambert quisiera llamar la atención de forma consciente sobre la naturaleza existencialista de su pregunta. Sin embargo, eso no quiere decir que no estuviera implícita en ella.

También lo preguntaba porque se moría de aburrimiento mientras esperaba el comienzo de la misión. El aburrimiento también era algo habitual en las Fuerzas de Defensa Coloniales.

—Ajá. Es martes —respondió Sau Salcido—. Ahora pregúntame por qué lo sé.

—¿Por tu CerebroAmigo? —sugirió Ilse Powell.

—No, porque ayer era el día de pizza en el comedor de la *Tubingen*, y siempre es el lunes. Por lo tanto, hoy es martes.

—Eso me descoloca —dijo Lambert.

—¿Que sea martes? —preguntó Salcido.

—No, que el día de pizza sea el lunes. En la Tierra trabajaba de bedel en un colegio y el día de pizza era el viernes. Los maestros lo utilizaban para mantener a los niños a raya. El hecho de que el día de pizza sea el lunes subvierte el orden natural de las cosas.

—¿Sabes qué es lo peor? —dijo Powell—. Que en el comedor de la *Tubingen* sirven tacos los miércoles.

—Cuando deberían hacerlo los martes —dijo Salcido.

—Exacto, *tacos tuesday.* No podría ser otro día.

—Bueno, sólo en inglés —repuso Salcido—. En español, por ejemplo, sería «martes de tacos», que no suena tan aliterado. Ahora no estoy seguro de que fuera «martes de tacos»... Creo que estoy haciéndome un lío con la traducción.

—¿Por qué no lo compruebas con tu CerebroAmigo? —sugirió Lambert.

—Tú podrías haber comprobado con el tuyo si era martes. ¿Por qué lo has preguntado?

—En el colegio siempre servían tacos los jueves —dijo Lambert, cambiando de tema.

—¿Por qué? —preguntó Powell.

—¿Y por qué no? Es un día que en inglés empieza por «t».

—En inglés —señaló Salcido.

—En inglés —asintió Lambert—. Suena aliterado.

—Las dos palabras empiezan con la misma letra —dijo Powell—, pero, pronunciados, los sonidos en inglés de una «th» y de una «t» no son aliterados en absoluto.

—¡Claro que lo son!

—«Thhhhh» —dijo Powell con la lengua entre los dientes— no suena igual que la «t» sola en inglés.

—Estás rizando el rizo —dijo Lambert.

—Échame una mano —le suplicó Powell a Salcido.

—Powell tiene razón —dijo Salcido.

—En inglés, *taco thursday* sigue teniendo más sentido que *pizza monday* —afirmó Lambert.

—Sí, pero sólo en inglés —repuso Salcido—. En español es lunes. Así que se diría «lunes de pizza», lo cual tiene bastante sentido.

—¡Eso no tiene ningún sentido! —exclamó Lambert.

—¡Claro que lo tiene! —replicó Salcido—. Hay una canción muy antigua que dice: «Cuando ves la luna como una gran pizza, eso es amor». *Lunes* viene de *Luna*. Ahí lo tienes.

—Jamás he oído esa canción —dijo Powell—. Acabas de inventártela para ganar la discusión.

—Yo también lo creo —repuso Lambert.

—¡Qué va! —replicó Salcido.

—Te la has inventado.

—¡Que no!

—Bueno, pues sometámoslo a votación —dijo Lambert, y levantó la mano. Powell levantó la suya—. Moción aceptada. Te la has inventado.

—Ya os he dicho que es una canción muy antigua —protestó Salcido.

—Teniente —dijo Lambert—, usted nunca había oído esa canción sobre la luna y la pizza, ¿verdad?

—No voy a dejar que me metáis en vuestra estúpida discusión —dije—. O mejor dicho, en otra de vuestras estúpidas discusiones.

—La teniente tampoco había oído nunca tu canción sobre la luna y la pizza —le dijo Lambert a Salcido—. Y ella era música, así que si existiera la conocería.

—Hay muchas clases de músicos —dijo Salcido, un poco a la defensiva.

Apareció una notificación en mi campo visual.

—Ya han acabado los discursos —anuncié a mi pelotón—. Nos ponemos en marcha. Cuarenta y cinco segundos. Poneos los trajes. —Cogí todo mi equipo, que en esta ocasión estaba compuesto por una mochila nanobótica, un dron y mi fusil MP.

—Cuando regresemos a la *Tubingen* buscaré la canción —dijo Salcido mientras cogía su equipo—. La encontraré y os la pondré. Ya veréis, ya veréis...

—Máscaras —ordené, y envié la señal a mi unicapote de combate para que creara una máscara que me envolviera la cabeza. Durante unos instantes no vi nada, hasta que mi CerebroAmigo comenzó a recibir imágenes del exterior.

—¿Qué hay para comer hoy? —preguntó Lambert a través de su CerebroAmigo, ya que tenía la boca tapada por la máscara, como el resto de nosotros.

—Hamburguesas —respondió Salcido—, porque es martes.

La puerta del transbordador se abrió y quedamos expuestos a las temperaturas gélidas de la atmósfera superior de Franklin.

—¡Fuera! —les ordené a los tres, que saltaron del transbordador sin titubear. Conté hasta treinta y también salté de la nave.

Franklin era un planeta del tamaño y de la masa de la Tierra, esencialmente idóneo para la vida humana, y era uno de los primeros que se habían colonizado en los albores de la Unión Colonial. Su densa población abarcaba desde descendientes de la primera oleada de colonos norteamericanos hasta refugiados que habían huido recientemente de la guerra civil en Indonesia, y casi toda ella se concentraba en Pennsylvania, un continente extenso y estrecho que ocupaba la mayor parte del hemisferio norte. Había muchas provincias y subprovincias, pero la sede del gobierno planetario se hallaba en Nueva Filadelfia, la ciudad que ahora sobrevolaba. Un gobierno planetario que, en cuestión de minutos, se disponía a votar la declaración de independencia de la Unión Colonial.

Mi CerebroAmigo me avisó de la ubicación de los otros tres miembros de mi pelotón, un par de miles de metros por debajo de mí. Ellos tenían otra misión, aunque todos nos dirigíamos al mismo lugar, el parlamento planetario, cariñosamente (o no tan cariñosamente) llamado «La zapatilla de cristal». Le habían puesto ese nombre porque el arquitecto había diseñado el edificio con un súbito abultamiento en un lado que, visto de perfil, recordaba vagamente un zapato (muy vagamente, en mi opinión), además de que estaba construido con un material transparente parecido al vidrio, escogido (o eso afirmaba el arquitecto) como metáfora de la transparencia del gobierno de Franklin.

La entrada principal al edificio del parlamento de Franklin consistía en un enorme arco abierto que daba paso a una rotonda desde donde se podía, si se alzaba la vista, ver los zapatos de los representantes planetarios, pues en la planta más alta de la zapatilla se encontraba la cámara del parlamento, que presumía de un impresionante techo inclinado y de un suelo transparente a través del cual se veía la rotonda. Supongo yo que, hasta que se comenzó a construir, nadie cayó en la cuenta de que el suelo transparente también permitía a los visitantes que levantaran la vista ver la ropa interior (o no) de los legisladores que vistieran falda, momento en el cual se añadieron al suelo unos elementos piezoeléctricos que lo opacaban y que dispararon el coste final del edificio. Alguien también pasó por alto el hecho de que, en los meses más calurosos, una habitación de grandes dimensiones con las paredes completamente transparentes podría convertirse en un invernadero, lo que provocó varios casos de golpes de calor hasta que se introdujeron los ajustes necesarios en el sistema de aire acondicionado de la cámara del parlamento.

Otra cosa que nadie tuvo en cuenta fue que colocar la cámara en la parte más alta de un edificio transparente la hacía extraordinariamente vulnerable a un ataque desde arriba. Si bien, a excepción de una incursión del Cónclave tras el ataque de la Unión Colonial a su flota en Roanoke, Franklin, siendo uno de los más importantes planetas de la Unión Colonial, no había sufrido ataques reseñables por parte de especies alienígenas en décadas. Y ninguno por parte de la propia Unión Colonial. ¿Cómo iba a ser de otra manera si era un miembro constituyente de la UC?

Hasta, posiblemente, hoy.

—Estamos abajo —me informó Powell. Eso significaba que los tres habían aterrizado y se dirigían hacia la rotonda del edificio, armados hasta los dientes y en actitud amenazadora. El plan era que mis hombres atrajeran a las fuerzas de seguridad del parlamento y se cerraran a cal y canto las puertas de la cámara, con sus setecientos cincuenta y un representantes dentro. Hacia allí me dirigía yo.

Envié una señal a la *Tubingen*, la nave de las FDC en la que estaba destinada, para comunicarles que estaba lista. La *Tubingen* estaba justo encima de Nueva Filadelfia. En circunstancias normales, los sensores planetarios de Franklin habrían detectado mi nave nada más aparecer tras el salto peligrosamente cerca de la atmósfera superior del planeta. El problema era que el sistema de sensores del planeta (desde los satélites hasta los instrumentos situados en la superficie) había sido diseñado, instalado y, desde hacía un montón de tiempo operado, por la Unión Colonial. Si la Unión Colonial no quería que se detectara una nave, pues no se detectaba. Alguien tendría que haber estado buscándola expresamente para verla. ¿Y por qué iba a buscarla nadie si los sensores no la habían detectado?

La *Tubingen* me confirmó que había recibido mi señal, me informó de que se iniciaba la cuenta atrás de diez segundos y me advirtió de que me alejara hasta una distancia de seguridad para no ser alcanzada por el rayo. Me pareció buena idea y seguí el consejo. Tenía el edificio del parlamento justo debajo de mí. En el CerebroAmigo apareció una columna de luz que representaba el inminente rayo. Si me interponía en su trayectoria, las molestias que sentiría no permitirían a mi cerebro registrar el dolor antes de que me convirtiera en una nube de ceniza. No era una cosa que tuviera apuntada en la agenda para hoy, así que me mantuve alejada de su trayectoria.

Unos pocos segundos después, mi CerebroAmigo visualizó el potente rayo de energía, que apareció con una velocidad que lo hizo imposible de seguir visualmente y abrió un agujero de tres metros de diámetro en el techo de la cámara del parlamento, micra a micra. El objetivo era desintegrarlo sin que cayeran escombros al interior ni pulverizar a los parlamentarios. No queríamos que muriera nadie a estas alturas de la misión.

«Camino despejado —pensé—. Es la hora de dejarlos con la boca abierta.»

—Allá vamos —dije en voz alta mientras localizaba el agujero y me dirigía hacia él. Esperé hasta el último momento para desplegar los nanobots del paracaídas, que me frenó en el aire con una violencia que habría matado a un cuerpo humano sin modificaciones.

Pasé a través del agujero a una velocidad que habría dejado boquiabierto a cualquiera, y mi unicapote de combate adquirió la dureza suficiente para protegerme del impacto.

Se oyó el estruendo de un golpetazo y un grito general de desconcierto en medio del alboroto que provocó mi inesperada aparición. Me levanté del suelo, me volví hacia el anciano caballero que me miraba perplejo y sonreí. Había aterrizado en la tribuna de oradores, justo detrás del atril, exactamente donde había planeado. Me encanta cuando una escena teatral como la que me disponía a representar comienza de la mejor manera.

—Portavoz Haryanto —dije, dirigiéndome al hombre perplejo—, es un verdadero placer conocerlo. Discúlpeme un momento. —Me llevé las manos atrás, me desenganché de la espalda el dron y lo activé por medio del CerebroAmigo. El aparato se puso en funcionamiento y ascendió por encima de mi cabeza. Entretanto, miré abajo, a través del suelo de cristal; el portavoz vestía pantalones y había optado por mantener el suelo de la tribuna transparente, aunque tintado. Vi a Powell, a Lambert y a Salcido con las armas en alto y sus drones en vuelo, rodeados por los precavidos agentes de seguridad del parlamento. Éstos no representaban un peligro especial, o al menos uno con el que mis hombres no pudieran lidiar.

A continuación, cogí el MP, lo deposité sobre el atril y acerqué la boca al micrófono por el que había estado hablando el portavoz Haryanto sólo unos segundos antes. Abrí en el CerebroAmigo las notas que había preparado con tiempo porque sabía que tendría que pronunciar un discurso.

—Portavoz Haryanto, representantes del gobierno planetario

de Franklin y ciudadanos de Franklin que están viendo esta singular sesión del parlamento, en casa o en cualquier otro lugar. Soy la teniente Heather Lee, de las Fuerzas de Defensa Coloniales. Les ruego que me disculpen por mi abrupta e imprevista intromisión en la sesión, pero el tiempo es primordial. Les traigo un mensaje de la Unión Colonial.

»La Unión Colonial sabe que hoy, de hecho, en este preciso momento, se vota en esta cámara la declaración de su independencia de la Unión Colonial. También sabemos que esta votación está muy reñida y que probablemente se decidirá por un margen de votos muy estrecho. Hay una razón de peso para que sea así, ya que su independencia los convertiría en una presa muy vulnerable para un buen número de especies alienígenas que, como nosotros, están siguiendo con atención esta votación.

»La Unión Colonial ha transmitido al gobierno de Franklin por los canales habituales su oposición a que se produzca esta votación. Consideramos que pondrá en peligro no sólo al pueblo y al gobierno de Franklin, sino también a toda la Unión Colonial. También consideramos que esta votación es ilegal y que Franklin no puede, de acuerdo con la ley, independizarse unilateralmente de la Unión Colonial. Estas consideraciones no han bastado para persuadir a muchos de ustedes, como demuestra el hecho de que el portavoz Haryanto estaba a punto de dar comienzo a la votación.

»Tal vez piensen que estoy aquí para impedir que se lleve a cabo esta votación en nombre de la Unión Colonial. No es así. Los representantes de Franklin, o al menos la minoría necesaria para que así sea, han solicitado que se realice la votación en este pleno. La Unión Colonial permitirá que se vote. Estoy aquí para advertirlos de las consecuencias de sus actos.

Hice una pausa para subrayar el efecto dramático de mis palabras, lo suficientemente larga para que comenzaran a preguntarse por esas consecuencias.

—Durante el transcurso de esta histórica votación, algunas de sus señorías, de una manera que consideraban apropiada, dado que esta colonia fue bautizada con el nombre de la figura revolucionaria de los Estados Unidos de América Benjamin Franklin, han citado la Declaración de Independencia de Estados Unidos y la han utilizado para afirmar que ustedes, como aquellos revolucionarios que firmaron ese documento, están dispuestos a empeñar sus vidas, sus fortunas y sus sagrados honores por la independencia.

»Muy bien.

Señalé el dron que estaba suspendido encima de mi cabeza.

—Mientras les hablaba, este dron ha identificado a todos los diputados que se encuentran presentes en esta cámara y ha enviado la información a una nave de la Unión Colonial, que en estos momentos está apuntando a cada uno de ustedes con un potente cañón de rayos de partículas. Puesto que la Unión Colonial había declarado previamente la ilegalidad de esta votación, en el mismo momento que voten a favor de la independencia estarán cometiendo un acto de traición a la Unión Colonial, así que perderán su sagrado honor.

»Como estarán cometiendo una traición, la Unión Colonial congelará sus cuentas bancarias para evitar que puedan financiar futuras acciones ilegales, de manera que perderán sus fortunas. Y una vez que voten y se confirme su traición, serán inmediatamente sentenciados a muerte por la Unión Colonial, y la pena se aplicará al instante. Como ya les he dicho, están identificados y hay un cañón apuntándolos, así que perderán la vida.

»Así pues —dije, volviéndome al portavoz Haryanto—, puede proceder a la votación.

—¿Después de que nos haya amenazado de muerte? —preguntó con incredulidad Haryanto.

—Sí —respondí—. O, para ser más precisos, después de que la Unión Colonial haya manifestado su acuerdo con los principios que ustedes mismos han establecido, es decir, que están dispuestos a entregar su vida, su fortuna y su honor a cambio de la independencia. Quizá no habían previsto que tendrían que renunciar a todas esas cosas de una manera tan inmediata. Pero no estamos en la época de la revolución norteamericana ni la Unión Colonial es el Imperio británico, con un océano y un viaje de varios meses de por medio. Estamos aquí y ahora, y ha llegado el momento de averiguar quién de sus señorías está dispuesto a sacrificarse por la independencia que desean declarar. Ha llegado el momento de averiguar quién hablaba en serio y quién lo hacía simplemente porque creía que sus actos no tendrían consecuencias..., al menos consecuencias personales.

—¡Pero aunque votemos a favor de la independencia, no van a dárnosla! —gritó alguien desde los escaños.

—¿Y eso los sorprende? —pregunté—. ¿Acaso pensaban que su declaración no provocaría un conflicto? ¿No creían lo que decían ustedes mismos? ¿O pensaban que otros pagarían las consecuencias de sus actos? ¿Tal vez los ciudadanos, que serían obligados a tomar las armas para defender la supuesta independencia que desean regalarles? ¿Sus compatriotas, que morirían a millones cuando otras especies intentaran conquistar este planeta, ya sin la protección de la Unión Colonial? ¿Dónde pensaban que estarían ustedes cuando eso sucediera? ¿Qué les ha hecho pensar que no se les pedirían cuentas por sus votos?

»No, mis queridos representantes de Franklin. Se les está dando una oportunidad. Tendrán que responder por sus actos antes que el resto de los ciudadanos de Franklin. No evadirán su responsabilidad por mucho que ustedes lo deseen, señorías. Su voto se dará a conocer a todo el planeta. No pueden esconderse, y sus compatriotas podrán saber si están dispuestos a pagar con su vida su anhelada independencia.

»De manera que comencemos —dije, y le hice una nueva señal a Haryanto—. Empiece usted, portavoz.

—La misión ya ha concluido, ¿no? —preguntó Lambert.

—Puesto que estamos a bordo del transbordador que nos lleva de vuelta a la *Tubingen*, yo diría que sí —respondió Salcido.

—Entonces permitidme que cuestione la utilidad de nuestra última hazaña.

—Pues no sé qué decirte —dijo Powell—. La declaración de independencia ha sido rechazada por unanimidad, el planeta entero de Franklin ha podido comprobar que sus dirigentes son unos cobardes que sólo se preocupan por sus intereses, y nosotros no hemos muerto. Creo que ha sido un éxito.

—Yo no he dicho que no haya sido un éxito —repuso Lambert—. Lo que yo cuestiono es su utilidad.

—¿Y cuál es la diferencia? —preguntó Salcido.

—El éxito de la misión depende de que se consiga el objetivo —dijo Lambert—, y eso hemos hecho. Como ha dicho Ilse, hemos liquidado la votación, dejado en evidencia a los políticos, no nos han matado y hemos recordado a todo Franklin que la Unión Colonial puede presentarse y darles una patada en el culo cuando le dé la gana, así que más les vale no jodernos. Estos objetivos no se encontraban explícitamente en los parámetros de nuestra misión, pero en el fondo eran el subtexto.

—¡Caramba! ¡Subtexto! —exclamó Powell—. Menudas palabrejas usas para haber sido un simple bedel, Terrell.

—¡Este simple bedel tiene un grado en retórica, gilipollas! —replicó Lambert, y Powell sonrió—. Es sólo que averiguó que podía ganar más dinero como bedel que como profesor adjunto. Así que, sí, ha sido un éxito rotundo. Pero ¿hemos abordado la raíz del problema? ¿Hemos eliminado las causas subyacentes que han exigido nuestra intervención?

—En primer lugar, no. Y, en segundo lugar, ¿acaso importa? —respondió Powell.

—Pues debería importarnos —repuso Lambert—. Debería importarnos, porque si no, cualquier día de éstos tendremos que volver para solucionar el mismo problema.

—Yo no entiendo de esas cosas —dijo Salcido—. Lo único que sé es que les hemos jodido la votación.

—Y sin disparar un solo tiro —apuntó Powell, y añadió, señalándome—: Además, digo yo que el hecho de que enviaran a una simple teniente para ocuparse de una votación de consecuencias planetarias querrá decir algo, ¿no? Y no se ofenda, teniente.

—No me ofendo —dije.

—El objetivo de la misión era minar su confianza y obligarlos a repensarse lo que iban a hacer —continuó Powell—. La Unión Colonial quería enviarles un mensaje: «Mirad lo que podemos hacer con cuatro soldaditos, así que imaginad lo que seríamos capaces de hacer con todo un ejército... y recordad de qué os estamos protegiendo».

—Pero eso no aborda la raíz del problema—insistió Lambert—. Mirad, todo un gobierno de un planeta no se despierta un día con la idea de someter la independencia a una votación porque no se le ocurre nada mejor que hacer. Antes de llegar a ese extremo han pasado un montón de cosas, cosas que ignoramos porque mientras estaban cociéndose nosotros andábamos ocupados en otros asuntos.

—Exacto —dijo Powell—, y cuando las cosas se tranquilicen en Franklin, nosotros estaremos en otra parte, ocupándonos de otros asuntos, así que, ¿por qué te comes tanto la cabeza?

—No estoy comiéndome la cabeza —protestó Lambert—. Sólo pregunto si nuestra «exitosa» misión realmente ha servido de algo.

—Hemos ayudado a la población de Franklin —dijo Salcido—. Por lo menos a la parte que rechaza la independencia.

—Y también a los que no quieren ser condenados a muerte por traición —señaló Powell.

—También a ellos —convino Salcido.

—Ya, pero no creo que hayamos ayudado a la Unión Colonial —dijo Lambert—. Cualesquiera que sean los motivos por los que los habitantes de Franklin quieren la independencia siguen ahí, no se han abordado.

—Tampoco es nuestro trabajo —dijo Powell.

—Ya lo sé, pero ojalá que quien tiene ese trabajo lo hubiera hecho mejor.

—Entonces nosotros no estaríamos aquí —dijo Powell—. Estaríamos en cualquier otro lugar y tú estarías intentando desentrañar el significado último de la misión de turno.

—¿Estás insinuando que el problema lo tengo yo? —preguntó Lambert.

—No estoy insinuando que el problema lo tengas tú —respondió Powell—. Yo me conformo con salir viva de las misiones. Llámame simple, si quieres.

—Simple.

—Gracias. Y tú, Terrence, deberías dejar de comerte la cabeza. Vamos, no le des tantas vueltas. Serás más feliz.

—No sé qué es eso —dijo Lambert.

—Como quieras, pero yo sí seré más feliz porque no tendré que oírte.

—Me echarás de menos cuando no esté.

—A lo mejor —dijo Powell—. Me muero de ganas por averiguarlo.

—¡La he encontrado! —exclamó Salcido.

—¿Qué has encontrado? —preguntó Lambert.

—¡La canción! ¡La canción que todos decíais que no existía!

—¿La canción de la pizza y la luna? —inquirió Powell.

—¡No te lo crees ni tú! —le espetó Lambert.

—¡A ver quién ríe ahora! —exclamó con tono triunfal Salcido—. Estoy poniéndola en los altavoces del transbordador.

Una canción sobre lunas, pizzas, baba y pasta comenzó a sonar en el interior del transbordador.

—Es horrible —dijo Powell al cabo de un minuto.

—Me ha despertado el apetito —dijo Lambert.

Salcido sonrió.

—La buena noticia es que llegaremos a tiempo para la cena.

SEGUNDA PARTE

Era miércoles (no el de la semana de los sucesos en Franklin) y estábamos tratando de abatir a un francotirador.

—¿Por qué no derrumbamos el edificio con él dentro? —sugirió Powell desde nuestro parapeto, señalando el bloque de apartamentos desde donde el francotirador rebelde había estado disparando a las fuerzas de seguridad de Kioto y a los soldados de las FDC que se habían desplegado para ayudarlas. Estábamos en Fushimo, la tercera mayor ciudad del planeta y el epicentro de unos disturbios recientes.

—No podemos —dije.

—¡Claro que podemos! —exclamó Powell, y señaló al cielo—. La *Tubingen* podría destruir el edificio entero en seis segundos, reducirlo a escombros. Francotirador eliminado y nosotros regresaríamos a la nave a tiempo para los tacos.

—Y los habitantes de Kioto se nos echarían encima por haber dejado a varios centenares de sus compatriotas sin casa, los edificios de los alrededores afectados y posiblemente derruidos, las infraestructuras dañadas y una montaña de escombros en medio de la calle —repuso Lambert.

—¿Otra vez pensando en las secuelas a largo plazo, Lambert?

—Sólo estoy señalando que destruir el edificio podría ser excesivo y probablemente una mala decisión.

—Yo prefiero verlo más bien como una solución al estilo de nudo gordiano —dijo Powell.

—El nudo gordiano no tiene doce plantas de altura llenas de gente —replicó Lambert.

Se oyó un fuerte crujido seguido del estrépito del desprendimiento de mampostería de la fachada de un edificio que se elevaba cuarenta metros desde la calle. Los agentes de seguridad de Kioto desplegados a su alrededor que habían asomado la cabeza la escondieron rápidamente.

—Debería haber acertado desde esa distancia —dijo Salcido con cierta decepción.

—Puntería no le falta —declaré mientras señalaba el puñado de cadáveres de agentes de Kioto diseminados por la calle delante de nosotros.

—No tendríamos que preocuparnos de su puntería si le cayeran encima varios pisos de apartamentos —insistió Powell.

—No vamos a derrumbar el edificio —aseveré—. Sácate de una vez esa idea de la cabeza.

—Vale. ¿Qué quiere hacer entonces, jefa? —preguntó Salcido.

Asomé la cabeza para volver a echar un vistazo al edificio. Se trataba de un sencillo bloque de apartamentos de hormigón, con varias viviendas esquineras que ofrecían al francotirador una posición privilegiada para disparar a la calle donde nos encontrábamos. La exploración visual del interior de los apartamentos era complicada, y el análisis térmico no arrojaba ningún resultado. El francotirador estaba utilizando alguna clase de camuflaje que impedía localizarlo en todo el espectro electromagnético o llevaba puesta una bonita chaqueta aislante.

—Podríamos soltar un pelotón en la azotea y eliminar a ese capullo —sugirió Powell.

—Si yo fuera el francotirador, habría colocado sensores en la azotea —apunté.

—¿Qué poder destructivo cree que tiene el francotirador?

—En este momento prefiero pecar de prudente.

—¿Así que él puede hacer volar por los aires el edificio y nosotros no? —protestó Powell—. Vaya, perfecto.

—El objetivo es que nadie haga volar por los aires el edificio —dije—. Presentadme otras sugerencias, por favor.

—Rastreemos su movimiento y le metemos una bala la próxima vez que dispare —propuso Salcido.

—¿Y en qué se diferencia eso de lo que hemos estado haciendo hasta ahora? —preguntó Lambert—. Se puede discutir que el tipo tenga mejor o peor puntería, pero es innegable que se le da bastante bien que no lo localicemos hasta que dispara.

—Pero podemos rastrear el disparo, ¿no? —pregunté—. Es decir, si el francotirador abre fuego, nuestros CerebroAmigos pueden rastrear la trayectoria del tiro.

—Siempre y cuando estemos mirando en la dirección correcta, supongo —respondió Salcido.

—De todos modos, tendríamos que dispararle casi inmediatamente —señaló Lambert.

—Tal vez —repuse—, o tal vez no.

Lambert y Salcido se miraron.

—Está siendo un poco críptica, teniente.

—Tú eres el experto con el MP —dije, mirando a Salcido.

—Es cierto —respondió él. Y lo era. Era capaz de decirte las mayores nimiedades sobre el fusil estándar de las FDC, cosas que no sabías y que no te importaban un carajo hasta que él te las decía—. ¿Y?

—Pues que gracias al material nanobótico podemos elegir la munición sobre la marcha, ¿no es así?

—Así es —asintió Salcido—. Eso nos ahorra acarrear seis clases de armas y de munición.

—Vale. Quiero utilizar la función de lanzacohetes y configurar la carga del proyectil. ¿Es posible?

—Por supuesto, siempre y cuando sea una carga que se pueda reunir casi instantáneamente a partir de la munición disponible en el arma.

—Entonces quiero que la carga esté compuesta de rastreadores —dije—. Rastreadores diminutos, del tamaño de motas de polvo.

Salcido se me quedó mirando socarronamente hasta que se le encendió una luz.

—¡Ah, ya lo pillo!

—¿Puedes hacerlo?

—En teoría, sí —respondió—. En la práctica, necesitaría más tiempo del que tenemos para crear un diseño original. Voy a ver si encuentro algo en los archivos que nos pueda servir.

—Tienes cinco minutos.

—Claro, porque si tuviera más tiempo sería demasiado fácil...

—Creo que me he perdido —dijo Lambert.

—Sigo apostando por derrumbar el edificio —insistió, incansable, Powell.

—Silencio —le ordené, y me volví hacia Lambert—. Podemos rastrear el tiro hasta su origen, pero has dicho que lo difícil sería acertar con el disparo de respuesta. Y hacer saltar por los aires el edificio está descartado —añadí, lanzando una mirada a Powell—. Así que, en lugar de apuntar directamente al francotirador, enviaremos un cohete lleno de rastreadores al apartamento desde el que dispara.

—Cuando estalle, el proyectil cubrirá de rastreadores a ese capullo, y ya dará igual adónde vaya, porque conoceremos en todo momento su posición —dijo Powell.

—Exacto —repuse—. Y no hace falta darle en la cabeza, bastará con cubrirlo de polvo.

—¡Lo he encontrado! —exclamó Salcido—. Tengo algo que debería servirnos. Configurando cohete.

—Ahora sólo tenemos que esperar a que vuelva a disparar —dijo Lambert.

—No vamos a esperar —lo corregí—. Vamos a provocarlo para que nos dispare.

—¿Y cómo sugiere que lo hagamos?

Me señalé el unicapote de combate.

—Debería resistir el impacto de una bala.

—¿Va a salir ahí y dejar que ese capullo le dispare? —preguntó Lambert.

—No he dicho que fuera a hacerlo yo —repliqué.

—Bueno, pues por mi madre que yo no voy a ofrecerme voluntaria —dijo Powell.

—Por una vez coincido con Ilse —intervino Lambert, señalando con el dedo pulgar a su colega.

—¿Sau?

—¿Quiere que además de crear este proyectil Frankenstein me deje disparar en la cabeza? ¡Venga ya, jefa, repartamos el trabajo!

—La oficial al mando soy yo —les recordé.

—Y todos estamos supercomprometidos con su liderazgo, teniente —dijo Powell—. La seguiremos adondequiera que vaya sin titubear.

—Quisiera hacer hincapié en el «seguiremos» —apuntó Lambert.

Me los quedé mirando.

—Cuando regresemos a la nave tendremos una pequeña charla sobre lo que es la cadena de mando —les dije.

—Estaremos encantados de tener esa charla con usted si sobrevive, teniente —repuso Powell.

—Quizá la tengamos conmigo a un lado de la puerta de una cámara estanca y con vosotros al otro.

—Me parece justo —afirmó Lambert.

—Creado y cargado —dijo Salcido mirándome—. Ya estoy rastreando los nanobots. Cuando usted mande, jefa.

—Perfecto —dije. Me volví hacia Powell y Lambert—. Vosotros dos, disparad vuestras armas como si me cubrierais mientras yo avanzo por la calle. Con un poco de suerte, ese capullo errará el tiro. No despeguéis los ojos del edificio y averiguad desde donde dispara. Coordinaos con Sau para triangular los datos, así tendrá más información para decidir hacia donde disparar el proyectil. Sau, informa por el canal interno de lo que vamos a hacer.

—Entendido.

—Lo mantendremos ocupado —dijo Lambert. Powell asintió con la cabeza.

Me cubrí la cara con el unicapote de combate, abandoné el parapeto y eché a andar por la calle mientras a mi espalda resonaban los disparos de Lambert y de Powell.

Había recorrido unos cuarenta metros cuando sentí como si me embistiera un camión.

Los unicapotes de combate de las Fuerzas de Defensa Coloniales son impresionantes; por su apariencia de ligereza podrías ponértelo para bailar *El lago de los cisnes*, pero el tejido con el que están confeccionados, diseñados con la tecnología nanobótica marca de la casa de la Unión Colonial, protege a quien lo lleva puesto casi mejor que cualquier otra cosa con dos palmos de acero. Probablemente incluso sin ese «casi», pues el acero se fragmentaría y se te clavarían las esquirlas en las entrañas. Con el unicapote eso no pasa; se endurece cuando el proyectil impacta en él y disipa la energía... hasta cierto punto. Va bien para salvar el pellejo cuando, pongamos por caso, un francotirador te dispara.

Pero eso no quiere decir que no se sienta el impacto.

Sentí que todo transcurría de acuerdo con lo esperado. Noté cómo se endurecía el unicapote y un crujido como de costillas partidas (y tal vez fuera eso exactamente lo que pasaba); mis pies se despegaron del suelo y sentí que daba volteretas por el aire y me estrellaba contra el suelo un par de metros más atrás, empujada por la fuerza de la gravedad.

Todo eso estaba previsto. Me había colocado en el punto de mira del francotirador porque quería que me disparara en el torso, la zona del unicapote mejor preparada para recibir un disparo que no acabara instantáneamente con mi vida. Si el francotirador hubiera tenido un poco de ambición me habría apuntado a la cabeza. Probablemente también habría sobrevivido a su disparo, aunque no me habría hecho ni pizca de gracia y habría quedado postrada durante unos días.

Pero Salcido tenía razón y el francotirador no era nada del otro mundo. Supuse (aunque sería más acertado decir que esperé) que habría decidido asegurar el tiro apuntando a la parte más voluminosa de mi cuerpo y, por lo tanto, más fácil de acertar. Y acertó.

Todavía me duele a rabiar.

Oí la detonación y el zumbido del cohete de Salcido volando hacia la posición del francotirador, seguido unos segundos después por un lejano estallido y el estrépito de cristales rotos.

—Objetivo alcanzado —dijo Salcido, hablándome por el CerebroAmigo—. ¿Sigue viva, teniente?

—No estoy segura —respondí—. ¿Rastreo iniciado?

—Ajá. Enviando datos por el canal de la sección.

—¿Ese capullo sigue apuntándome?

—No, está moviéndose.

Me di la vuelta y activé el canal de la sección mientras escrutaba el edificio. Una figura formada por unos puntitos diminutos, cada uno de ellos del tamaño de una mota de polvo, representaba al francotirador en mi campo visual. Estaba trasladándose de un apartamento a otro.

—¿Entramos a por él? —preguntó Lambert.

—No es necesario —respondí—. Sólo tenemos que esperar a que se detenga para volver a disparar. Entonces será nuestro.

—¿Cómo vamos a obligarlo a disparar otra vez?

—Eso es fácil —dije, y me puse de pie.

—Su unicapote no va a aguantar otro disparo directo, teniente —dijo Powell.

—Pues será mejor que alguno de vosotros se cargue a ese mamón antes de que apriete el gatillo.

—Hecho.

—Bien. —Me puse de pie en medio de la calle y vi que la figura pixelada que representaba al francotirador se detenía en otro apartamento situado una planta más abajo. El tipo se tomó su tiempo para colocarse cuidadosamente junto a una ventana con la intención de volver a dispararme.

—Ya te tenemos —mascullé.

El edificio de apartamentos explotó.

A más de un centenar de metros de él, la onda expansiva me lanzó hacia atrás y me embistió una ráfaga de aire caliente y escombros.

—¿Qué cojones ha pasado? —oí que exclamaba Salcido en mi CerebroAmigo. Luego, Powell y Lambert me gritaron que retrocediera. Me di la vuelta y, cuando alcé la cabeza, vi que una densa cortina de polvo avanzaba hacia mí desde el edificio de hormigón derrumbado. Encogí el cuerpo y contuve la respiración a pesar de que la máscara me tapaba la boca y filtraba el aire que aspiraba.

Un minuto después, la nube de polvo se disipó y me puse en pie. Una montaña de cascotes había sustituido el edificio de apartamentos.

—Joder.

—¿No era eso lo que queríamos evitar? —oí en sonido directo, y no por el CerebroAmigo, que gritaba Lambert. Miré atrás y lo vi viniendo hacia mí con Powell y Salcido.

—Al parecer, lo que nosotros queríamos y lo que querían los de arriba eran dos cosas distintas —dijo Powell—. Ya dije que teníamos que derrumbarlo. Nos habríamos ahorrado unos cuantos problemas.

—Cierra el pico, Ilse —le espeté, y ella obedeció. Me volví hacia Salcido—. Averigua si había alguien aparte del francotirador dentro del edificio.

—Estoy casi seguro de que lo habían evacuado antes de que llegáramos nosotros.

—Confírmalo —dije—. Si hay algún civil, tendremos que desenterrarlo.

—¿Es una broma? —preguntó Lambert. Le lancé una mirada fulminante por quejarse de mi decisión de rescatar civiles, pero él levantó una mano—. No es eso —dijo—. Mire los datos de los rastreadores. El maldito francotirador sigue vivo.

Me volví de nuevo hacia el edificio, o mejor dicho, la montaña de escombros. Cerca del borde de los cascotes, sepultado bajo un metro de hormigón, nuestro francotirador intentaba apartar los restos de vigas y de hormigón que lo aprisionaban.

—Venga ya —dije entre dientes.

Llegamos al lugar en el que estaba enterrado el francotirador. Salcido apuntó con su MP hacia donde debería aparecer su cabeza y Powell, Lambert y yo comenzamos a retirar escombros de encima del tipo sepultado. Un minuto después, levanté un último fragmento de hormigón y dejé vía libre para que Salcido disparara.

—Dios mío —dijo éste en un susurro.

Nuestro amigo el francotirador era una cría que no debía de tener ni quince años estándar y estaba cubierta de sangre de las heridas que los cascotes de hormigón le habían hecho en la cabeza. Entre los escombros alcancé a ver que el brazo izquierdo le colgaba flácido del hombro y que tenía la pierna derecha doblada en la dirección equivocada.

—¡Largaos! —nos espetó, y por su voz deduje que tenía dañado al menos un pulmón.

—Podemos sacarte de ahí —dije.

—No quiero tu ayuda, verde.

No comprendí qué quería decir hasta que imaginé que se refería a mí y mi piel verde. Me volví a mirar a Salcido y su MP.

—Baja eso y échanos una mano. —Vaciló un momento, pero finalmente obedeció. Miré de nuevo a la francotiradora—. No vamos a hacerte daño.

—Me habéis derrumbado un edificio encima —resolló.

—No era nuestra intención —repuse, omitiendo la parte de que nuestra intención era meterle un tiro en la cabeza en cuanto se nos presentara la oportunidad—. Te sacaremos de aquí.

—No.

—No querrás morir ahí, ¿verdad?

—Sí —respondió—. Aquí vivía. Éste era mi hogar y lo habéis destruido como lo destruís todo.

—¿Cómo va? —pregunté sin despegar los ojos de la chica.

—Casi listo —respondió Powell, y envió un mensaje a través de su CerebroAmigo: *El trozo de hormigón que le aplasta la pierna es lo único que evita que se desangre. Si la movemos, morirá. De todas maneras, ya está muriéndose.*

—De acuerdo —dije. *Llama a un médico,* añadí por el CerebroAmigo.

¿Para qué? —preguntó Powell—. *Está siendo repugnantemente amable con alguien que ha intentado matarla, señora, y a quien intentábamos matar. ¡Pero si ni siquiera quiere que la ayudemos! Debería dejarla morir.*

Le he dado una orden, espeté. Powell se encogió de hombros.

—Vamos a llamar a un médico —dije.

—No quiero un médico. —Se le cerraron los ojos—. No quiero nada de vosotros. ¿Por qué no os marcháis? Este planeta no es vuestro, es nuestro. No os queremos aquí. Largaos.

—La cosa no es tan sencilla —repuse.

La chica no volvió a hablar. Un minuto después, murió.

—¿Y bien? —preguntó Lambert. Él, Powell y Salcido me habían esperado fuera de las oficinas del cuerpo de seguridad de Fushimi, adonde había acudido para participar en un intercambio de impresiones (es un eufemismo) sobre el incidente de la francotiradora.

—He hablado con la coronel Maxwell —dije, refiriéndome a la comandante de la misión conjunta de las FDC en Fushimi—. Me ha dicho que fueron las autoridades de Kioto las que solicitaron que se derribara el edificio.

—¿Por qué? Pensaba que estábamos trabajando con la premisa de que eso era precisamente lo que había que evitar. De ahí todo este rollo de ser sigilosos y de intentar no destruirlo.

—Al parecer, el edificio era el cuartel general de los rebeldes. O mejor dicho, el cuartel general de los rebeldes estaba en el edificio de apartamentos.

—Así que era un nido de agitadores —dijo Powell.

—Maxwell no me ha dado la proporción de agitadores que había entre los residentes del edificio. Y por cómo me ha hablado, no me ha dado la impresión de que el gobierno local estuviera muy preocupado. Querían enviar un mensaje.

—¿A cuántas personas hemos matado para enviar el mensaje? —preguntó Lambert.

—A ninguna —respondió Salcido, y me miró—. Lo siento, me pidió que lo averiguara, pero como hemos estado tan ocupados con otras cosas no había encontrado el momento para decírselo. Las fuerzas de seguridad de Kioto hicieron una batida en el edificio hace una semana y se llevaron a todos los residentes para interrogarlos e intimidarlos. Eso provocó los disturbios que hemos estado sofocando.

—Por lo tanto, los que entonces no eran rebeldes probablemente lo sean ahora —dijo Powell.

—Tú eras la primera que quería destruir el edificio —le recordó Lambert.

—Y el edificio está destruido —dijo Powell—. Pero si ya tenían decidido derribarlo, ¿por qué demonios nos enviaron allí?

—Al parecer, la decisión de enviarnos allí se tomó antes de que alguno de los jefazos del cuerpo de seguridad de Kioto recordara que una nave de las FDC puede demoler un edificio de un solo disparo —dije.

—Podríamos haber muerto.

—Supongo que pensaban que no corríamos peligro.

—Eso me tranquiliza —repuso Powell.

—Por lo menos no ha sido idea nuestra —dijo Lambert—. Esa chica nos odiaba con toda su alma; de alguien tiene que haber mamado ese odio.

—No ha sido idea nuestra, pero una de nuestras naves ha hecho los honores —señalé—. No creo que ella ni nadie se moleste en hacer esa distinción. En esto, el gobierno de Kioto y nosotros somos la misma cosa.

—¿Le han contado algo sobre la francotiradora, teniente? —me preguntó Salcido.

—Se llamaba Rana Armijo y tenía dieciséis años estándar. Al parecer, los padres también eran unos fanáticos rebeldes. No hay ni rastro de ellos, así que deben de estar muertos o las autoridades de Kioto ya los han cogido.

—Así se fabrica una mártir de la rebelión —manifestó Lambert—. El gobierno desaloja el edificio, ella se queda y comienza a cargarse agentes. La cosa le sale tan bien que no tienen más remedio que derrumbar el edificio con ella dentro. Es una buena historia.

—No le servirá de mucho —repuso Powell.

—Bueno, por eso será una mártir.

—¿Y ahora qué? —preguntó Salcido.

—Aquí ya hemos acabado —respondí—. Los disturbios continúan en Sakyo y Yamashima, pero la *Tubingen* tiene otras órdenes. Ya no es nuestro problema.

—Nunca ha sido nuestro problema —dijo Lambert—. Nosotros lo hemos hecho nuestro.

—No empieces, Lambert —replicó Powell—. Hoy resulta especialmente agotador.

—Si para ti es agotador, imagínate lo que será para ellos.

Tercera parte

Hoy era jueves y nos habían requerido para controlar una manifestación.

—No voy a mentiros, tengo verdadera curiosidad por ver estas cosas en acción —dijo Lambert mientras colocaban los canalizadores de huracanes alrededor del edificio de la delegación del gobierno de la Unión Colonial en Kiev.

El edificio era un rascacielos situado justo en el centro de una hectárea de terreno en el centro de la ciudad. Toda la hectárea era una explanada completamente vacía salvo por una escultura abstracta a la que se habían encaramado algunos de los manifestantes que ocupaban buena parte de la plaza. El rascacielos estaba acordonado por agentes de la policía de Kiev y soldados de las FDC, que habían colocado apresuradamente vallas metálicas.

A los manifestantes no se les había pasado por la cabeza invadir la delegación del gobierno, pero todavía era temprano y quedaba todo el día por delante, así que la Unión Colonial, adelantándose a lo inevitable, y a las inevitables bajas tanto entre las filas de los manifestantes como de los agentes de seguridad, había decidido emplear lo último en el control de manifestaciones: los canalizadores de huracanes. Justo delante de mi pelotón estaban instalando uno.

—Parece una trompeta de los Alpes —dijo Powell cuando lo depositaron en el suelo y comenzaron a desplegarlo.

—Trompa de los Alpes —la corregí. En mi vida anterior había sido música.

—Eso he dicho —replicó Powell, y miró a Salcido—. Tú eres el experto en armas del equipo. Explícanos cómo funciona.

—El aire es absorbido desde ahí arriba —dijo Salcido mientras señalaba el larguísimo tubo que ascendía por el cielo y que ya había alcanzado los sesenta metros de altura—, y mientras va descendiendo, su velocidad aumenta, hasta que llega al codo, donde sufre un acelerón final antes de salir por allí. —Señaló en dirección a los manifestantes—. Se establece un perímetro, y cada vez que alguien intente traspasarlo, el canalizador arroja un chorro de aire que lo empuja hacia atrás.

—Debe de ser un espectáculo divertido —dijo Lambert—. Aunque estas cosas son completamente ineficaces cuando se trata de controlar una verdadera muchedumbre. Sería como retarlos a que intenten pasar de la línea.

—No están pensados para que sean eficaces, sino para enviar un mensaje.

—¿Qué mensaje? ¿«Soplaré y soplaré y vuestra manifestación derribaré»?

—Más bien del tipo «no tengo que disparar ni un tiro para cargarme vuestra manifestación».

—Últimamente estamos enviando muchos mensajes —comentó Lambert—. No estoy seguro de que el mensaje que les enviamos sea el que reciben.

—Esta vez será una ráfaga de viento capaz de derribar una casa —dijo Salcido—. Y lo recibirán tal cual.

—¿Seguro que no tendríamos que preocuparnos de que estos cacharros nos absorban a nosotros además del aire? —preguntó Powell—. Porque sería una auténtica putada.

Salcido volvió a señalar hacia lo alto.

—Por eso mismo el aire se toma de arriba —dijo—. Además, a este lado del artefacto amaina la corriente de aire.

—Vale —dijo Powell.

—Sólo que...

—¿Sólo que qué? Habla.

—No os acerquéis demasiado a él cuando esté en funcionamiento.

Powell miró con los ojos entornados a Salcido.

—Estás quedándote conmigo, ¿no?

—Sí, claro que estoy quedándome contigo. Tienes razón, quédate al lado de ese cacharro cuando expulse el aire. No te pasará nada.

—Teniente, es posible que tenga que dispararle a Sau.

—Dejadlo ya —dije mientras observaba a los técnicos que terminaban de instalar el aparato, una tarea que básicamente consistía en mirarlo, ya que, como la mayoría de los artilugios de las Fuerzas de Defensa Coloniales, estaba diseñado para operar con la mínima intervención humana, que era, de largo, la pieza del engranaje con más probabilidades de fallar. A uno y otro lado de nosotros estaban desplegándose más canalizadores de huracanes bajo la atenta mirada de los técnicos humanos. En total, rodeando el edificio, había veinticuatro de esos aparatos.

Cuando todos estuvieron listos, el jefe de los técnicos me hizo una señal con la cabeza; le respondí y asumí el control de los tres que tenía más cerca. Fijé un perímetro de treinta metros, que eran diez más de la distancia a la que estaba la primera fila de manifestantes. Recibí de los otros siete pelotones encargados del resto de los canalizadores, todos ellos bajo mi mando, la confirmación de que estaban en línea y de que también habían establecido un perímetro de treinta metros. En ese momento me adelanté para situarme frente a los canalizadores y para que me vieran los manifestantes. Enseguida comenzaron a abuchearme, cosa que no me importó.

—¡Atención, señores! —dije, y el canalizador que tenía justo detrás amplificó lo suficiente mi voz para que todo el mundo me oyera. Yo estaba tan cerca del aparato que se me habrían reventado los tímpanos de no haber sido porque había disminuido mi capacidad auditiva mediante el CerebroAmigo—. Les habla la teniente Heather Lee, de las Fuerzas de Defensa Coloniales. Dentro de un momento estableceremos un perímetro de seguridad de treinta metros alrededor del edificio. Les agradeceríamos que colaboraran voluntariamente en la consecución de nuestro objetivo.

Mis palabras tuvieron el recibimiento que había esperado.

—Como queráis —mascullé, y retrocedí hasta colocarme detrás del canalizador—. Tapaos los oídos —ordené a mi pelotón. Me volví al oficial de la policía de Kiev y le hice un gesto de asentimiento, a lo que el hombre bramó a sus agentes que se pusieran detrás de los canalizadores. Los policías retrocedieron cargados con las vallas. Un clamor surgió de la multitud, que comenzó a avanzar en tropel. Me volví hacia los canalizadores.

El aire absorbido por los aparatos pasó de cero a cincuenta kilómetros por hora en unos tres segundos. La muchedumbre se tomó las fuertes rachas como una provocación y avanzó con mayor determinación todavía. Tres segundos después, los canalizadores disparaban rachas de viento de cien kilómetros por hora, que al cabo de otros cinco segundos alcanzaron una velocidad de ciento treinta kilómetros por hora. Al adquirir los chorros esta velocidad, los canalizadores también comenzaron a emitir un espantoso e insoportable pitido diseñado para dispersar a las masas. Aumenté una pizca mi capacidad auditiva para oírlo.

El pitido era una invariable nota mi muy grave.

¿Se me olvidó mencionar que estos aparatos son ENSORDECEDORES?, preguntó Salcido por el canal de los CerebroAmigos del pelotón.

La multitud retrocedió pese a su empeño para avanzar. Algunos arrojaron botellas y otros objetos en dirección a los canalizadores, pero vieron con sorpresa que cambiaban el sentido del vuelo y regresaban a ellos. Al parecer, no hace falta tener unos conocimientos básicos de física para manifestarse.

Cuando el último de los manifestantes fue empujado hasta los treinta metros establecidos para el perímetro, los canalizadores disminuyeron la velocidad del aire que arrojaban hasta los iniciales treinta kilómetros por hora y el monótono pitido cesó. La muchedumbre, enfurecida, gritaba y protestaba. Los agentes de la policía de Kiev ya no tenían nada que hacer allí y entraron en el edificio de la delegación del gobierno, desde cuya azotea se marcharon a bordo de aeronaves.

Y el tiempo pasó. Durante la siguiente hora, de vez en cuando, uno o dos manifestantes echaban a correr para intentar llegar a las vallas, pero los canalizadores los obligaban a retroceder.

—La verdad es que parece divertido —dijo Lambert mientras observaba cómo el último manifestante que había probado suerte se deslizaba por la plaza de vuelta al punto de salida. La señal de su CerebroAmigo aumentó el volumen de su voz en mis oídos.

—No te creas —lo rebatió Powell, señalando el reguero rojo que señalaba en el suelo de la plaza el lugar donde el manifestante se había golpeado la cabeza contra el hormigón.

—Bueno, es evidente que no me refería a eso —repuso Lambert—. Pero todo lo demás debe de ser divertido.

—Oiga, jefa —dijo de pronto Salcido, señalando a la multitud—. Allí está pasando algo.

Miré hacia donde señalaba. A lo lejos, la masa de personas se dividía para dejar pasar a un vehículo que avanzaba en nuestra dirección. Lo identifiqué con el CerebroAmigo. Se trataba de un camión pesado de fabricación local, sin el habitual remolque. Según se acercaba a las primeras filas de manifestantes, la muchedumbre lo jaleaba y lo vitoreaba.

—¿Por qué demonios la policía no lo habrá detenido ya? —preguntó Lambert.

—Porque la hemos enviado a casa —respondí.

—Hemos enviado a casa a los agentes que estaban aquí —apuntó Lambert—, pero me cuesta creer que no haya ni un solo policía de Kiev de servicio.

—Sau —dije—, ¿estas cosas pueden detener ese vehículo?

—¿Los canalizadores?

—Ajá.

—Teniente, estas preciosidades son capaces de lanzar rachas de viento a trescientos kilómetros por hora —explicó Salcido—. No sólo detendrán el camión, sino que lo levantarán y lo arrojarán lejos.

—¿Contra la multitud? —preguntó Lambert.

—Eso sí —confirmó Salcido—. Es decir, a la porción de la multitud que no salga volando también, junto con cualquier otra cosa que no esté fijada al suelo... y probablemente también unas cuantas de las que sí lo están. —Señaló la escultura instalada en la plaza—. Si estos cacharros se ponen a escupir aire a velocidad máxima, no contaría con que eso aguantara donde está.

—Después de todo, tal vez estos cacharros no sean tan buena idea.

El camión había llegado a las primeras filas de los manifestantes y comenzó a hacer señales con los faros, como amenazándonos. La multitud lo jaleó.

—Está equipado con un motor eléctrico estándar para los vehículos de su tamaño, en el caso de que no lo hayan modificado —dijo Salcido. Había obtenido la misma identificación del fabricante que yo—. Sólo tardará un par de segundos en alcanzar la velocidad suficiente para embestirnos.

El conductor del camión tocó la bocina, que emitió un sonido casi tan estridente como el de los canalizadores.

—Esto se pone interesante —dijo Lambert.

Los neumáticos del camión chirriaron cuando el conductor pisó el acelerador.

—Powell —dije y transmití por el CerebroAmigo a la vez.

Las llamas envolvieron el morro del camión cuando el cohete disparado por Powell impactó en el compartimento del motor y la explosión destrozó las baterías e hizo saltar el capó con un estruendo ensordecedor. Las ruedas, cortado el suministro de energía justo antes de que se agarraran por completo al suelo, giraron ligeramente y luego se detuvieron, tras avanzar apenas un par de metros. El conductor del camión salió de la cabina y echó a correr, como uno más de los numerosos manifestantes que ya habían tenido suficiente y se marchaban.

Aún quedaron unas cuantas personas alrededor del camión, sin saber muy bien qué hacer. Powell disparó otro cohete contra el vehículo, esta vez dirigido a la cabina vacía, que estalló como un festival de fuegos artificiales, y el número de manifestantes que decidieron que había llegado la hora de volverse a casa aumentó.

—Gracias, Powell —dije.

—Debería habérmelo pedido antes, teniente —repuso ella mientras bajaba el MP.

—Estos cacharros no son la solución definitiva, ¿verdad? —preguntó Lambert, señalando con la cabeza los canalizadores de huracanes, que ahora teníamos cinco plantas más abajo. Los cuatro estábamos en una sala de reuniones que se había transformado en una zona de descanso para los soldados de las FDC destinados a la vigilancia.

—Es medianoche y no creo que esa multitud de ahí fuera vaya a ninguna parte —dijo Powell—. Me parece que los canalizadores serán útiles durante un buen tiempo.

—Van a ponerles las cosas difíciles a los funcionarios de la Unión Colonial que trabajan en este edificio para llegar a su puesto de trabajo.

—A lo mejor les piden que trabajen desde casa —comentó Salcido.

Lambert se volvió a mirar a la masa de gente.

—Sí, es lo que yo haría.

—¿Hasta cuándo tenemos que quedarnos aquí? —me preguntó Powell.

—Los técnicos están enseñando a la policía de Kiev a manejar los canalizadores, así que un par de días más —respondí.

—¿Y luego qué? ¿Nos enviarán a otro planeta para aplastar otra revuelta o derrumbar otro edificio?

—Tú te morías de ganas por derrumbar aquel edificio de apartamentos de Kioto —le recordó Lambert.

—Yo no he dicho lo contrario —repuso Powell, volviéndose hacia él—. Tampoco me ha importado dispararle un cohete al camión de esta mañana. Las alternativas implicaban que acabara herida o muerta, así que, por mí, perfecto. —Me miró de nuevo—. Pero yo no me enrolé para esto.

—En teoría no sabías para qué te enrolabas —le recordó Salcido—. Ninguno de nosotros lo sabía. Lo único que teníamos claro era que nos sacaban del planeta Tierra.

—Sau puede jugar a picapleitos si quiere, pero usted sabe lo que quiero decir, teniente, ¿verdad? —me preguntó Powell.

—Ilse tiene razón —terció Lambert—. Ésta es nuestra tercera misión seguida en la que tenemos que reprimir a gente descontenta con la Unión Colonial.

—Esta clase de misiones siempre han formado parte del trato —dije—. Antes de que aparecierais vosotros tres, la *Tubingen* tuvo que sofocar un levantamiento en Zhong Guo. A algunas personas de allí se les metió en la cabeza la idea de aliarse con la Tierra.

—¿Y se lo comentaron a la Tierra? —preguntó Salcido.

—¿Estás de broma? —respondí, y luego señalé a los manifestantes congregados al otro lado de la ventana—. Lo que quiero decir es que ésa de ahí es, de hecho, nuestra misión. Una parte de ella, al menos.

—Vale, ¡pero es que ya son tres seguidas! —dijo Lambert.

—¿Y qué más da?

—¿Le había pasado alguna vez?

—No —respondí.

—¿Y cuánto tiempo lleva en las FDC? ¿Seis años?

—Siete. Y tres meses.

—No me puedo creer que lleve la cuenta —dijo Powell.

—Si no, uno se vuelve loco —repliqué. Miré a Lambert—. Vale, nadie lleva la cuenta.

—¿Y no la molesta? —preguntó Lambert—. Espere, no he formulado bien la pregunta. Lo que quiero saber es si no le resulta preocupante, porque si Ilse, aquí presente, nuestra actual reina de la corriente de opinión de «a la mierda con todo» empieza a hartarse de nuestras misiones, podríamos tener un problema.

—¡Yo no he dicho que esté harta! —protestó Powell—. ¡Sólo he dicho que no me enrolé para esto!

—¿Tu cerebro todavía hace la distinción entre ambas cosas? —le preguntó Lambert.

—¡Claro que sí! —respondió ella—. No estoy harta de esto. Puedo hacerlo con los ojos cerrados. Pero no lo considero mi trabajo. Mi trabajo es cargarme alienígenas que intentan matarnos.

—Amén a eso —intervino Salcido.

—Lo que quiero decir es que, en serio, ¿a quién coño le importa lo que estamos haciendo aquí? —insistió. Sacudió un brazo en dirección a la ventana—. ¿Que esas personas protestan? ¡Pues que protesten! ¿Qué más da? ¿Que quieren separarse de la Unión Colonial? ¡Pues que se separen!

—Cuando se presenten en el planeta otras especies para aniquilar a esa gente, tu trabajo será más difícil —señalé.

—De eso nada, porque ya no pertenecerán a la Unión Colonial. ¡Que se jodan!

—Creo que nunca te he dicho lo mucho que me admira, te lo aseguro, tu amoralidad.

—No es amoralidad —replicó Powell—. Si forman parte de la Unión Colonial, los defenderé. Es mi trabajo. Pero si quieren ir por su cuenta, pues adiós muy buenas. No veo que mi trabajo sea impedírselo. Pero tampoco impediré a los alienígenas que se los coman.

—A lo mejor eso es lo que necesitamos —dijo Salcido—, que un planeta se independice y se pegue la hostia del siglo. Así todos los demás volverían al redil con la cola entre las piernas.

—Ya, pero ése es el problema, ¿no? —apuntó Lambert—. No se trata de un planeta, sino de muchos, y todos quieren independizarse a la vez.

—La culpa es de ese grupo, el Equilibrio, y de toda la información que ha hecho pública —comentó Salcido.

—¿Por qué? —preguntó Powell.

—Bueno, parece lógico, ¿no?, porque de repente han estallado revueltas en todos los planetas.

—Las revueltas no han estallado de repente —repuso Lambert—. El levantamiento de Kioto llevaba tiempo fraguándose, y la teniente acaba de hablar de una revuelta que se produjo hace un año en... ¿dónde era?

—Zhong Guo —dije.

—Gracias. Quizá lo del Equilibrio haya cristalizado ahora, pero es una cosa que llevaba varios años cociéndose.

—La Unión Colonial debería haberse preparado para lo que está sucediendo —manifestó Powell, aburrida ya de la conversación—. Pero no lo hizo, y ahora nosotros y toda la gente que está en la *Tubingen* tenemos que ir de una estúpida crisis interna a otra. Es una estupidez y una pérdida de tiempo.

—No, es lo más lógico del mundo—sentenció Lambert.

—¿Qué dices? ¿Por qué?

—No tenemos ningún vínculo afectivo con este lugar. No lo teníamos con Kioto ni con Franklin. No tenemos ningún vínculo afectivo con ninguna colonia porque nacimos en la Tierra. Así que no tenemos ningún problema en venir aquí y aplastar una revuelta si así nos lo ordenan.

—La policía de Kiev nos tomará el relevo —afirmó Salcido.

—Claro, después de haber hecho el trabajo sucio. Para eso nos envían, para hacer el trabajo sucio.

—Pero acabas de decir que eso no es la solución definitiva —repuso el otro, señalando los canalizadores de abajo—. Por lo tanto, el trabajo sucio no termina aquí. Tendremos que volver. O alguien como nosotros.

—Ya. Qué curioso; recuerdo una conversación de hace un par de semanas sobre no abordar la raíz de los problemas que atajasteis con un «¿a quién le importa?» y una canción sobre pizzas.

—Era una canción genial.

—Si tú lo dices.

—Yo sólo digo que lo que estamos haciendo ahora es una tomadura de pelo —gruñó Powell, insistiendo en la discusión—. Si por ahora es lo que tenemos que hacer, vale, lo acepto, pero yo preferiría estar cargándome alienígenas. Y creo que no soy la única.

—Ilse tiene razón —asintió Salcido.

—Vaya si la tiene —convino Lambert.

—Lo sé.

Cuarta parte

Viernes.

—La raíz de los problemas —dijo Lambert—. No paráis de burlaros de mí porque hablo de ella, y mirad dónde hemos acabado. En otro planeta colonizado. En otro levantamiento. Salvo que esta vez el planeta ya ha declarado la independencia.

El transbordador atravesó como un cohete la atmósfera de Jartum. Esta vez no íbamos nosotros cuatro solos, sino toda mi sección, como en Rus. En esta ocasión no tocaba sofocar una protesta; la misión consistía en un ataque selectivo contra el primer ministro de Jartum, que había declarado la independencia del planeta y alentado a las masas a ocupar los edificios del gobierno colonial y luego se había escondido, junto con un círculo de asesores, en un lugar secreto, seguramente porque sabía que a la Unión Colonial no iba a hacerle demasiada gracia su maniobra.

Y así fue. De hecho, no le hicieron ni pizca de gracia las actividades de su partido, todas ellas dirigidas a lograr la independencia, sin, dicho sea de paso, presentar las propuestas al parlamento para su refrendo.

—Han aprendido la lección de Franklin —continuó Lambert—. Sabían que no debían darnos la oportunidad de intervenir antes de la declaración.

—Lo que convierte en ilegal su declaración de independencia —apuntó Salcido, sentado al lado de Lambert.

—En cualquier caso habría sido ilegal —afirmó Lambert—. Es

decir, no hay ninguna posibilidad de que la Unión Colonial acepte su independencia, así que era absurdo someter la declaración a votación.

—Pero ahora también quebranta las leyes de su propio sistema de gobierno.

—Nada de eso, porque el primer ministro ha hecho que su gabinete apruebe una concesión de poderes extraordinarios y la disolución del gobierno actual —dijo Lambert—. Han cumplido la ley a rajatabla.

—No va a servirle de nada —apuntó Powell, que estaba sentada en el otro lado del transbordador, a mi lado.

—¡Pero ¿qué dices, Ilse?! Va a salirse con la suya —repuso Salcido—. ¿No ves que está en un lugar secreto?

—Hacia el que nos dirigimos. Otra operación de descenso y destrucción.

—Tenemos que coger vivo al primer ministro Okada—le recordé a Powell.

—Descenso, detención y, luego, destrucción —se corrigió Powell.

—Lo cual me suscita la pregunta de cómo es que conocemos ese lugar secreto —dijo Lambert mirándome.

—En la sangre de Okada hay nanotransmisores desde que fue elegido primer ministro —le aclaré.

—Supongo que él ignora ese detalle.

—Probablemente.

—¿Cómo llegaron hasta su sangre, si se me permite la pregunta?

—No tengo ni idea —respondí—. Pero imagino que antes o después comería en el complejo de la Unión Colonial y se los introducirían con la comida.

—¡Y seguimos preguntándonos por qué nadie ve con buenos ojos a la Unión Colonial! —exclamó Lambert.

Powell puso los ojos en blanco.

—Ya empezamos...

—Búrlate de mí todo lo que quieras, Ilse —protestó Lambert, y entonces apareció un agujero en la pared del transbordador, justo detrás de él, y salió disparado hacia la atmósfera superior de Jartum junto con Salcido y los soldados que estaban sentados a su lado.

Mi traje de combate detectó la caída de la presión y el daño en el transbordador e inmediatamente me cubrió la cabeza con la máscara y comenzó a extraer el oxígeno del poco aire que quedaba en el interior de la aeronave. Simultáneamente, como líder de la sección, fui conectada a los sistemas del transbordador, que me informaron de lo que ya sabía, es decir, de que habíamos sido alcanzados por un proyectil y que la nave descendía de manera incontrolada.

Evité que el pánico se apoderara de mí y me concentré en la evaluación de los daños. El piloto estaba peleándose con los deteriorados mandos del transbordador, que caía con guiñadas y cabeceos, para tratar de enderezarlo. Cuatro soldados habían desaparecido por el agujero cada vez mayor que había en la pared de la nave. Otros cinco estaban heridos de muerte o directamente muertos, mientras que cinco más sufrían graves heridas pero seguían vivos. Los quince restantes y yo estábamos ilesos.

El transbordador informó de que otra nave nos seguía; quienquiera que nos hubiera disparado no había terminado aún.

A través de mi conexión al sistema del transbordador autoricé la apertura de las puertas.

¡Todos fuera!, ordené a través del canal de los CerebroAmigos de la sección. Mi voz simulada sonaba más tranquila de lo que yo estaba en realidad.

Todos estábamos ya dispuestos para saltar del transbordador, sólo que íbamos a hacerlo antes de lo esperado.

¡Por escuadras! ¡Vamos!

Lo que quedaba de mi sección comenzó a saltar desde las puertas. Powell se quedó detrás conmigo, gritando a los rezagados. El piloto mantuvo equilibrada la nave lo mejor que pudo. Powell y yo saltamos justo un instante antes de que alguna clase de proyectil cinético hiciera trizas el aparato. Envié una señal al sistema de comunicación del uniforme del piloto, pero no obtuve respuesta.

Teniente, mire abajo, me dijo Powell, que caía a un centenar de metros de mí, mediante el tensorrayo.

Miré abajo y vi los destellos de varios haces de luz que escindían el cielo desde la superficie del planeta. Los rayos no llegaban hasta la atmósfera, sino que se interrumpían a mitad de camino, en algún punto por debajo de mí.

Impactaban en mis soldados. ¡Estaban matándolos!

Camuflaje completo de caída errática, fue el mensaje que envié por el canal de la sección a todos mis soldados que siguieran vivos. Luego ordené a mi traje que me envolviera herméticamente y que cortara todas las comunicaciones, y me acerqué todo lo que pude a un agujero que divisé en la atmósfera. La función de camuflaje del traje me ocultaría a la vista y haría lo que pudiera para dispersar las ondas electromagnéticas que debían regresar rebotadas a un receptor que tenía la misión de convertirme en un objetivo. Mi traje también realizaba giros sutiles y desplegaba extensiones para que me moviera erráticamente, al mismo tiempo que cambiaba la velocidad y la dirección de mi caída. Todos los miembros de mi sección que habían recibido la orden estaban haciendo lo mismo.

Las sacudidas y los bruscos giros de la caída errática podían matar a un ser humano no modificado. Las partes del traje que recubrían el cuello y el resto de las articulaciones se habían endurecido para minimizar los daños, pero eso no quería decir que mis órganos no se resintieran de la violencia de los movimientos. No estaba diseñado para que fuera cómodo, sino para que te mantuviera vivo.

Otra cosa. El camuflaje dispersor de ondas electromagnéticas te deja completamente ciego, y durante la caída tienes que confiar en los datos que el traje había recopilado antes de que lo activaras para que, a partir de tu ubicación y de la distancia que ya habías descendido, el CerebroAmigo calculara los cambios de dirección y de velocidad de descenso. El camuflaje estaba diseñado para volver a transmitirme imágenes del exterior cuando estuviera a mil metros de altura, con el tiempo justo para evaluar la situación y planear la parte final de la caída.

A menos que se produjera un error, en cuyo caso vería el suelo un segundo antes de estrellarme contra él. O tal vez jamás lo vería y simplemente oiría un golpetazo.

Una cosa más. No me enteraría de que uno de esos rayos me había alcanzado hasta que comenzara a freírme.

Lo que intento decir es que nadie activa la función de camuflaje completo de caída errática a menos que sea absolutamente imprescindible. Y en una de esas situaciones estábamos; yo y todos los soldados de mi sección.

También había que tener en cuenta que aterrizaríamos desperdigados por todo el territorio y con los sistemas de comunicación apagados para evitar la detección. Durante la reunión informativa previa al comienzo de la misión, había dado a mis hombres las coordenadas de un punto de evacuación alternativo para el caso de que las cosas se torcieran. Pero el hecho de que el transbordador hubiera sido destruido todavía a mucha altitud, sumado a la caída errática, implicaba que los restos de mi sección probablemente aterrizarían diseminados en un área de cien kilómetros. Cuando pisáramos el suelo, todos estaríamos solos.

Mientras caía, todavía disponía de unos minutos para reflexionar sobre nuestra situación.

También disponía de unos minutos para pensar en lo que había sucedido. Para explicarlo de una manera sencilla, en principio era inconcebible que el transbordador hubiera sido atacado cuando aún se encontraba en la atmósfera superior de Jartum. Jartum contaba con las mismas armas defensivas que cualquier otra colonia de la Unión Colonial para protegerse de un ataque alienígena, pero como había ocurrido en Franklin y en todos los planetas que habíamos visitado recientemente, estas armas habían sido construidas y eran manejadas por la propia Unión Colonial. Aun en el caso de que las instalaciones que las albergaban hubieran sido tomadas por los ciudadanos de Jartum y abandonadas por los operarios de la Unión Colonial, toda una serie de medidas de seguridad habrían impedido utilizarlas a cualquiera que lo hubiera intentado. A menos que los operarios de la UC se hubieran pasado al otro bando (una posibilidad, aunque improbable), aquellos rayos tenían otra procedencia.

Otra consideración. En principio, la *Tubingen* debería haber seguido el descenso del transbordador y alertarnos (y defendernos) de cualquier ataque procedente del planeta. La única explicación que se me ocurre de que no lo hubiera hecho era que había estado ocupada con otro asunto. O lo que es lo mismo, también estaba sufriendo un ataque, ya fuera desde la superficie de Jartum o desde su atmósfera. En cualquier caso, tampoco con armas de la Unión Colonial.

Si todas mis conjeturas eran correctas, quedaban claras un par de cosas. Una de ellas era que lo que estaba ocurriendo en Jartum no era un asunto exclusivamente relacionado con la independencia. El planeta se había aliado con enemigos de la Unión Colonial y nos habían tendido una trampa; no concretamente a la *Tubingen*, pues quienquiera que fuera el responsable de esto no tenía ni idea de qué nave de las Fuerzas de Defensa Coloniales iban a enviar. La *Tubingen*, su transbordador y mi sección éramos elementos secundarios. No, la trampa tenía como objetivo la Unión Colonial en sí.

Pero ¿por qué? ¿Con qué fin?

Comencé a recibir imágenes del exterior cuando estaba a mil metros del suelo. A lo lejos vi unas luces que sugerían la presencia de civilización. Justo debajo de mí estaba oscuro y el terreno era accidentado y parecía cubierto de vegetación. Esperé hasta el último momento para desplegar los nanobots de frenada, que se extendieron abarcando una amplia área para atrapar el aire. Impacté con fuerza contra el suelo, rodé y me quedé tendida boca arriba unos segundos, contemplando el cielo mientras recuperaba el aliento. Era de noche, y la oscuridad que proporcionaba la vegetación combinada con mis ojos mejorados por la Unión Colonial me permitían ver las estrellas de todas las constelaciones locales. Tomé como referencia unas cuantas y, basándome en la hora local y la fecha, calculé mi posición.

Comprobé si mi CerebroAmigo había recibido alguna señal de la *Tubingen*. Yo, por mi parte, prefería no intentar ponerme en contacto con la nave, por si acaso había alguien escuchando, pero si desde la *Tubingen* se comunicaban con nosotros, tal vez dispusieran de información útil para mis soldados y para mí.

Nada. Eso era mala señal.

Me puse de pie, todavía con el camuflaje visual activado, y me encaminé hacia las luces que volví a divisar en la distancia. Cambié el modo de visión para buscar en los datos los mapas de superficie que había almacenado en el CerebroAmigo para la misión. Los orienté tomando como referencia la posición de las estrellas en el cielo. Averigüé que me encontraba en las estribaciones montañosas colindantes con los barrios periféricos de Omdurmán, la capital de Jartum. Estaba cuarenta y cinco kilómetros al sureste de la ciudad, treinta y ocho kilómetros al sur del «lugar secreto» donde sabía que encontraría al primer ministro y veintitrés kilómetros al suroeste del segundo punto de evacuación, hacia donde esperaba que estuvieran dirigiéndose en este momento los supervivientes de mi sección.

Arrinconé de momento esa información y abrí la grabación de vídeo de la última hora. Retrocedí hasta que apareció la imagen de un rayo alcanzando a uno de mis soldados, y a partir de la información visual más los datos recopilados durante mi descenso, rastreé su origen.

Estaba a dieciséis kilómetros en dirección norte, también en las estribaciones, cerca de un depósito de agua abandonado.

—Ya te tengo —dije. Aumenté al máximo mi agudeza visual para situaciones de luz escasa (no quería caer en ningún agujero) y eché a correr hacia el objetivo. Puse música en mi CerebroAmigo para mantenerme distraída y no pensar en Lambert, Salcido, Powell ni el resto de los miembros de mi sección.

Ya pensaría en ellos más tarde. Y también los lloraría. Ahora mismo tenía que averiguar quién nos había disparado.

Cuando estaba a seis kilómetros de mi objetivo, algo me golpeó en los pies y me derribó. Me incorporé inmediatamente y rodé por el suelo, desconcertada porque tenía activado el camuflaje visual y porque no veía por ninguna parte lo que me había golpeado y derribado. Era como si me hubiera atacado un fantasma.

Teniente.

Tardé un segundo en darme cuenta de que había oído la voz por medio del CerebroAmigo, no de mi sistema auditivo.

Justo delante de usted —dijo la voz—. *Comuníquese conmigo por tensorrayo. No sé si todavía nos están rastreando.*

¿Powell?, pregunté con incredulidad a través del tensorrayo.

Sí, respondió ella, y me envió un permiso visual de su traje, lo que permitió a mi CerebroAmigo representar la figura de su cuerpo en el espacio que ocupaba. De hecho, tenía a Powell a un metro escaso de mí. Le envié el mismo permiso de mi traje.

Siento lo de la zancadilla, me dijo.

¿Cómo lo has hecho? Es decir, ¿cómo has sabido dónde estaba?

¿Tiene música puesta?

Sí —respondí—. *¿Y?*

Canta mientras corre.

¡Qué me dices!

¿No lo sabía?

No, pero no me sorprende. Cuando tocaba, me tenían que apagar el micrófono en los conciertos para que no se oyera mi voz porque canturreaba. Sé tocar cualquier instrumento de cuerda que se te ocurra, pero canto fatal.

Ya me había dado cuenta —dijo Powell, y sonreí a mi pesar. Powell señaló hacia el sureste—. *Yo venía de allí y comencé a oírla hace un par de kilómetros. Esperé hasta que estuve segura de que era usted.*

Podrías haberme enviado un mensaje en lugar de ponerme la zancadilla.

Me pareció más seguro. En el suelo había menos probabilidades de que cogiera el MP y abriera fuego indiscriminadamente.

Tienes razón. Por cierto, ¿por qué vas en esta dirección? El segundo punto de evacuación no está por ahí.

Ya lo sé, pero los cabrones que nos han disparado, sí.

Volví a sonreír.

No me sorprende oírte decir eso.

Claro que no. De la misma manera que a mí no me sorprende encontrarla yendo en la misma dirección.

No, supongo que no.

¿Seguimos?

Sí, respondí. Ambas nos pusimos en pie.

Dejemos las cosas claras desde el principio. Pienso cargarme hasta el último de esos capullos que encontremos, dijo Powell.

Nos iría bien un par para interrogarlos.

Lo que usted diga, pero le aconsejo que me señale con tiempo los que quiere.

Lo haré. Otra cosa, Ilse.

Dígame, teniente.

¿A qué te dedicabas en la Tierra? Siempre he sentido curiosidad.

Era profesora de matemáticas en un instituto de Tallahassee.

¿Eh? Vaya, no es lo que esperaba.

¿Me toma el pelo? —soltó Powell—. *Intente enseñar álgebra a una pandilla de pequeños cabezas huecas durante treinta y ocho años.*

Calculo que hasta dentro de otros diez años no habré liberado toda la rabia que he acumulado dentro.

Eso nos vendrá muy bien. ¿Estás lista?

Sí. Tengo que dar rienda suelta a una ira que no sólo se debe a mis años como profesora.

Bueno, definitivamente, esto tiene mala pinta, dijo Powell.

Ambas, todavía con el camuflaje completo activado, estábamos tendidas a doscientos metros de una vasta explanada de hormigón situada en el borde de un depósito de agua abandonado. Sobre la explanada había dos lanzamisiles, una catapulta electromagnética y dos cañones de rayos. En uno de los lanzamisiles faltaban dos proyectiles, y dos especialistas habían transportado hasta él nuevos misiles para recargarlo. Los especialistas no eran humanos.

Putos rraey —dijo Powell al identificar la especie de los alienígenas—. *¿Qué estarán haciendo aquí?*

Pues abatiendo nuestros transbordadores, dije.

Pero ¿por qué? ¿Y cómo han conseguido llegar a este planeta?

Supongo que mediante una invitación.

¿Del primer ministro? Después de esto voy a dispararle dos veces.

Tenemos que capturarlo vivo, le recordé.

No he dicho que vaya a matarlo —replicó Powell—, *sino que voy a dispararle dos veces.*

Antes concentrémonos en la tarea que tenemos entre manos.

De acuerdo —dijo Powell—. *¿Cómo quiere hacerlo?*

Miré de nuevo hacia la explanada de hormigón. Cada arma estaba montada sobre una plataforma que contaba con un equipo propio de técnicos y operarios, compuesto por cuatro rraey. Y también cada una de ellas disponía de su propia fuente de energía; la mayor de todas era la que estaba conectada a la catapulta electromagnética. Las plataformas estaban dispuestas sin ningún criterio, como si las hubieran instalado apresuradamente y fueran a desmontarlas con la misma precipitación. De hecho, detrás de cada una de ellas había un camión lo suficientemente grande para cargar una de ellas y llevársela a otra parte. Había además un quinto camión, más pequeño que el resto y con el techo plagado de receptores de comunicaciones, en cuyo interior divisé, a través de las ventanillas, varios rraey. Era el puesto de mando y de comunicaciones. Para acabar, dos rraey con fusiles (centinelas, por llamarlo de alguna forma) patrullaban el perímetro de la explanada.

Cuento unos veinte rraey, le dije a Powell.

Aprobada en matemáticas.

Quiero al menos a un par vivos.

Vale. ¿Alguno en particular?

De momento, prefiero que los del puesto de mando y de comunicaciones sigan respirando.

Usted manda, respondió.

Encárgate de los centinelas y de los camiones, y córtale el suministro de energía al puesto de mando y de comunicaciones.

Seguramente tendrán baterías de emergencia.

No les des tiempo para utilizarlas, dije.

Pensaba que los quería ilesos.

He dicho que prefería que siguieran respirando.

Ah, vale —dijo Powell—. *Eso facilita las cosas.*

Yo me encargaré de los equipos de las armas.

Son muchos.

Tengo un plan, le aseguré.

¿Ah, sí? ¿Cuál?

Observa, dije. Configuré mi MP en modo de rayo de partículas y disparé a uno de los proyectiles que los especialistas trataban de instalar en el lanzamisiles. No apunté a la carga sino al depósito de combustible.

El misil explotó como si de un festival de fuegos artificiales se tratara y destruyó el lanzamisiles, al equipo de especialistas que lo operaba y los equipos de las plataformas contiguas. Todo lo que había sobre la explanada de hormigón acabó hecho añicos, incluidos los rraey que habían tenido la mala suerte de encontrarse cerca cuando la plataforma del lanzamisiles saltó por los aires. Menos mal que aún llevábamos puestas las máscaras, pues nos protegieron los oídos de la detonación.

—¡Ya contaba con que hiciera algo así! —gritó Powell mientras se ponía de pie y salía de nuestro escondite.

—¿No te importa que te vean? —le pregunté.

—Teniente, llegado este momento, lo que más deseo en el mundo es que me vean —respondió, y echó a correr con el MP levantado.

Sonreí, todavía agachada, y esperé a que alguno de los rraey tirados sobre la explanada volviera a moverse. Cada vez que veía a alguno intentarlo, lo dejaba tieso.

Se oyó un leve chasquido. Powell había dejado sin energía el camión del puesto de mando y de comunicaciones. La vi avanzar sigilosamente por la explanada en dirección al camión y disparar a los alienígenas sentados en la cabina sin detenerse. Detrás de ella, uno de los rraey había cogido un arma y estaba deslizándose alrededor del camión con la intención de dispararle por la espalda. Me encargué de él.

Te habías dejado a uno, le dije por tensorrayo.

Ya sabía que estaba ahí —me respondió—. *Y también que estaba usted.*

Un rraey se abalanzó sobre ella desde la puerta de la cabina del camión y Powell le disparó en la pierna. El alienígena cayó al suelo chillando.

Quiero a un par vivos.

Depende de ellos, replicó Powell. Agarró al rraey del suelo y lo empujó delante de ella mientras entraba en la cabina del vehículo.

Desde mi posición, las cosas parecieron tranquilas durante un par de minutos.

He dejado vivos a un par —dijo Powell al cabo de ese tiempo—, *pero le aconsejo que venga corriendo.*

Corrí hasta el camión.

El interior del vehículo era un auténtico desastre. Había tres rraey muertos, incluido aquél al que Powell había disparado en la pierna. Otros dos estaban de rodillas en la parte trasera del vehículo. No sabía mucho sobre la fisiología de los rraey, pero lo suficiente para deducir que ambos tenían extremidades rotas. Powell les había arrancado todos los aparatos electrónicos y el resto de los dispositivos de la cabina estaban apagados. Un par de pequeñas luces de emergencia eran lo único que iluminaba el interior del camión.

—¿Algún problema? —le pregunté en cuanto entré.

—No —respondió—. No son muy buenos en el cuerpo a cuerpo.

—Bueno, algo es algo.

Powell señaló con la cabeza a uno de los supervivientes.

—Creo que ése es el que está al mando. Por lo menos todos trataban de impedirme que llegara hasta él.

Me acerqué al rraey, que estaba mirándome fijamente desde que entré en el camión. Accedí a mi CerebroAmigo, que tenía instalados módulos de traducción para los dos centenares de especies con los que los humanos tratábamos con más frecuencia; los rraey estaban entre ellas. En su lengua había sonidos impronunciables para nosotros, pero el CerebroAmigo se encargaba de escoger las palabras que se adaptaran a nuestro aparato fonador. Yo sólo tenía que transmitirle al CerebroAmigo lo que quería decirles y él me proporcionaría una traducción adecuada.

—¿Estás tú al mando? —le pregunté al alienígena.

—No responderé tus preguntas —espetó el rraey en su lengua, que mi CerebroAmigo me tradujo.

—¿Quieres que te rompa algo más? —lo amenazó Powell, que estaba escuchando la conversación.

—Torturándolo no le sacaremos información —dije.

—Yo no he dicho nada de sacarle información —repuso Powell.

La miré.

—Dame un momento —le pedí, y ella resopló. Me volví de nuevo al rraey—. Estás herido —dije en su lengua—. Deja que te curemos.

—Estamos heridos por culpa de esa bestia de ahí —replicó el alienígena moviendo la cabeza en dirección a Powell.

—Estáis heridos porque nos habéis atacado —lo corregí—. No podéis atacarnos y esperar que no respondamos.

La criatura no dijo nada.

—Estáis en un planeta en el que no deberíais estar —continué—. Ayudando a unos humanos a los que no deberíais ayudar. Quiero que me expliques por qué lo hacéis.

—No diré nada.

—Podemos ayudaros, a ti y a ese soldado —dije, señalando al otro rraey herido—. No sobreviviréis sin nuestra ayuda.

—Moriré encantado.

—¿Vas a obligar a tu soldado a morir también? ¿Le has preguntado qué quiere hacer él?

—¿Ahora está haciendo eso de ser amable con alguien a quien ha intentado matar, teniente? —preguntó Powell—. No servirá de nada, porque aún no han olvidado que sólo hace cinco minutos quería matarlos.

—Ilse.

—Yo sólo pongo de relieve un hecho. Alguien tenía que decirlo.

No le hice caso y devolví la atención al rraey.

—Soy la teniente de las Fuerzas de Defensa Coloniales Heather Lee. Os prometo que a partir de este momento no sufriréis ningún daño. Es una promesa que mantendré tanto si cooperáis como si no lo hacéis. Pero si me ayudáis, informaré a mis superiores de vuestra colaboración y recibiréis un trato mejor.

—Ya sabemos cómo tratáis a los prisioneros —replicó el rraey.

—Y nosotros cómo los tratáis vosotros —dije—. Quizá sea un buen momento para cambiar las cosas.

—Mátame y acaba de una vez con esto —me espetó el rraey.

—Yo no quiero morir —dijo el otro alienígena.

El primer rraey chilló a su subordinado algo que mi CerebroAmigo tradujo como: «¡Cállate, deberías avergonzarte de tus palabras!».

—Y no tienes que hacerlo —dije, mirando al segundo rraey—. Colabora con nosotros, rraey, y vivirás. Te lo prometo.

—Soy el especialista Ketrin Se Lau —dijo, y señaló con la cabeza a su superior—. Él es el comandante Frui Ko Tvann. Estamos aquí en representación del Equilibrio porque el gobierno de Jartum ha hecho un trato con nosotros.

—¿Qué clase de trato?

—Cuando la Unión Colonial desaparezca, el Equilibrio lo protegerá de las especies que intenten atacarlo o invadirlo.

—¿A cambio de qué?

Tvann volvió a chillar a Lau e intentó agredirlo. Powell se interpuso entre ellos y apuntó con el MP al comandante.

—¿A cambio de qué? —repetí.

—No nos mataréis, ¿verdad? —quiso saber Lau—. Nos lo has prometido.

—He hecho una promesa. No os mataremos.

—Ni nos torturaréis.

—No os torturaremos. Vamos a ayudaros. Te lo prometo, especialista Lau.

—Protección a cambio de que os tendieran una trampa —dijo Lau—. Para que vinierais a Jartum.

—¡Eso es absurdo! —exclamó Powell—. La Unión Colonial sólo ha enviado una nave. Y si destruís la *Tubingen*, enviaremos más, muchas más. Aplastaremos este levantamiento y luego iremos a por vosotros por ayudarlos.

—A menos que eso no sea todo —apunté, y me volví de nuevo a Lau—. ¿Qué más hay?

—No lo sé —respondió éste—. Yo soy un simple especialista. Sólo me han contado lo imprescindible para que haga mi trabajo.

Miré a Tvann.

—Supongo que tú tampoco vas a contármelo.

Tvann me retiró la mirada.

—Por lo tanto, estamos en un callejón sin salida —dijo Powell.

—No... —repuse, pero entonces la *Tubingen* abrió un canal de comunicación para ponerse en contacto con nosotros. La nave había sido atacada y sufría daños, pero estaba a salvo gracias a la ayuda de otra nave que había destruido a las dos naves enemigas atacantes. Ahora solicitaba informes de situación.

—Bueno, al menos no estamos jodidos del todo —dijo Powell.

—Habla con ellos —le ordené—. Diles que necesitamos evacuación médica inmediata para dos prisioneros de guerra rraey. Infórmales también de que les he prometido que no les haríamos daño.

—No va a hacerles demasiada gracia.

—Tú haz lo que te he dicho.

—¿Alguna cosa más?

—Sí, pide que envíen otro transbordador para nosotras dos. Aún tenemos pendiente una misión.

Durante el viaje de regreso, nuestro transbordador se desvió y, en vez de dirigirse a la *Tubingen*, enfiló hacia la otra nave de la Unión Colonial.

—Nunca había oído hablar de la *Chandler* —dijo Powell.

—Es una nave del Departamento de Estado, no de las FDC —expliqué.

—¿Una nave del Departamento de Estado dotada con un sistema de armamento ofensivo completamente operativo?

—Los tiempos cambian —dije.

—Estas correas están destrozándome los brazos —dijo Masahiko Okada, el ahora ex primer ministro de Jartum. Es posible que algunas personas todavía lo consideraran su primer ministro, pero en la práctica, sus días en el cargo habían acabado—. Esto es muy incómodo.

—Y unos cuantos amigos míos están muertos —le espetó Powell—. Así que debería pensar que se ha quedado con la mejor parte del trato y cerrar el pico.

Okada se volvió hacia mí.

—Si piensan que la gente no está al corriente del trato que me están dando...

—Por favor, déjeme que lo lance al espacio... —me suplicó Powell.

Okada se volvió repentinamente hacia ella.

—¿Cómo?

—Por favor... —me insistió Powell—. Este saco de mierda es el culpable de que Lambert y Salcido estén muertos, por no mencionar al resto de la sección.

—No han muerto todos —le recordé—. Gould y DeConnick siguen vivos.

—Gould y DeConnick están en estado grave —replicó ella—. Podrían sobrevivir. Pero si no lo hacen, usted y yo seríamos las únicas supervivientes de toda una maldita sección. —Apuntó con el dedo a Okada—. Creo que eso lo hace merecedor de un paseo espacial sin traje.

Me volví hacia el ex primer ministro.

—¿Qué opina usted, señor primer ministro?

—La Unión Colonial, y no el gobierno de Jartum, es la instigadora de este levantamiento... —comenzó a decir Okada.

—¡Esto ya es el colmo! —lo interrumpió Powell, que se puso de pie—. ¡Ha llegado el momento de que intente respirar en el vacío, hijo de perra!

Okada se encogió ostensiblemente, acobardado por Powell.

Levanté una mano e Ilse se detuvo cuando ya avanzaba hacia Okada.

—Cambio de planes —dije, y lo señalé—. Usted no dirá una sola palabra más hasta que aterricemos en la *Chandler*. —Lancé una mirada a Powell—, y tú no lo arrojarás al espacio.

Okada no volvió a hablar, ni siquiera cuando desembarcamos en la *Chandler* y varios tripulantes de la nave se lo llevaron.

—Está muy callado —comentó un tripulante acercándose a mí y señalando a Okada con la cabeza. A diferencia del resto de sus colegas de la tripulación, él era verde, lo que quería decir que pertenecía a las FDC.

—Tiene motivos para ello.

—Ya se ve —dijo—. Bueno, en fin, ¿se acuerda de mí, teniente Lee?

—Por supuesto, teniente Wilson —respondí. Señalé a Powell—. Ella es la sargento Ilse Powell.

—Sargento —la saludó Wilson, y devolvió la atención hacia mí—. Me alegra que me recuerde. Me han elegido para que me presenten su informe y para que las ponga al día de la situación.

—Lo que de verdad nos gustaría hacer es regresar a la *Tubingen* —dije.

—Bueno —repuso Wilson—, en cuanto a eso...

—¿Qué sucede?

—Será mejor que busquemos un lugar donde sentarnos para hablar tranquilamente.

—Lo que será mejor es que me explique ahora mismo qué sucede porque de lo contrario podría pegarle un puñetazo, Wilson.

Éste sonrió.

—Queda claro que no ha cambiado. Está bien. Pues resulta que la *Tubingen* ha sobrevivido al ataque, aunque «sobrevivir» es un término relativo. Básicamente está orbitando. Podrían haberla destruido por completo, pero logramos llegar a tiempo para evitarlo y ayudarla a abatir a las naves que estaban atacándola.

—¿Y cómo consiguieron llegar a tiempo? —pregunté.

—Una corazonada —respondió Wilson—. Eso es todo lo que puedo contarles de momento, mientras sigamos en un hangar de transbordadores a la vista de todos.

—Mmm...

—Lo que quiero decirles es que, si quieren regresar a la *Tubingen*, probablemente podrán hacerlo después de que me presenten el informe de su misión. Lo que no es posible es que se queden en la nave. En el mejor de los casos se les dará tiempo para recuperar los efectos personales que hayan sobrevivido a la batalla, antes de que la *John Henry* y otras naves lleguen para llevarlos a ustedes y al resto de los supervivientes de la *Tubingen* a la Estación Fénix, donde se les asignará otro destino. También podrían esperar aquí, si quieren. Podemos recogerles nosotros los objetos personales.

—¿Cuántas personas han muerto en el ataque a la *Tubingen*? —quiso saber Powell.

—Doscientas cincuenta. Y hay varias docenas de heridos. Eso sin contar su sección. Lo siento. Hemos recuperado los cadáveres, por cierto.

—¿Dónde están? —pregunté.

—De momento los hemos almacenado en una cámara frigorífica del comedor.

—Me gustaría verlos.

—No se lo recomiendo. No es muy decoroso. Me refiero a cómo los hemos almacenado.

—No me importa.

—En ese caso, prepararé la visita.

—También me gustaría saber qué ha sido de los dos rraey que capturamos.

—Están en el calabozo, recibiendo atención médica, en la medida en la que podemos atenderlos —dijo Wilson—. Sus heridas eran graves pero, por suerte, no demasiado complejas. Sobre todo huesos rotos fáciles de curar. Por curiosidad, ¿quién de ustedes dos se las hizo?

—¿Pregunta por mí? —respondió Powell.

—Me gusta su sentido del humor —dijo Wilson.

—Debería verme en la segunda cita.

Wilson sonrió y me miró de nuevo.

—Recibimos sus instrucciones para que no les hiciéramos daño. No ha supuesto ningún problema porque no teníamos intención de hacérselo. Sin embargo, supongo que comprenderá que debemos interrogarlos.

—Pueden interrogarlos sin hacerles daño —dije.

—Sí, claro —repuso Wilson—. Sólo quiero que tenga claro que el interrogatorio probablemente será agresivo, aun cuando no se ejerza una violencia física contra ellos. Sobre todo en el caso del comandante Tvann, en quien tenemos un interés especial por razones que no se circunscriben únicamente a lo ocurrido en Jartum.

—¿Quién se encargará del interrogatorio?

—Bueno, ¿pregunta por mí?

—El comandante Tvann no parece ser una criatura muy comunicativa.

—No se preocupe, creo que puedo disuadirlo para que hable sin romperle ninguna otra parte del cuerpo. No es la primera vez que me enfrento a un rraey. Confíe en mí.

—De acuerdo. Gracias —asentí, y señalé con la cabeza en dirección a Okada, a quien se llevaban del hangar en aquel momento—. ¿Y qué va a pasarle a él?

—¿A él? No puedo prometer nada —respondió Wilson—. Ha sido capaz de concebir una ingeniosa artimaña. No sólo ha traicionado a la Unión Colonial, también al propio levantamiento que lideraba.

—Explíquese.

—Diez planetas de la Unión Colonial, Jartum entre ellos, se habían puesto de acuerdo para anunciar simultáneamente su independencia. Pero Jartum se anticipó, la anunció antes y atrajo a la *Tubingen* a la trampa.

—¿Con qué fin?

—Eso es lo que tenemos que averiguar —respondió Wilson—. Lo que nos cuente será crucial para decidir las represalias de la Unión Colonial con esos planetas rebeldes.

—¿Cree que hablará? —preguntó Powell.

—Cuando acabemos con él, conseguir que hable no será el problema. Lo difícil será hacer que se calle. Bueno, ¿están preparadas para presentarme el informe oficial?

—Lo cierto es que me gustaría ver a mis soldados antes —respondí.

—De acuerdo.

El cuerpo de Lambert quedaba a la altura de mi cintura por el resto de los cadáveres amontonados debajo de él, casi en el fondo de la cámara frigorífica del comedor. Vi a Salcido dos pilas de cuerpos más allá, más cerca del suelo. No era plato de buen gusto mirar los cadáveres detenidamente.

—Lambert tenía razón, ¿sabe? —dijo Powell, que me acompañaba en la cámara frigorífica. Wilson nos había llevado hasta allí y nos esperaba fuera. Habían vaciado la cámara frigorífica de los estantes y de su contenido habitual, y los productos se guardaron en otra cámara o se utilizaron para dar de comer a los supervivientes de la *Tubingen*, que estaban instalados en ese mismo comedor, tristemente hacinados.

Por lo menos no estaban apilados dentro de la cámara frigorífica.

—¿En qué tenía razón? —pregunté.

—En lo que decía sobre la raíz del problema.

—Eres la última persona a la que esperaba oír decir eso.

—Yo nunca dije que no tuviera razón. Sólo dije que no le importaba a nadie.

—Pero ahora te importa a ti.

—Me importa más que antes. ¿Qué estamos haciendo, teniente? Vamos de un lado a otro apagando fuegos. Y vale, lo acepto, somos una brigada de bomberos. Nuestro trabajo consiste en apagar fuegos, no en preocuparnos por las causas que los han provocado. Sólo en apagarlos. Pero llega un momento en el que incluso una brigada de bomberos empieza a preguntarse quién está provocando todos estos incendios y por qué nos envían continuamente a apagarlos.

—Lambert estaría desternillándose de la risa si pudiera oírte.

—Si pudiera oírme, no sería yo quien lo dijera, sino él mismo... por enésima vez. —Powell señaló en la dirección de Salcido—. Y Sau estaría comentando cualquier chorrada que no le interesaría a nadie. Y yo estaría metiéndome con los dos, y usted estaría haciendo de árbitro. Y todos volveríamos a ser una familia feliz, en vez de estar usted y yo solas contemplándolos en un frigorífico.

—No es la primera vez que pierde a amigos —le dije.

—No, claro que no —repuso Powell—. Y usted tampoco. Pero eso no lo hace más sencillo cuando vuelve a ocurrir.

Estuvimos calladas unos segundos.

—No puedo sacarme de la cabeza un discurso —dije al cabo.

—¿Suyo? —preguntó Powell.

—No. De otra persona. En las últimas dos semanas, mientras corríamos de un planeta a otro para apagar fuegos, no he dejado de darle vueltas.

—¿Qué discurso?

—El de Gettysburg de Abraham Lincoln. ¿Lo recuerdas?

Powell esbozó una sonrisa de satisfacción.

—Vivía en Estados Unidos y era profesora de instituto. Lo recuerdo.

—Son unas trescientas palabras y ni siquiera se recibió favorablemente cuando Lincoln lo pronunció. La parte que no consigo sacarme de la cabeza es ésa en la que dice: «Ahora estamos empeñados en una gran guerra civil que pone a prueba si esta nación, o cualquier nación así concebida y así consagrada, puede perdurar en el tiempo».

Powell asintió.

—¿Piensa que estamos metidos en una guerra civil?

—No tengo ni idea de en qué estamos metidos —dije—. En realidad, ni siquiera tiene la apariencia de una guerra... es demasiado dispersa, demasiado difusa. No consiste en una sucesión de campos de batalla. Es una escaramuza detrás de otra.

—Permítame que se lo aclare, teniente —dijo Powell—. Esto es una guerra civil. Hemos perdido la Tierra. La Unión Colonial tiene que recurrir a las colonias para abastecerse de lo que conseguía gratis de la Tierra. Las colonias se preguntan si vale la pena lo que consiguen a cambio de la Unión Colonial y lo que les cuesta mantenerla manejando el cotarro. A mi entender, la respuesta para al menos algunas de esas preguntas es que no. Y da la impresión de que ahora las colonias consideran que el brazo que la Unión Colonial estaba utilizando para protegerlas se ha vuelto contra ellas y está estrangulándolas. Así que intentan escapar antes de que todo se desmorone a su alrededor.

—Pues lo están haciendo de pena.

—Eso no quita que sea una guerra civil. Y tal vez estén haciéndolo de pena —Powell señaló los cadáveres apilados en torno a ella—, pero parece ser que están aprendiendo a hacerlo mejor, y que han encontrado unos aliados en el grupo del Equilibrio.

—No creo que éstos del Equilibrio, quienesquiera que sean, estén pensando en otra cosa que no sean sus propios intereses.

—Es cierto, pero eso no cambia que sea una guerra civil. Si creen que la Unión Colonial no tiene presentes sus intereses, es un caso de ésos de «el enemigo de mi enemigo es mi amigo».

—No es una estrategia muy inteligente.

—La inteligencia no tiene nada que ver con esto, teniente. Podríamos seguir dándole vueltas inútilmente durante horas.

—¿Y tú qué opinas?

—¿Sobre qué?

—Sobre la Unión Colonial —dije—. Sobre su manera de controlar esos planetas. Sobre la respuesta que da a esta clase de cosas. —Hice un movimiento con la mano para abarcar toda la cámara frigorífica—. Sobre esto.

Powell puso una cara de ligera sorpresa.

—La Unión Colonial es una organización fascista, jefa. Lo supe el día que pisé por primera vez una de sus naves para abandonar la Tierra. ¿De verdad no se ha dado cuenta? Controla el comercio. Controla las comunicaciones. No permite que las colonias se protejan con sus propios medios ni que tomen ninguna decisión sin pasar antes por su filtro. Y no olvidemos todas las putadas que le ha hecho a la Tierra. ¡Durante siglos! Joder, teniente, no me extraña que estemos en una guerra civil. Lo que me sorprende es que no sucediera antes.

—Y, sin embargo, aquí estamos las dos, con nuestros uniformes puestos —repuse.

—Ninguna de las dos queríamos morir de viejas —dijo Powell—. Yo tenía setenta y cinco años y había pasado casi toda la vida en Florida. Tenía cáncer de huesos y nunca pude hacer las cosas que había soñado, y eso me amargaba. Si piensa que ahora soy una gilipollas, tendría que haberme visto justo antes de que abandonara la Tierra. Estoy segura de que me habría empujado por un precipicio por una cuestión de principios, y habría hecho lo correcto.

—Vale, de acuerdo —admití—. No sabíamos dónde nos metíamos cuando nos enrolamos.

—No, no lo sabíamos.

—Pero ahora lo sabes —dije—. ¿Y si entonces hubieras sabido lo que sabes ahora, habrías hecho lo mismo?

—Sí —respondió Powell—. Sigo sin querer morir hecha un vejestorio.

—Pero acabas de decir que la Unión Colonial es una organización fascista.

—Y lo es, pero ahora mismo es nuestra única posibilidad de supervivencia. Mire a su alrededor. Piense en los planetas en los que hemos estado y en las especies contra las que hemos tenido que luchar. ¿De verdad cree que cualquiera de esos planetas y las personas que los habitan no serán aniquilados en cuanto la Unión Colonial desaparezca? No han luchado nunca; al menos con la virulencia con que tendrán que hacerlo. No poseen la infraestructura militar que necesitarían para una guerra a gran escala, ni dispondrán del tiempo necesario para revertir esa inferioridad. La Unión Colonial es un monstruo, pero las colonias son unos malditos cervatillos en un bosque plagado de depredadores.

—¿Y cómo se resuelve este problema?

—Ahí me ha pillado, jefa. Yo sólo soy una mandada. Lo único que sé es que se resolverá de una u otra manera. No queda otra porque ya no tenemos la Tierra. El engranaje de la Unión Colonial, los cimientos sobre los que se edificó están podridos, y si no se cambian, todos moriremos. Y yo pienso hacer mi trabajo para evitar que eso ocurra hasta el final. La alternativa es desalentadora.

—Supongo que tienes razón.

—¿Y usted? ¿Habría hecho lo mismo, teniente?

—No lo sé —respondí—. Tienes razón, yo tampoco quería morir de vieja. —Tendí una mano y toqué el brazo helado de Lambert—. Pero hay maneras mucho peores de dejar este mundo.

—Murió pontificando —dijo Powell—. Estoy casi segura de que ése había sido su deseo.

Me eché a reír.

—Tienes razón. Pienso que ahora lo entiendo. Entiendo que hay cosas peores que envejecer y haber consumido la mayor parte de tu vida. Eso ya no me da miedo, creo.

—Quizá. Es fácil decirlo ahora que tenemos el aspecto de unas veinteañeras y sabemos que viviremos otros sesenta años aunque dejáramos las FDC hoy mismo.

—Otra vez tienes razón.

—Por eso le decía a Lambert que no siguiera dándole vueltas al tema, ¿sabe? —continuó Powell—. Tanto comerse la cabeza con todo lo que rodeaba las misiones que nos encargaban... Nunca encuentras una respuesta satisfactoria por más vueltas que le des, nunca te soluciona nada.

Sonreí.

—Y, sin embargo, ahora eres tú la que ha sacado el tema.

—Ya, bueno. —Powell hizo una mueca—. Considérelo un homenaje a nuestro amigo fallecido. No se repetirá.

—¿Y él? —Señalé a Salcido.

—Mierda, no sé —dijo Powell—. Tal vez podríamos escuchar otra vez esa estúpida canción sobre pizzas y lunas. O pensar en el día que es y la comida que servirán en el comedor. Cosa que es una tontería como una catedral, porque puedes pedir pizza, tacos o hamburguesa cualquier día de la semana. Lo único que cambia son los entrantes que te ponen delante.

—Ya, pero no se trata de eso.

—Lo sé —dijo Powell—. No se trata de eso.

Quinta parte

¿Qué cojones estamos haciendo aquí?, me dijo Powell por el CerebroAmigo. Nos hallábamos con el resto de la sección de la *Uppsala* vigilando una manifestación en Erie, en la ciudad de Galway. La manifestación era absolutamente pacífica; lo único que hacían los manifestantes, por lo menos todos los que alcanzaba a ver, era tenderse en el suelo. Al menos cien mil personas. Powell se encontraba a unos treinta metros de mí, formando parte de un cordón de seguridad desplegado delante de las oficinas de la Unión Colonial.

Estamos protegiendo una propiedad de la Unión Colonial, le respondí.

¿Qué van a hacer si están tumbados en el suelo?

Me parece recordar que no hace mucho te quejabas de la gente que pensaba más de la cuenta en nuestras misiones, dije.

Es sólo que me parece que la policía local podría ocuparse perfectamente de este asunto.

Claro —respondí, señalando a una mujer vestida con el uniforme de policía que estaba tendida en el suelo a un par de metros de mí—. *Ahí tienes a la jefa de la policía. Coméntaselo.*

Oí el resoplido de Powell a pesar de los treinta metros que nos separaban.

El problema que había en Erie no era que la población hubiera intentado declarar la independencia, o destruir la delegación del gobierno de la Unión Colonial, o que hubiese invitado a todas las especies alienígenas para que, altruistamente, atacaran las naves y a los soldados colonialistas. El problema era que Erie había convocado una huelga.

No se trataba exactamente de una huelga, pues el planeta seguía produciendo alimentos y ropa para el consumo propio y ocupándose de sus necesidades internas. Sin embargo, había tomado la decisión de que, de momento, renunciaba al negocio de la exportación. Esto representaba un problema para la Unión Colonial, porque ésta le compraba un montón de productos, y Erie, al ser una de las primeras colonias que se habían fundado, poseía una de las economías basadas en la exportación más desarrolladas de toda la Unión Colonial.

El delegado comercial de la Unión Colonial en el planeta le preguntó al gobierno de la colonia (más exactamente a su secretario de comercio) qué problema había, y la respuesta que recibió fue que ninguno, que simplemente habían decidido abandonar el negocio de las exportaciones.

El delegado comercial de la Unión Colonial le señaló entonces que eso hundiría la economía de Erie, a lo que el secretario de comercio le respondió que sus asesores economistas le dijeron que el cambio sería difícil, pero que saldrían adelante si todo el mundo aceptaba hacer algunos sacrificios.

El delegado comercial le ofreció pagar más por los productos, pero el secretario de comercio de Erie rechazó educadamente la oferta.

El delegado de la Unión Colonial le insinuó entonces a su interlocutor que la negativa a hacer negocios con ellos equivalía a un acto de traición. Éste le preguntó entonces qué estatuto de la Unión Colonial en concreto los obligaba a mantener una relación comercial en contra de su voluntad.

El delegado comercial de la Unión Colonial le respondió con un comentario burlón sobre que en el planeta todos eran unos gandules que sólo querían tumbarse a la bartola.

Esto es una estupidez, dijo Powell.

¿Te parece tan estúpido como el delegado comercial?, pregunté.

Casi —respondió Powell—. *Estamos perdiendo el tiempo, jefa. No estamos repeliendo ningún ataque, ni salvando a nadie ni haciendo nada útil. Sólo estamos dando vueltas entre un grupo de personas tumbadas en el suelo y paseando los MP como unos idiotas.*

Podrían levantarse repentinamente y atacarnos.

Teniente, tengo delante de mí un tipo que está roncando.

Sonreí.

¿Qué propones que hagamos, Ilse?

No tengo ni idea. Estoy abierta a sugerencias.

Vale. ¿Qué te parece ésta?

Dejé caer el MP y enfilé hacia la masa de gente.

¿Qué está haciendo?, preguntó Powell.

Lo dejo. Me largo, respondí, y comencé a adentrarme en la multitud con cuidado de no pisar ninguno de los cuerpos tendidos.

¿Adónde?

No tengo ni idea.

No creo que tengamos autorización para hacer lo que está haciendo, jefa. Me parece que el término correcto para describirlo es «deserción».

Que me disparen si quieren.

¡Podrían hacerlo!

Ilse —dije. Me detuve y me volví a mirar atrás—, *llevo siete años haciendo este trabajo. Sabes tan bien como yo que no van a dejar que me licencie. No nos dejan licenciarnos porque no llegan reclutas. Pero ya no aguanto más.*

Devolví la vista al frente y continué caminando.

Van a dispararle, estoy segura.

Es posible —dije. Crucé la plaza y me dirigí a una de las calles laterales. Me di la vuelta y miré a Powell.

Sabrán dónde encontrarla. Tiene un ordenador en el cerebro que graba todos sus movimientos. ¡Joder, estoy convencida de que incluso registra todo lo que piensa!

Lo sé.

Irán a buscarla.

Seguramente.

Luego no diga que no se lo advertí.

No lo haré

¿Qué va a hacer ahora?

Era una música bastante buena —respondí—. *Creo que me gustaría dedicarme otra vez a la música. Por lo menos durante una temporada.*

Está como una cabra, teniente. Me gustaría que quedaran registradas mis palabras.

Debidamente registradas. ¿Quieres venir conmigo?

¡Ni hablar! No podemos desertar todos. Además, va a quedar vacante un puesto de teniente. Creo que soy la primera en la cola de ascensos.

Esbocé una sonrisa de oreja a oreja.

Adiós, Ilse.

Adiós, Heather, dijo mientras se despedía con la mano.

Doblé una esquina y el edificio me la tapó. Seguí andando y llegué a un cruce con otra calle que me pareció interesante, la tomé y me encaminé hacia el primer día de otra vida.

Creo que era sábado.

Sobrevivir o morir

Para los organizadores y los asistentes de la 42.ª edición de la Swancon de Perth, Australia, donde concluí esta novela corta (y el libro).
¡Eh! ¿No os dije que lo conseguiría?

Primera parte

Hay un proverbio: «Ojalá te toque vivir en tiempos interesantes».

Para empezar, es una maldición. *Interesantes* significa, en este caso, «¡Dios mío, la muerte nos acecha y pereceremos gritando y seguramente quemados!». Si alguien pretendiera decirte algo bonito, no te desearía que vivieras en tiempos «interesantes»; más bien te diría algo así como «ojalá siempre seas feliz», «ojalá sólo conozcas la paz» o «larga vida y prosperidad». Si alguien te dice que ojalá vivas en tiempos interesantes, básicamente está diciéndote que te desea una muerte horrible e insoportablemente dolorosa.

Creedme, esa persona no es un amigo o una amiga. Alejaos de ella. Este consejo es gratis.

En segundo lugar, la maldición casi siempre se atribuye a los chinos, lo cual es una falacia lo mires como lo mires. Hasta donde se sabe, apareció primero en lengua inglesa, pero se atribuyó a los chinos probablemente por una cuestión de racismo accidental, y porque alguien aspiraba a ser un indeseable pero no quería que lo señalaran por la calle; algo así como: «¡Eh, no lo digo yo, lo dicen esos chinos malísimos! Yo sólo te repito lo que ellos dicen».

Así que no sólo no es un amigo, probablemente también sea un ignorante y un pasivo-agresivo.

Dicho lo cual, los chinos tienen un proverbio del que se afirma que podría derivar la maldición del ignorante pasivo-agresivo: «宁为太平犬，莫做乱世人», que, en una traducción rudimentaria, vendría a decir lo siguiente: «Es mejor ser un perro en tiempos de paz que un hombre en tiempos de guerra». Cabe señalar que es una máxima que no podría atribuirse a un ignorante ni a un pasivo-agresivo y con la cual estoy completamente de acuerdo.

El caso es que soy el teniente Harry Wilson. He sido un hombre en tiempos de guerra durante muchísimo tiempo y opino que sería preferible ser un perro en tiempos de paz. Llevo algún tiempo trabajando para lograr ese objetivo.

El problema es que vivo en tiempos interesantes.

Mi temporada interesante más reciente comenzó cuando la *Chandler*, la nave en la que estaba destinado, saltó al sistema de Jartum y, sin mediar palabra, destruyó las dos primeras naves que se encontró.

Ellas se lo habían buscado, ya que ambas estaban atacando a la *Tubingen*, otra nave de las Fuerzas de Defensa Coloniales que había sido enviada al sistema para sofocar un levantamiento contra la Unión Colonial instigado por el primer ministro de Jartum, que debería haber previsto la reacción de la Unión Colonial. Pero, al parecer, no lo hizo, y se presentó la *Tubingen*, que envió a la superficie del planeta una sección de soldados con la misión de detener al primer ministro. En ese momento aparecieron las dos naves y se pusieron a hacer prácticas de tiro con la *Tubingen*. Imagino que esperaban acabar las maniobras sin ser molestadas. No estaban preparadas para que la *Chandler* surgiera del sol y las atacara.

En realidad, no pasó así, naturalmente. Simplemente aparecimos del salto una pizca más cerca de la estrella de Jartum que esas otras dos naves y la *Tubingen*, a la que disparaban con tanto afán. Y el hecho de que el disco del sol de Jartum no les permitiera ver la *Chandler* no nos proporcionó ninguna ventaja decisiva, pues los sistemas de las naves nos habrían detectado enseguida. Lo que de verdad nos dio ventaja fue que no nos esperaban. Cuando aparecimos de repente, tenían todos los sentidos puestos en la destrucción de la *Tubingen*, y disparaban misiles a bocajarro contra los puntos débiles de la nave de la UC con el fin de matar a todas las personas que había dentro y provocar el caos en la Unión Colonial.

No obstante, surgir del sol le dio un toque poético.

Habíamos disparado los misiles antes de que nuestros rayos de partículas impactaran en los proyectiles enemigos y los destruyeran en pleno vuelo en dirección a la *Tubingen.* Nuestros misiles, configurados para interrumpir los sistemas de energía y de armamento, impactaron en los cascos de las naves enemigas. No nos preocupaban las tripulaciones, pues sabíamos que a bordo de cada nave sólo había un piloto.

Desde nuestro punto de vista, la batalla concluyó antes de que hubiera comenzado. Las naves enemigas, apenas dotadas de armas defensivas, saltaron por los aires convertidas en castillos de fuegos artificiales. Saludamos a la *Tubingen* mediante los sistemas de comunicación convencionales y a través de la red de CerebroAmigos para evaluar los daños.

La nave sufría graves desperfectos. Era irrecuperable. Apenas había tiempo para evacuar a la tripulación antes de que los sistemas de soporte de vida fallaran. Comenzamos a hacer sitio en la *Chandler* y enviamos una sonda de salto a la Estación Fénix para que mandaran naves de rescate.

Llegaron informes desde Jartum. La sección de la *Tubingen* que había descendido con la orden de detener al primer ministro había sido atacada antes de aterrizar con armas defensivas instaladas en la superficie del planeta. Los soldados que habían saltado del transbordador antes de que éste explotara habían sido abatidos por las mismas armas.

Sólo dos soldados habían escapado ilesos, pero juntos destruyeron la instalación de las armas defensivas, infestada de rraey aliados con el Equilibrio, el grupo que había causado estragos en la Unión Colonial y en el Cónclave. Además de capturar a dos rraey, incluido el que estaba al mando de la instalación, completaron la misión original y regresaron con el primer ministro de Jartum.

Alguien tendría que llevar a cabo los interrogatorios de todas esas personas y criaturas llegadas de Jartum. En lo que respecta al interrogatorio de los dos rraey, ese alguien era yo.

Entré en la sala en la que el prisionero de guerra rraey estaba esperándome. En vez de esposarlo, le habían colocado un collar de descargas eléctricas alrededor del cuello, de manera que cualquier movimiento que hiciera que no fuera muy suave y pausado liberaría una descarga, y cuanto más brusco fuera el gesto, más potente sería la descarga.

El rraey apenas se movió.

Estaba sentado ante una mesa en una silla inadecuada para su cuerpo, pero no había otra disponible más cómoda. Al otro lado de la mesa había otra silla. Me senté en ella y puse en marcha un altavoz .

—Comandante Tvann —dije, y el altavoz tradujo mis palabras—. Me llamo Harry Wilson. Soy teniente de las Fuerzas de Defensa Coloniales. Me gustaría hablar con usted, si no le importa. Puede responder a mis preguntas en su lengua. Mi CerebroAmigo traducirá sus respuestas.

—Ustedes los humanos me hacen gracia —dijo Tvann tras unos segundos en silencio—. Hablan como si pidieran permiso cuando en realidad están exigiendo.

—Puede elegir no hablar conmigo.

Tvann se señaló el collar que le rodeaba el cuello.

—No creo que me convenga.

—Cierto. —Me levanté de la silla y rodeé la mesa para colocarme al lado de Tvann, que ni se inmutó—. Si me permite, le quitaré el collar.

—¿Por qué iba a hacerlo?

—Como muestra de buena voluntad —respondí—. Y también porque si elige no hablar conmigo no tendrá que temer el castigo.

Tvann estiró el cuello para que me resultara más sencillo quitárselo. Lo desbloqueé mediante una orden del CerebroAmigo y lo deposité sobre la mesa antes de volver a tomar asiento.

—Bueno, ¿por dónde íbamos? Ah, sí. Quería hablar con usted.

—Teniente...

—Wilson —le recordé.

—Gracias. Teniente, ¿me permite que le hable con... franqueza?

—No espero otra cosa —dije.

—Si bien no quisiera darle a entender que no agradezco que haya retirado ese instrumento de tortura de mi cuello, permítame señalarle que es un acto completamente intrascendente. Y no sólo eso, también es una burda impostura.

—¿Cómo es eso, comandante?

Tvann señaló a su alrededor.

—Me ha retirado el collar de descargas eléctricas, pero sigo aquí, en su nave. Estoy seguro de que al otro lado de esa puerta hay otro soldado de las FDC, exactamente igual que usted, con un arma u otro utensilio de tortura. No tengo manera de escapar ni garantía alguna de que no seré castigado ni asesinado en otro momento si me niego a hablar con usted.

Sonreí.

—Tiene razón cuando dice que hay otra persona detrás de esa puerta, comandante. Sin embargo, no es un soldado de las FDC, sino mi amigo Hart Schmidt, que es diplomático y no un asesino ni un torturador. Está al otro lado de esa puerta principalmente porque está grabando esta conversación, cosa a todas luces innecesaria, ya que yo mismo estoy grabándola con mi CerebroAmigo.

—¿No le preocupa que intente matarlo y escapar? —preguntó Tvann.

—La verdad es que no. Es decir, soy un soldado de las FDC. Seguramente ya sabe que estamos modificados genéticamente para ser más rápidos y fuertes que los humanos ordinarios. Con todos los respetos a sus habilidades, comandante, si intenta matarme, la pelea será épica.

—¿Y si acabara matándolo?

—Bueno, la puerta está cerrada con llave. Supongo que eso echa por tierra su plan de fuga.

Tvann profirió el ruido equivalente a una carcajada humana.

—Así que no me tiene miedo.

—No —respondí—. Y quiero que usted tampoco me lo tenga a mí.

—No se lo tengo —dijo Tvann—. Lo que me asusta es el resto de su especie... y lo que podría sucederme si no hablo con usted.

—Comandante, permítame que le hable con la misma franqueza que ha empleado conmigo.

—Adelante, teniente.

—Es usted prisionero de las Fuerzas de Defensa Coloniales. De hecho, es prisionero de guerra. Lo capturamos durante una acción hostil contra nosotros. Usted, personalmente o dando las órdenes pertinentes, ha matado a muchos soldados nuestros. Yo no voy a torturarlo ni a matarlo. Tampoco será torturado ni asesinado mientras se encuentre a bordo de esta nave. Pero ha de saber que pasará el resto de su vida con nosotros —dije, y señalé a mi alrededor—, y encerrado en una habitación no mucho más grande que ésta.

—No está animándome precisamente a adoptar una actitud de colaboración, teniente —repuso el rraey.

—Lo comprendo, pero aún no he terminado. Como acabo de decirle, probablemente pasará el resto de su vida como prisionero nuestro, encerrado en una habitación de este tamaño, más o menos. Pero hay una alternativa.

—Hablar con usted.

—Así es —dije—. Hablar conmigo. Cuénteme todo lo que sabe sobre el Equilibrio y sus planes. Cuénteme cómo ha conseguido que una decena de colonias humanas hayan aceptado rebelarse contra la Unión Colonial. Cuénteme en qué consiste la ofensiva final de su organización. Cuénteme todo eso, desde el principio hasta el final, y no omita nada.

—¿A cambio de qué?

—A cambio de su libertad.

—Oh, teniente —dijo Tvann—. De verdad no esperará que crea que está en su mano mi libertad.

—No lo está. Como da a entender implícitamente su comentario, yo sólo soy un teniente. Pero la oferta no viene de mí, sino de las más altas instancias de las Fuerzas de Defensa Coloniales y del gobierno civil de la Unión Colonial. Si colabora con nosotros, cuando todo esto acabe, lo entregaremos al gobierno rraey. Lo que ellos hagan con usted es harina de otro costal, suponiendo que tengan algo que ver con el Equilibrio. Dicho lo cual, si se muestra especialmente colaborador, podemos hacer un esfuerzo y fingir que ignoramos la magnífica fuente de información que era usted y que pensamos que sólo era un vulgar oficial del ejército.

—Pero es que eso es lo que soy —replicó Tvann—. Las órdenes que recibí eran concretas y se circunscribían exclusivamente a esta misión.

Asentí.

—Estábamos convencidos de que nos saldría con esa excusa. ¿Cómo voy a reprochárselo? Qué iba a sacar de revelar más de lo que esperaríamos obtener de usted. Pero sabemos algo que usted cree que ignoramos, comandante.

—¿Y qué es, teniente?

—Comandante, ¿le resulta familiar esta nave?

—No —respondió Tvann—. ¿Por qué debería resultarme familiar?

—Por ningún motivo —dije—, salvo por el pequeño detalle de que no es la primera vez que está a bordo de ella.

—Creo que se equivoca.

—Oh, no me equivoco —dije, y levanté la vista al techo—. Rafe, ¿estás escuchando?

—Ya sabe que sí, teniente —respondió casi de inmediato una voz nueva por el altavoz, seguida por la traducción, pronunciada por una voz ligeramente distinta a la mía para que no se confundieran.

—Vale, de acuerdo —dije, y miré de nuevo a Tvann—. Comandante Tvann, quisiera presentarle a Rafe Daquin, nuestro piloto. O mejor dicho, quisiera volver a presentárselo, puesto que ya se conocen.

—No comprendo.

—¿No me recuerda? —inquirió Daquin—. Me duele que me haya olvidado, comandante, porque yo lo recuerdo a usted perfectamente. Recuerdo su amenaza de destruir mi nave, y recuerdo que le disparó a mi capitán y a mi primer oficial. Lo recuerdo discutiendo con el subsecretario Ocampo sobre la manera más eficaz de asesinar a toda la tripulación. Sí, comandante. Guardo un montón de recuerdos en los que está usted presente.

Tvann guardó silencio.

—Ah. Ya veo que está empezando a recuperar la memoria —dije—. Estamos en la *Chandler*, comandante. La nave que usted capturó. Y la nave que usted perdió. Bueno, tal vez no la perdiera usted personalmente, sino el Equilibrio. Sabemos que estuvo a bordo de la *Chandler*. Y sabemos que no es un vulgar oficial del ejército rraey. No, señor. Usted es un miembro clave del brazo militar del Equilibrio. Y su presencia en Jartum, liderando las fuerzas que abatieron a mis compañeros mientras descendían sobre el planeta, no se debió a un capricho del reparto de destinos. Estaba allí por una razón.

—¿Cómo es que estaban ustedes aquí? —me preguntó Tvann.

—¿Qué quiere decir?

—Su nave frustró el ataque a la nave de las FDC que acudió para sofocar el levantamiento en Jartum —dijo Tvann—. ¿Cómo se enteraron? ¿Cómo es que llegaron a tiempo para desbaratar nuestro plan?

—Obtuvimos la información de alguien de dentro de su organización.

—¿De quién?

—¿De quién cree usted? —inquirí.

—Le daré una pista —dijo Daquin—. Es el tipo que me llevé cuando me fugué.

—El subsecretario Ocampo ha colaborado extraordinariamente con nosotros —afirmé—. Cuando Jartum declaró la independencia, nos sugirió que era muy probable que se tratara de una trampa tendida para la nave que se presentara para sofocar el levantamiento. Resultó ser que la *Chandler* estaba cerca de la distancia de salto, y puesto que la Unión Colonial no quería echar más leña al fuego enviando un contingente de naves de las FDC, acudimos nosotros.

—Gracias por volver a instalar los sistemas de armamento de la nave —añadió Daquin—. No sabe lo bien que nos han ido.

—El subsecretario Ocampo... Estoy seguro de que ha colaborado con ustedes porque le han metido el cerebro en una cámara de aislamiento.

—¿En serio quiere sacar ese tema? —inquirió Daquin—. Porque tengo una noticia para usted, colega. No tiene las de ganar.

—Si ya tienen a Ocampo, no me necesitan —dijo Tvann dirigiéndose a mí—. Ocampo tiene unos conocimientos sobre nuestras operaciones mucho más amplios que yo. Él es el principal ideólogo de nuestros planes.

—Lo sabemos —repuse—. Tenemos todos sus registros. El caso es que también sabemos que ustedes saben que tenemos todos sus registros. Supieron que los obtendríamos desde que Rafe huyó con el subsecretario. Por lo tanto, ya son papel mojado para el

Equilibrio. Tienen un plan nuevo y están ejecutándolo contra reloj. Ocampo puede ofrecernos conjeturas fundamentadas, pero, llegados a este punto, necesitamos algo más que conjeturas fundamentadas.

—Me han capturado —señaló Tvann—. Volverán a cambiar el plan.

—No ha sido capturado, comandante —dije—. Está muerto. Al menos eso es lo que piensan los suyos. Su cadáver y los del resto de los rraey quedaron irreconocibles... antes de que fueran identificados. Y usted murió mientras cumplía su objetivo de atraer a la Unión Colonial a una trampa... y darle la apariencia de que Jartum era responsable del ataque. Una jugada maestra, por cierto.

Tvann volvió a quedarse callado.

—Es nuestro plan de comunicación... Toda la información que sale de nosotros inculpa al gobierno de Jartum. De manera que, si depende de lo que llega a oídos del Equilibrio, su último plan sigue vigente. Nos gustaría que nos contara en qué consiste ese plan.

—¿Y si me niego?

—Entonces, vaya acostumbrándose a estas paredes —respondió Daquin.

—Rafe, ¿por qué no nos dejas solos un rato? —dije.

Daquin salió de la conversación.

—No es el primer rraey que conozco —dije cuando Rafe nos dejó a solas.

—Supongo que en sus buenos tiempos mató a unos cuantos —me soltó Tvann.

—No era eso lo que quería decir. Me refiero a que he tratado con otro rraey, un científico llamado Cainen Suen Su. A él, como a usted, lo capturamos. Y también me lo asignaron.

—¿Para que lo custodiara?

—No, como ayudante suyo. Trabajamos juntos en varios proyectos. Él dirigía y yo seguía sus instrucciones.

—Entonces era un traidor.

—Ignoro si estaría en desacuerdo con usted —dije—. Era consciente de que, si nos ayudaba, los conocimientos que compartía con nosotros podrían utilizarse contra los rraey. No obstante, colaboró con nosotros y, con el paso del tiempo, acabamos haciéndonos amigos. Ha sido una de las criaturas más extraordinarias que he conocido en mi vida. Fue un honor para mí ser su amigo.

—¿Qué le ocurrió?

—Murió.

—¿Cómo?

—Un soldado, también amigo suyo, le disparó. Él le pidió que lo hiciera.

—¿Por qué iba a pedirle que lo matara?

—Porque de todos modos estaba muriéndose —respondí—. Habíamos introducido un veneno en su sangre y el antídoto que le administrábamos diariamente fue perdiendo efectividad. Pidió a su amigo que pusiera fin a su sufrimiento.

—Un sufrimiento al que lo habían condenado ustedes, supongo.

—Sí.

—Teniente, si contándome esta historia pretende que saque alguna conclusión, le confieso que estoy completamente perdido.

—Cainen era un enemigo que se convirtió en un amigo —dije—. Y a pesar del espantoso mal que le habíamos hecho, y le aseguro que no exagero, era espantoso, eligió buscar la amistad entre nosotros. Es una cosa que jamás he olvidado.

—Me temo que usted y yo nunca seremos amigos.

—Y tampoco se lo pido, comandante. Le he contado esta historia porque quiero que sepa que yo no lo veo meramente como mi enemigo.

—Comprenderá, teniente, que ponga en duda que ese hecho me beneficie de algún modo.

—Por supuesto. —Me puse en pie—. Pero comprenda usted que podría hacerlo. Si quisiera. Mientras tanto, piense en lo que le he pedido. Avíseme cuando esté preparado para hablar. —Enfilé hacia la puerta.

—¿No me lo vuelve a poner? —preguntó Tvann, señalando el collar de descargas eléctricas que estaba encima de la mesa.

—Póngaselo usted mismo, si quiere —dije—. Pero yo, en su lugar, no lo haría. —Abrí la puerta y dejé a Tvann mirando fijamente el collar.

—¿Va a matarnos? —me preguntó el especialista Ketrin Se Lau. Ambos estábamos en la habitación en la que había estado previamente con Tvann. Se había reinicializado el cuarto. Lau no llevaba puesto el collar de descargas eléctricas; en ningún momento se le había asignado uno.

—La teniente Lee les prometió que no los mataríamos, si mi informe es correcto —dije.

—Lo prometió ella. Usted es otra persona.

—¿Cree que voy a matarlo, Ketrin?

—Los humanos no se distinguen precisamente por su amabilidad con sus enemigos —respondió Lau.

—No, supongo que no —admití—. No, especialista Lau, no tengo pensado matarlos a usted ni al comandante Tvann. —Vi el alivio que rezumó el cuerpo del rraey—. De hecho, espero, cuando todo esto haya acabado, entregarlos a su gobierno.

—¿Y cuándo será eso?

—No voy a mentirle. No será pronto —respondí—. Primero tenemos que llegar al fondo de este conflicto. Mientras tanto, ustedes serán nuestros invitados.

—Querrá decir prisioneros.

—Bueno, sí. Pero, como tales, la variedad en el trato que pueden recibir es muy amplia.

—Yo no sé nada importante —me aseguró Lau—. Soy un especialista. Sólo me dieron información específica sobre mi trabajo.

—Ya sabemos que usted no sabe nada que no esté relacionado con su tarea —dije—. No esperamos que nos cuente los planes secretos del Equilibrio.

—Entonces, ¿qué puedo decirle que no le haya dicho ya a la teniente Lee?

—No me interesa tanto lo que sabe como lo que haya oído. Rumores, especulaciones... cosas así. Los dos somos soldados, Ketrin. A pesar de que somos de especies distintas, pienso que probablemente tengamos una cosa en común: nuestro trabajo es aburrido la mayor parte del tiempo, así que intentamos distraernos diciendo chorradas con los amigos. Me interesan las chorradas.

—Desconozco esa palabra, pero creo que sé lo que significa.

—¿Chorradas? Sí, seguramente sabe lo que significa. También me interesa usted, Ketrin.

—¿Yo?

—Su experiencia con el Equilibrio —dije—. Empezando con la sencilla pregunta de cómo acabó metido en el grupo.

—Por su culpa —respondió Lau—. Me refiero a los humanos, no a usted concretamente. Siempre salíamos mal parados de las guerras con ustedes, sobre todo desde que los obin, que habían sido nuestros aliados, se volvieron contra nosotros. A raíz de eso perdimos planetas y poder, y se redujo el ejército. Muchos soldados se quedaron sin trabajo. Yo entre ellos.

—Hay muchos otros trabajos.

—Teniente, cuando perdimos esos planetas, muchos rraey emigraron a los que conservábamos. No había manera de encontrar un trabajo. Ustedes y los obin no sólo diezmaron nuestro ejército, también hundieron nuestra economía. Yo nací en un planeta colonizado llamado Fuigh. Ya no existe. Me trasladaron a Bulni, donde la mayoría de los trabajos se los daban a los nativos.

—Ya veo.

—Así que cuando un antiguo oficial que había conocido en el ejército me habló del Equilibrio, no me lo pensé dos veces. Me ofrecía un trabajo y la oportunidad de poner en práctica mis habilidades. El sueldo era magnífico, y además podía salir de Bulni, un lugar que detestaba.

—Entiendo.

—Si planean atacar nuestros planetas, le sugiero que empiecen por Bulni.

Sonreí.

—Por el momento no entra en nuestros planes hacer eso, pero lo tendré en cuenta. ¿Cuánto tiempo lleva formando parte del Equilibrio?

—Ignoro cómo miden el tiempo los humanos.

—Mídalo en sus años. Yo calcularé la equivalencia.

—Unos seis años, entonces.

—Eso son cinco de los nuestros. Es mucho tiempo.

—Era un empleo fijo.

—Claro. El caso es que sólo comenzamos a oír hablar del Equilibrio recientemente. Su organización ha estado activa mucho tiempo sin ser detectada.

—Quizá su servicio de inteligencia no sea muy bueno.

—Podría ser —repuse—, pero prefiero pensar que la razón es otra.

El especialista Lau hizo el equivalente rraey a un encogimiento de hombros.

—La organización fue muy reducida y descentralizada hasta hace muy poco tiempo. En los dos primeros años ni siquiera supe de su verdadera extensión. Yo sólo trabajaba con mi equipo.

—Entonces, pensaba que era un mercenario, ¿no?

—Sí —respondió el rraey.

—¿Y no le importaba serlo?

—Me gusta comer todos los días. Y, como ya le he dicho, no tenía otra alternativa.

—Por lo tanto, usted creía que era un mercenario, pero entonces descubrió la existencia del resto del Equilibrio.

—Así es.

—¿No le hizo plantearse nada que de repente su equipo formara parte de una organización más grande?

—La verdad es que no —respondió Lau—. Las empresas de mercenarios en realidad son como cualquier otro negocio: a veces colaboran con otras empresas, a veces se fusionan... Yo cobraba puntualmente y trabajaba con la misma gente, así que, para mí, todo seguía igual.

—¿Y qué le parecen los objetivos políticos del Equilibrio? ¿Qué opina usted de ello?

—Estaba de acuerdo con ellos. Y aún lo estoy. Teniente, la Unión Colonial es nuestra enemiga, y el Cónclave no nos autoriza la colonización, ni siquiera de los planetas que perdimos y que queremos recuperar. Las dos organizaciones nos han hecho la vida muy difícil. No me importa devolverles el favor.

—De acuerdo.

—Pero ha de entender que en el nivel en el que yo trabajo no entramos a analizar la política de la organización. ¿Usted piensa en ello, señor? ¿Usted medita durante horas sobre la ética y la política de la Unión Colonial y sobre sus actos?

—Lo cierto es que sí lo hago —dije, y sonreí—. Pero pensar demasiado las cosas es un pasatiempo personal. Soy el primero en reconocer que soy un bicho raro.

—Mi trabajo se centraba en las comunicaciones —declaró Lau—. Pasaba la mayor parte del tiempo pensando en la tarea que tenía entre manos y en el equipo con el que trabajaba. No soy un intelectual, teniente.

—¿En esta misión trabajaba con el equipo de siempre?

—No —respondió Lau—. Casi todos los miembros del equipo con el que trabajaba habitualmente murieron cuando la *Chandler* atacó el cuartel general del Equilibrio. Yo sigo vivo porque me habían asignado a otro equipo de manera temporal para entrenar a nuevos reclutas. Después del ataque me quedé en ese equipo, liderado por el comandante Tvann. Es el equipo que liquidaron.

—Lamento la pérdida de sus amigos.

—Gracias. Es muy amable por su parte decirlo, aunque dudo que sea sincero.

—He de decir que usted está colaborando más que el comandante Tvann.

—Yo conozco muchísimos menos secretos —repuso Lau—. Y no quiero morir.

—Sé que a Tvann no le hacía demasiada gracia que usted estuviera dispuesto a hablar con nosotros. Sé que intentó atacarlo para evitar que hablara.

—Como acabo de decirle, él tiene muchas más cosas que esconder que yo.

—Sospecho que le disgusta el grado de lealtad que usted está demostrando.

Lau soltó una risotada rraey.

—Usted mismo lo ha dicho, teniente. Soy un mercenario. Desde el mismo momento en que el Equilibrio me contrató. El Equilibrio paga bien, pero ahora mismo no puedo gastar un solo céntimo del sueldo. Ustedes, por otro lado, pueden matarme. Valoro mi vida más que todo el dinero del mundo.

—Eso es lo que yo llamo una visión pragmática de la vida, Ketrin.

—Esperaba que supiera apreciarlo, teniente.

—Lo hago, y mucho. Y creo que pronto descubrirá que mis superiores también lo aprecian.

—También esperaba que dijera eso. Recuerde, yo no sé mucho.

Les contaré todo lo que sepa, pero mis conocimientos tienen un límite.

—Como ya le he dicho, no me interesan de usted las mismas cosas que del comandante Tvann. Creo que usted nos será muy útil.

—En ese caso, pongámonos manos a la obra —dijo Lau—. Por el momento, me gustaría hacerle una petición.

—¿Qué desea?

—Comer.

—¿Sabe quién soy yo? —preguntó Masahiko Okada, con la carga justa de indignación en la voz. Mismo escenario, pero una ligera variación en el reparto. Okada estaba sentado a la mesa. Yo, de pie apoyado contra la pared de la puerta. La pregunta no iba dirigida a mí, sino a la persona sentada al otro lado de la mesa.

—Usted es Masahiko Okada —dijo Ode Abumwe, embajadora de la Unión Colonial y mi jefa.

—Exacto —asintió Okada—. Y ya sabe qué cargo ocupo.

—Sí, lo sé —respondió Abumwe—. Usted es prisionero de guerra de la Unión Colonial.

—¡Soy el primer ministro de Jartum! —espetó Okada con la voz temblorosa.

—No —lo corrigió Abumwe—, no lo es. Quizá lo fuera, pero dejó de serlo desde el mismo momento en que se rebeló abiertamente contra la Unión Colonial. Lo fue antes de que ordenara que unas naves atacaran a una nave de las Fuerzas de Defensa Coloniales. Lo fue antes de que ordenara que unas armas instaladas en la superficie de su planeta abatieran uno a uno a soldados de las FDC en el aire. Con independencia de lo que fuera antes, señor Okada, ahora mismo usted es un traidor, un asesino y un prisionero de guerra. Eso es todo.

—No sé de qué me habla —protestó Okada—. Nosotros sólo hemos declarado la independencia de la Unión Colonial. Esto es todo.

—Usted declaró la independencia de la Unión Colonial y luego se escondió en un lugar secreto —dijo Abumwe—. Lo cual sugiere que sabía perfectamente que la Unión Colonial respondería a su declaración de independencia enviando al ejército para detenerlo. También sabía que, cuando hiciéramos eso, seríamos atacados. No por la población de Jartum, señor Okada, sino por otros seres completamente diferentes.

—¡Yo no autoricé el ataque!

Abumwe suspiró.

—Quiero hablar con la secretaria de Estado Galeano. Cuando se entere de lo que usted y sus secuaces de las Fuerzas de Defensa Coloniales me han hecho, será afortunada si se limitan a despedirla.

—Señor Okada...

—¡Primer ministro Okada!

—Señor Okada —repitió Abumwe, y advertí cómo ascendía la ira por el cuello y el rostro del ex primer ministro—, da la impresión de que se siente capaz de cambiar su actual situación mediante su arrolladora personalidad, de que bramando exigencias con esa estentórea voz de político en un mitin electoral me plegaré a su voluntad. Creo que no ha entendido cuál es mi papel aquí. Yo no soy la que le impide recuperar su eminente estatus anterior. Yo soy la que impide que lo conviertan en un cerebro sumergido en una sopa nutritiva.

El encendido rojo desapareció de las mejillas del exaltado Okada, sustituido por un tono más pálido.

—¿Perdón?

—Ya me ha oído, señor Okada —dijo Abumwe—. Usted declaró la independencia de su planeta de la Unión Colonial, lo cual es suficiente para acusarlo de traición. Sólo por eso debería pasar el resto de su vida en una cárcel de la Unión Colonial, siempre y cuando no se decidiera ejecutarlo sin más. Sin embargo, también ha atacado a las Fuerzas de Defensa Coloniales. Y las FDC no perdonan la muerte de los suyos; sobre todo cuando es obvio que usted, el primer ministro de todo un planeta, planeó y coordinó el ataque en connivencia con enemigos de la Unión Colonial.

»Las FDC no lo matarán por ello, señor Okada. Lo que le harán será extraerle el cerebro de la cabeza y aislarlo del resto de su cuerpo... condenarlo a un espantoso y eterno aislamiento hasta que les cuente todo lo que sabe. Y cuando acabe de hablar, lo enviarán de vuelta a ese aislamiento eterno.

Okada me miró asustado y yo lo miré sin inmutarme. Sabía que mi papel en aquella habitación era el de encarnar todas las atrocidades que las Fuerzas de Defensa Coloniales le harían a Okada. Me pareció un momento inoportuno para expresar mi rechazo personal a la extracción de cerebros, que consideraba una medida inhumana.

—La única razón por la que todavía no lo han preparado para esa operación es que yo, como gesto de cortesía hacia su antiguo cargo, voy a ofrecerle una alternativa —continuó Abumwe—. Cuénteme todo lo que sabe. Ahora. Sin vacilaciones, omisiones ni mentiras. Comience por su trato con el Equilibrio. Colabore con nosotros y seguirá siendo como es. O elija no hacerlo.

—Yo no autoricé el ataque —insistió Okada, ahora con voz más débil.

Abumwe se levantó de un brinco de la silla con una expresión de sincero desprecio en la cara.

—¡Un momento! —Okada levantó una mano con gesto implorante. Abumwe esperó—. Hicimos un trato con el Equilibrio, es cierto. Pero sólo era para que nos defendieran si, y sólo si, la Unión Colonial atacaba Jartum. Y únicamente si se trataba de un ataque a gran escala. Una sola nave de las FDC en la órbita no daba motivo para el ataque.

—Pero usted se escondió —terció—, junto con todo su gabinete.

—No somos tontos —me espetó Okada—. Sabíamos que vendrían a por nosotros. Nos escondimos para retrasar nuestra captura y para evitar que destruyeran infraestructuras y se produjeran bajas civiles cuando nos buscaran. —Se volvió a mirar a Abumwe—. Siempre supimos que acabarían capturándonos. Sabíamos que sólo enviarían una nave porque todo el mundo sabe que a la Unión Colonial le gusta alardear de que sólo precisa una nave para resolver un problema interno. En el fondo queríamos que nos capturaran. Nuestra estrategia consistía en llevar a cabo una acción de desobediencia civil que inspirara a otros planetas colonizados que también planeaban declarar la independencia.

—La desobediencia civil no suele comportar llamar a una fuerza exterior para que actúe como brazo armado —señalé.

—Una cosa es que mi gabinete y yo participáramos en una acción de desobediencia civil —dijo Okada—, y otra muy distinta es dejar a trescientos sesenta millones de personas indefensas contra la Unión Colonial. Nuestro trato con el Equilibrio era de defensa y disuasión, no de agresión.

—Y, sin embargo, nos atacaron —repuso Abumwe, sentándose de nuevo.

—Yo no di la orden para que lo hicieran —insistió de nuevo Okada—. Tuve la primera noticia del ataque cuando sus soldados irrumpieron en nuestro refugio y me sacaron a rastras.

Abumwe me miró. Me encogí de hombros.

—¡Estoy diciéndoles la verdad! —protestó Okada—. No quiero que metan mi cerebro en un maldito bote, ¿vale? El Equilibrio me engañó. El comandante Tvann me dijo que sólo actuarían de manera disuasoria. Nos animó a que declaráramos la independencia antes que el resto de los planetas para que les marcáramos el camino y para demostrarles que el Equilibrio los protegería como estaba protegiéndonos a nosotros, para que alentáramos al resto de las colonias a independizarse de la Unión Colonial.

—Entonces, ¿por qué razón atacaría el comandante Tvann? —preguntó Abumwe.

—¿Por qué no se lo pregunta a él?

—Ya se lo hemos preguntado y volveremos a hacerlo. Pero ahora estoy preguntándoselo a usted. ¿Qué razones se le ocurren?

Okada rio amargamente.

—Es evidente que los planes del Equilibrio no tenían nada que ver con los nuestros. Si yo les contara cómo son... no sabría por dónde empezar. Lo único que sé con certeza, embajadora, es que me utilizaron. Me utilizaron. Utilizaron a mi gobierno. A mi planeta. Y ahora todos vamos a pagarlo.

Abumwe volvió a levantarse de la silla, esta vez sin la teatralidad anterior.

—¿Qué va a pasar ahora? —preguntó Okada.

—Le garantizo que su vida no peligra —respondió Abumwe.

—No pregunto por mí. Quiero saber qué pasará ahora con Jartum. ¿Qué va a hacer la Unión Colonial con mi planeta, con mi pueblo?

—No lo sé, primer ministro Okada —dijo Abumwe.

Me pregunté si Okada se habría dado cuenta de que Abumwe se

había dirigido a él con su título honorífico en la única ocasión en la que había expresado preocupación por las personas a las que supuestamente representaba y no sólo por sí mismo.

—No tenemos mucho tiempo —le dijo Abumwe a su grupo de asesores de confianza, que en ese momento estaba formado por Hillary Drollet, su secretaria; Neva Balla, la capitana de la *Chandler*; mi amigo Hart Schmidt y yo. Estábamos todos metidos en la misma sala minúscula de los interrogatorios—. El Equilibrio no tardará en descubrir que su ataque ha fracasado.

—No lo creo —repuse.

—¿En qué se basa para pensar eso? —me preguntó Balla—. La *Tubingen* no fue destruida y, en cambio, las dos naves que la atacaron, sí. Los rraey que mataron a nuestros soldados también están muertos, salvo los dos que capturamos. Y Jartum no ha logrado la independencia; lo único que ha conseguido es que a partir de ahora la Unión Colonial vigile el planeta con más atención. Hay veinte naves de las FDC en camino para dejar clara su postura.

—Sí, pero ése es un contexto de victoria para el Equilibrio —repliqué señalándola con el dedo para enfatizar mi aseveración.

—Explíquese, teniente —dijo Abumwe.

—¿Qué quiere el Equilibrio? —les pregunté a los presentes en general—. Desestabilizar y destruir la Unión Colonial. Y también el Cónclave. Pero centrémonos en nosotros un momento.

—De acuerdo —asintió Balla—. Y han fracasado. Jartum sigue perteneciendo a la Unión Colonial. No han destruido la Unión Colonial.

—No se trata sólo de destruir, sino también de desestabilizar —continué—. Las FDC están enviando naves para rescatar a los supervivientes de la *Tubingen*, pero también para ejercer el control sobre un planeta rebelde. Usted misma ha dicho que se esperan veinte naves, capitana.

—Correcto.

—¿Cuándo fue la última vez que la Unión Colonial envió tantas naves de las FDC a un planeta colonizado que no estuviera sufriendo un ataque directo de otra especie?

—Usted es el que tiene un ordenador en la cabeza —dijo Balla—. Díganoslo usted.

—Hace más de un siglo.

—Nunca nos habíamos enfrentado a tantos levantamientos simultáneos como ahora —intervino Hart, dirigiéndose a mí. Paseó la mirada por la habitación—. Harry y yo hablamos con la teniente Lee, que comandaba la sección de la *Tubingen* encargada de capturar al primer ministro. Nos contó que, últimamente, todas las misiones que le habían asignado consistían en impedir un levantamiento en un planeta de la Unión Colonial o sofocarlo cuando ya se había producido. Son unas circunstancias nuevas. Vivimos una situación diferente.

—A eso me refiero —dije—. La Unión Colonial ya está desestabilizada. Traer veinte naves no resolverá nada.

—Yo de eso no entiendo —repuso Balla—. Pero sé que en Jartum nadie va a intentar nada durante algún tiempo.

—Pero el público no es sólo el pueblo de Jartum —dijo Abumwe, mirando primero a Balla y luego a mí—. Eso es lo que iba a decir a continuación, ¿no?

—Exacto —respondí—. Sabemos que Jartum era uno de los diez planetas colonizados que iban a anunciar simultáneamente la independencia. El Equilibrio ha conseguido que hagan estallar el conflicto para aprovecharse de él. Y creo que uno de sus objetivos es provocar una respuesta militar desmesurada por nuestra parte.

—Pero eso sólo intimidaría al resto de las colonias —observó Balla.

—O las enfurecería —sugirió Hart.

—O las animaría a tomar las armas —dije yo.

—«Tomar las armas» es una expresión curiosa en este contexto —dijo Balla—. Porque no las tienen. Todo el arsenal armamentístico está en manos de la Unión Colonial. Tanto si las enfureciera como si las animara a tomar las armas, las colonias no pueden pasar por alto el mensaje de la Unión Colonial de que la fiesta se ha terminado.

Miré de reojo a Abumwe.

—A menos que el Equilibrio también haya estado hablando con esos planetas —apuntó la embajadora.

—Exacto —repuse—. El Equilibrio es una organización pequeña, así que tiene que maximizar su impacto. Tiene que buscar gestos que hagan mucho ruido. Es algo que han aprendido de nosotros.

—¿A qué se refiere? —preguntó Abumwe.

—A cómo luchamos contra el Cónclave en Roanoke —respondí—. Cuatrocientas razas alienígenas, todas ellas con sus propios recursos militares. Para nosotros era imposible derrotarlo en una batalla de nave contra nave. Así que cuando quisimos acabar con él, lo atrajimos hasta una trampa que habíamos diseñado, destruimos la mayor parte de su flota mediante un subterfugio y esperamos a que la derrota hiciera desmoronarse el Cónclave.

—Excepto por el insignificante detalle de que el plan no salió bien —dijo Balla—. El Cónclave no se desmoronó.

—Pero no volvió a ser el mismo desde entonces —dije—. Antes de Roanoke, el Cónclave era una potencia descomunal contra la que era imposible enfrentarse. Después de Roanoke, hubo revueltas internas y se produjo el primer intento de asesinato contra el general Gau, su líder. Esas tensiones se han mantenido desde entonces, y, de hecho, Gau finalmente ha sido asesinado. Nosotros estábamos allí cuando ocurrió. Desde Roanoke se ha producido una sucesión de acontecimientos que culmina en la muerte de Gau. Hoy en día, el Cónclave es lo que la Unión Colonial ha hecho de él. Lo cual también quiere decir que la Unión Colonial ha contribuido a crear las condiciones para el nacimiento del Equilibrio.

—Y ahora el Equilibrio está modelando a su gusto la Unión Colonial —manifestó Abumwe.

—Al menos está intentándolo, sí.

—No deja de ser irónico.

Asentí.

—Y lo que no debemos olvidar es que está haciéndolo para conseguir sus objetivos. —Señalé en la dirección de la minúscula habitación en la que teníamos encerrado al primer ministro de Jartum—. Okada y su gobierno se dejaron engatusar por el Equilibrio, que nos atacó. Pero quien está recibiendo el castigo no es el Equilibrio, sino Jartum.

—El que con perros se acuesta, con pulgas se levanta —sentenció Hart.

—Sí. No estoy defendiendo la actuación de Okada. El primer ministro y el planeta no se encontrarían en la situación en la que están si él y su gobierno no le hubieran abierto la puerta al Equilibrio. Pero éste ha conseguido lo que quería sin dar nada a cambio. Más vigilancia de la Unión Colonial significa más odio contra ella, no sólo aquí, sino en cualquier lugar adonde llegue la noticia.

—La Unión Colonial tiene un monopolio virtual de la información —dijo Balla.

—Lo tenía —repuse—. Y, dejando a un lado el conflicto ético que representa que toda la información provenga de la misma fuente y que utilice ese privilegio para sus propios fines, el hecho de que ya no lo tenga también es ahora un problema.

—Es el mismo caso que el del Equilibrio en Jartum. Ha creado su propia versión de lo sucedido y la ha difundido al resto de las colonias —dijo Abumwe.

—De nuevo ha dado en el clavo, embajadora —afirmé—. Lo que remite a mi teoría sobre el Equilibrio y su voluntad de sacar el máximo rendimiento de sus esfuerzos. Para ellos es muy sencillo aprovechar la desconfianza en la Unión Colonial y presentarse ante los planetas colonizados con la apariencia de un socio justo. —Señalé a Abumwe—. Acaba de decir que no teníamos mucho tiempo. Seguramente el Equilibrio ya está ahí fuera difundiendo su versión de los hechos, y cuando adjunte a sus palabras imágenes de nuestras naves suspendidas sobre la superficie de Jartum, las colonias rebeldes las verán como la confirmación de su mensaje.

—¿Cómo obtenemos la información de las colonias rebeldes? —preguntó Balla.

—La Unión Colonial también tiene simpatizantes en los planetas colonizados —explicó Abumwe—. Y también en sus gobiernos. Hemos estado recibiendo información desde dentro desde hace algún tiempo.

—¿Y nunca se ha hecho nada al respecto? ¿Hemos permitido que se llegara hasta esta situación crítica?

—La Unión Colonial prefiere llevar con la máxima discreción los asuntos políticos relacionados con los planetas colonizados, hasta que ya es imposible mantenerla. —Abumwe se encogió de hombros—. Le ha salido bien durante décadas. La Unión Colonial es reacia a los cambios. Pero, por encima de todo, todavía existe la creencia de que los problemas se pueden solucionar discretamente. Aún se piensa que seremos capaces de controlar las acciones de las colonias.

—Esa estrategia ya no funciona, embajadora —dijo Balla.

—Lo sé.

—Tampoco sabíamos nada sobre la participación del Equilibrio.

—Recuerde que uno de los principales impulsores del Equilibrio ha resultado ser un alto cargo del Departamento de Estado —dije volviéndome hacia Balla—. Es muy probable que la información que creíamos conocer sobre los movimientos de independencia de los planetas colonizados estuviera manipulada. Una vez capturado Ocampo, es lógico pensar que el Equilibrio ha cambiado de táctica. Al menos yo es lo que pienso.

Balla me miró.

—¿Siempre ha tenido esa mente paranoica?

Sonreí.

—Capitana, el problema no es mi paranoia. El problema es que el universo entero sigue justificando mi paranoia.

Abumwe devolvió su atención hacia mí.

—Por lo tanto, según su análisis, pasado por el tamiz de su paranoia o no, es que este encuentro ha sido un éxito para el Equilibrio.

—Así es —asentí—. Aunque no ha sido perfecto. Creo que les habría gustado haber destruido la *Tubingen*, matar a toda la gente que iba dentro y que el gobierno de Jartum pareciera el único responsable de la tragedia sin que nos oliéramos nada raro. Pero tal como ha resultado todo, aún pueden convencer de su versión a las personas que estén receptivas a su mensaje. La estrategia del Equilibrio siempre ha sido la de hacernos parecer una organización falsa y embaucadora. Y funciona, porque lo cierto es que somos falsos y embaucadores.

—¿Qué paso darán a continuación? —preguntó Hart.

—Creo que eso es precisamente lo que está queriendo decir el teniente —terció Abumwe—. No necesitan dar otro paso. Sólo tienen que esperar a que hagamos lo que siempre hemos hecho, a que actuemos como lo hacemos habitualmente.

Asentí de nuevo.

—¿Por qué molestarse en desestabilizarnos si vamos a hacerlo nosotros mismos de todas formas?

—Pero debe de haber algo más —dijo Balla mirando a Abumwe. Luego se volvió hacia mí—. Mire, teniente, entiendo que a usted lo entusiasme esta red de enrevesadas maquinaciones que está tejiendo. No voy a decirle que se equivoca, pero el Equilibrio no actúa por amor al arte. No son unos nihilistas. Deben de tener un objetivo, un plan. Esto tiene que conducir a algo.

—Esto conduce al final de todo —dije—. O, para decirlo de una manera menos grandilocuente, a la descomposición de la Unión Colonial y/o del Cónclave y al regreso a las guerras constantes entre las especies con las que compartimos este pedazo del universo.

—Aún no entiendo por qué querría nadie que ocurriera una cosa así —manifestó Hart.

—Porque a algunos les fue realmente bien mientras era así —dije—. No nos engañemos, Hart. A nosotros, los humanos, nos fue muy bien. Especialmente a la Unión Colonial. Un sistema de gobierno, estable durante siglos, consagrado a exterminar a quien se le pusiera delante y a robarle las tierras. Ése es el *modus operandi* de casi todas las civilizaciones humanas que han prosperado hasta la fecha. No me extraña que haya quien quiera recuperarlo, aun a riesgo de destruir la misma Unión Colonial. Porque si retrocedemos, seremos peores que antes.

—A menos que ya no existamos porque nos han exterminado.

—Bueno, eso también. No puede hacerse una tortilla sin romper huevos, pero también hay que asegurarse de que lo que hay dentro de la cáscara llegue a la sartén.

—No... no entiendo qué significa eso —dijo Hart.

—Significa que la destrucción de la Unión Colonial no es un hecho trivial para la supervivencia de la humanidad —respondí—. Es posible que nos exterminen antes de que se nos ocurra algo nuevo.

—Eso es lo que yo he dicho —repuso Hart—, sólo que expuesto de una manera más concisa.

—Mi preocupación ahora mismo no es si conduce o no al final de todo —dijo Balla—. Lo que me preocupa en este momento es el siguiente movimiento concreto del Equilibrio, o lo que éste desea que ocurra.

—Creo que será algo relacionado con los planetas que planean anunciar su independencia —apunté.

—Estoy de acuerdo —asintió Abumwe.

—Vale, genial —dijo Balla—. ¿Qué exactamente?

—No lo sé —respondí.

—¿No han interrogado a los rraey y al primer ministro para averiguar esa clase de cosas?

—Hemos averiguado un montón de cosas —repuse—. Pero eso no.

—Quizá deberían intentarlo de nuevo.

—Por supuesto —afirmé—. En concreto me gustaría volver a interrogar al comandante Tvann.

—¿Va a seguir insistiendo en que se hagan amigos? —me preguntó Abumwe—. No me parece una táctica muy eficaz.

—El objetivo del primer interrogatorio no era hacerme amigo suyo, sino que me perdiera el miedo.

—¿Y qué piensa hacer ahora? —preguntó Balla.

—Voy a enseñarle algo que quizá lo asuste un poco.

—No sé qué es eso —dijo el comandante Tvann cuando miró la lista que le había entregado. Estábamos de nuevo en la misma sala. Si os soy sincero, ya estaba empezando a hartarme de aquella habitación.

—Es una lista de objetivos que las Fuerzas de Defensa Coloniales planean atacar en breve —dije.

Tvann me la devolvió.

—No sé leer su lengua. Además, no entiendo por qué me mostraría información secreta de ninguna clase.

—Porque usted ha inspirado esta lista —dije, y le tendí otra hoja—. Quizá le resulte más fácil leer ésta.

Tvann cogió la lista y la leyó, la releyó y la dejó encima de la mesa, entre él y yo.

—No comprendo —dijo.

—Pues es muy sencillo. Usted es rraey. Todos los miembros del equipo del Equilibrio que comandaba también eran rraey. El equipo que, bajo su mando, capturó la *Chandler* y asesinó a su tripulación era rraey. La base desde la que operaba el Equilibrio hasta que Rafe la atacó con los misiles y la dejó inutilizable era una base militar rraey, hasta que su especie abandonó el sistema en el que se encuentra. Confío en que se haya dado cuenta de la pauta.

—Es una pauta falsa.

—Podría ser —admití—, pero los mandamases de las Fuerzas de Defensa Coloniales no opinan eso. Están bastante convencidos de que los rraey, es decir, su gobierno, está implicado en el Equilibrio. No son los únicos, eso seguro, pero hemos reunido pruebas suficientes y una y otra vez comprobamos que la participación de los rraey es muy superior en comparación con la de otras especies. Eso es, digamos, estadísticamente significativo.

—Ustedes y el Cónclave han dejado a millones de individuos de mi especie sin trabajo y sin hogar —replicó Tvann—. Por supuesto que encontrará a muchos rraey formando parte del Equilibrio.

Sonreí.

—Tal vez le interese saber que ésa es la razón que me ha dado el especialista Lau para explicarme por qué se unió a la organización. Y no digo que no sea verdad. Lo único que digo es que no es un argumento que vaya a convencer a las FDC de que su gobierno no está suministrando material al Equilibrio. —Señalé la lista—. De manera que las FDC han decidido pasar a la acción. Es complicado localizar al Equilibrio. Sé que la organización está concebida para que sea así, por lo tanto, pararemos de buscar y vamos a lanzarnos directamente sobre los proveedores. Ésos de ahí son los objetivos de la primera oleada de ataques que vamos a llevar a cabo en los planetas rraey. La mayoría son instalaciones militares e industriales, como ve, pero también hay plantas de distribución y de procesamiento. El plan consiste en ponerles las cosas difíciles a la hora de suministrar material y ayudar al Equilibrio.

—También van a destruir nuestras infraestructuras y condenar a millones de rraey a morir de hambre.

—Nuestro análisis coincide con la primera parte del suyo; aunque no tanto con la segunda. No obstante, eso también ocurrirá cuando destruyamos los objetivos de la segunda oleada, si el Equilibrio persiste en sus ataques contra nosotros.

—Si el Equilibrio sigue atacándolos después de que destruyan los objetivos de la primera oleada, será obvio que los rraey no están suministrándole material.

—Como ya le he dicho, sabemos que los rraey no son los únicos confabulados con el Equilibrio, pero pensamos que son sus principales aliados. Y aparte del valor que tendría destruir esa primera fuente de suministros, consideramos que enviaría una advertencia clara a todo el resto: Puede ser que estén utilizando el Equilibrio para destruir la Unión Colonial, pero aún somos lo suficientemente fuertes para arrastrarlos en nuestra caída.

—¿Cuándo planean lanzar esos ataques?

—La idea predominante es que no hay razón para esperar —respondí—. Puedo confirmarle que la operación está en marcha mientras nosotros hablamos. De hecho, algunas naves que se habían enviado a Jartum han recibido la orden de incorporarse a esta misión. Se ha convertido en una prioridad para las FDC.

—¡Es un genocidio!

—Creo que le sorprendería lo parecida que es nuestra opinión sobre este asunto, comandante Tvann, pero he de decirle que yo no soy la persona con la que debería mantener esa discusión. Es un debate que está teniendo lugar en despachos de personas mucho más importantes que nosotros dos.

—Usted no me habría contado esto si no esperara obtener algo de mí —dijo Tvann.

—En efecto, espero obtener algo de usted —repuse—. Quiero que me diga cuál es la estrategia que el Equilibrio tiene para Jartum y el resto de las colonias. Cuéntemela y convénzame de que es algo que merece que desviemos la atención de esa lista de objetivos. —Volví a señalar el papel—. No tiene ningún motivo para confiar en mí, pero de todas formas le haré la siguiente promesa: Ayúdeme a convencer a mis superiores y haré todo lo que pueda para que dejen en un segundo plano esa lista.

—¿Y qué puede hacer exactamente? —preguntó Tvann—. Sólo es un teniente.

—Es cierto. Pero soy un teniente excepcionalmente bien situado.

Tvann no dijo nada. Supongo que se tomó mis palabras con escepticismo.

—Comandante —continué—. Seré claro con usted. Las Fuerzas de Defensa Coloniales han tomado una decisión. Van a golpear a alguien, y van a golpearlo con todas sus fuerzas. Y la paliza la recibirá el primer desgraciado que se encuentren en su camino. Y ahora mismo, ese desgraciado son los planetas rraey. Ya sabe que las FDC no tienen la fuerza de antaño, pero tampoco los rraey, y cuando las FDC golpeen a su pueblo, lo enviarán lo más cerca posible de la Edad de Piedra. Muchos de su especie sufrirán. La única manera que hay de evitarlo, la única, comandante, es que sea otro el que se lleve el golpe. Deme a ese otro. Ayúdeme, comandante.

Abandoné la sala una hora después. Hart estaba esperándome fuera, junto con un par de soldados de las FDC que debían llevar a Tvann de vuelta al calabozo.

—¿Has conseguido todo lo que necesitabas? —me preguntó.

—¿Cómo? ¿No estabas aquí fuera grabando el interrogatorio?

—Después de que te burlaras de mí la última vez que lo hice, decidí que podía dedicar mi tiempo a otras cosas más productivas.

—Sí, creo que he conseguido todo lo que necesitaba. —Hice una señal con la cabeza a los soldados, que entraron en la sala, y le indiqué a Hart que me acompañara.

—Se lo ha tragado, ¿verdad?

—¿El farol de la lista de objetivos rraey? Sí. Aunque yo he puesto de mi parte para que se lo creyera, ha ayudado que sea lo típico que harían las FDC.

—¿Y ahora qué?

—Ahora vamos a contárselo a Abumwe —respondí—. Luego, intuyo que regresaremos a la Estación Fénix y tendremos que contarle lo mismo a un montón de gente. Y después, quizá encontremos un agujero donde escondernos.

—¿Por qué? Pensaba que Tvann te había contado los planes del Equilibrio.

—Y lo ha hecho.

—Bueno, ¿y?

Me detuve y me volví a mirar a mi amigo.

—Y si lo que me ha dicho es cierto, Hart, estamos todos bien jodidos.

Eché a andar de nuevo. Hart no se movió de donde estaba y me siguió con la mirada.

Segunda parte

—La organización conocida como el Equilibrio está volcada en la destrucción de la Unión Colonial —declaró la embajadora Abumwe—. Eso lo sabemos, pero debemos ser conscientes de que la destrucción de la Unión Colonial no es su único objetivo; de hecho, ni siquiera es el más importante. Su objetivo principal es la disolución del Cónclave, la mayor organización supraplanetaria que ha conocido esta región del espacio. Para lograr su fin, el Equilibrio está utilizando a la Unión Colonial, pero también a la Tierra.

Abumwe estaba hablando desde la tribuna de un auditorio del Departamento de Estado en la Estación Fénix. Esta sala en particular tenía capacidad para doscientas personas, pero en ese momento sólo había cuatro. Aparte de Abumwe, en el estrado, y de mí, sentado a su lado, estaban los coroneles Abel Rigney y Liz Egan, sentados en la primera fila de butacas, justo enfrente de la embajadora.

El cargo oficial de Egan era el de enlace entre las Fuerzas de Defensa Coloniales y el Departamento de Estado de la Unión Colonial, pero después de la traición del subsecretario de Estado Ocampo, había asumido el papel de número dos del Departamento de Estado, alguien que contaba con la confianza tanto del secretario de Estado como de los jefazos de las FDC. La incompatibilidad de esos dos puestos debería haber hecho sospechar a cualquier persona sensata, pero nadie se inmutó con el nombramiento. Tal cosa explica con claridad la situación en la que se encontraba en este momento la Unión Colonial.

Creo que el coronel Abel Rigney no tenía ningún cargo en particular. Sólo era el tipo de las FDC, el que iba a todas partes, el que lo veía todo, el que aconsejaba a todo el mundo y estaba enterado de todo. Hablando claro, si alguien quería paralizar las FDC, y, por extensión, la Unión Colonial, lo único que tenía que hacer era meterle una bala en la cabeza a Rigney. Sospecho que departamentos gubernamentales enteros de la Unión Colonial simplemente dejarían de trabajar porque nadie sabría con quién hablar en ausencia de la figura intermediadora de Rigney.

Oficialmente, Egan y Rigney eran, como mucho, funcionarios de rango medio. Extraoficialmente, eran las personas con las que había que hablar cuando se necesitaba hacer algo, con independencia de lo que fuera.

Y nosotros necesitábamos hacer algo.

—¿Quiere decir que lo que pasó en Jartum no fue un ataque directo contra la Unión Colonial? —preguntó Egan.

—No, por supuesto que fue un ataque directo —respondió Abumwe con su manera de hablar directa y franca que, si no se estaba familiarizado con ella, podría interpretarse erróneamente como una demostración flagrante de falta de diplomacia—. La acción tenía un objetivo inmediato, pero para el Equilibrio el verdadero valor del ataque está en sus consecuencias a largo plazo, en los elementos que proporciona a la organización para lograr su objetivo último: la destrucción del Cónclave.

—Explíquese —dijo Rigney.

—En Jartum capturamos a un valioso prisionero, a un tal comandante Tvann del Equilibrio. —Una levísima sonrisa escindió el rostro de Abumwe—. La manera más sencilla de describirlo es diciendo que sería el equivalente en el Equilibrio a usted, coronel Rigney. Alguien con muy buenos contactos y que suele ocupar una posición central en los planes de la organización.

—De acuerdo.

La embajadora movió la cabeza en dirección a mí.

—Durante el interrogatorio, el teniente Wilson consiguió sonsacarle a Tvann el plan más reciente del Equilibrio, que comienza con el ataque a la *Tubingen* en Jartum.

Los coroneles Rigney y Egan me miraron.

—¿Interrogatorio, teniente?

Capté al instante por dónde iba la pregunta.

—La información no se obtuvo mediante tortura ni bajo presión —respondí—. Empleé engaños e información falsa para convencer al prisionero de que le interesaba colaborar.

—¿Qué información falsa?

—Le dije que íbamos a destruir todas las ciudades importantes y todas las plantas industriales de cuatro planetas de su especie porque creíamos que los rraey eran los principales promotores del Equilibrio.

—¿Y lo son?

—No tengo los datos necesarios para confirmarlo —respondí—, pero el instinto me dice que el gobierno rraey les ofrece clandestinamente un apoyo logístico que es difícil de demostrar. Lo que es seguro es que a los rraey no les importaría que desapareciéramos del mapa. Aunque fuera cierto que los rraey apoyan a esa organización, actuar contra ellos, a estas alturas, no variaría los planes inmediatos del Equilibrio. Este grupo es y debería ser nuestra principal preocupación en este momento.

Egan asintió y miró de nuevo a Abumwe.

—Continúe.

—Jartum es una de las diez colonias que han conspirado para declararse independientes de la Unión Colonial. Su plan era hacerlo simultáneamente para abrir múltiples flancos y mermar la eficacia de la respuesta de la Unión Colonial. Cuanto más tardáramos en responder a su declaración, más colonias planetarias se animarían a declarar también la independencia. La idea subyacente de su plan era que la disolución de la Unión Colonial se produjera en parte por la falta de recursos de la UC para contener un éxodo masivo.

—Sin embargo, el coronel Tvann convenció al gobierno de Jartum para que adelantara su declaración de independencia con el pretexto de que sería el catalizador de la disolución de la Unión Colonial, y le prometió que actuarían como fuerzas de defensa de la colonia. Con ello saldrían beneficiados tanto Jartum como el Equilibrio, que deseaba que los planetas recién independizados lo vieran como un aliado.

—Pero el plan no salió bien —dijo con sequedad Rigney.

—No salió bien —repitió Abumwe—. De hecho, el verdadero plan del Equilibrio era atacar a cualquier nave de las FDC que se presentara, cosa que hizo con la *Tubingen*. El ataque, tanto si la Unión Colonial culpaba de él a Jartum o al Equilibrio, provocaría una respuesta exagerada de las FDC, cosa que ocurrió. Enviamos veinte naves a Jartum.

»El objetivo concreto del Equilibrio era que la Unión Colonial empleara una fuerza militar desmesurada contra los planetas que declararan la independencia. El siguiente planeta que la declarara no recibiría la visita de una sola nave de las FDC, como habría ocurrido con anterioridad, sino que las FDC enviarían una flota entera a cualquier planeta con la firme intención de cortar de raíz el movimiento independentista de turno. —Abumwe hizo una breve pausa y miró con curiosidad a Egan y a Rigney—. ¿Esta valoración del Equilibrio es precisa?

Los dos coroneles se miraron con incomodidad.

—Tal vez —respondió al cabo Rigney.

Abumwe asintió.

—El Equilibrio, siguiendo su propia estrategia de engaños e información falsa, y en su campaña para poner en duda a la Unión Colonial como fuente fiable de información, ayudada en este sentido por el hecho de que ésta ejerce una severa censura en las noticias que llegan a las colonias referentes a otras colonias, planea alentar a los nueve planetas restantes para que no abandonen su idea original de anunciar simultáneamente la independencia. Les prometerá ayuda logística y militar, que no tiene ninguna intención de prestarles salvo para conseguir sus propios objetivos, como ya hizo en Jartum. El Equilibrio llevará a la práctica su plan en cuanto sea factible. Y, por supuesto, las FDC responderán.

—¿Y después? —preguntó Egan.

—Cuando la Unión Colonial esté concentrada en este movimiento independentista y haya dedicado el grueso de sus fuerzas armadas y de sus servicios de inteligencia a sofocarlo, el Equilibrio atacará.

—¿Atacará a las flotas destinadas a los planetas colonizados? —preguntó Rigney—. Eso es una tontería, embajadora. El Equilibrio puede ser eficaz en ataques furtivos, pero sus naves y su armamento no aguantarían una batalla sostenida.

—No atacará a nuestras flotas —declaró Abumwe—. Atacará la Tierra.

—¿Cómo? —exclamó Egan. Se incorporó en su asiento con súbito interés.

Abumwe me miró y asintió. Conecté mi CerebroAmigo al sistema de presentaciones de la sala de conferencias y proyecté una imagen de la Tierra, y sobre ella, varias docenas de naves representadas a diferentes escalas.

—El Equilibrio obtiene sus naves por medio de la piratería —dijo Abumwe—. La Unión Colonial ha perdido varias docenas de naves en los últimos años. El Cónclave y sus Estados constituyentes han perdido incluso más. —Señaló el gráfico—. Lo que ven ahí es la representación de todas las naves de los estados afiliados al Cónclave de cuya desaparición tenemos noticia y que todavía no han sido destruidas en batalla. En la imagen hay noventa y cuatro naves, pero tenemos razones para pensar que nuestra estimación se queda por debajo de la realidad.

»De acuerdo con el comandante Tvann, el plan del Equilibrio consiste en hacer saltar esas naves al espacio de la Tierra, destruir los satélites de defensa, de comunicaciones y científicos del planeta y bombardear las áreas más pobladas con cabezas nucleares.

—Cabezas nucleares... —repitió Rigney casi en un susurro.

—¿De dónde demonios las han sacado? —preguntó Egan—. ¿Quién las utiliza todavía?

—Tvann nos ha contado que la mayoría proceden de los arsenales de planetas que ahora forman parte del Cónclave —respondió Abumwe—. El Cónclave prohíbe que se utilicen como armas, así que se supone que se desmantelaron y que se les retiró el material fisionable. Para el Equilibrio fue sencillo infiltrarse en el proceso de desmantelamiento y hacerse con cabezas nucleares y material fisionable.

—¿De cuántas cabezas nucleares estamos hablando? —preguntó Rigney.

Abumwe se volvió hacia mí.

—Tvann desconocía las características de todas ellas —respondí—, pero las que le parecieron el modelo estándar tendrían el equivalente a trescientos kilotones. Nos dijo que había varios centenares de ésas.

—Dios mío...

—Podrían causar los mismos estragos sin las armas nucleares —dijo Egan—. A estas alturas del desarrollo tecnológico armamentístico, utilizar bombas atómicas sólo está un paso por delante de los arcos y las flechas.

—Las armas nucleares son un elemento esencial de su plan —afirmó Abumwe—. No sólo por la devastación inmediata, sino por sus secuelas.

—Cuando los romanos derrotaron a los cartagineses, echaron sal a los campos para que nada volviera a vivir ni a crecer en el suelo —dije—. En este caso, el concepto es el mismo, sólo que de una manera exagerada.

—El Equilibrio cavará su propia tumba si hace eso —dijo Rigney.

—Antes tendrá que encontrarlo —apunté.

—Creo que estaremos más que motivados para encontrarlo, teniente.

—Coronel, está pasando por alto una cosa importante en este asunto —señaló Abumwe.

—¿El qué? —preguntó Egan.

Abumwe señaló la imagen suspendida encima de ella.

—Que todas y cada una de las naves encargadas del ataque proceden del Cónclave. Esperan que creamos que el responsable del ataque es el Cónclave, no el Equilibrio. Esperan que creamos que el Cónclave ha llegado a la conclusión de que la única manera de quitarse de encima el problema de la especie humana, de la Unión Colonial, es destruyendo su fuente de soldados y de colonos de una vez por todas para que jamás podamos recuperarla, ya sea por la fuerza o mediante una negociación. Esta acción está pensada para que sea el intento definitivo del Cónclave de extinguirnos del universo para siempre.

Rigney asintió.

—Está bien. De acuerdo.

—Acusaríamos al Cónclave, rechazaríamos sus alegaciones de inocencia y daríamos por hecho que siempre ha estado detrás del Equilibrio —dijo Egan—. Iríamos a la guerra con ellos y nos derrotarían.

—Inevitablemente, sí —asintió Abumwe—. Somos muy inferiores a ellos en una guerra abierta. Y aun en el caso de que todos los planetas colonizados interrumpieran sus ataques por la independencia contra nosotros, o aplastáramos sus intentos de independizarse, todavía necesitaríamos tiempo para convertir las colonias en una fuente de suministro de soldados. Y, entretanto, algunos elementos del Cónclave clamarían por nuestra destrucción, porque tanto si el Cónclave nos había atacado como si no, ahora representaríamos un peligro evidente para ellos.

—Perderíamos la guerra con el Cónclave —dije—, pero eso no significa que el Cónclave ganara.

Abumwe asintió.

—No se trataría simplemente de un ataque de la Unión Colonial al Cónclave. La obligación del Cónclave de eliminarnos provocaría tensiones en su seno, pues atentaría contra los principios sobre los que fue fundado. Sería una acción que iría en contra de los objetivos éticos del general Gau.

—Por no mencionar que la actual líder del Cónclave —añadí—, Hafte Sorvalh, sería duramente criticada si se negara a destruirnos. Y, con independencia de sus habilidades políticas, que las tiene, ella no es el general Gau. No podrá mantener unido el Cónclave con la mera fuerza de su personalidad como lo hacía el general. La organización se descompondría y desaparecería.

—Lo que es el objetivo último del Equilibrio —dijo Egan.

—Así es —admitió Abumwe—. Repito, nuestra destrucción es una parte de su plan, pero básicamente es secundaria. Somos el instrumento que el Equilibrio quiere utilizar para acabar con el Cónclave. Todo lo que esa organización ha hecho hasta ahora, incluido el ataque a la Estación Tierra, son pasos en el camino hacia ese objetivo.

—No sé cómo debería sentirme al saber que la destrucción total de la Unión Colonial sólo sea un segundo premio —dijo Rigney.

—Debería sentirse furioso, coronel —replicó Abumwe—. Yo estoy furiosa.

—Pues no parece estarlo demasiado —señaló Rigney.

—Coronel Rigney, le aseguro que lo estoy —replicó Abumwe—. Pero también me he dado cuenta de que hay cosas más importantes que debo hacer.

—Una pregunta, embajadora —intervino Egan.

—¿Sí, coronel?

Egan señaló el gráfico.

—Ahora conocemos el plan del Equilibrio. Sabemos que se propone utilizar nuestras colonias y la respuesta habitual de las FDC en casos así contra nosotros. Sabemos también que planea inculpar al Cónclave del ataque a la Tierra. Sabemos a qué juega, su estrategia y sus tácticas. ¿No es ahora una trampa que podemos esquivar con facilidad?

Abumwe se volvió hacia mí.

—Existen otras complicaciones —dije—. Tvann me dio a entender que si la estrategia con Jartum fracasaba, si frustrábamos sus planes con los otros nueve planetas o si informábamos al Cónclave del subterfugio, el Equilibrio podría atacar la Tierra de todos modos.

—¿Con qué fin? —inquirió Egan.

—El Equilibrio no parece una organización muy puntillosa —respondí—. Si no puede quedarse con todo el pastel, se conformará con la mitad. Lo que quiero decir es que su plan ideal sería distraer a la Unión Colonial, arrasar la Tierra, inculpar al Cónclave y observar cómo nos destruimos mutuamente. Pero atacarán con bombas nucleares la Tierra aunque no puedan echar la culpa a otro, porque saben que una Unión Colonial visiblemente debilitada, que una especie humana visiblemente debilitada, seguirá siendo una presa muy atractiva para el Cónclave.

—Hay que tener en cuenta la gran cantidad de especies del Cónclave que odian a los humanos —señaló Abumwe—. Nos odiaban antes de Roanoke y nos odian mucho más desde el incidente. Y algunas nos culpan del asesinato del general Gau.

—No tuvimos nada que ver con su muerte —afirmó Rigney.

—Pero estábamos allí cuando lo asesinaron —dijo Abumwe—, nosotros y los humanos de la Tierra. Eso es suficiente para muchos miembros del Cónclave.

—Por lo tanto, están diciendo que el Equilibrio se conformaría con llevar a cabo el plan B —dijo Egan, retomando el tema principal de la reunión.

—Ya están llevando a cabo un plan B —les aseguré—. El plan B se puso en marcha en el mismo momento en el que Rafe Daquin robó la *Chandler* y nos trajo de vuelta al subsecretario Ocampo.

Estamos en una situación más cercana a un plan alternativo. El Equilibrio ha sabido improvisar muy bien, coronel. Conoce sus límites y convierte su reducido tamaño en una ventaja. Asumir la autoría de la devastación de la Tierra no es su principal objetivo, pero también puede sacarle partido. Aparecerá como la entidad capaz de hacer lo que nadie más se ha atrevido a hacer: destruir el planeta del que la Unión Colonial consigue su fuerza. Si el Equilibrio juega bien sus cartas, podría sacar un provecho inmenso de su responsabilidad en la destrucción del planeta. Conseguiría nuevos adeptos y fondos; podría llegar a convertirse en una organización legítima; podría salir de las sombras en las que vive ahora.

—Se mire como se mire, la Tierra está jodida —declaró Rigney—. Discúlpenme el lenguaje, pero ésa es la idea esencial de lo que están contando.

Miré a Abumwe.

—Hay una alternativa —dijo la embajadora.

—Hable —le pidió Egan.

—Antes me gustaría hacerles una pregunta a ambos —repuso Abumwe—. ¿Estamos todos de acuerdo en que nuestro objetivo en este momento es la supervivencia, no una victoria?

—No comprendo la pregunta —respondió Egan.

—No la creo, coronel —replicó Abumwe con los ojos clavados en ella—. Creo que sabe perfectamente de qué hablo. Las cuatro personas que estamos en esta sala podemos permitirnos el lujo de ser completamente francas las unas con las otras, así que no hay razón para fingir que no sabemos que la Unión Colonial, tal como la conocemos, está abocada a la desaparición. Si el Equilibrio o el Cónclave no nos destruyen, lo haremos nosotros mismos. Ya está ocurriendo.

»No hay razón para fingir que no sabemos que la estructura y la organización actuales de la Unión Colonial son insostenibles. No hay razón para fingir que no sabemos que jamás conseguiremos que la Tierra vuelva a asumir el papel que tenía para nosotros. No hay razón para fingir que estamos contemplando nuestra propia extinción. No hay razón para fingir que cualquier victoria notable o triunfo secundario es fundamental ahora mismo. Lo realmente importante es que todos estemos de acuerdo en que lo que estamos haciendo en este momento tiene como objetivo nuestra supervivencia, la supervivencia de la especie humana, no de la Unión Colonial tal como la conocemos, sino de la humanidad. Los cuatro tenemos que estar de acuerdo en eso. De lo contrario, no tiene sentido continuar esta reunión.

Egan y Rigney se miraron.

—Estamos de acuerdo —dijo Egan.

—¿Y cómo demostrarán su apoyo a esta idea común? —preguntó Abumwe—. Si estamos de acuerdo en que aquí está tratándose la cuestión de nuestra supervivencia, ¿también estamos de acuerdo en que haremos todo lo que sea preciso para lograr ese objetivo?

—Embajadora Abumwe —dijo Rigney—, expónganos su plan. Luego le explicaremos lo que haremos para lograr el objetivo.

—De acuerdo —asintió Abumwe.

—Les agradezco su asistencia a la reunión —dijo Abumwe a los representantes de las nueve colonias que estaban planeando (creían que en secreto) anunciar su independencia.

—¿Asistir? ¡Qué graciosa! —exclamó Harilal Dwivedi, el representante de Huckleberry—. Nos han arrancado de la cama y nos han traído a la fuerza.

Varios representantes de los otros planetas asintieron con la cabeza.

—Lo siento mucho —se disculpó Abumwe—. Desgraciadamente, en el asunto que tenemos entre manos el tiempo es esencial. Soy la embajadora Abumwe.

—¿Qué hacemos aquí, embajadora? —preguntó Neida Calderon, de Umbria.

—Representante Calderon, si mira a su alrededor y se fija en sus colegas, creo que se hará una idea bastante acertada de lo que hacen aquí.

Los murmullos de protesta cesaron abruptamente y Abumwe se convirtió de repente en el foco de atención de todos los presentes.

—En efecto, lo sabemos —les espetó la embajadora.

—Por supuesto que lo saben —gruñó Dwivedi, que pertenecía

claramente a la escuela retórica de los que pasan al ataque cuando se sienten acorralados—. Tienen detenido al primer ministro de Jartum. No quiero ni pensar en lo que le habrán hecho.

Abumwe me hizo un gesto con la cabeza. Me acerqué a una puerta lateral de la sala de reuniones del Departamento de Estado en la que estábamos y la abrí.

—Pase —dije.

Masahiko Okada entró y se sentó a la mesa con el resto de los representantes, que se lo quedaron mirando como si tuviera tres cabezas.

—¿Nos tiene reservada alguna otra sorpresa, embajadora? —preguntó Calderon después de mirar a Okada.

—Con el fin de ahorrarnos tiempo a todos, permítanme que sea breve —dijo Abumwe.

—Por favor, séalo —insistió Calderon.

—Sus planetas planean anunciar conjuntamente su independencia de la Unión Colonial. El hecho de que ustedes se encuentren en esta sala ahora mismo indica que conocemos sus planes. También estamos al tanto de que sus gobiernos, individualmente o en grupo, han estado en negociaciones con una organización llamada Equilibrio, que ha compartido información con ustedes y, creemos, les ha ofrecido protegerlos de la Unión Colonial cuando declaren la independencia.

Dwivedi abrió la boca para hablar, pero Abumwe lo atajó con una mirada fulminante.

—Éste no es el momento de presentar excusas o de justificar su deseo de independencia ni su confraternización con el Equilibrio. No tenemos tiempo para eso, y, francamente, ahora mismo no podría importarme menos.

Dwivedi cerró la boca, visiblemente molesto.

—El Equilibrio ha estado engañando a sus gobiernos —continuó Abumwe, y señaló a Okada—. Dentro de un momento, el primer ministro Okada les explicará con detalle cómo los ha engañado a él y a su gobierno y atacado a la nave de las Fuerzas de Defensa Coloniales con la intención de endosar la culpa, y el correspondiente castigo, a Jartum y su gobierno, para de ese modo animar a sus planetas a que pasen a la acción. Y no precisamente con el fin de que ustedes alcanzaran su propósito, señores. No para que consigan la libertad que persiguen. Sino para acercarse más a su propio objetivo, en el que sus planetas y su destino son meros peldaños de la escalera que los conduce a él.

»Sabiendo eso, la Unión Colonial quiere trasladar una petición a cada uno de ustedes.

—A ver si adivino —dijo Calderon—. Quieren que no declaremos la independencia.

Abumwe esbozó una de sus muy poco frecuentes sonrisas.

—En realidad, representante Calderon, no hay nada que queramos más en el mundo que esa declaración.

Calderon se quedó perpleja y miró al resto de los representantes, que parecían igualmente desconcertados.

—No lo entiendo —dijo al cabo.

—Queremos que declaren la independencia —repitió Abumwe.

—¿Quieren que abandonemos la Unión Colonial? —inquirió Dwivedi.

—No.

—Pero acaba de decir que quiere que declaremos la independencia.

—Sí —asintió Abumwe, y levantó una mano antes de que Dwivedi insistiera en sus quejas—. No queremos que abandonen la Unión Colonial. Eso sería peligroso para todos nosotros. Pero les pedimos que sigan con su plan de declarar la independencia. Necesitamos hacer creer al Equilibrio que van a continuar con el plan que habían acordado.

—¿Por qué? —quiso saber Calderon.

—No puedo decírselo —respondió Abumwe—. Es obvio que sus gobiernos no son seguros. No puedo darles toda la información.

—¿Y qué ocurrirá cuando declaremos la independencia?

—La Unión Colonial, como es previsible, responderá de una manera desproporcionada y llenará de naves los cielos de sus planetas para intimidarlos.

—No acierto a ver qué sacamos nosotros de este plan —dijo irónicamente Calderon, que, por alguna razón, había asumido el papel de líder de los representantes allí reunidos.

—Queremos que declaren la independencia, pero no que se

conviertan en planetas independientes —continuó Abumwe—. Nosotros responderemos con un uso desmesurado de la fuerza sólo en apariencia.

—¿Está pidiéndonos que creamos que las FDC no van a aplastarnos?

—Si eso fuera lo que queremos hacer, esta reunión habría sido innecesaria —señaló Abumwe—. No. Estoy ofreciéndoles una alternativa a ese final. No cometan errores, señores representantes. Cualquier intento de abandonar la Unión Colonial será reprimido con el uso de la fuerza. No podemos permitir que sus planetas se marchen de la organización, y, con el riesgo de parecer condescendiente, les diré que tenemos la certeza absoluta de que ignoran el peligro al que se exponen. —Abumwe volvió a señalar a Okada—. El primer ministro Okada puede explicarles su experiencia.

—Nos pide que confiemos en ustedes. Supongo que comprenderá por qué nos resulta difícil hacerlo.

—No les pido su confianza —replicó Abumwe—. Estoy haciéndoles una oferta.

—No tiene mucho que ofrecer, embajadora, si ya está negándonos la libertad.

—Representante Calderon, permítame señalar que no es libertad lo que persiguen.

—Ah, ¿no?

—No.

—¿Qué perseguimos, entonces?

—Control —respondió Abumwe—, que es lo que estoy ofreciéndoles.

—Explíquese —le pidió Calderon tras reflexionar un momento.

—Todos ustedes son representantes ante el gobierno de la Unión Colonial —empezó Abumwe—. No es necesario que les recuerde la escasa relevancia de sus cargos en el actual sistema de administración de la Unión Colonial y de relación con sus respectivos planetas. En el mejor de los casos, ustedes son los responsables de los asuntos más intrascendentes; y en el peor de ellos, no se les tiene en cuenta para nada.

Abumwe hizo una pausa para que sus palabras calaran en los representantes. Algunos asintieron con la cabeza.

—Eso va a cambiar —continuó—. Tiene que cambiar. La

Unión Colonial dependerá más que nunca de los planetas colonizados, incluido, por primera vez, el abastecimiento de soldados. Ya no puede ejercer un gobierno totalitario. Hablando claro, la Unión Colonial necesita ponerse de acuerdo con aquéllos a quienes gobierna. Necesita que aquellos a quienes gobierna la dirijan.

Se instaló un silencio sepulcral que duró unos segundos.

—¡Está tomándonos el pelo! —exclamó al cabo Dwivedi.

—No —replicó Abumwe, mirando a Calderon en vez de al representante de Huckleberry—. Se ha llegado a un principio de acuerdo en las altas esferas. Ahora se necesita un grupo de representantes dispuestos a trabajar en la creación de un sistema que refleje la realidad de nuestra situación con respecto al Cónclave y a otras especies, así como de un gobierno realmente representativo.

—¿Quiere que redactemos el borrador de una constitución? —preguntó Calderon con una leve incredulidad.

—Sí.

—¿A cambio de este pequeño subterfugio con nuestra declaración de independencia?

—Sí.

—¿Tan importante es?

—Sí.

—Tendremos que consultarlo con nuestros respectivos gobiernos —dijo Dwivedi.

—No —replicó Abumwe, y miró alrededor—. Seré clara. No hay tiempo. Sabemos que planean declarar la independencia dentro de sólo dos semanas. Ese calendario debe mantenerse. Es necesario que todo continúe tal como se había establecido. No puede producirse ninguna alteración ni darse ninguna pista de que haya cambiado algo. Ustedes son los representantes de sus colonias. Representen, pues. La decisión que tomen aquí y ahora será la decisión de sus planetas y actuaremos en consecuencia. Y otra cosa: debe ser una decisión unánime. O todos o ninguno.

—¿Espera que creemos un sistema de gobierno de representación interplanetaria viable ahora mismo? —inquirió Calderon.

Abumwe esbozó una sonrisa apenas perceptible.

—No. Los detalles pueden esperar. Pero ahora deben decidir si se comprometen a hacerlo.

—¿Cuánto tiempo nos da para meditar nuestra decisión?

—Tienen hasta mañana por la mañana —respondió Abumwe—. Yo estaré aquí para resolver todas las dudas que pueda. Okada les contará la experiencia de Jartum con el Equilibrio. Son las once de la noche. Mañana a las ocho de la mañana quiero que me anuncien su conformidad o su rechazo unánime.

—¿Y si rechazamos la propuesta?

—En ese caso, todo será más duro y mucho más peligroso... para todos —amenazó Abumwe—. Ahora los dejo unos minutos a solas. Regresaré para responder todas sus preguntas personalmente.

Salió por la puerta por la que había entrado Okada. La seguí.

—Un discurso inspirador —dije.

—Su sarcasmo es lo que menos necesito en este momento, Wilson.

—Es un sarcasmo a medias —repuse—. ¿Cree que aceptarán?

—Creo que Calderon ya está convencida. Tal vez pueda convencer al resto —respondió Abumwe.

—¿Y cree que la Unión Colonial estará de acuerdo en aplicar los cambios a los que acaba de comprometerla?

—Ese trabajo corresponde a los departamentos de Rigney y de Egan. Pero ninguno de nosotros estaría aquí si no viéramos todos la que se nos viene encima.

—Cierto.

—Llame a Hart Schmidt y dígale que venga—ordenó Abumwe—. Quiero que lo sustituya en la sala de reuniones. Lo pondré al corriente de todo.

—De acuerdo. ¿Por qué? ¿Qué quiere que haga yo?

—Tengo dos tareas para usted —respondió ella—. La primera es que hable con Ocampo.

—¿De qué?

—Del paradero de los miembros del Equilibrio. A pesar de que huyeron de la base, no han dejado de operar. Necesitamos averiguar dónde están ahora.

—Es posible que no lo sepa.

—Y es posible que lo sepa. Hay que preguntárselo.

—Usted manda —dije—. ¿Cuál es la segunda tarea?

—Necesito que vaya a la Tierra.

—Interesante. Ya sabe que no les caemos muy bien, ¿verdad?

Hasta el punto de que si una de nuestras naves espaciales se presenta allí, lo más probable es que la derriben. Por no mencionar que tardaré algunos días en llegar, sin ninguna expectativa fundada de regresar una vez que derriben mi nave.

—Espero que resuelva todos esos problemas antes de marcharse.

—Me admira su confianza en mí.

—Entonces, no me decepcione, Wilson.

Tyson Ocampo y yo estábamos en una playa, contemplando las olas que morían en la orilla y las gaviotas que volaban en círculo encima de nosotros.

—Es un sitio bonito —dijo él.

—Pensé que le gustaría.

—¿Qué playa es?

—Cottesloe. Está cerca de Perth, Australia.

—Ah. Nunca he estado allí.

—Bueno, está en la Tierra, así que es comprensible —repuse.

—¿Usted ha estado?

—Una vez —respondí—. Estuve en Perth por trabajo y tuve un día libre. Cogí el tren y pasé el día mirando las olas y bebiendo cerveza.

Ocampo sonrió.

—Por lo menos estamos mirando las olas.

—Siento que no haya cerveza —dije.

—Teniente, cuando usted no está aquí, la simulación que veo es la de una pequeña celda cuadrada. Hay tres libros en ella, que van cambiando a medida que los leo. Yo no elijo los títulos. También hay una pantalla diminuta en la que transmiten programas de entretenimiento para que no me vuelva completamente loco. Una vez al día, hacen aparecer una pista de atletismo para que me cree la impresión de que hago ejercicio físico. Mi único visitante, aparte del ocasional interrogador de la Unión Colonial, es un bot conversacional tan mal programado que no tiene ninguna apariencia de persona real y que únicamente sirve para recordarme que estoy completamente solo en mi cerebro. Créame. Esta playa es suficiente.

No supe qué decirle, así que continué mirando las olas simuladas que lamían la orilla simulada de la simulada playa Cottesloe.

—Supongo que esto es un premio —dijo Ocampo—, por nuestra última sesión.

—Resultó ser que tenía usted toda la razón sobre la trampa preparada a la nave de las FDC en Jartum —comenté—. Mi nave alcanzó la distancia de salto en un tiempo peligrosamente breve, estuvimos a punto de recalentar los motores, y aparecimos del salto en pleno ataque. No pudimos ser más oportunos.

—¿Las FDC no enviaron una de las naves que mantienen listas para entrar en combate?

—Con todo el respeto, subsecretario Ocampo, es usted un traidor confirmado y tiene un largo historial de enviar naves a su perdición. No estaban dispuestos a enviar una nave propia, pero no les importó que jugáramos a la ruleta rusa con la nuestra.

—Me alegra oír que confía en mí, teniente.

—Confío en el hecho de que ya no tiene nada que perder, subsecretario.

—No es lo mismo, ¿verdad?

—No —dije—, no lo es. Y siento que sea así.

Ocampo volvió a sonreír y deslizó un dedo del pie por la arena de la playa. La simulación era lo más perfecta que había podido crear, y, desde el punto de vista de la programación, lo cierto es que era una pequeña maravilla. La imagen simulada sólo era detallada allí donde Ocampo depositaba su atención. Cualquier parte de la playa que no estuviera mirando era un mapa en baja resolución, y la arena que no estaba directamente debajo de sus pies era una estera sin textura. La playa era como una burbuja de percepción en torno a un hombre cuya existencia se limitaba a un cerebro metido en un tarro.

—¿Ha creado esta playa para mí? —preguntó Ocampo—. ¿Como recompensa?

—No es una recompensa —dije—. Sólo pensé que le gustaría.

—Me gusta.

—Y confieso que no la he creado para usted. Hace poco fue el cumpleaños de Rafe Daquin. La programé para él.

—¿Aún no le han dado un cuerpo?

—Su cuerpo nuevo está listo —dije—. Y podemos implantarle el cerebro cuando él quiera. Pero ha decidido que de momento se quedará con la *Chandler* y la pilotará desde dentro. Es un auténtico prodigio con la nave. Ha hecho cosas realmente increíbles.

—Me pregunto cómo se sentiría si se enterara de que le ha dado el regalo que hizo para él al hombre responsable de que le extrajeran el cerebro del cuerpo.

—De hecho, me sugirió él que lo hiciera. Me pidió que le dijera que recuerda lo solitario que era, y que es, ser un cerebro metido en un tarro.

—Muy amable por su parte.

—Estoy de acuerdo —repuse. Omití a propósito la parte en la que me dijo que, si quería, claro, programara un gran tiburón blanco que despedazara el cuerpo simulado de Ocampo. No me pareció oportuno. Tal vez Rafe lo hubiera perdonado, a su manera, pero no había olvidado lo que le hizo.

—Teniente, le agradezco mucho esta excursión a la playa, pero tengo la impresión de que no ha venido a ver a un amigo.

—Necesito que me dé más información, subsecretario. Sobre el Equilibrio.

—Por supuesto.

—¿Me la dará?

Ocampo no respondió. En cambio, avanzó unos pasos por la orilla y entró en el agua, que se arremolinó en torno a sus pies, ligeramente hundidos en la arena. Se me dibujó una sonrisa; no me había salido nada mal la simulación.

—He estado reflexionando sobre los motivos que me empujaron a ingresar en el Equilibrio —comenzó a decir Ocampo. Se volvió a mirarme y sonrió—. No se preocupe, teniente, no voy a convertir esto en un monólogo de nobleza desencantada en el que usted tenga que asentir de vez en cuando. A estas alturas soy capaz de reconocer que principalmente fueron la ambición y la megalomanía. Así de claro. Sin embargo, no fueron lo único. También influyó el convencimiento de que la Unión Colonial, dejando al margen las causas, se había convertido en la peor amenaza para la supervivencia de nuestra especie. Me di cuenta de que todas las especies que conocía asociaban a la humanidad con la ambigüedad, la brutalidad, la avaricia y el peligro. Siempre representaríamos eso para ellos.

—Siendo justos, el resto de las especies tampoco es que sean unos angelitos —repuse.

—Es cierto, aunque me pregunto hasta qué punto la culpa de eso no la tienen los conflictos que hemos provocado nosotros. El Cónclave fue capaz de unir a cuatrocientas especies bajo un solo gobierno. A nosotros apenas nos soporta nadie. Eso me sugiere que el problema no es suyo, sino nuestro, de la Unión Colonial.

Abrí la boca para hablar, pero Ocampo levantó una mano para detenerme.

—Sé que no es el momento para debatir este asunto. El caso es, teniente, que, por la razón que fuera, yo me uní al Equilibrio; pero el problema de la Unión Colonial aún existe. Es una organización tóxica, para la humanidad y para nuestra supervivencia en este universo. Lo ayudaré si puedo, Wilson. Ya no hay razón para no hacerlo, pero me gustaría que entendiera que, a menos que a la Unión Colonial le suceda algo, algo realmente gordo, algo que haga tambalearse sus cimientos, lo único que estaremos haciendo será poner un parche. El problema seguirá existiendo. Cuanto más tiempo dejemos pasar, más se agravará; y ya casi ha alcanzado el estado de máxima gravedad.

—Entiendo —dije.

—De acuerdo. Pregúnteme lo que quiera.

—Después de que Daquin atacara el cuartel general del Equilibrio, la organización se marchó de allí.

—Así es. Obviamente, ya no era un lugar seguro.

—Necesitamos saber dónde está ahora su sede.

—No lo sé —respondió Ocampo—. Y le aseguro que, si lo supiera, el Equilibrio ya no estaría allí, porque daría por hecho que me sonsacarían su ubicación.

—Entonces, me gustaría que me dijera lugares donde sospecha que podría estar.

—El Equilibrio es una organización relativamente pequeña, y me gustaría hacer hincapié en el «relativamente». Puede operar desde una única base, pero esa base debe ser relativamente grande, y haber sido abandonada recientemente para que se pueda devolver la capacidad operativa a los sistemas con rapidez. Además, tiene que estar en un sistema planetario que no simpatice con la causa del grupo, que haya sido abandonado recientemente o que, aparte de sus principales planetas, no esté permanentemente vigilado.

—Eso reduce bastante el número de bases militares posibles —repuse—. Algo es algo.

—No sea estrecho de miras —dijo Ocampo.

—¿Cómo?

—Está pensando como un soldado, no como un oportunista animal carroñero, que es lo que es el Equilibrio.

—De manera que no hay que limitarse a las bases militares —dije—. Puede ser una base de cualquier tipo que disponga de la infraestructura necesaria.

—Eso es.

—Y no sólo de las especies reconocidamente aliadas con el Equilibrio.

—Exacto. Seguramente saben que ya está buscando en todos esos lugares. Habrán elegido un lugar donde la Unión Colonial nunca miraría.

Reflexioné un momento.

Y entonces tuve una idea verdaderamente descabellada.

La simulación hecha por ordenador debió de reproducir con precisión mi descubrimiento, porque Ocampo me miró sonriente.

—Me parece que alguien ha tenido una idea.

—Tengo que irme —dije—. Subsecretario, le ruego que me perdone.

—Naturalmente. No es que tenga los medios para hacer que se quede.

—Puedo dejar ejecutándose la simulación.

—Gracias. Me gustaría que lo hiciera. La apagarán cinco minutos después de que usted se marche, pero lo disfrutaré hasta entonces.

—Puedo pedirles que no la apaguen.

—Puede hacerlo —repuso Ocampo—, pero no servirá de nada.

—Lo siento —dije. A pesar de todo lo que Ocampo había hecho, lo sentía de verdad.

Ocampo se encogió de hombros.

—Así son las cosas. No diré que no lo merezco después de todo lo que hecho. No obstante, me gustaría que pensara en una cosa que quisiera pedirle, teniente. Si la idea que se le ha ocurrido sale como espera y todos sus planes se cumplen, le agradecería que intercediera por mí en una cosa.

—¿En qué? —pregunté. Temía que me pidiera que intercediera por él para conseguir un cuerpo nuevo, cosa que la Unión Colonial jamás de los jamases le concedería.

Ocampo me leyó el pensamiento.

—No voy a pedirle que interceda por mí para conseguir un cuerpo nuevo. Nunca me lo darán. El indulto gubernamental nunca es tan generoso. Pero tengo una casa en Fénix... bueno, tenía. Es una modesta cabaña de veraneo en las montañas, junto a un pequeño lago, en un terreno de cuarenta hectáreas de bosques y praderas. La compré hace diez años con la idea de retirarme allí para meditar y escribir. Nunca lo hice, porque... bueno, ¿quién lo hace? Acabé pensando que había tirado el dinero. Supongo que nunca perdí la esperanza de que algún día la utilizaría, pero ahora sé que eso no va a suceder. No volveré a ver la cabaña, me refiero a verla con mis propios ojos.

Desvió la mirada de mí, de la playa, para contemplar un océano Índico que no existía.

—Si todo sale bien, teniente —continuó—, y si esta aventura termina como desea, utilice su influencia para traerme esa cabaña aquí, mediante una simulación. Sé que nunca volveré a pisar el mundo real, pero si la simulación es buena, tal vez pueda convivir con ello. Y estos días no tengo otra cosa que hacer que meditar. Por fin podré utilizar la cabaña para lo que la compré, aunque sólo sea una reproducción. Dígame que lo hará por mí, teniente Wilson. No se imagina cuánto se lo agradecería.

—Sedna —anuncié.

El coronel Rigney, que estaba en la pequeña sala de reuniones con Egan, Abumwe y Hart Schmidt, me miró con el ceño fruncido.

—¿Quiere que realice una búsqueda en mi CerebroAmigo? —me espetó.

—Sedna es un planeta enano en el sistema de la Tierra —dije—. Para ser más preciso, es un planeta enano justo en la frontera del sistema de la Tierra, dentro de los límites de la nube de Oort. Está a una distancia del sol que triplica la de Neptuno.

—De acuerdo —dijo Rigney—. ¿Qué pasa con él?

—Ocampo me dijo que no sabía dónde estaba la nueva base del Equilibrio, pero que lo más probable era que el grupo hubiera ocupado una base militar o de otra clase que se hubiera abandonado recientemente. También me dijo que estaría en un lugar donde no se nos ocurriría mirar.

Encendí el monitor de la pared de la sala de reuniones con el CerebroAmigo y apareció la imagen de un pequeño planeta rojizo.

—Sedna —repetí—. Alojó una de las primeras bases científicas de la Unión Colonial. La utilizábamos para investigaciones astronómicas de campo profundo y el estudio de ciencias planetarias. Sedna es un buen lugar desde donde observar todo el sistema de la Tierra y las dinámicas orbitales.

—Nunca había oído hablar de él —dijo Egan.

—La base lleva un par de décadas prácticamente inactiva —dije—. Cada dos meses viajaba un equipo de tres o cuatro científicos, sobre todo para echar un vistazo a algunas observaciones de larga duración que se llevan a cabo allí y para controlar los robots de mantenimiento. —Hice aparecer la imagen de un mapa de la base en el monitor—. Pero lo relevante de la base es que, durante su época de esplendor, hace más o menos un siglo, hubo mucha más actividad allí. En su momento de máximo apogeo llegó a alojar a más de mil personas.

—¿Cómo lo sabes? —me preguntó Hart.

—Bueno, no es algo de lo que me enorgullezca, pero cuando trabajaba en el departamento de investigación y desarrollo de las FDC había un miembro del equipo que me caía como el culo —dije—. Hice que lo trasladaran allí.

—Qué bonito —comentó Rigney.

—Ahora me doy cuenta de que no era el único capullo en el equipo —admití con cierto remordimiento.

—¿Ya no la visita ningún equipo de mantenimiento? —preguntó Egan, señalando el mapa de la base.

—No —respondí—. Después de que la Tierra rompiera oficialmente sus vínculos con la Unión Colonial tras el incidente Perry, abandonamos definitivamente la base. —En este momento me permití una ligera sonrisa al pensar en mi viejo amigo y en cómo provocó la mayor crisis política que había conocido hasta ese momento la Unión Colonial—. En parte, por razones políticas, pues no queríamos que la Tierra tuviera la sensación de que estábamos merodeando por su frontera. Y en parte, por razones económicas.

—Por lo tanto, una base de grandes dimensiones y abandonada recientemente, ubicada en un lugar donde nunca buscaríamos —resumió Rigney.

—Sí —asentí—. No es la única base de grandes dimensiones y abandonada recientemente de la Unión Colonial o de las FDC. He preparado una lista con lugares que deberíamos investigar. Pero si tuviera que apostar mis ahorros por uno de ellos, sería ése. Deberíamos ir a echar un vistazo inmediatamente. Con discreción, por supuesto.

—Bueno, ¿tiene algo que hacer, teniente?

—Sí, tiene algo que hacer —anunció Abumwe—. Le he encargado otra misión. Necesito que vaya a la Tierra de inmediato.

Rigney se volvió hacia la embajadora.

—¿Y cuándo pensaba decírnoslo?

—Acabo de decírselo —respondió Abumwe—. Antes de venir aquí he estado haciendo de niñera de nueve representantes planetarios, intentando convencerlos para que acepten nuestras condiciones.

—¿Y cómo va? —preguntó Egan.

—Como esperaba. El representante de Huckleberry no hace más que protestar, pero es un quejica. El resto han visto la oportunidad que se les ofrece y están intentando convencerlo. Aceptarán el acuerdo a tiempo.

—Bien.

—Y ustedes tienen que lograr el acuerdo entre los suyos, coroneles.

Egan y Rigney se miraron.

—Estamos en ello—afirmó Egan.

—Su respuesta no me suena tan optimista como me gustaría.

—Lo lograremos.

—Aún me gustaría hablar sobre el viaje del teniente Wilson a la Tierra —dijo Rigney—. No podemos enviar una nave. En este momento eso es imposible.

—Tengo la solución —declaré—. Bueno, una especie de solución.

—¿Una especie de solución? —inquirió Rigney.

—Se requiere una tecnología que desechamos hace unos años.

—¿Que desechamos? ¿Por qué?

—Porque cuando la utilizábamos tenía cierta tendencia a... explotar.

—¿Explotar? —exclamó Hart.

—Bueno, tal vez «explotar» no sea la palabra más precisa. Lo que ocurre en realidad es mucho más interesante.

Me vino un pensamiento a la cabeza mientras me precipitaba hacia la superficie del planeta Tierra: «Me gustaría visitar algún día este planeta sin tener que arrojarme desde el espacio y atravesar su atmósfera».

El pequeño vehículo de estructura metálica en el que iba sentado era del tamaño de un *buggy*, sin techo. Sólo mi traje de combate y una pequeña reserva de oxígeno impedían que el vacío del espacio me consumiera. Detrás de mí, en el *buggy*, llevaba una sonda de salto experimental, diseñada para aprovechar el relativo equilibrio del espacio en los puntos Lagrange de dos objetos de grandes dimensiones como, por ejemplo, una estrella y su planeta, o un planeta y su luna. La buena noticia era que la teoría que sustentaba este nuevo tipo de impulsor de salto estaba confirmada, lo cual significaba que, de ser fiable, podría haber revolucionado los viajes espaciales.

La mala noticia era que, a pesar de los grandes esfuerzos que hicimos, sólo tenía una fiabilidad del noventa y ocho por ciento en los cuerpos con una masa inferior a cinco toneladas, y el porcentaje descendía a medida que aumentaba la masa. Para una nave del tamaño de una fragata colonial estándar, el porcentaje de éxito caía en picado hasta un inquietante siete por ciento. Cuando el impulsor fallaba, la nave explotaba. Y cuando digo «explotaba» quiero decir que se producía una interacción catastrófica con la topografía del espacio-tiempo que no éramos capaces de explicar del todo. Pero «explotaba» da una idea bastante clara sobre lo que ocurría, especialmente en lo relativo a lo que le sucedía a cualquier cuerpo humano que estuviera cerca.

Nunca conseguimos solucionarlo, y la Unión Colonial y las Fuerzas de Defensa Coloniales mostraron una extraña aversión a que hubiera un noventa y tres por ciento de probabilidades de que sus naves explotaran. Al final se abandonó la investigación.

Sin embargo, aún quedaban algunos vehículos ligeros que construimos con los prototipos de los motores y que se guardaban en un módulo de almacenes de la Estación Fénix. Eran perfectos para llevarme rápidamente a la Tierra, porque sólo tenía que viajar hasta el punto Lagrange más cercano, y sin ser detectado, ya que el vehículo era muy pequeño y podía saltar hasta un punto muy próximo a la atmósfera terrestre. En resumen: era perfecto para la misión.

Siempre y cuando no explotara.

No explotó.

Cosa que, sinceramente, fue un alivio, pues significaba que había dejado atrás la parte más peligrosa de mi viaje. Ahora sólo tenía que dejar que la gravedad hiciera su trabajo y me llevara hasta la superficie del planeta.

Me desacoplé del vehículo y me impulsé hacia delante para separarme de él. El destino que le esperaba era desintegrarse en la atmósfera superior, y prefería estar lejos de él cuando sucediera.

Afortunadamente, mi viaje a través de la atmósfera de la Tierra transcurrió sin contratiempos. Mi escudo nanobótico se comportó de maravilla, la violencia de las turbulencias fue casi soportable y el paracaídas me proporcionó un suave descenso por las capas inferiores, hasta que me posé, como una pluma, en el suelo de un pequeño parque situado en la ribera virginiana del río Potomac, en las afueras de la ciudad de Washington. Mientras los nanobots de mi paracaídas se descomponían en partículas de ceniza, me cruzó por la mente el pensamiento de que estaba un poco harto de caer a la superficie de un planeta desde el espacio.

«En esto se ha convertido mi vida», me dije. Accedí a mi CerebroAmigo para comprobar la hora local (eran las 15.20 de un domingo) y para confirmar que hubiera aterrizado cerca de mi destino, Alexandria, Virginia, en EE. UU.

—¡Vaya! —exclamó alguien, y me di la vuelta. Vi a un anciano tumbado en un banco. Debía de ser un mendigo, o simplemente alguien a quien le gustaba dormir en el parque.

—Hola —dije.
—¡Acaba de caer del cielo! —exclamó el hombre.
—Amigo, no conoce ni la mitad de la historia.

Encontré a la persona que estaba buscando algunas horas después, tomando el desayuno en un restaurante de Alexandria cercano a su casa, a la que yo no había ido a pesar de conocer la dirección, porque, bueno, es de mala educación presentarse sin avisar.

La persona en cuestión estaba sentada sola en la terraza interior del restaurante, a una mesa para dos junto a la barandilla. Sostenía un Bloody Mary en una mano y un lápiz en la otra; se bebía el primero y hacía un crucigrama con el segundo. Llevaba puesto un sombrero negro y gafas de sol, sospecho que para evitar el contacto visual con desconocidos.

Me acerqué a ella y me quedé mirando el crucigrama.

—El treinta y dos vertical es «pimentón» —dije.

—Ya lo sabía —replicó sin mirarme—, pero gracias, moscardón de turno. Por cierto, si piensas que abordarme mientras hago el crucigrama es una buena estrategia para ligar conmigo, te recomiendo que sigas caminando. Aunque lo cierto es que de todos modos deberías seguir caminando.

—Es una bonita manera de saludar a alguien que te ha salvado la vida —dije—. Dos veces.

Mi interlocutora levantó la cabeza y me miró boquiabierta. Se le escurrió el Bloody Mary de la mano, que se estrelló contra el suelo.

—¡Mierda! —exclamó, aturdida, mientras bajaba la mirada al cóctel echado a perder.

—Mejor así —dije—. Hola, Danielle.

Danielle Lowen, del Departamento de Estado de Estados Unidos de América, se levantó cuando un camarero acudió para limpiar el estropicio del suelo.

—¿De verdad eres tú?

—En persona.

Me miró de arriba abajo.

—No estás verde —dijo.

Sonreí.

—Me pareció que llamaría demasiado la atención.

—Me dejas anonadada —repuso—. Ahora que te veo así, sólo puedo pensar en lo asquerosamente joven que pareces. Te odio.

—Te aseguro que sólo es temporal.

—¿Probarás con el morado la próxima vez?

—Creo que me mantendré fiel a los clásicos.

El camarero terminó de limpiar la bebida derramada y los cristales rotos y se marchó. Danielle me miró de nuevo.

—Bueno, ¿nos sentamos o vamos a seguir hablando de pie? Es un poco raro.

—Estoy esperando una invitación —apunté—. Lo último que me dijiste fue que siguiera caminando.

Danielle sonrió.

—Harry Wilson, ¿quieres desayunar conmigo?

—Me encantaría —dije, y salté por encima de la barandilla.

Danielle se abalanzó sobre mí y me dio un fuerte abrazo y un beso en la mejilla.

—¡Dios mío, cómo me alegro de verte!

—Gracias —dije.

Nos sentamos.

—Ahora cuéntame qué haces aquí —quiso saber Danielle.

—¿No crees que haya venido sólo para verte?

—Me encantaría que fuera eso, pero no lo creo. No es que vivamos en el mismo vecindario. —Frunció el ceño—. Por cierto, ¿cómo has llegado aquí?

—Es secreto.

—Estoy a punto de clavarte un tenedor.

—He utilizado un vehículo experimental muy pequeño.

—¿Un platillo volante?

—Más bien un *buggy* espacial.

—No suena muy seguro.

—Pues lo es... el noventa y ocho por ciento de las veces.

—¿Dónde lo has aparcado?

—En ninguna parte. Se desintegró en la atmósfera superior e hice el resto del descenso en caída libre.

—Tú y tus saltitos, Harry. Hay maneras más sencillas de visitar el planeta Tierra.

—Lo cierto es que en este momento no hay ninguna otra —repuse—. Al menos para mí.

El camarero regresó con otro Bloody Mary para Danielle, que pidió por los dos.

—Espero haber elegido bien —dijo, refiriéndose a la comida que había pedido.

—Tú conoces mejor que yo este sitio.

—De manera que te has lanzado en caída libre sobre la Tierra. Explícame por qué.

—Necesito que me consigas una entrevista con el secretario de Estado.

—¿Quieres hablar con mi padre?

—Bueno, en realidad me gustaría hablar en las Naciones Unidas. Pero de momento me conformaré con hacerlo con tu padre.

—¿Y no podías enviar un mensaje?

—No es algo que pudiera escribir en un mensaje.

—Inténtalo ahora.

—Como quieras —dije—: Querida Danielle Lowen, ¿cómo estás? Yo estoy bien. El grupo llamado el Equilibrio que destruyó la Estación Tierra e hizo que pareciera un ataque de la Unión Colonial planea ahora arrasar vuestro planeta con armas nucleares y culpar de ello al Cónclave. Espero que estés bien. Ojalá vuelva a rescatarte en el espacio muy pronto. Tu amigo, Harry Wilson.

Danielle se quedó muda.

—Vale, tienes razón —dijo al fin.

—Gracias.

—¿Es una información exacta? —preguntó—. Me refiero a la parte en la que el Equilibrio planea utilizar armas nucleares contra la Tierra.

—Sí —respondí—. Traigo conmigo todos los documentos y los datos que lo confirman. —Me di unos toquecitos en la sien para señalarme el CerebroAmigo—. La información no está confirmada al ciento por ciento, pero procede de fuentes que podemos verificar.

—¿Por qué quiere el Equilibrio hacer eso?

—No va a gustarte la razón, te lo garantizo.

—¡Claro que no va a gustarme! No hay ninguna razón que justifique bombardear un planeta entero con armas nucleares.

—La verdad es que la Tierra tiene un papel secundario —dije—. El Equilibrio quiere que la Unión Colonial y el Cónclave se enfrenten con la esperanza de que se destruyan entre sí.

—Pensaba que tenían otro plan para eso, uno en el que dejaban al margen la Tierra.

—Así es, pero entonces lo descubrimos, así que han cambiado el plan para incluiros.

—¿Matarán a miles de millones de personas sólo para hacer que os enfrentéis?

—Tú lo has dicho.

Danielle se puso hecha una furia.

—Vivimos en un universo que es una puta mierda, Harry.

—Te lo vengo diciendo desde que nos conocemos.

—Sí, pero antes de esto aún podía pensar que tal vez estuvieras equivocado.

—Lo siento.

—No es culpa tuya —dijo Danielle—. Quizá sea culpa de la Unión Colonial. De hecho, pensándolo un poco, estoy bastante segura de que es culpa suya.

—No vas desencaminada.

—Ya lo sé. La Unión Colonial...

Levanté una mano y Danielle se calló.

—Ya sabes que siempre que nos vemos despotricas contra la Unión Colonial —dije—, y siempre te digo que en el fondo estamos de acuerdo. Si te parece bien, me gustaría que diéramos por concluida esta parte de nuestra conversación para que podamos pasar a la siguiente.

Danielle me miró ofendida.

—Me gusta despotricar de la Unión Colonial —protestó.

—Lo siento. Continúa, por favor.

—Ya es tarde. Ha pasado el momento.

Nos trajeron la comida.

—Se me ha quitado el apetito —masculló.

—Un holocausto nuclear le quita el apetito a cualquiera —dije mientras cortaba un gofre.

—No pareces compartir mi inquietud —señaló Danielle con sequedad—. Pero claro, no es tu planeta.

—Claro que es mi planeta —repuse—. Soy de Indiana.

—Pero hace mucho tiempo que te marchaste.

—No el suficiente, te lo aseguro —repliqué. Me metí un trozo de gofre en la boca, lo mastiqué y me lo tragué—. Si soy capaz de comer es porque tengo un plan.

—¿Tienes un plan?

—Por eso estoy aquí.

—Y ese plan lo has pensado tú solito, ¿verdad?

—No, es cosa de la embajadora Abumwe —dije—. Casi todo. Yo sólo me he encargado de algunos detalles.

—No te lo tomes a mal, pero...

—Esta va a ser buena —vaticiné interrumpiéndola, y tomé un sorbo de zumo de naranja.

—... pero el hecho de que el plan sea cosa de Abumwe me tranquiliza más que si lo hubieras pensado tú.

—Sí, lo sé —repuse—. Ella es una mujer adulta.

—Sí. Y tú pareces mi hermano pequeño.

—A pesar de que tengo más años que tú y Abumwe juntas.

—Olvida lo que he dicho. Pareces el tío bueno que comparte habitación en la universidad con mi hermano pequeño. Y, por favor, deja de decir que eres lo bastante viejo para ser mi abuelo. La disonancia cognitiva me mata.

Sonreí.

—Pareces haber asimilado bastante bien el fin del mundo.

—¿En serio? Sí, bueno, te aseguro que cuando esta broma del coqueteo termine, voy a cagarme en los pantalones, Harry.

—No tienes por qué. Recuerda que tenemos un plan pensado por una persona adulta y responsable.

—¿Y en qué consiste ese plan, Harry?

—En unas cuantas cosas pequeñas y una muy grande.

—¿Cuál es la grande?

—La Tierra tiene que confiar en la Unión Colonial.

—¿Para hacer qué? —preguntó Danielle.

—Para salvaros.

—Ah. Pues puedo decirte ahora mismo que eso va a ser muy complicado.

—Ahora ya sabes por qué he venido personalmente en lugar de enviar un mensaje, y por qué he querido hablar contigo primero.

—Harry, el hecho de que tú y yo nos caigamos bien no significa que mi padre, o quien sea, vaya a escucharte.

—Ya lo sé. Pero que nos caigamos bien y que te salvara la vida dos veces es suficiente para que me abran la puerta. El plan hará el resto.

—Más vale que el plan sea bueno, Harry.

—Lo es. Te lo prometo.

—¿Qué más necesitáis, aparte de que confiemos en vosotros?

—Una de vuestras naves —dije—. Y, si no estás demasiado ocupada, a ti.

—¿Por qué a mí?

—Porque vamos a ir a hablar con Hafte Sorvalh, la líder del Cónclave. Recientemente encabezaste una misión que se reunió con el Cónclave. Si conseguimos un acuerdo aquí, tendremos que hablar de unas cuantas cosas con ellos.

—El Cónclave, oficialmente, se niega a conversar con vosotros.

—Sí, lo sé. Pero tenemos un plan.

—¿También de Abumwe?

—Sí.

—Está bien —dijo Danielle, y sacó su PDA.

—¿Qué haces?

—Voy a llamar a mi padre.

—Antes, déjame acabar de desayunar.

—Pensaba que era un asunto urgente, Harry.

—Y lo es —le aseguré—, pero acabo de caer del cielo. Un par de gofres me vendrán bien.

Tercera parte

—Bueno, aquí estamos de nuevo —dijo Hafte Sorvalh, mirándonos a los tres—. Y qué poco me sorprende.

Los interlocutores de Sorvalh éramos la embajadora Abumwe, la embajadora Lowen y yo, como subordinado adjunto de ambas. Sorvalh había acudido con su propio subordinado, si es que era apropiado llamar subordinado a Vnac Oi, director del servicio de inteligencia de todo el Cónclave. Sorvalh y las embajadoras estaban sentadas, mientras que Oi y yo permanecíamos de pie. Últimamente pasaba mucho tiempo de pie en las reuniones.

Los cinco nos encontrábamos en su despacho privado de la sede del Cónclave. Al otro lado de la puerta, literal y figuradamente, había miembros de delegaciones diplomáticas, expertos y asesores de la Tierra, de la Unión Colonial y del Cónclave. Si uno se quedaba callado podía oír los clamores de frustración de todos ellos por no estar con nosotros en el despacho en ese momento.

—¿Me permite que le hable con sinceridad? —le preguntó Lowen a Sorvalh. Me di cuenta de que me costaba pensar en ella como Danielle cuando estaba trabajando. No sólo porque su personalidad cambiara cuando trabajaba, también por simple respeto hacia su cargo.

—Embajadora, me parece que el sentido de esta reunión es que todos nos hablemos con sinceridad, ¿no cree? —respondió Sorvalh.

—Esperaba que hubiera más gente en la sala cuando tuviéramos esta conversación —dijo Lowen.

Sorvalh esbozó una de sus sonrisas absolutamente aterradoras para los humanos.

—Estoy segura de que los miembros de nuestros respectivos equipos esperaban lo mismo, embajadora —dijo la lalan—. Pero siempre he considerado que el número de individuos que hay dentro de una habitación es inversamente proporcional a la cantidad de trabajo útil que se realiza en ella. Ahora que estoy al mando, he comprobado que incluso me he quedado corta en mi teoría. ¿No piensan igual?

—Sí —asintió Lowen—. Creo que tiene toda la razón del mundo.

—Claro que la tengo. Y, señoras embajadoras, creo que todos estamos aquí porque queremos que esta reunión sea lo más fructífera posible.

—Eso esperamos —afirmó Abumwe.

—Exacto —dijo Sorvalh—. Por lo tanto, embajadora, creo que en esta sala hay el número correcto de individuos.

—Sí, primera ministra Sorvalh —admitió Lowen.

—Bien. No perdamos más tiempo. —Sorvalh miró a Abumwe—. ¿Por qué no comienza usted, embajadora?

—Primera ministra Sorvalh, el Equilibrio pretende arrasar la

Tierra con armas nucleares y hacer creer a la Unión Colonial que el Cónclave es el responsable del ataque.

—Sí. Vnac Oi me ha hecho un resumen del informe que nos han preparado. Supongo que van a pedirnos ayuda para frustrar el ataque dado que la intención del Equilibrio es culparnos de él.

—No, primera ministra —dijo Abumwe—. Queremos que se produzca el ataque.

Sorvalh dio un leve respingo y lanzó una mirada a Lowen antes de devolver su atención a Abumwe.

—¡Vaya! —exclamó—. Una estrategia audaz e inesperada. Estoy impaciente por saber cómo va a beneficiar eso a cualquiera de nosotros, en especial a los irradiados habitantes de la Tierra.

—Teniente —dijo Abumwe, dirigiéndose a mí para que interviniera.

—Queremos que el ataque se produzca para sacar al Equilibrio de su escondrijo —expliqué—. El grupo es reducido y escurridizo, y a todos nos está costando mucho trabajo localizarlo para destruirlo. El único ataque con cierto éxito contra la organización fue el de Rafe Daquin cuando escapó de su cautiverio. Aparte de eso, ha sabido moverse perfectamente en la sombra.

—Ya lo creo —intervino Oi—. Hemos hecho una purga para eliminar todos los comandos conocidos del Equilibrio, como estoy seguro de que también han hecho la Tierra y la Unión Colonial. —Abumwe y Lowen asintieron con la cabeza—. Pero da la impresión de que se bastan con los agentes que tienen para continuar con sus planes.

—O quizá es que han conseguido nuevos aliados —sugirió Abumwe.

—Sea como sea, su hombre tiene razón. —Oi me señaló con un filamento.

—Hemos encontrado su nueva base —anunció Abumwe.

—¿Dónde? —inquirió Oi.

—En Sedna —dije—. Un planeta enano en la frontera del sistema solar de la Tierra. Confirmamos el descubrimiento justo antes de que la nave de la embajadora Abumwe saltara para venir aquí.

—En ese caso, deberíamos estar hablando sobre cómo los han aniquilado —dijo Sorvalh.

—No es tan sencillo como parece —señaló Abumwe.

—Sabemos dónde está su nueva base, pero su flota, la flota con la que pretenden arrasar la Tierra, no se encuentra allí —dije—. Están actuando con mucha prudencia.

—De manera que, aunque la Unión Colonial destruya la base, la Tierra seguirá siendo vulnerable al ataque nuclear —precisó Lowen.

—Por eso necesitamos que se produzca el ataque —añadió Abumwe—. Atraeremos a las naves hasta la Tierra y, simultáneamente, destruiremos su base. No tendrán ningún lugar adonde huir.

—Aún no veo cuál sería el papel del Cónclave en todo esto —dijo Sorvalh.

—Nosotros solos no podemos hacer ambas cosas —agregué—. El Equilibrio sólo actuará si tiene la certeza de que la Unión Colonial no podrá responder a su ataque a la Tierra. Tenemos que destinar una parte sustancial de nuestra flota a aparentar que amenazamos a los nueve planetas que van a declarar la independencia. Es esencial que nos vean alejar naves de las distancias de salto para que parezca que tardaríamos días en responder a un ataque a la Tierra. Al mismo tiempo, debemos tener suficientes naves disponibles para dar una respuesta inmediata al ataque del Equilibrio, escondidas donde nunca se les ocurriría buscarlas. Tenemos que asegurarnos de que disponemos de bastantes naves para impedir que un solo misil nuclear alcance la atmósfera terrestre. Eso significa calcular por lo alto el número de naves que necesitamos.

—Por lo tanto, necesitan que el Cónclave ataque la base del Equilibrio —concluyó Oi.

—Así es —asintió Abumwe—. Y queremos pedirles que nos permitan esconder una flota en la región espacial del Cónclave, a distancia de salto, para que podamos responder de inmediato al ataque del Equilibrio a la Tierra. Pensamos que el Equilibrio nunca buscaría nuestra flota en su territorio.

—Eso significa que tenemos que confiar en que no atacarán el sistema en el que ocultemos su flota —dijo Oi.

—No tiene por qué confiar en nosotros —repuso Abumwe—. Colóquennos la vigilancia que quieran. Sólo necesitamos un sitio donde aparcar la flota.

—¿Y usted? —preguntó Sorvalh, volviéndose a Lowen—. En su planeta sigue vigente el consenso general de que la Unión Colonial perpetró el ataque a la Estación Tierra y asesinó a miles de personas, incluida la mayoría de los cuerpos diplomáticos de sus naciones. ¿Está diciéndome que la Tierra confía en ellos? —Cortó el aire con una mano para señalarnos a Abumwe y a mí—. ¿Confía en que los protejan de la aniquilación?

—No ha sido una tarea sencilla —confesó Lowen—. Pero aquí es donde también entra el Cónclave. Nuestra aprobación para llevar a cabo este plan depende de que ustedes acepten participar. Si el Cónclave no confía en la Unión Colonial, la Tierra tampoco lo hará.

—Y entonces ¿qué? —preguntó Sorvalh—. ¿Qué pasaría si decidiera no confiar en la Unión Colonial?

—Entonces les entregaremos toda la información que hemos recopilado sobre el ataque —dijo Abumwe—. Se la entregaríamos y rezaríamos para que, a pesar de sus últimas decisiones, aceptara defender la Tierra. No sería la primera vez. Su predecesor, el general Gau, ya lo hizo.

—No lo haríamos por una cuestión de altruismo —dijo Sorvalh—. Si interviniéramos en defensa de la Tierra, les aseguro que no podrían convencernos para que renunciáramos a atraerla hacia nuestra esfera de influencia. Por lo tanto, embajadora, está pidiéndome que confíe en que la Unión Colonial aceptaría que eso ocurriera. Y que aceptaría incluso que, con el tiempo, posiblemente la Tierra ingresara en el Cónclave.

—A estas alturas, la Unión Colonial ya ha aceptado que ha perdido la Tierra —declaró Abumwe, señalando con la cabeza a Lowen—. Así se lo hemos comunicado a los gobiernos de la Tierra que todavía hablan con nosotros. Ha dejado de ser la fuente cautiva que nos suministraba soldados y colonos. Ya hemos comenzado a introducir los cambios en nuestras estructuras que nos permitirán sobrevivir en esta nueva realidad. Por lo tanto, ya no tenemos en cuenta la participación, voluntaria o no, de la Tierra en nuestros planes. No nos hace gracia que ingrese en el Cónclave, pero preferimos una Tierra en el Cónclave que una Tierra destruida. Es la cuna de la especie humana, primera ministra.

Sorvalh asintió y miró a Oi.

—Su opinión, por favor.

—Piden demasiado, primera ministra —dijo Oi—, y unas personas que, históricamente, jamás nos han dado motivos para confiar en ellas. Todo lo contrario.

—Hasta ahí llego —replicó con impaciencia Sorvalh—. Suponga que toda la información que acaban de darnos fuera cierta. Quiero su análisis.

—En ese caso, dejando a un lado la cuestión moral de dejar desamparado un planeta amenazado por un ataque genocida, el Cónclave no puede sacar mucho de esto —declaró Oi—. Tanto la Tierra como la Unión Colonial necesitan algo de nosotros, pero no nos ofrecen a cambio nada aparte de la destrucción del Equilibrio, al que nosotros podríamos atacar y desarticular ahora mismo. Nos necesitan, pero nosotros no las necesitamos a ellas. Y, francamente, entre nuestros miembros hay centenares de especies que se alegrarían de la destrucción de una o de ambas. Políticamente, aún no hay modo de incorporar a la Tierra al Cónclave sin que tiemblen los cimientos de la organización.

—¿Está diciendo que deberíamos quedarnos al margen? —preguntó Sorvalh.

—El «deberíamos» es relativo —repuso Oi—. Recuerde que, de momento, estoy dejando a un lado la dimensión moral del asunto. Sólo estoy diciendo que, si participamos, los beneficios que obtenemos son escasos.

—Excepto, quizá, la gratitud de las dos entidades humanas —aseveró Sorvalh.

Oi resopló.

—Sin ánimo de ofender a nuestros amigos humanos aquí presentes, primera ministra, yo no invertiría mi dinero en la gratitud de la humanidad.

—Bien dicho —repuso Sorvalh.

—Entonces, ¿no van a ayudarnos? —preguntó Abumwe.

—No, no lo haremos —respondió Sorvalh—. A no ser que los beneficios que obtengamos el Cónclave y yo sean irrenunciables.

—¿Qué quiere? —preguntó Lowen.

—¿Que qué quiero? —repitió Sorvalh, y se inclinó hacia las embajadoras humanas, lo que acentuó el enorme tamaño de su cuerpo en relación a nuestra especie, y también su exasperación—. ¡Quiero no tener que pensar en usted, embajadora Lowen! ¡Ni en usted, embajadora Abumwe! Ni en la especie humana. Nunca más. ¿Lo entienden, embajadoras? ¿Entienden lo verdaderamente agotador que es su pueblo? ¿Cuánto tiempo habré malgastado tratando con humanos?

Sorvalh lanzó los brazos al aire.

—¿Se dan cuenta de que las he visto a ustedes dos... y a usted también, teniente Wilson, más veces en los últimos dos años de los nuestros que a los representantes de la mayoría de los miembros constituyentes del Cónclave? ¿Saben el tiempo que perdió mi predecesor con ustedes? Si pudiera hacer desaparecer la humanidad por arte de magia, les aseguro que no duraría en hacerlo. ¡Al momento!

—Es razonable —dije.

Abumwe se volvió hacia mí y me fulminó con la mirada, y recordé que no hacía mucho tiempo apenas me soportaba. Es posible que estuviéramos a punto de volver a esa etapa de nuestra relación.

Sorvalh se dio cuenta.

—No miré así al teniente, embajadora. Tiene toda la razón, y creo que usted lo sabe. Es razonable. La humanidad causa tantos problemas que no vale la pena. Sin embargo... —Llegados a este punto, la reticencia se hizo evidente en la voz de Sorvalh—... no puedo hacer desaparecer la humanidad por arte de magia. Estoy condenada a tratar con ustedes dos. Y ustedes a tratar conmigo. Así que, si quieren que los ayudemos, quiero lo siguiente. —Sorvalh apuntó a Abumwe:

—De la Unión Colonial exijo un tratado íntegro de no agresión y unas relaciones diplomáticas y comerciales sin condiciones. Es decir, se acabaron esas tonterías de canales de comunicación secretos y de alardes de poder militar. Una vez erradicado el Equilibrio, revelaremos conjuntamente todo lo que sabemos sobre el grupo, atajaremos las especulaciones y declararemos que buena parte de nuestras recientes hostilidades se debieron a maquinaciones suyas. A mí me será útil para lograr el refrendo del tratado en la Gran Asamblea y a ustedes para convencer a quien tengan que convencer.

—¿Está pidiéndome que presente al Cónclave como un aliado? —preguntó Abumwe.

—En absoluto. No creo que nuestros respectivos gobiernos estén preparados para eso. Simplemente le pido que dejemos de lanzarnos a la yugular del otro de una manera tan enérgica y malintencionada.

Sorvalh se volvió entonces a Lowen.

—A la Tierra le pido lo mismo: un pacto de no agresión y relaciones diplomáticas y comerciales sin condiciones.

—No veo cómo podemos agredir nosotros al Cónclave —manifestó Lowen.

—No pueden —repuso Sorvalh—, pero no lo pido porque quiera proteger al Cónclave, sino a ustedes. De nosotros.

—Entiendo.

—Bien —continuó Sorvalh—. Y para acabar, exijo el mismo pacto de no agresión y de relaciones diplomáticas y comerciales entre la Tierra y la Unión Colonial. Porque si bien ahora mismo no vería con buenos ojos que ustedes dos volvieran a fusionarse, por separado siempre representarán un peligro para el Cónclave. Para bien o para mal, por el bien de todos, la división de la humanidad ha terminado.

—Es un acuerdo a tres bandas —señaló Oi.

—Es perfecto —dije.

—Tal vez —repuso Sorvalh—. De modo que todos nos comprometemos a dejar que cada uno vaya a su aire, al mismo tiempo que mantenemos abiertas las líneas de comunicación y normalizamos nuestras relaciones comerciales.

—Bien pensado, primera ministra —la felicitó Oi—. Sólo hay un problema.

—Todos los que no están en esta sala —terció Abumwe.

—Exacto —repuso Oi—. Usted misma ha dicho, primera ministra, que cuanta más gente haya involucrada en una tarea, más lentamente se completa. Esta serie de acuerdos involucra a todo el mundo. Nunca conseguirá que la Gran Asamblea los apruebe. Y dudo que la embajadora Abumwe tenga más éxito. En cuanto a la embajadora Lowen... bueno, la Tierra ni siquiera tiene un gobierno planetario; literalmente no puede firmar un acuerdo que incluya a todo el planeta. Este tratado nunca llegará a buen puerto.

—Está bien —asintió Sorvalh—. Entonces, sólo tendrán derecho a voto los que estamos en esta habitación.

—No va a gustarles esa idea —apuntó Oi.

—Su director del servicio de inteligencia tiene razón —lo secundé.

—No me importa —replicó Sorvalh—. Todos los que estamos en esta sala sabemos que debe hacerse así. ¿Estamos todos de acuerdo?

Abumwe y Lowen asintieron.

—En ese caso, no se hable más —dijo Sorvalh.

—Es un acto imperialista —la advirtió Oi.

—No —lo rebatí—. Es oportunista. —Me volví a Lowen—. La adquisición de Luisiana.

—No salga ahora con un galimatías —replicó ésta.

—Ayúdeme —dije, y miré a Sorvalh—. En la Tierra, hace mucho tiempo, a un presidente de EE. UU. llamado Thomas Jefferson le ofrecieron un trato por el que doblaría la extensión del país: la adquisición de Luisiana. Él no estaba autorizado para aceptarlo, pues la constitución del país era ambigua en cuanto a si el presidente podía autorizar la adquisición, pero lo hizo de todos modos porque doblaba el tamaño del país. ¿Qué iba a hacer el Congreso? ¿Devolver el terreno?

—No estamos comprando tierras, teniente —dijo Abumwe.

—No, pero están comprando otra cosa: paz —repuse—. Y la están adquiriendo a cambio de actuar conjuntamente contra el Equilibrio, que consagra su existencia a destruir el Cónclave y la Unión Colonial y está planeando un ataque a la Tierra con consecuencias inmediatas para ambas organizaciones, así que no espere. La primera ministra Sorvalh tiene razón. Acepte los términos del acuerdo aquí y ahora y preséntelos como un hecho consumado. Luego mantenga ocupado a todo el mundo en la aniquilación del Equilibrio. Sobreviviremos o moriremos juntos en esta guerra. Yo prefiero sobrevivir.

—Cuando esté todo firmado, ya no se podrá dar marcha atrás —señaló Oi.

—No es mala idea.

—Es una idea terrible —repuso Oi—. La única ventaja que tiene es que es mejor que la alternativa.

—¿Ésa es su valoración como director del servicio de inteligencia? —le preguntó Sorvalh.

—Mi valoración como director del servicio de inteligencia es que la Unión Colonial ha demostrado ser la mayor amenaza individual que existe para el Cónclave, y la Tierra no es mucho mejor —respondió Oi—. Si se le presenta la oportunidad de sacar a ambas de la ecuación, aprovéchela. Le lloverán críticas y protestas, pero es posible que pueda utilizar la buena voluntad de la Gran Asamblea para mantener unido el Cónclave.

—Oi, ¿va a salir bien?

—Usted es la primera ministra del Cónclave, señora. Si quiere que salga bien, saldrá bien. Claro que hay que elegir el momento adecuado para anunciarlo. Antes tenemos que destruir el Equilibrio. Y para que eso salga bien, cuanto más en secreto se mantenga, mejor.

Sorvalh asintió con la cabeza y miró a Abumwe.

—¿Está de acuerdo, embajadora?

Abumwe asintió.

—Sí.

—¿Puede hacer que respeten el acuerdo?

—Les diré que no tienen más remedio que aceptarlo.

—¿Y usted, embajadora Lowen?

—¿Está preguntándome si acepto un trato que salvará a mi planeta de una hecatombe nuclear? Estoy bastante segura de que convenceré a los míos.

—No tiene que convencerlos para que lo acepten —le recordé—. Preséntelo como un acuerdo firmado.

—Muy bien —dijo Oi, y señaló la salida—. Cuando crucemos esa puerta, ya nadie podrá dar marcha atrás.

—¿Sí? —preguntó Sorvalh.

—Sí —respondió Abumwe.

—Sí —asintió Lowen.

Sorvalh sonrió y su sonrisa fue a la vez aterradora y gloriosa.

—Acabamos de aprender lo fácil que es cambiar la historia del universo —dijo la primera ministra—. Sólo se necesita que todo lo anterior haya sido un desastre. —Se puso en pie y Abumwe y Lowen la imitaron casi de inmediato—. Acompáñenme, señoras embajadoras. Anunciemos nuestra nueva era de paz juntas; que nadie nos arrebate tal honor. Y luego, vayamos de la mano a la guerra. Por primera y, esperemos, última vez.

Dos semanas después, el 2 de octubre en el calendario estándar de la Unión Colonial, alrededor de las tres de la tarde, la Unión Colonial recibió un comunicado oficial de nueve de sus colonias planetarias en el que se informaba de que habían declarado su independencia de la unión. Cada uno de esos planetas era independiente de los demás, pero anunciaron inmediatamente que establecían relaciones diplomáticas entre ellos y ofrecieron iniciarlas también con la Unión Colonial.

En otros tiempos, la Unión Colonial seguramente habría enviado una sola nave a cada planeta para aplastar el levantamiento, pues cuando un planeta carece de una defensa contra ti que tú mismo no has creado, la tarea no exige apenas esfuerzo. Pero el episodio de la *Tubingen* en Jartum dejó claro que era necesario un cambio en la estrategia de la UC y en sus respuestas a las insurgencias. Sobre todo en el caso de una rebelión en la que participaban simultáneamente varios planetas.

En los cielos de las colonias rebeldes aparecieron nuevas constelaciones cuando las naves de las FDC irrumpieron en ellos. Cada planeta recibió la visita de no menos de cien naves, en lo que era una nueva estrategia psicológica diseñada para acobardar e intimidar a los que se rebelaban en nombre de la libertad.

Pero éstos no se acobardaron, sino que elevaron sus voces para desafiar y provocar a la Unión Colonial a actuar de la peor manera posible.

El conflicto se prolongó y parecía insoluble. La situación se estancó y no se vislumbraba un final claro. Los planetas exigieron a la Unión Colonial y a las FDC que se retiraran de sus cielos, pero la UC se negaba en redondo a satisfacer su demanda. El grueso de la flota militar humana se instaló de manera permanente sobre los planetas que antes protegía.

El 21 de octubre, una nave apareció en el cielo de la Tierra. Era una nave comercial registrada en un planeta del Cónclave llamada *Hooh Issa Tun*, que había desaparecido un año antes. La *Hooh Issa Tun* no llegó sola, y enseguida aparecieron, una detrás de otra, más naves que pertenecían al Cónclave. Un estudiante de historia contemporánea reconocería el efectismo buscado en la presentación escalonada. El difunto general Tarsem Gau, cuando era el líder del Cónclave, hacía lo mismo cuando su impresionante flota aparecía en el cielo de un planeta colonizado sin autorización. El Cónclave, luego, daba a elegir a la colonia entre ser evacuada o destruida.

La Tierra no podría elegir. La flota seguiría el patrón de las naves de Gau y esperaría hasta que llegara la última nave, hasta que el público reunido abajo se diera cuenta de su inmensidad, y luego dispararía las armas para destruirlo.

Eso significaba que la precisión en los tiempos sería crucial.

Los satélites de la Unión Colonial que orbitaban alrededor de la Tierra registraron la llegada de la *Hooh Issa Tun* en cuanto apareció en el planeta. La información salió disparada a la velocidad de la luz hasta una serie de sondas de salto muy especiales ubicadas en el punto langragiano L4 del sistema que formaban la Tierra y su luna, cada una de ellas dotada con un prototipo del impulsor de salto diseñado para funcionar en esas porciones del espacio de equilibrio gravitacional.

Tres sondas saltaron inmediatamente. Una de ellas llegó a su destino convertida en una lluvia de esquirlas bastante interesante desde el punto de vista topográfico, mientras que las otras dos llegaron intactas.

Su destino era una región del espacio situada fuera del sistema solar en el que se encontraba Lalan, el planeta natal de la primera ministra Hafte Sorvalh. Dos flotas ultimaron los preparativos para el ataque.

La primera de ellas era reducida; estaba compuesta por diez naves seleccionadas cuidadosamente por Vnac Oi. La segunda era considerablemente más numerosa. Doscientas naves de las FDC esperaban el momento de entrar en combate.

En la Tierra, la llegada de naves cesó después de que apareciera la que hacía el número ciento ocho, una cifra ligeramente superior a la que habían estimado tanto la Unión Colonial como el Cónclave. La primera misión de la flota, en la que tendrían que invertir varios minutos, consistía en inutilizar la red de satélites de la Tierra.

Éstos registraron la posición de cada una de las naves de la flota suspendida en el cielo de la Tierra y enviaron esa información a las sondas de salto que estaban esperándola. Tres sondas saltaron de inmediato. Esta vez, las tres llegaron a su destino.

Cada nave de las FDC recibió una lista con su objetivo primario, el secundario y el terciario. Esta transferencia de información y su acuse de recibo se realizaron en un tiempo medio de diez segundos.

Veinte segundos después, todas las naves de las FDC saltaron simultáneamente a la región espacial de la Tierra.

Incluida la *Chandler*, que era la única nave de toda la flota a la que no se le habían asignado objetivos. Su tarea consistía en observar. A bordo de la *Chandler* estaban Ode Abumwe, los coroneles Egan y Rigney, Vnac Oi, del Cónclave, y yo.

Desde el puente de mando de Nava Balla vimos aparecer las naves de las FDC, a menos de un kilómetro de sus objetivos primarios, y atacar con una precisión milimétrica, con rayos de partículas y otras armas relativamente menos devastadoras, los sistemas de propulsión, de navegación y armamentísticos.

—Active los altavoces —le pidió Abumwe a Balla, que asintió y obedeció la orden.

Una cacofonía de voces que informaban simultáneamente desde las naves de las FDC que el ataque había sido un éxito inundó de repente el puente de mando de la *Chandler*. En menos de dos minutos se neutralizó a toda la flota del Equilibrio.

Se neutralizó, pero no se destruyó.

—¿Está preparado? —le preguntó Abumwe a Rafe Daquin.

—Ya sabe que lo estoy —respondió Daquin.

Abumwe sonrió.

—Entonces, adelante.

—Pilotos de las fuerzas hostiles —empezó Daquin, y sus palabras se transmitieron a todas las naves neutralizadas. En los casos en los que teníamos algún indicio de la identidad y la especie de los pilotos, tradujimos automáticamente el mensaje de Daquin a su lengua. En los demás casos, confiamos en el programa informático de traducción instalado en cada nave—. Me llamo Rafe Daquin. Soy el piloto de la *Chandler* y soy uno de los vuestros. Mi nave fue atacada y capturada por una organización que luego descubrí que operaba bajo el nombre de Equilibrio. Este grupo asesinó a toda la tripulación menos a mí, porque era piloto. Me arrebataron mi cuerpo y me obligaron, como a vosotros, a pilotar mi nave solo y a hacerlo bajo sus órdenes.

»Sabemos que todos habéis sido obligados a participar en este ataque. Sabemos que os ofrecieron un trato espantoso para conseguir vuestra complicidad: la muerte si lo rechazabais y la promesa de devolveros vuestro cuerpo si lo aceptabais. Debéis saber que el Equilibrio nunca ha tenido la intención de devolveros el cuerpo. Sois prescindibles para ellos. Siempre lo habéis sido. Tenían pensado mataros y destruir vuestras naves después de este ataque con el fin de lograr su objetivo y preservar su anonimato.

»Es posible que no fuerais conscientes de la trascendencia del ataque en el que estabais participando. Consistía en arrasar la Tierra con armas nucleares. Estas armas habrían extinguido la vida en el planeta y sus secuelas lo habrían dejado inhabitable. Nosotros, que somos humanos y la Tierra es nuestra cuna, no podíamos permitir que eso sucediera. Hemos impedido que llevarais a cabo la misión.

»Hemos atacado vuestras naves. Podríamos haberlas destruido y haber acabado con vuestra vida sin el menor esfuerzo, pero no hemos querido hacerlo. No hemos destruido vuestras naves ni hemos acabado con vuestra vida porque sabemos que no teníais elección. Y lo sabemos porque yo no tuve elección cuando me encontré en la misma situación que vosotros.

»Ahora os ofrecemos una alternativa. Podéis elegir entregar vuestras naves ahora. Nosotros nos ocuparemos de vosotros, os protegeremos y os enviaremos al Cónclave vivos e ilesos para que podáis regresar junto a vuestras familias y, si todo sale bien, recibir un cuerpo nuevo en el que seguir viviendo.

»Probablemente algunos de vosotros ya estáis intentando reparar los sistemas para cumplir vuestra misión. Si seguís adelante, tendremos que deteneros, y eso significa que no tendremos más remedio que destruiros. Las armas que portáis podrían causar una verdadera carnicería, así que no podemos permitir que disparéis uno solo de los misiles.

»Soy uno de los vuestros. Soy como vosotros. Si sigo como estoy es porque he estado esperando que llegara este momento para que supierais sin ningún atisbo de duda que no estáis solos y que tenéis una alternativa, que no tenéis que matar a nadie para seguir viviendo, que podéis recuperar vuestra vida. Lo único que debéis hacer es renunciar a matar a un pueblo inocente que la organización que os ha esclavizado quiere obligaros a aniquilar.

»Soy Rafe Daquin. Soy uno de los vuestros. Sigo vivo y no soy esclavo de nadie. Estoy aquí para pediros que os rindáis ahora. Entregaos y vivid. Entregaos y dejad que otros vivan. Decidme ahora qué pensáis hacer.

Concluida su alocución, Rafe Daquin esperó.

Durante casi un minuto, los altavoces permanecieron en un silencio sepulcral.

Y entonces...

—Soy Chugli Ahgo, piloto de la *Frenner Reel.* Me entrego voluntariamente, Rafe Daquin.

—Iey Iey Noh, piloto de la *Chundawoot.* Me entrego.

—Lopinigannui Assunderwannaon, de la *Lhutstun.* ¡Mierda, humanos! ¡Sacadme de aquí!

—Soy Tunder Spenn, piloto de la *Hoosh Issa Tun.* Quiero ver a mi familia. Quiero volver a casa.

Yo había ayudado a Rafe a escribir su discurso. Sólo quiero dejar constancia.

Ciento cuatro pilotos se entregaron. Dos sabotearon sus sistemas internos para suicidarse durante el lapso de tiempo que transcurrió entre que los atacáramos y que Rafe transmitiera su mensaje, supongo que por miedo a lo que les haríamos si los capturábamos... o a lo que el Equilibrio les haría si los cogían. Un piloto sufrió lo que podría definirse como un ataque psicótico y fue incapaz de rendirse ni de hacer ninguna otra cosa, así que lo desconectamos del circuito cerrado de los mandos de su nave antes de que se hiciera daño él o hiciera daño a alguien.

Un piloto rechazó la oferta, consiguió reparar sus sistemas de armamento e intentó disparar los misiles nucleares, pero su nave fue destruida antes de que pudiera lanzar los proyectiles.

—Va a llevarse todo el mérito —le dijo Oi a Abumwe mientras llegaban los mensajes de rendición—. Ha salvado la vida de pilotos de varias docenas de especies del Cónclave. Nunca lo olvidarán. Ha sido una jugada inteligente.

—Fue idea suya —lo corrigió Abumwe señalándome.

—Entonces, lo felicito a usted por su inteligencia —dijo Oi.

—Gracias —repuse—, pero nunca pensé en ello como una jugada inteligente.

Oi dejó caer los filamentos con gesto comprensivo.

Mientras seguían llegando los mensajes de rendición, recibimos las primeras noticias del ataque del Cónclave a la base del Equilibrio en Sedna. El Cónclave decidió no exterminar a todos los miembros del Equilibrio que encontrara allí y, por el contrario, desactivó los sistemas de soporte de vida y de comunicaciones y destruyó todos los vehículos y naves capaces de evacuar a los ocupantes de la base.

A continuación, el comandante al mando de la misión dio a elegir a las criaturas que estaban en la base entre entregarse o morir lentamente por congelamiento.

La mayoría eligió no morir por congelamiento.

En las siguientes semanas se descubrió el verdadero alcance del Equilibrio, se reveló el nombre de sus agentes y se anuló su capacidad para causar estragos en el Cónclave, la Unión Colonial y la Tierra. Con la conclusión final en la mano, se hacía difícil creer que el Equilibrio hubiera representado jamás una amenaza real, pero no le hacía falta, pues la Unión Colonial, el Cónclave y la Tierra nunca habían estado tan decididos a agredirse mutuamente.

—Vivimos en tiempos interesantes —me dijo Danielle Lowen.

Estábamos en el monumento de Thomas Jefferson, en la ciudad de Washington. Hart Schmidt nos acompañaba. Era su primer viaje a la Tierra, o, al menos, a la superficie del planeta. Estaba decidido a ser el turista más turista que jamás hubiera pisado el planeta en un viaje turístico, y en ese momento estaba tomando fotografías de la estatua de Jefferson desde todos los ángulos posibles. Estábamos a finales de marzo y los cerezos comenzaban a florecer.

—¿Sabías que hay una maldición a propósito de vivir en tiempos interesantes? —le pregunté—. Se atribuye a los chinos.

—No me digas que no sabías que eso es una leyenda —replicó Danielle—. Los chinos nunca dijeron esa tontería.

Sonreí.

—Ode te manda saludos, por cierto —dije. Ode Abumwe había abandonado el cuerpo diplomático para ocupar un nuevo cargo, el de arquitecta principal de la nueva constitución que la Unión Colonial estaba redactando con sus colonias.

—¿Cómo va la construcción de la nación? —preguntó Danielle.

—La última vez que hablé con ella me dijo que era una pesadilla, pero no había alternativa. Su acuerdo contigo y con Sorvalh sirvió, irónicamente, para obligar al gobierno de la Unión Colonial a aceptar el trato que había hecho con las colonias rebeldes. El gobierno no podía acepar un acuerdo de hechos consumados con la Tierra y el Cónclave y rechazar uno con sus propias colonias. Supongo que por eso la eligieron para dirigir las conversaciones. Los mandamases querían castigarla.

—Sí que es irónico que vayan a convertirla en la madre de la nueva Unión Colonial. Pasará a la historia por eso.

—Siempre y cuando consiga un consenso.

—Estamos hablando de Ode Abumwe, Harry —manifestó Danielle—. ¿Cuándo no ha conseguido ella un consenso?

Nos quedamos mirando a Hart mientras sacaba fotos.

—No he podido evitar fijarme en que sigues sin recuperar tu color verde —comentó Danielle—. Tenía entendido que ese tono de piel natural sólo era una extravagancia veraniega pasajera.

—He estado ocupado.

—Todos hemos estado muy ocupados.

—Vale, está bien —dije—. Yo también echaba de menos ser de este color.

—¿Y eso es indicativo de algo? ¿De alguna jugarreta del subconsciente o de otro tipo?

—Probablemente no.

—Ya.

—De acuerdo —admití—. Quizá se me haya pasado por la cabeza retirarme.

—¿Colgar el supercuerpo y envejecer como debe hacerlo una persona normal y decente?

—Quizá. Sólo es una idea como cualquier otra.

—Bueno, no podrás negar que, como mínimo, la Unión Colonial ya ha recuperado el dinero que invirtió en ti, Harry.

—Supongo que no.

—¿Adónde irías si te retiraras? ¿Qué harías?

—Aún no he pensado en nada más allá de retirarme.

—En mi equipo hay un puesto vacante —me ofreció Danielle.

—No quiero trabajar contigo, Dani.

—Soy una jefa terrible y sabotearé con todas mis fuerzas la carrera de cualquier subalterno que lo niegue.

—Deberías utilizar esa declaración en el anuncio para cubrir el puesto.

—¿Qué te hace pensar que no lo soy?

Sonreí. Hart estaba fotografiando ahora los fragmentos de la Declaración de Independencia grabados en las paredes del monumento.

—En serio, Harry —dijo Danielle al cabo de un minuto—, regresa a la Tierra.

—¿Para qué?

—Ya sabes para qué. Y ahora puedes volver.

—Tal vez lo haga —dije.

—¿Tal vez?

—No me metas prisa. Aún tengo que resolver un montón de asuntos.

—Está bien —asintió Danielle—. Pero no tardes demasiado. Vivimos en tiempos interesantes —repitió—. No creo que sea una maldición. Me gustan las cosas interesantes. En todo caso, me gusta la época que me ha tocado vivir.

—A mí también —admití. Danielle me apretó la mano.

—¡Este sitio es genial! —exclamó Hart al reunirse con nosotros.

—Me alegra que te guste —celebré.

—¡Me encanta! —Hart nos miró a los dos con cara de entusiasmo—. ¿Qué me lleváis a ver ahora?

Versión alternativa de «La vida de la mente»

Escenas descartadas y alternativas

Introducción

Me ha llevado más tiempo escribir *El final de todas las cosas* que la mayoría de mis otros libros, en parte porque descarté muchos comienzos en falso. Estos comienzos en falso no eran malos, en mi opinión, y me ayudaron a decidir qué era lo mejor para el libro. Por ejemplo, a la hora de determinar el punto de vista que quería para los personajes, si la narración debía hacerse en primera o en tercera persona y otras cosas por el estilo. Pero, al mismo tiempo, es irritante escribir un montón de páginas para acabar diciendo: «Bah, esto no me sirve». Así son las cosas.

Después de varios comienzos en falso y de seguir caminos que no llevaban a ninguna parte, acabé escribiendo unas cuarenta mil palabras (¡casi una novela corta entera!) de un material que no utilicé directamente. Reescribí y reutilicé para otros fines algunos fragmentos, pero la mayoría simplemente lo descarté. El caso es que cuando descarto algo para un libro, no lo borro de buenas a primeras, sino que lo guardo en un «documento para eliminar» y lo conservo por si acaso me puede resultar útil en el futuro.

Como ahora. He aprovechado varios fragmentos del documento para eliminar para componer el primer capítulo de una versión alternativa de «La vida de la mente», la primera novela corta de *El final de todas las cosas.* Esta versión narra los mismos sucesos (más o menos) con los mismos personajes (más o menos), si bien con una dirección narrativa sustancialmente distinta.

En un universo alternativo, una versión alternativa de mí continuó desarrollando esta versión, y *El final de todas las cosas* acabó siendo un libro muy diferente. Y me parece genial. Me gustaría encontrarme con ese John Scalzi e intercambiarnos los libros.

Nota: Esta versión de la historia no es canónica y desvela ligeramente lo que sucede en la versión que sí lo es. Aunque no es necesario que leáis la versión oficial de «La vida de la mente» para leer ésta (ni para disfrutarla), os recomiendo que lo hagáis para apreciarla, compararla y contrastarla en toda su magnitud.

Además, esta versión concluye repentinamente en un momento de máxima tensión... cuya resolución nunca se conocerá. Lo siento.

¡Disfrutadla!

JS

Primera parte

La *Robert Anton* saltó al sistema Inhe, cerca de un asteroide que en un pasado no muy reciente había sido utilizado por los rraey como estación espacial y como puerto para llevar a cabo reparaciones en las naves. Los rraey lo habían abandonado oficialmente, como habían abandonado un número considerable de otros territorios, después de una sucesión de reveses en su política militar que los había empujado a retirarse a sus planetas y sistemas de origen. Sin embargo, «abandonado oficialmente» no significaba que no siguiera utilizándose.

«Control —escribió en su mensaje Giovanni Carranza, piloto y capitán de la *Robert Anton*—. Le habla el capitán de la *Robert Anton*. Pido asistencia para aterrizar.»

—Recibido —respondió una voz generada artificialmente, la voz estándar de Control—. Aún está lejos. ¿Puede maniobrar para acercarse un poco más a la base?

«Negativo —escribió Carranza—. Los motores están muertos. Los propulsores para las maniobras también están muertos. En ambos casos murieron antes de saltar.»

—¿Cómo llegó entonces a la distancia de salto?

«Gracias a la inercia —contestó Carranza—. Mantuve los motores encendidos mientras pude, hasta que me vi obligado a apagarlos. Reservé la energía suficiente para el impulsor de salto. El viaje ha sido muy lento.»

—Recibido —dijo Control—. Informe del estado del resto de la nave, por favor.

«La *Anton* está muy dañada. El casco se encuentra en muy mal estado y los sistemas de armamento están parcialmente destrozados. Es obvio que el sistema de comunicaciones funciona, pero los sensores exteriores están muertos. Sólo sé que he saltado por el tiempo transcurrido. Si hubiera alguien más en la nave aparte de mí, estaría muerto hace tiempo. Estamos hechos polvo.»

—¿Ha completado la misión?

Carranza vaciló antes de responder.

«Sí, he completado la misión. No de la manera como habría gustado, pero se completó.»

—Vamos a tardar un poco en hacerlo aterrizar —dijo Control—. Nos gustaría comenzar el análisis de la misión cuanto antes. Por favor, envíe los datos y las grabaciones de su misión, así como un informe de los daños de la nave.

«Enviando», escribió Carranza.

—Gracias.

«La *Anton* ha recibido una buena paliza. Dudo que pueda repararse.»

—Estoy leyendo el informe de los daños en este momento. Puede ser que tenga razón.

«¿Cómo me afecta eso a mí?»

—No se preocupe por eso ahora.

«Usted y yo acordamos que, si completaba con éxito esta misión, sería libre», dijo Carranza.

—Soy plenamente consciente de lo que acordamos —repuso Control.

«No quiero que se utilice el estado de la *Anton* contra mí.»

—Le pedimos que completara la misión —dijo Control—. Ha hecho lo que le pedimos.

«Sé que han tenido dificultades para conseguir más naves, más pilotos.»

Control no dijo nada.

«Me gustaría recuperar mi cuerpo —añadió Carranza—. Quisiera volver a casa.»

—No se preocupe —dijo Control—. Cuidaremos de usted.

«Gracias», repuso Carranza, y entonces murió. Control había liberado una neurotoxina en su cerebro cuyo efecto fue instantáneo. Carranza, que acababa de oír con alivio que iban a concederle su deseo, no sintió nada.

El sujeto que se escondía detrás de Control esperó hasta que recibió la señal de que el cerebro de Carranza había fracasado en todos sus intentos de revivir (lo que ocurrió enseguida), y luego ordenó a los remolcadores que trajeran de vuelta la *Anton* para retirar cualquier elemento que pudiera aprovecharse de la nave antes de reducirla a chatarra.

Carranza había tenido razón al decir que últimamente tenían dificultades para conseguir naves nuevas, pero los días de servicio de la *Anton* habían llegado a su fin. Y los de Carranza. A pesar de que también estaba siendo difícil conseguir pilotos, la utilidad de éstos se circunscribía a su capacidad para creer que algún día serían liberados, y no había manera de que Carranza siguiera creyendo en esa posibilidad después del día de hoy.

Una pena.

Pero, por suerte, su sustituto estaba de camino.

—Ha llegado el momento de las ideas pérfidas —declaró Otha Durham desde la tribuna.

Un murmullo de risas se extendió por los diplomáticos de la Unión Colonial reunidos en una sala de conferencias del Departamento de Estado. Durham, el subsecretario de Estado para la Unión Colonial, que se dirigía al auditorio con ocasión de la asamblea que se había convocado para galardonar a uno de sus miembros, también sonrió.

—Ya sé lo que piensan —continuó, y fingió ser un diplomático aburrido más de su público—. ¡Oh, Dios mío! Otra vez no. El bueno de Durham queriendo hacernos creer que tiene unas ideas brillantes y presentándolas con su estilo teatral. —Volvió a sonreír y se repitieron las risas entre el público. Levantó las manos como aceptando las cariñosas críticas—. Está bien, está bien. No creo que sea ningún secreto que he hecho de mi estilo teatral mi tarjeta de presentación. Pero prestadme atención un momento.

Durham paseó la mirada por el auditorio y se puso serio.

—Durante décadas... no, mejor dicho, durante siglos, la Unión Colonial se ha encargado de la seguridad y de la protección de la especie humana en el universo. Un universo que ha sido y sigue siendo hostil a la existencia de los humanos. Desde que nos dimos a conocer en el espacio, otras especies y otros poderes han intentado expulsarnos... o aniquilarnos. Y si algo sabemos sobre la humanidad es que nunca nos rendimos sin pelear.

»De manera que hemos peleado. La humanidad ha peleado durante siglos para ganarse y mantener su lugar en el universo. La Unión Colonial y las Fuerzas de Defensa Coloniales han librado esa batalla por nuestra especie durante cientos de años.

Durham se encogió de hombros en un gesto que daba a entender que aceptaba esos siglos de estado de guerra casi permanente.

—Así son las cosas —dijo—. Pero ¿en qué lugar nos deja eso a nosotros, al cuerpo diplomático de la Unión Colonial? Hemos coexistido con las Fuerzas de Defensa Coloniales durante todo ese tiempo, pero siempre como segunda opción, como caballo perdedor, pues no sólo se ha considerado ridícula la idea de que la diplomacia con las razas alienígenas que íbamos encontrando pudiera ser un instrumento útil, también se la ha tachado de traición.

»¿Cómo podía pensarse seriamente que la diplomacia sirviera de algo cuando una y otra vez el resto de las especies que conviven con nosotros en el universo nos atacaban, asesinaban a nuestros colonos y reclamaban los planetas y los sistemas que reclamábamos nosotros? A la luz de esos acontecimientos, ¿cómo podía verse la diplomacia como algo más que una abdicación de nuestra responsabilidad con las demás especies? ¿Cómo ver en ella otra cosa que no fuera una traición?

Durham miró fijamente a los diplomáticos congregados frente a él, ahora en completo silencio.

—La diplomacia como traición. Una mano tendida en lugar de un puño apretado. Traición. Una conclusión cimentada en la idea de que inteligencias que han evolucionado en distintos planetas, de maneras diversas y en medios diferentes, comparten algo: la traición. Si se consideran todos estos elementos casi fundamentalmente como una traición de la humanidad, parece lógico que, al final, la única posibilidad que quede sea la guerra. La lucha que nos conduce a la destrucción, para uno o ambos bandos.

Durham sonrió.

—Pero ése es el quid de la cuestión —continuó, y señaló a los diplomáticos que escuchaban con atención sus palabras—. Y lo sabemos. Siempre lo hemos sabido. Las batallas que emprenden las Fuerzas de Defensa Coloniales a menudo son necesarias, y a veces inevitables. Pero a menudo también es necesario aprovechar la oportunidad de tender una mano abierta en lugar de golpear con el puño cuando ésta se presenta.

»Y ahora, también eso es inevitable. La Unión Colonial ha confiado durante mucho tiempo, demasiado, en el planeta Tierra para proveerse de los soldados que las Fuerzas de Defensa Coloniales precisan para librar las batallas e imponer nuestra voluntad. Sin embargo, eso ha terminado. La aparición del coronel John Perry en el cielo de la Tierra con la delegación del Cónclave puso en suspenso nuestra relación con la Tierra. Y la destrucción de la Estación Tierra, la única salida del planeta terrícola al espacio, la hizo añicos.

Durham miró directamente a la embajadora Ode Abumwe, que estaba sentada en la primera fila del público acompañada por su equipo, y quiso reconocerle su presencia en la Estación Tierra cuando ésta fue destruida con un gesto de la cabeza que Abumwe le agradeció.

—La Tierra nos culpa injustamente de su destrucción, pero, con razón o sin ella, no podemos regresar a la situación anterior —continuó Durham—. Ahora la Unión Colonial necesitará reclutar soldados de sus propias colonias, de entre su población repartida por los planetas... Una transición que llevará tiempo y que ya está causando cierta inquietud en las anteriormente apacibles filas de la Unión Colonial.

»Y mientras tanto, la pérfida idea de la diplomacia pasa a ser el principal instrumento de la Unión Colonial. Para conseguir aliados. Para ganar tiempo. Para proteger nuestro lugar en el universo, no con armas sino con la razón. La diplomacia es ahora el principal recurso que tiene la Unión Colonial, y por extensión la humanidad, para mantener su sitio. Lo que antes era traición, ahora es un tesoro.

»Esto nos conduce, de una manera clara y evidente, hasta la embajadora Ode Abumwe —continuó Durham con un tono menos grave. Las risas volvieron a surgir de entre los diplomáticos reunidos. Durham le hizo una señal a la embajadora para que se levantara y se reuniera con él en la tribuna. Abumwe obedeció. La secretaria de Durham, Renea Tam, también se acercó a la tribuna cargada con un estuche de madera en la mano.

—Embajadora Abumwe, durante este último año, usted y su equipo se han encontrado en el centro de numerosas tormentas diplomáticas —declaró Durham volviéndose hacia ella—. Siempre que ha podido, ha salido triunfante, y en el resto de los casos, ha sido capaz de encontrar un resquicio de esperanza para la Unión Colonial. Les hemos exigido mucho a usted y a su equipo y nunca nos han decepcionado. Una y otra vez nos han dejado boquiabiertos con su determinación y sus inagotables recursos. Además, el hecho de que un miembro de su equipo salvara a la hija del secretario de Estado durante la destrucción de la Estación Tierra no es menos impresionante. —Se produjo otra oleada de risas—. La iniciativa que demuestra su equipo mana de su líder. Su liderazgo ha servido de ejemplo para su gente y para nosotros.

»La Unión Colonial les debe mucho a usted y a su equipo en estos tiempos difíciles —continuó Durham, y le hizo un gesto de asentimiento a Tam, que abrió el estuche de madera y dejó a la vista una medalla y un documento enmarcado—. Como símbolo de agradecimiento, tanto de la Unión Colonial como del Departamento de Estado, es para mí un gran honor entregarle el Galardón al Mérito en el Servicio en reconocimiento de su excepcional y sobresaliente trabajo.

Durham levantó la medalla para sacarla de la caja y pasó la cinta alrededor de la cabeza de Abumwe para colgársela del cuello. Los diplomáticos congregados rompieron a aplaudir y los miembros del equipo de Abumwe se levantaron de un brinco de sus asientos y vitorearon a su jefa. Abumwe les respondió con una de sus contadas sonrisas.

Durham levantó entonces la mano para hacer callar al auditorio.

—Como anécdota personal —dijo mirando a Abumwe—, me gustaría contar que la conozco desde que llegó al Departamento de Estado. Usted entró como estudiante en prácticas y a mí acababan de asignarme mi primer destino. De eso hace... —Durham pronunció un número de manera deliberadamente ininteligible—... años. Ya entonces me pareció una persona inteligente, perspicaz, decidida y seria. Yo de usted nunca renunciaría a las tres primeras cualidades, pues la han llevado muy lejos, pero sigo pensando que a veces mantiene usted una seriedad que no es inequívocamente necesaria. —Asintió de nuevo a Tam, que soltó el estuche de la medalla y sacó del bolsillo de la chaqueta un pequeño objeto que Durham recogió—. Por lo tanto, además del Galardón al Mérito en el Servicio, como muestra de mi cariño personal, mi querida amiga Ode, quiero regalarte esto. —Le entregó el objeto a Abumwe, que lo aceptó. Era un muñeco de goma con una extraña forma.

—¿Qué quiere que haga con esto? —preguntó ella.

—Estrújalo —respondió Durham.

Abumwe obedeció y al muñeco se le hincharon los ojos al mismo tiempo que soltaba una estridente carcajada. Los diplomáticos rompieron a reír.

—Gracias, Otha —dijo Abumwe—. No sé qué decir.

—Al contrario, creo que sabes perfectamente lo que deberías decir —repuso Durham—. Es sólo que eres demasiado diplomática para hacerlo.

Durham se quedó una hora en la recepción posterior a la ceremonia y departió con los miembros del equipo de Abumwe. Charló sobre todo con Hart Schmidt y Harry Wilson, los dos integrantes del equipo de la embajadora que habían escapado de la Estación Tierra cuando ésta estaba desintegrándose, literalmente, a su alrededor.

—Imagino que será un episodio que no le gusta revivir —le dijo Durham a Schmidt después de que le presentaran a éste y a un amigo suyo, cuyo nombre se borró de la memoria de Durham casi instantáneamente después de las presentaciones.

—Bueno, la mayor parte del tiempo estuve inconsciente, señor —respondió Schmidt, y señaló a Wilson con la cabeza—. Harry es el que puede contarle cómo fue realmente.

—¿Y cómo fue realmente? —preguntó Durham, volviéndose a Wilson.

—Una auténtica pesadilla —respondió éste, y todo el mundo se echó a reír—. O lo habría sido si no hubiera estado distraído intentando salir vivo de un viaje a través de la atmósfera de la Tierra... que también fue una pesadilla.

—Es cierto. Usted saltó al planeta en caída libre desde la Estación Tierra.

—Así es, señor.

—Eso significa que fue usted quien salvó a la hija del secretario de Estado de EE. UU.

—Danielle Lowen —dijo Harry—. También es diplomática por mérito propio.

—Sí, claro —repuso Durham—. Pero el hecho de que sea la hija del secretario es la razón por la que Estados Unidos, a diferencia del resto de las naciones de la Tierra, está dispuesto a hablar con nosotros, así que le doy las gracias por ello.

—Sólo hice mi trabajo —dijo Harry.

—Espero que le concedamos una medalla por ello.

—Ya lo han hecho —le aseguró Harry—. Y las FDC también me han dado una. Me salen las medallas por las orejas.

—Estupendo —dijo Durham—. Permítame que además lo invite a una copa.

Wilson sonrió.

—Sabía que me encantaría este destino.

Poco después, Durham se excusó y abandonó la recepción para reunirse con Renea Tam y su equipaje, que llegaba en un carrito empujado por un empleado del Departamento de Estado.

—No creo que necesite tanta ropa —dijo Tam mirando el carrito—. Se va de vacaciones, no se muda de casa.

—Serán tres semanas de vacaciones —repuso Durham—. No quiero perder el tiempo haciendo la colada.

—Va a alojarse en la embajada —le recordó Tam—. Allí disponen de servicio que le lavará la ropa.

—En el futuro sólo me llevaré una bolsa de lona con una muda. Pero el transbordador de la *Chandler* parte dentro de cuarenta minutos, así que por esta vez tendrá que ser así.

Tam sonrió y los tres partieron en dirección al transbordador de la *Chandler*. Durham se despidió de su secretaria en la puerta del vehículo aeroespacial y se sentó justo enfrente del único pasajero además de él y Tam, un hombre joven con el pelo negro.

—Le felicito por su discurso de hoy —dijo el joven después de que el transbordador despegara de la Estación Fénix con destino a la *Chandler*.

Durham, que había estado reposando con los ojos cerrados, los abrió ligeramente y miró al hombre que le había hablado, que a su vez estaba mirándolo.

—Me suena su cara.

—Nos han presentado hace un rato —dijo el hombre—. No se preocupe, no espero que me recuerde. Supongo que ha estrechado muchas manos hoy.

—¿Está en el cuerpo diplomático? —preguntó Durham.

—No —respondió el joven—. Pero un amigo mío sí. Hart Schmidt.

—Uno de los chicos de Abumwe.

—Sí. Fuimos juntos al colegio. Bueno, él es tres años mayor que yo, pero nuestros padres eran amigos, así que nos conocemos desde que éramos niños. Cuando se enteró de que estaría en la Estación Fénix de paso antes de subir a la *Chandler*, me invitó a la ceremonia. Estaba en las últimas filas. Me llamo Rafe Daquin. —Tendió una mano hacia Durham.

—Entonces es un tripulante de la *Chandler* —dijo el subsecretario, estrechándole la mano.

—Sí. Soy piloto.

—No es mal trabajo.

—No, no lo es. Viajo mucho y visito muchos lugares del universo. Supongo que, como diplomático, usted puede decir lo mismo.

—Ahora ya no viajo tanto —repuso Durham—. Me he convertido en un burócrata. El rincón del universo que veo con más frecuencia últimamente es mi despacho.

—¿Cuál es el motivo de este viaje? —le preguntó Daquin.

—Vacaciones —respondió Durham—. Voy a Huckleberry para ver a algunos amigos y hacer unas cuantas excursiones.

—¿Por qué viaja en la *Chandler*, si me permite la pregunta? Somos una nave mercante. ¿No podría hacer que una de sus naves diplomáticas lo trasladara allí?

—Supongo que se habría visto como malversación de fondos que hubiera utilizado una nave del cuerpo diplomático como si fuera un taxi para que me llevara a mi destino de vacaciones —dijo Durham sonriendo—. Además, ninguna iba a donde voy yo. De todos modos, el secretario nos anima para que apoyemos la empresa privada. —Cerró los ojos de nuevo con la esperanza de que Daquin captara la indirecta.

No lo hizo.

—¿De verdad cree que la diplomacia es una traición? —le preguntó Daquin—. Es decir, que la Unión Colonial piensa eso de ella.

Durham respondió sin abrir los ojos:

—Quizá haya exagerado un poco para darle un toque más dramático, pero estoy convencido de que, si le dieran a elegir, la Unión Colonial preferiría disparar a hablar. Eso nos ha generado muchos problemas.

—¿Se ha enterado de lo de las naves desaparecidas?

Durham volvió a entreabrir los ojos.

—¿Naves desaparecidas?

—Desde hace un par de años están desapareciendo cada vez más naves civiles —dijo Daquin—. Sobre todo naves mercantes como la *Chandler*.

—La piratería siempre ha existido —observó Durham—. Es una de las razones por las que se fundaron las Fuerzas de Defensa Coloniales. La otra fue que el resto de las especies inteligentes querían aniquilarnos.

—Ya, pero los piratas suelen estar interesados en la mercancía —dijo Daquin—. No hacen desaparecer las naves.

—En su opinión, ¿qué está ocurriendo? —preguntó Durham—. ¿Qué rumores corren al respecto?

Daquin se encogió de hombros.

—Le diré lo que yo pienso. Está relacionado con el hecho de que estemos perdiendo la Tierra. Las demás especies se han enterado de que hemos comenzado a reservar la fuerza militar para los problemas más importantes, así que han empezado a eliminar naves mercantes una a una con el fin de mermar la infraestructura de la Unión Colonial.

—Da la impresión de que, a este ritmo, van para largo —dijo Durham.

—Todo suma.

—¿Y eso no lo asusta? Usted es piloto en una nave mercante. Seguramente sea un objetivo.

Daquin sonrió.

—Tengo que comer.

—Es una manera pragmática de considerar los miedos propios.

—Además, he salido airoso de más de un aprieto —afirmó Daquin—. Ya debería de haber muerto un par de veces por culpa de fallos en la nave y accidentes. Y aquí estoy, vivito y coleando.

—Ya lo veo —sonrió Durham—. ¿Cómo se lo explica?

—No lo sé. Quizá he tenido más suerte que otros.

Esta vez fue Daquin quien cerró los ojos y echó la cabeza atrás para descansar. Durham lo observó durante unos segundos y luego lo imitó.

Tres días después de partir de la Estación Fénix, y a falta de menos de un día para saltar a Huckleberry, Durham solicitó una reunión privada con Eliza Perez, la capitana de la *Chandler*, que le fue concedida.

—¿De qué se trata? —preguntó Perez. Los dos estaban en el despacho de la capitana, que, como todos los demás espacios de la *Chandler*, era de dimensiones minúsculas—. Si va a quejarse del camarote, le aseguro que está viajando en las mismas condiciones que la capitana.

—El camarote es correcto, por supuesto —dijo Durham—. Capitana Perez, tengo que confesarle una cosa. He subido a bordo de su nave con una excusa falsa. —El subsecretario sostenía su PDA en la mano; la activó y se la pasó a Perez—. Reservé un pasaje en la *Chandler* con el pretexto de que viajaba a Huckleberry para pasar las vacaciones. En realidad me dirijo a un lugar completamente distinto.

Perez cogió la PDA y miró lo que había en la pantalla.

—¿Qué es esto?

—Es una petición oficial del Departamento de Estado para que me lleve a otro destino, cuyas coordenadas le facilitaré en cuanto me devuelva la PDA —respondió Durham—. Es una petición oficial y secreta. Por eso se la muestro en la PDA en lugar de transferirle el documento a la suya. Sé que es raro, pero así nos aseguramos de que las órdenes no se falsifican.

—Acaba de decir «órdenes» —señaló Perez—. Eso es muy distinto a una petición.

—Oficialmente es una petición, que puede rechazar. Extraoficialmente, ambos sabemos que no le interesa rechazarla.

—¿Adónde quiere que lo llevemos?

—A un sistema que no tiene ningún interés, lo cual lo convierte en un lugar ideal para una reunión secreta.

—¿Una reunión secreta con quién?

—Eso no puedo decírselo.

—En ese caso, no puedo cederle mi nave.

—No me parece una decisión inteligente.

—Enviar la *Chandler* a un destino muy alejado del que tenemos programado para mantener reuniones secretas tampoco es lo que yo llamo inteligente —repuso Perez—. Cuénteme qué está pidiéndome exactamente que haga o no conseguirá nada.

—¿Y si se lo cuento?

—En ese caso, tal vez tampoco consiga nada, porque todavía tendré que tomar una decisión. Pero hay una diferencia entre un «no» y un «tal vez». Así que no tiene elección.

—Voy a reunirme con representantes del Cónclave para conversar, informalmente, sobre una posible alianza con ellos.

—¿En serio? —exclamó Perez—. ¿Quieren hacerse amigos de una organización formada por cuatrocientas especies alienígenas la mayoría de las cuales han intentado exterminarnos?

Durham suspiró.

—Capitana Perez, creo que no tengo que explicarle que, en este momento, la Unión Colonial está hundida hasta el cuello en la mierda. Quienquiera que sea el responsable de la desaparición de las naves mercantes sólo acaba de empezar. Antes o después atacará una colonia estable. Antes o después atacará a la propia Unión Colonial. Somos vulnerables y perdemos fuerza cada día que pasa. Sólo tienen que esperar a que nos debilitemos lo suficiente para atacarnos.

—¿Y piensan que unirse al Cónclave es la solución?

—No vamos a unirnos a él —le precisó Durham—. Queremos una alianza. Un pacto de protección mutua contra una agresión exterior.

—¿Después de que la Unión Colonial intentara destruir el Cónclave? —preguntó Perez, que se percató de la cara de sorpresa de Durham—. Sí, todos sabemos lo del incidente en Roanoke. Soy la capitana de una nave mercante, señor Durham. Pueden censurar si quieren la información que se difunde por los canales oficiales, pero las naves comerciales tienen sus propios canales de comunicación. Viajamos. Hablamos. Nos enteramos.

—Entonces ya sabe por qué estas reuniones deben mantenerse en secreto. Si esta ronda de negociaciones fructifica, estaremos en condiciones de hacer algo más público. De lo contrario, nunca habrá existido. Una razón adicional para que la *Chandler*, y no una de las naves del Departamento de Estado, me traslade a la reunión.

—Está el pequeño asunto de la mercancía que transportamos —apuntó Perez—. Fruta y otros productos perecederos. Tenemos programada la llegada a Huckleberry antes de que la fruta se pudra. Si llegamos tarde, aunque sólo sea un par de días, no podremos venderla. El seguro no cubre la pérdida de la mercancía si no podemos explicar por qué no llegó a tiempo a su destino.

—Naturalmente, el Departamento de Estado de la Unión Colonial le comprará toda la mercancía.

—¿Toda?

—Sí, y antes de que me lo pregunte, al precio de mercado —añadió Durham.

—No se trata sólo de la mercancía —insistió Perez—. Tenemos

acuerdos con distribuidores. También tenemos que recoger mercancía nueva. Productos agrícolas perecederos. Si no estamos donde nos esperan a la hora acordada, ellos sufrirán pérdidas y nuestra relación comercial quedará perjudicada.

—El Estado correrá con los gastos.

—Va a salirles por un ojo de la cara.

—Ya, bueno —dijo Durham, y sonrió—. De hecho, la Unión Colonial fabrica el dinero en cuestión, así que no creo que correr con todos los gastos vaya a ser un problema.

Perez se quedó callada.

—¿Desea algo más? —preguntó Durham—. ¿Quiere que le prometa que lavaremos y daremos cera a la *Chandler* cuando termine esta misión?

—Esto no me huele bien —dijo Perez.

—La entiendo perfectamente, capitana. Le ruego que me disculpe por presentarle la situación de esta manera, pero sólo sigo órdenes. Espero que por lo menos comprenda por qué es tan importante mantener en secreto esta misión.

—¿Cree que saldrá bien? Me refiero a la misión.

—Creo que, si no sale bien, debería gastar todo el dinero que va a sacar de este viaje... cuanto antes.

Lo primero que Rafe Daquin pensó con inquietud mientras recuperaba el conocimiento fue: «No siento las piernas».

Lo segundo que pensó, un segundo después, fue: «No siento ninguna parte de mi cuerpo».

Rafe volvió a desmayarse y su conciencia se zambulló en la negrura de un abismo de una profundidad y una extensión indeterminadas.

Rafe estaba soñando y lo sabía, porque era uno de esos sueños en los que él permanecía quieto y todo se movía a su alrededor.

Comenzaba en el puente de mando de la *Chandler*, en su primer día como aprendiz de piloto después de seis meses en navegación y, antes, un año en el equipo de ingenieros. La jefa de pilotos de la *Chandler* no lanzaba cohetes precisamente por tener a Rafe bajo sus órdenes. La capitana Walden se lo había endilgado, y sabía que la teniente Skidmore pensaba que la familia de Rafe había sobornado a Walden para que acelerara su promoción por el escalafón de la tripulación de la nave. Y, bueno, así había sido. A Rafe se lo contó su propio padre la última vez que la *Chandler* visitó la Estación Fénix. En el sueño, Rafe estaba viendo por primera vez los labios apretados de Skidmore y su estudiado gesto neutral.

La respuesta de Rafe en el sueño fue la misma que tuvo en la vida real: de cara al exterior, una educación y una atención exquisitas, y para sus adentros, una despreocupación absoluta, porque el trato se había cerrado e iba a convertirse en piloto tanto si a Skidmore le gustaba como si no. Y no le había gustado. Abandonó la *Chandler* poco tiempo después. Esa renuncia propició el ascenso de Rafe a piloto ayudante, justo como él esperaba, es decir, antes de que le tocara y saltándose a otros que lo precedían.

Parpadeó y de repente se encontró en el despacho del director del internado Tangipahopa, esperando a su padre o a su madre. Esta vez era por golpear en la cabeza a un estudiante de sexto curso; otras veces había sido por haberse colado en el comedor a las tres de la madrugada, robar uno de los carritos para darse un paseo, o por aceptar dinero de otros estudiantes a cambio de falsificar las notas (y después no hacerlo, lo que provocó las quejas de alguno de sus «clientes» insatisfechos). Rafe esperaba que apareciera su padre, quien clasificaba las infracciones de acuerdo con un gráfico de gravedad, en oposición a su madre, que, con gran énfasis, no lo hacía. Para que Rafe se graduara finalmente en Tangipahopa, su padre tuvo que aceptar hablar en la ceremonia de graduación, y su madre, financiar un laboratorio de ciencias.

Otro parpadeo y Rafe se vio en el día siguiente a su graduación en la Universidad de Metairie, en un simple Grado de Ingeniería, en cuya obtención tuvo menos que ver su falta de talento como su absoluta falta de atención y de interés. Su madre estaba diciéndole que no firmaría el documento para desbloquear su fondo fiduciario, que normalmente se entregaba a los herederos Daquin cuando completaban su formación universitaria. Rafe le recordó este hecho, y su madre le recordó que «normalmente» no era lo mismo que «obligatoriamente» y luego se quedó plantada delante de él, desafiándolo a que rebatiera su argumento, a ella, que estaba acostumbrada a argumentar en sus casos ante el Tribunal Supremo de Fénix.

Rafe no aceptó el desafío y, en cambio, miró a su padre, que mantenía un gesto estudiadamente inexpresivo. Tampoco era tan tonto como para discutir con Colette Daquin. Por su parte, no podía hacer nada, pues de acuerdo con las reglas del fideicomiso de las empresas de la familia Daquin, si los dos progenitores estaban vivos, ambos debían firmar cualquier desembolso que se realizara antes de los treinta y cinco años (estándar) del beneficiario. Colette Daquin quería que el vago de su hijo se olvidara de entrar en el negocio familiar y consiguiera un trabajo que remediara las profundas y obvias carencias de su educación. Jean-Michel Daquin sugirió entonces la flota mercante espacial colonial. Un viejo conocido del club le encontraría un hueco en una de sus naves.

Se produjo un último parpadeo y Rafe se vio corriendo por los pasillos de la *Chandler*, no tan rápido como querría, mientras trataba de eludir a los desconocidos que habían capturado la nave. Sin embargo, cayó en los brazos de los asaltantes en la intersección de dos pasillos que había un poco más adelante. Rafe giró sobre los talones, pero trastabilló y cayó al suelo. Se levantó y se preparó para echar a correr de nuevo, pero volvió a caer desplomado con un tiro en la nuca.

Tanto en el sueño como en la vida real, Rafe sintió cómo el proyectil le atravesaba la piel, impactaba en su cráneo y comenzaba a abrirse paso por su cerebro. Tanto en el sueño como en la vida real, al mismo tiempo que lo invadía la certidumbre glacial de que estaba viviendo el momento en el que iba a morir, de su cerebro salió disparado un último pensamiento, tras el cual ya no hubo nada: «Injusto».

—Está bien, me rindo —dijo el coronel Abel Rigney mientras miraba a través de las paredes de cristal de la sala de reuniones del Departamento de Estado a los dos hombres con gesto serio sentados en su interior—. ¿Quiénes son?

—El malhumorado de la izquierda es Alastair Schmidt —dijo la coronel Liz Egan, señalándolo con el dedo índice de la mano con la que sujetaba la taza de café—. Es el ministro de Comercio y Transporte de Fénix. Y el seriote de la derecha es Jean-Michel Daquin. Es el presidente y director ejecutivo de Ballard-Daquin, una de las mayores navieras del planeta.

—Genial —repuso Rigney—. ¿Y por qué razón exactamente vamos a reunirnos con ellos?

—Porque la secretaria Galeano me ha dicho que lo haga —respondió Egan.

—Te formularé la pregunta de otra manera. ¿Por qué razón voy a reunirme yo con ellos?

—Porque quieren hablar sobre las naves mercantes asaltadas por los piratas y lo que estamos haciendo al respecto, y, si la memoria no me falla, ése es un tema sobre el que tú sabes algo.

—Vale, pero ¿por qué les preocupa ese asunto? —inquirió Rigney—. El ministro de Comercio y Transporte de Fénix no tiene jurisdicción alguna sobre el comercio interplanetario o interestelar.

—Tiene jurisdicción sobre los puertos espaciales.

—Ya, pero sus intereses terminan en la estratosfera. La piratería es un problema, pero no suyo. No ha alcanzado una gravedad mínima para que tenga algún impacto en el comercio de su planeta. —Rigney señaló a Jean-Michel Daquin—. ¿Sus naves han sido atacadas por los piratas?

Egan negó con la cabeza.

—Ballard-Daquin sólo opera en su planeta.

—Eso me devuelve a mi pregunta inicial —repuso Rigney—. Me refiero a la segunda versión de mi pregunta inicial. Ésa de por qué vamos a reunirnos con ellos.

—No me has dejado terminar —protestó Egan, adoptando un tono excesivamente calmado, señal inequívoca para Rigney de que estaba jugando con fuego.

—Lo siento —se disculpó él.

Egan asintió y señaló a Daquin.

—Su hijo Rafe es piloto en la *Chandler*, una nave mercante que desapareció hace una semana.

—¿Con «desapareció» te refieres a que fue asaltada por los piratas y llegó tarde a su destino, o a que no se sabe nada de ella? —preguntó Rigney.

—Dímelo tú —contestó Egan—, porque es un asunto de tu departamento, Abel.

Rigney refunfuñó y accedió rápidamente a su CerebroAmigo para buscar la información más reciente sobre la *Chandler.*

—Enviamos una sonda de salto cuando pasaron dos días de la fecha programada para su llegada a Erie —explicó mientras leía—. Es la nueva política que se ha adoptado desde la destrucción de la Estación Tierra.

—¿Y?

—Y nada —dijo Rigney—. No estaba donde debía estar previamente al salto ni se han encontrado pruebas de que haya sido destruida. No tenemos nada.

—Por lo tanto, no se sabe nada de ella —aseveró Egan.

—Eso parece.

—Ahora también sabes por qué Daquin está aquí.

—¿Cómo quieres que lo hagamos? —preguntó Rigney.

—Como tenía pensado hacerlo antes de que tuviéramos esta conversación —respondió Egan—. Quiero que hables con ellos y les cuentes lo que las FDC están haciendo para resolver el problema de la piratería. Utiliza un estilo comunicativo, comprensivo e informal.

—Quizá se te dé mejor a ti la parte de la comprensión —señaló Rigney—. Tú eras la que dirigía un imperio de medios de comunicación en la Tierra.

Egan negó con la cabeza.

—Era directora ejecutiva. No llegas al puesto siendo comprensiva. Tenía relaciones públicas para que se encargaran de eso.

—¿Así que ése es mi papel en este asunto? —inquirió Rigney—. ¿Soy tu chico de la prensa?

—Así es. ¿Algún problema?

—Supongo que no. Tampoco te importaría si lo hubiera.

—Sí que me importaría —repuso Egan—. Más tarde.

—Eso me hace sentir mejor.

Egan asintió y señaló a los hombres que esperaban dentro de la sala.

—Tal como yo lo veo, entre los dos podemos responder sus preguntas y convencerlos de que estamos ocupándonos del asunto y luego deshacernos de ellos dejándolos lo más felices y satisfechos que podamos. Eso hará feliz a mi jefa. Lo cual me hará feliz a mí. Y yo te deberé un favor. Cosa que debería hacerte feliz a ti.

—¿Quieres decir que estamos ante un caso de rueda de la felicidad eterna?

—Yo no he dicho «eterna» —respondió Egan—. No debe prometerse lo que no se sabe si puede concederse. Sólo hablo de un poco de felicidad. En los tiempos que corren, te aconsejo que no le hagas ascos a nada. Vamos.

Egan y Rigney entraron en la sala de reuniones, se presentaron a Schmidt y a Daquin y se sentaron a la mesa, enfrente de ellos.

—Ministro Schmidt, tengo el honor de conocer a su hijo Hart —dijo Egan.

—¿Sí? —repuso Schmidt—. Me temo que él nunca la ha mencionado.

—Conozco más a su jefa, la embajadora Abumwe.

—¡Ah! —exclamó Schmidt—. Estuvieron juntos en la tragedia de la Estación Tierra.

—Sí —afirmó Egan—. Nos llevamos una alegría cuando nos enteramos de que todo su equipo, incluido Hart, sobrevivieron al ataque.

Schmidt asintió con la cabeza.

Tu turno —le dijo Egan a Rigney a través del CerebroAmigo—. *Comunicativo. Informal. Comprensivo.*

—Señor Daquin —dijo Rigney—, quiero que sepa que, antes de comenzar esta reunión, he solicitado información sobre la *Chandler*. Sé que debe de estar muy angustiado...

—Ciento sesenta y cinco millones de toneladas —dijo Daquin sin dejar continuar a Rigney.

—¿Perdón? —inquirió el coronel, desconcertado por la interrupción.

—Mi compañía transporta ciento sesenta y cinco millones de toneladas de mercancías a través del Puerto Nacional de Fénix hasta la Estación Fénix y las naves atracadas allí —continuó Daquin—. Eso es cerca del noventa por ciento de las mercancías que se mueven desde el Puerto Nacional de Fénix hasta su estación espacial.

—Lo ignoraba —admitió Rigney, que no sabía a qué venía aquello ni quería preguntarlo directamente.

—Sé que les puede parecer una información que no viene a cuento —siguió Daquin—, pero necesito que conozcan esos números porque añadirá gravedad a lo que voy a decirles a continuación.

—Está bien —dijo Rigney, y lanzó una mirada a Egan, quien no se la devolvió.

—¿Están al corriente del caso de la *Chandler* y de mi hijo? —inquirió Daquin.

—Sí —replicó Rigney—. Estaba a punto de...

—Estaba a punto de no decirme nada —le espetó Daquin, interrumpiéndolo de nuevo y haciéndolo callar—. No soy tonto, coronel Rigney, ni soy un hombre sin recursos, entre los cuales cuento al ministro Schmidt, aquí presente. Sé perfectamente que no tienen ni idea de lo que le ha pasado a la *Chandler* ni a su tripulación. Por favor, hágame el favor de no intentar tranquilizarme con su sosería.

—Señor Daquin —intervino Egan, por lo que Rigney supuso que lo enviaba al banquillo—. Tal vez lo mejor sea que nos diga de una vez lo que ha venido a decirnos.

—He venido a decirles una cosa muy sencilla. Controlo el noventa por ciento de toda la mercancía que llega a la Estación Fénix y que se distribuye a través de ella. El noventa por ciento de la comida. El noventa por ciento de los materiales esenciales. El noventa por ciento de todo lo que hace que su estación espacial —Daquin enfatizó las dos últimas palabras— sea habitable y el lugar desde donde la Unión Colonial gobierna su pequeño imperio de planetas. Si dentro de una semana sigo sin recibir una información certera sobre la suerte que han corrido la *Chandler* y su tripulación, el transporte de mercancías a la Estación Fénix cesará.

La amenaza fue recibida con un silencio sepulcral. Egan miró entonces a Schmidt.

—Esto es inaceptable.

—Estoy de acuerdo con usted —dijo Schmidt—. Y así se lo he dicho a Jean-Michel mientras veníamos hacia aquí.

—¿Y aun así lo ha traído para que nos lance este ultimátum? —inquirió Egan.

—Sí —respondió Schmidt—. Lo cual debería bastar para dejarle claro que, como ministro de Comercio y Transporte, no he tenido más remedio que mediar en este asunto.

—Tal vez haya sido desaconsejable permitir que una sola compañía se encargara de casi todo el transporte de mercancías a la Estación Fénix —repuso Egan.

Se dibujó una tenue sonrisa en los labios de Schmidt.

—Me encantaría estar de acuerdo con usted, coronel Egan —repuso éste—, pero si lo que pretende es culpar al gobierno de Fénix, primero tendrá que echar un vistazo a los contratos de la Unión Colonial. Son ustedes quienes han otorgado a Ballard-Daquin el control de su abastecimiento, no nosotros.

—No podemos garantizarle que consigamos información nueva —dijo Rigney, dirigiéndose a Daquin—. No nos hemos relajado en este asunto, señor Daquin. Pero si una nave, o sus restos —continuó, y casi al instante se arrepintió de la manera como estaba construyendo la frase, pero ya no podía hacerse nada—, no son encontrados inmediatamente, la dificultad de la tarea crece exponencialmente.

—Eso es problema suyo —repuso Daquin.

—Sí, lo es —admitió Rigney—, pero si va a ponernos al borde del abismo por este problema, es necesario que comprenda su verdadera dimensión. Lo que nos pide podría ser irrealizable en el tiempo que nos ha dado.

—Señor Daquin —intervino Egan, y el padre de Rafe puso su atención en ella—, permítame que sea franca con usted.

—Adelante.

—Comprendo su preocupación por la *Chandler*, por su tripulación y por su hijo —afirmó. Rigney reparó, no sin cierta ironía, que, después de todo, era Egan quien se encargaba de jugar la carta de la comprensión—. Pero está cometiendo un error si piensa que convirtiendo a la Estación Fénix en su rehén va a conseguir algo. En primer lugar, las mercancías que adquirimos en Fénix podemos obtenerlas en otras colonias. Y, en segundo lugar, el daño que causará a la economía de Fénix interrumpiendo sus exportaciones será inmenso. —Señaló a Schmidt—. Tanto si el ministro Schmidt quiere decírselo como si no, él y su gobierno se verán obligados a nacionalizar su compañía más pronto que tarde. Y no podrá evitar comparecer ante un tribunal por incumplir los contratos con la Unión Colonial. También es muy probable, dado que la Estación Fénix es la sede del gobierno de la Unión Colonial, que su intento de matarnos de hambre sea considerado un delito de traición. Creo que no es necesario que le recuerde que la Unión Colonial no es especialmente compasiva en esos casos.

Daquin sonrió.

—Gracias, coronel Egan. Conozco algo de su vida y sé que fue directora ejecutiva en la Tierra. Es obvio que hablamos el mismo lenguaje, así que permítame que le corresponda con la misma franqueza. Es vacua su amenaza de sustituir los productos que les llegan de Fénix por los de otras colonias. La Unión Colonial es débil, coronel Egan. Han perdido la Tierra y no van a recuperarla. Están quedándose sin soldados, y las colonias saben que pronto echarán sus garras sobre ellas para engrosar las filas de las Fuerzas de Defensa Coloniales. Eso las pone nerviosas y hace que por fin se cuestionen si la Unión Colonial ha quedado obsoleta.

»Cuando empiece a solicitar productos de otras colonias para la Estación Fénix, comenzarán a preguntar el motivo. Y cuando descubran que es porque Fénix les ha cerrado el grifo, más de una colonia se dará cuenta de su debilidad y decidirá que ha llegado el momento de emanciparse, antes de que empiecen a desangrarlas a todas. Y ustedes lo saben. Sé que lo saben. No se atreven a mostrar a las colonias lo débiles que son en realidad.

—Un bonito discurso que convenientemente olvida que su compañía será nacionalizada antes de que eso suceda —señaló Egan.

—Schmidt —dijo Daquin.

—El gobierno de Fénix no nacionalizará Ballard-Daquin —declaró el ministro—. Ahora mismo somos un gobierno de coalición, impopular e inestable. Por terrible que sea el cese de las exportaciones de la compañía de Daquin, intentar nacionalizar la empresa sería peor. Fracturaría el gobierno, y éste prefiere ser impopular en el poder que impopular fuera de él.

—Podría haber imposiciones —apuntó Egan.

—Es cierto que la Unión Colonial podría imponer su voluntad —repuso Schmidt—, pero la solución sería peor que el problema, coronel Egan, coronel Rigney. —Señaló a Daquin con una leve sacudida de la cabeza—. Ahora mismo sólo tienen un ciudadano de Fénix furioso hasta lo irracional con ustedes. Si tratan de imponer su postura, tendrán a mil millones de personas furiosas hasta lo irracional con ustedes. Y pueden tener la certeza de que esa ira se contagiará. Jean-Michel tiene razón, la Unión Colonial está muy débil en este momento. No creo que deseen publicitar más de la cuenta esa situación.

—Tienen una semana —reiteró Daquin.

—Aunque aceptáramos sus demandas —dijo Rigney—, una semana no es ni de cerca tiempo suficiente.

—Me da igual cuánto tiempo le parezca suficiente —le espetó Daquin.

—No se trata de lo que me parezca a mí —repuso Rigney con un tono más irritado que el que era su intención—. Se trata de las limitaciones de los viajes y de las comunicaciones. No vivimos en un universo de ciencia ficción, señor Daquin. No podemos enviar de manera instantánea un mensaje de una parte a otra del universo. Tenemos que utilizar impulsores de salto y las naves tienen que viajar a donde el espacio es plano antes de poder abandonar un sistema solar. Aunque emprendiéramos una búsqueda y una investigación exhaustivas hoy mismo, los requisitos de los viajes eliminan casi toda posibilidad de conseguirle la información en una semana. ¡Por Dios, pero si ya estamos buscando la *Chandler*! ¡Y aun así sería una suerte conseguirle la información en ese plazo!

—No me ha conmovido —dijo Daquin.

—Lo entiendo —repuso Rigney—. Pero estoy hablándole de cosas que son innegociables. Si sólo nos da una semana, ya puede comenzar a ejecutar su amenaza, porque no cumpliremos el plazo. Pero si de verdad le preocupa su hijo, señor Daquin, tendrá que concedernos algo más de tiempo para que hagamos nuestro trabajo. Y nuestro trabajo consiste en hacer lo que quiere de nosotros: encontrar la *Chandler*.

—¿Cuánto tiempo? —quiso saber Daquin.

—Cuatro semanas.

—Dos.

—No, señor Daquin —rehusó Rigney—. Cuatro semanas. Usted conoce el mundo del transporte de mercancías y sabe lo que puede hacer su compañía. Yo conozco nuestras naves y lo que son capaces de hacer. No estoy regateando con usted. Estoy diciéndole el tiempo que necesitamos para cumplir la misión. O lo toma o lo deja.

Daquin miró a Schmidt, a Egan, y de nuevo a Rigney.

—Cuatro semanas —dijo. Se levantó y salió de la sala de reuniones.

—Ya sabe que esto no va a acabar bien para él, ¿verdad? —le dijo Egan a Schmidt cuando Daquin se hubo marchado.

—Si lo único que pasa es que no acaba bien para él, daré gracias a Dios —replicó Schmidt, y se puso en pie—. El problema es que no veo la manera de que no acabe mal para todos. —Se volvió hacia Rigney—. Por lo menos usted me ha dado un poco más de tiempo para prepararme. Debería agradecérselo, pero no creo que importe que lo haga. —Schmidt se despidió y también salió de la sala.

—Bueno, una reunión curiosa —comentó Rigney cuando se quedó a solas con Egan.

—¿Podrás encontrar esa nave en cuatro semanas?

—Lo intentaré.

—No lo intentes —dijo Egan—. Encuéntrala. De lo contrario, dentro de un mes estaremos devorándonos vivos unos a otros.

— Literalmente.

—Si ocurre literalmente, nos encontraríamos en la peor situación posible.

Agradecimientos

Siempre he tenido por costumbre mencionar en los agradecimientos de mis obras a las personas de Tor que han trabajado en el libro para llevároslo a vosotros, lectores, con mi editor, Patrick Nielsen Hayden, a la cabeza. Esta vez quiero expresarles un agradecimiento más directo, pues en esta ocasión he sido un escritor especialmente conflictivo (he incumplido plazos de entrega y encima los he hecho trabajar en «modo alta velocidad» para que el libro saliera a tiempo). Fijaos en que he dicho «modo alta velocidad» y no «modo pánico», porque son tan buenos en su trabajo que no conocen el pánico.

Por lo tanto, Miriam Weinberg, Christina MacDonald (correctora), Rafal Gibek (editor de producción), Karl Gold (director de producción), Heather Saunders (diseñadora), Nathan Weaver (editor jefe), Megan Hein (ayudante del editor jefe), Caitlin Buckley (editora jefa de la edición digital) y Natalie Eilbert (responsable de calidad asociada), gracias, gracias y gracias. Lamento haberos causado tantos problemas. Intentaré que no se repita en el futuro. Y si se repite, os doy permiso para que me peguéis un puñetazo (en el brazo, y no muy fuerte, por favor). También quiero expresar mi agradecimiento a Tor en el Reino Unido y a todo su equipo por el trabajo que han realizado, a Steve Feldberg y a la gente de Audible y a todas las personas de todas mis editoriales en el mundo entero.

De verdad, gracias a todos los que habéis trabajado conmigo en este libro. A la gente se le llena la boca cuando habla de eliminar al «intermediario» de la producción editorial, y yo me pregunto si esas personas son conscientes de la responsabilidad que tienen esos «intermediarios» (los que hacen todo el trabajo excepto escribir las palabras que aparecen en el libro) en el buen rato que pasan leyendo. Yo lo soy y les agradezco el trabajo y la dedicación.

Gracias también a John Harris por sus constantes y fabulosas representaciones plásticas del universo de *La vieja guardia*, y a Irene Gallo, la directora artística de Tor, por su dedicación y el valor que ha dado al aspecto visual de estos libros, y a Peter Lutjen por sus diseños. Y a Alexis Saarela y Patty Garcia, que se han encargado de la publicidad de mi obra. Muchas gracias a mis agentes literarios, Ethan Ellenberg y Bibi Lewis, por vendermc en ésta y en muchas otras lenguas. Gracias también a Joel Gotler, mi agente de cine y televisión, con quien siempre es un placer reunirse.

Mi esposa, Kristine, es la primera lectora de todo lo que escribo y la persona en la que más confío en el mundo para que critique mi trabajo como escritor. Si os gusta el libro, el mérito es suyo (y si no lo hace, la culpa es mía). Quiero expresarle mi agradecimiento y, como siempre, mi amor eterno.

Mi esposa es mi primera lectora, pero tengo la gran suerte de que no es la única. Éste es el sexto libro del universo de *La vieja guardia*. Mientras escribo estas palabras se cumplen diez años desde el lanzamiento de la primera novela de la saga. Si hemos llegado tan lejos es sólo porque muchos de vosotros, lectores del mundo entero, comenzasteis a leerla y no habéis parado. Cuando lo pienso me parece increíble. Tengo una deuda inmensa con vosotros, tanto personal como profesionalmente.

Gracias de corazón.

JOHN SCALZI
6 de abril del 2015

booket